The UNDERGROUND RAILROAD

* 이 도서의 국립중앙도서관 출판예정도서목록(CIP)은 서지정보유통지원시스템 홈페이지(http://seoji.nl.go.kr)와 국가자료공동목록시스템(http://www.nl.go.kr/korisnet)에서 이용하실 수 있습니다.
(CIP제어번호: CIP2017020510)

THE UNDERGROUND RAILROAD

Copyright©2016 by Colson Whitehead
All right reserved

Korean translation copyright©2017 by EunHaeng NaMu Publishing Co., Ltd.
Korean translation rights arranged with The Marsh Agency Ltd.
through EYA(Eric Yang Agency).

이 책의 한국어판 저작권은 EYA(Eric Yang Agency)를 통한 The Marsh Agency Ltd.사와의 독점계약으로 '(주)은행나무출판사'가 소유합니다. 저작권법에 의하여 한국 내에서 보호를 받는 저작물이므로 무단전재 및 복제를 금합니다.

언더그라운드 레일로드

콜슨 화이트헤드 장편소설 | 황근하 옮김

은행나무

줄리에게

| 오늘날의 미국 중부·동부 |

| 차례 |

아자리 ··· 009

조지아 ··· 019

리지웨이 ··· 085

사우스캐롤라이나 ··· 099

스티븐스 ··· 153

노스캐롤라이나 ··· 161

에설 ··· 215

테네시 ··· 223

시저 ··· 259

인디애나 ··· 267

메이블 ··· 325

북부 ··· 333

감사의 말 ··· 344

옮긴이의 말 ··· 345

| 일러두기 |

* 본문의 주는 모두 옮긴이의 것입니다.

AJARRY

아자리

처음 시저가 북쪽으로 달아나는 것에 대해 말했을 때 코라는 싫다고 했다. 이것은 코라의 할머니가 하는 말이었다. 코라의 할머니는 우이다 항구에서의 그 화창한 오후 이전에는 바다를 본 적이 한 번도 없었는데, 요새 지하 감옥에서 나와서 본 바닷물은 눈이 부시도록 반짝거렸다. 그들은 배가 올 때까지 지하 감옥에 보관됐다. 다호메이족 침입자들은 처음에는 남자들을, 그다음 달이 뜰 때는 마을로 돌아와 여자와 아이들을 납치해 갔고, 발에 족쇄를 채우고 두 줄로 세워 그들을 바다까지 걷게 했다. 아자리는 감옥의 검은색 입구를 바라보면서 저기 캄캄한 지하에서 아버지를 다시 만나게 될 거라고 생각했다. 마을 사람들 중 살아남은 이들은 아자리의 아버지가 긴 행렬의 보조를 맞추지 못하자, 노예 상인들이 그의 머리를 베어 꼬챙이에 꿰고 몸은 길가에 버렸다고 말해주었다. 아자리의 어머니는 몇 년 전에 죽었다.

코라의 할머니는 요새까지 가는 길에 두어 번 팔리며 개오지조개 껍데기와 유리구슬 몇 개에 노예 상인들 사이를 오갔다. 상인들이 우이다 항구에서 아자리를 얼마에 사 갔는지는 알 수 없었다. 아자리는 여든여덟 명 인간의 영혼이 럼주와 화약 60통에 교환되는 대량 구매의 일부였고, 값은 코스트잉글리시에서 늘 그렇듯 흥정이 끝난 뒤에 정해졌다. 건장한 남자와 가임기 여자들은 아이들보다 더 높은 값에 팔렸기 때문에 개인당 가격을 매기기는 어려웠다.

내니호는 리버풀에서 출항해 골드코스트에 두 번 정박했다. 선장은 같은 문화권과 기질의 노예들을 대량으로 사기보다는 시차를 두고 구매했다. 포로들이 같은 언어를 쓰면 어떤 반란을 일으킬지 누가 알겠는가. 이번이 대서양을 건너기 전 내니호의 마지막 기항지였다. 머리칼이 노란 선원 둘이 콧노래를 흥얼거리며 아자리가 탄 작은 배의 노를 저어 내니호로 향했다. 뼈처럼 하얀 피부.

매캐한 짐칸 공기와 감금의 침울함, 서로 연결되어 족쇄가 채워진 이들의 비명은 아자리를 미치게 만들었다. 약탈자들은 아직 어린 나이의 아자리에게 욕구를 당장 풀지는 않았지만, 결국 더 노련한 작자들 몇이 아자리를 짐칸에서 끌어내 6주 동안 통로에 두었다. 미국까지 가는 길에 아자리는 한 번은 먹기를 거부하고, 그다음은 바닷물에 몸을 던져 두 번 목숨을 끊으려고 했다. 자기들 재산의 속셈과 성향을 훤히 꿰고 있던 선원들은 두 번 다 아자리를 막아섰다. 아자리는 바다로 뛰어들려고 뱃전까지 가지도 못했다. 수천 명 노예들 속에서도 눈에 띄는 아자리의 가련한 면모가 그녀의 의지를 배반했다. 머리부터 발끝까지 쇠사슬에 묶인, 머리부터 발끝까지 형용할 수 없는 비참.

아자리와 친척들은 우이다 항구 경매에서 서로 떨어지지 않으려고 기를 썼지만, 나머지는 프리깃함 비빌리아호를 타고 온 포르투갈 노예 상인들에게 팔려 갔고, 그 후 넉 달 뒤 버뮤다제도에서 15킬로미터 떨어진 바다 위를 표류하는 모습으로 발견되었다. 온 배에 역병이 돌았다. 관계자들은 배에 불을 붙이고, 배가 타들어가는 소리를 내며 가라앉는 것을 지켜보았다. 코라의 할머니는 그 배의 운명에 대해서는 아무것도 알지 못했다. 그녀는 남은 평생 사촌들이 저 북쪽의 친절하고 마음씨 좋은 주인 밑에서 일하고 있을 것이라고, 자기보다는 더 넉넉한 조건으로 넘겨져서 천 짜기나 실잣기 같은 일을 하고 들판에는 절대로 나가지 않을 것이라고 상상했다. 그녀의 이야기 속에서 이세이와 시두와 다른 친척들은 어떻게든 마침내 풀려나서, 전에 백인 남자 둘이 이야기할 때 엿들은 곳, 펜실베이니아주에서 자유인의 신분으로 살았다. 아자리는 짐 때문에 수천 조각으로 바스러지는 것 같을 때 이런 공상을 하면 위안이 되었다.

코라의 할머니가 그다음으로 팔려간 것은 한 달 뒤, 설리번스아일랜드의 페스트 격리 병원에서 의사들이 아자리와 내니호의 다른 화물들에게 병이 없음을 확진하고 나서였다. 노예시장의 바쁜 또 하루. 대규모 경매에는 늘 별의별 사람들이 몰려들었다. 북부와 남부에서 온 상인과 뚜쟁이들이 찰스턴에 한데 모여서 성병이나 다른 질병들을 경계하며 상품의 눈과 관절, 척추를 확인했다. 경매사들이 허공에 대고 소리치는 동안 구경꾼들은 싱싱한 굴과 뜨거운 옥수수를 씹었다. 노예들은 연단에 알몸으로 서 있었다. 성실하고 힘 좋기로 소문 난 아샨티족 한 무리를 두고 입찰 전쟁이 벌어졌고, 석회암 채석장 감독은 검둥이 꼬마들을 경악스러운 값에 무더기로 사 갔다. 코라의 할머니는 멍청히 구경하는 사람들 틈에서 얼음사탕을 먹고 있는 어린 소년을 보고, 그 입안에 있는 게 무엇일까 궁금했다.

해가 지기 직전에 중개상 하나가 그녀를 226달러에 샀다. 원래는 더 받아야 했지만 그해에는 어린 소녀들이 너무 많았다. 중개상의 양복은 그녀가 평생 본 것 중에 제일 새하얀 천으로 만들어진 것이었다. 보석이 박힌 반지들이 그의 손가락에서 번쩍거렸다. 성숙했는지 확인하려고 그가 그녀의 젖가슴을 꼬집었을 때 살갗에 닿는 쇠의 감촉이 차가웠다. 처음도 마지막도 아닌 낙인이 찍혔고, 그날의 다른 구매품들과 함께 발에는 족쇄가 채워졌다. 줄줄이 사슬에 묶인 노예들은 그날 밤 상인의 승용마차 뒤에서 비틀거리며 남쪽을 향해 긴 행진을 시작했다. 그즈음 내니호는 설탕과 담배를 가득 싣고 리버풀로 돌아가고 있었다. 배 안에는 비명 소리가 전보다 적었다.

그 후 몇 년을 숱하게 팔리고 교환되고 다시 팔리면서 코라의 할머니는 저주를 퍼부었으리라. 그녀의 주인들은 놀랍도록 자주 몰락했다. 첫 주인은 목화 씨앗을 휘트니 조면기(繰綿機)보다 두 배나 빠르게 뺀다는 기계를 판 남자에게 사기를 당했다. 설계도는 그럴듯했지만, 결국 아자리는 치안판사의 명령에 따라 또 하나의 매각 재산이 되었다. 급한 거래로 아자리는 218달러에 팔렸는데, 동네 시장의 현실상 가격이 낮을 수밖에 없었다. 또 다른 주인이 수종으로 사망하자, 혼자 남겨진 부인은 병이 없는 고향 유럽으로 돌아갈 돈을 마련하려고 재산을 매각했다. 아자리는 세 달 동안 웨일스 사람의 소유로 있었지만, 그는 휘스트 게임*에서 져서 결국 그녀와 다른 노예 세 명, 돼지 두 마리를 잃었다. 계속 그런 식이었다.

그녀의 값은 오르락내리락했다. 그렇게 여러 번 팔릴 때 세상은 눈치라는 것을 가르쳐준다. 아자리는 새 농장에 빠르게 적응해서, 그저 잔인한 사람들과 작정하고 검둥이를 괴롭히는 악질들을, 성실한 사람들과 게으름뱅이들을, 비밀을 지키는 이들과 밀고자들을 구분하는 법을 배웠다. 사악함의 정도도 다양한 주인과 안주인들, 서로 다른 수단과 야망을 가진 농장들. 때로 소박한 생계유지가 바라는 게 전부인 농장주들도 있는가 하면, 그저 면적의 문제일 뿐이라는 듯 세상을 다 가지고 싶어 하는 남자와 여자들도 있었다. 248달러, 260달러, 270달러. 어디를 가든 설탕과 쪽〔藍〕이었고, 다른 일이라곤 딱 한 번, 다시 또 팔려 가기 전 일주일 동안 담뱃잎 접기를 한 게 전부였다. 상인은 담배 농장에서 아이를 낳을 수 있으며, 기왕이면 이도 다 있고 성격도 고분고분한 노예를 찾았다. 아자리는 이제 여자였다. 그녀가 낙점됐다.

아자리는 백인들의 과학자들이 세상의 원리를 이해하려고 이면을 꿰뚫어 본다는 것을 알게 되었다. 밤하늘의 별 운행, 혈액 속 체액의 조합. 풍성

---

* 카드 게임의 일종.

한 목화 수확에 필요한 적산 온도. 아자리는 제 검은 몸에 대한 과학을 세우고 관찰을 해나갔다. 모든 것에 저마다 값어치가 있었고, 그 값이 바뀔 때 다른 것도 전부 따라 바뀌었다. 부서진 조롱박은 물이 담겨 있을 때보다 가치가 덜했고, 메기를 낚은 갈고리는 미끼만 내준 갈고리보다 더 값졌다. 미국에서 신기한 것은 사람이 곧 물건이라는 점이었다. 바다를 건너는 여행을 견뎌내지 못할 노인이 있다면 일찌감치 손을 떼는 것이 최선이었다. 건장한 부족 출신의 젊은 사내에게는 구매자들이 구름 떼처럼 몰려들었다. 새끼를 낳을 수 있는 노예 소녀는 조폐국, 돈을 낳는 돈과 같았다. 사물은—수레건 말이건 노예건—그 값이 그 가능성을 결정한다. 그녀는 자신의 자리를 받아들였다.

마지막으로, 조지아. 랜들가(家) 대농장의 판매 대리인은 비록 이제는 눈이 풀려 멍청해 보이는 아자리였지만 그녀를 292달러에 샀다. 그녀는 남은 평생 랜들가의 땅을 떠나서는 숨을 쉴 일이 없었다. 아무것도 보이지 않는 이 섬이 그녀의 집이었다.

코라의 할머니는 남편을 세 번 들였다. 랜들 어르신이 그랬듯이, 그녀도 어깨가 넓고 손이 큰 남자를 선호했다. 비록 주인과 노예가 염두에 둔 노동은 다른 종류였겠지만. 두 군데 대농장은 비축이 잘되어 있어서, 북쪽 농장에는 검둥이들이 아흔 명, 남쪽 농장에는 여든다섯 명 있었다. 대개 아자리가 선택권을 가졌다. 고를 사람이 없을 때는 인내심 있게 기다렸다.

첫 남편은 옥수수 위스키에 점점 탐닉하더니 그 큰 손으로 주먹질을 하기 시작했다. 아자리는 주인이 그를 플로리다에 있는 사탕수수 농장으로 팔아넘겨서 그가 길 저 너머로 사라지는 모습을 보면서도 슬프지 않았다. 두 번째 남편은 남쪽 농장에서 온 다정한 청년들 중에서 골랐다. 그는 콜레라로 죽기 전까지 성경에 나오는 이야기나, 노예와 종교에 관해서는 더 관대했다는 예전 주인 이야기를 곧잘 들려주었다. 그녀는 그런 이야기와 우화들을 좋아했고, 백인들의 말에도 일리가 있다는 생각을 하게 되었다. 구원 이야기는 아프리카 사람에게 생각거리를 줄 수 있었다. 가엾은 함의 아들들.* 그녀의 마지막 남편은 꿀을 훔쳐서 귀가 잘렸다. 기력이 쇠잔해질 때까지도 그의 상처에서는 고름이 나왔다.

아자리는 이 남자들 사이에서 아이 다섯을, 모두 같은 오두막 바닥에서 낳았는데 아이들이 잘못을 저지를 때면 그곳을 가리키곤 했다. 네가 저기서 나왔으니, 말을 안 들으면 저리로 돌려보낼 거야. 아이들이 그녀의 말에 순종하도록 가르친다면 앞으로 올 모든 주인들에게도 순종할 테고 그러면 살아남을 터였다. 두 아이는 고열로 비참하게 죽었다. 사내 녀석 하나는 녹슨 쟁기를 갖고 놀다가 발을 베어 파상풍으로 죽었다. 막내는 작업반장에게 나무토막으로 머리를 얻어맞은 후 다시는 깨어나지 않았다. 하나씩 차례차례. 적어도 아이들은 한 번도 팔려 가지 않은 것 아니냐고 더 나이 든 여자가 아자리에게 말했다. 사실이었다. 당시 랜들은 어린아이를 파는 일이 거의 없었다. 사람들은 아이들이 어디서 어떻게 죽었는지 다 알았다. 열 살을 넘긴 아이가 코라의 엄마, 메이블이었다.

아자리는 광폭한 바다 위 흰 포말처럼 목화솜이 넘실거리는 목화밭에서 죽었다. 코피를 쏟으며 입에 흰 거품을 물고, 머리가 깨질 듯 아파 밭에 고꾸라진 그녀 마을의 마지막 사람. 어떻게 어디 다른 곳일 수 있었으랴. 자유는 다른 사람들, 저 북쪽으로 수천 킬로미터 떨어진 펜실베이니아주의 시민들을 위한 것이었다. 납치됐던 그 밤 이후로 그녀는 값이 매겨지고 또다시 매겨지고, 자고 일어나면 날마다 새로운 저울판 위에 있었다. 자기 값을 알고

---

* 함은 성경 창세기에 등장하는 노아의 셋째 아들로, 노아에게서 그의 자손 가나안이 다른 형제 자손들의 종이 되라는 저주를 받는다. 이는 노예제 찬성론자들이 함의 자손을 흑인으로 규정하고 흑인 노예제를 정당화하는 근거로 사용되었다.

나면 갈 자리를 알게 됐다. 농장을 탈출하는 것은 곧 존재의 근본 원칙을 이탈하는 것이었다. 불가능했다.

그날 일요일 저녁, 지하철도에 대해 이야기하는 시저에게 코라가 싫다고 했을 때 그것은 코라의 할머니가 하는 말이었다.

3주 뒤 코라는 좋다고 말했다.

이번에는 엄마가 하는 말이었다.

GEORGIA

조지아

현상금 30달러

금월 5일, 솔즈베리 거주 구독자에게서 리지라는 이름의 니그로 소녀 도주.
위 소녀는 스틸 부인의 농장 인근에 있는 것으로 추정. 위 소녀를 넘겨주거나,
위 소녀가 주 내 어느 감옥에 갇혀 있다는 정보를
제공하는 이에게 상기 현상금 지급.
누구든 위 소녀를 숨겨주는 것은 규정된 법률 위반임을 미리 경고함.

W. M. 딕슨
1820년 7월 18일

자키의 생일은 1년에 한두 번이 고작이었다. 그들은 제대로 잔치를 열어 주려고 노력했다. 생일은 언제나 반나절만 일하는 일요일이었다. 작업반장 들이 3시에 일을 종료한다는 신호를 보내면, 북쪽 농장은 허드렛일을 서둘 러 마무리하며 잰걸음으로 준비에 나섰다. 수리하고, 구석구석 이끼를 떼어 내고, 지붕의 틈을 메웠다. 공예품을 내다 팔러 읍내로 갈 통행권을 얻었거 나 날품팔이로 나가는 게 아니라면 잔치가 우선이었다. 추가 품삯을 포기하 려고 해도—흔쾌히 그러려는 이도 없거니와—노예가 주제넘게 어떤 노예의 생일이라서 일을 할 수 없다고 백인 남자에게 말하는 일은 있을 수 없었다. 모두가 검둥이에게는 생일이 없다고 알고 있었다.

코라는 제 텃밭 가장자리, 사탕단풍나무 더미 위에 앉아 손톱 밑의 흙을 파내고 있었다. 코라는 가능하면 생일잔치에 순무나 푸성귀를 가져갔지만, 오늘은 나온 게 아무것도 없었다. 골목길 저편에서 누군가, 아마 여기 온 지 얼마 되지 않아서 코널리에게 아직 완전히 깨지지 않은 소년들 중 하나가 소리를 내질렀고, 고함은 이내 다툼으로 이어졌다. 목소리는 화보다 짜증에 가까웠지만, 아무튼 컸다. 사람들이 벌써 이 정도로 달아올랐다면 잊지 못 할 생일잔치가 될 것이었다.

"생일을 고를 수 있다면 넌 언제로 할래?" 러비가 물었다.

코라는 해를 등지고 있는 러비의 얼굴을 볼 수 없었지만, 친구의 표정은 읽을 수 있었다. 러비는 복잡하지 않은 성격이었고, 그날 밤에는 축하 잔치가 벌어질 것이었다. 러비는 이런 드문 일탈에 몹시도 신나했다. 그게 자키의 생일이든 크리스마스든, 아니면 손이 두 개인 사람이라면 누구나 밤새도록 작물을 따야 하고 노예들이 흥을 잃지 않도록 랜들가 사람들이 작업반장들을 시켜 옥수수 위스키를 돌리는 밤이어도 그랬다. 그것은 일이었지만, 달이 떠 있어서 괜찮았다. 러비는 제일 먼저 바이올린 연주자에게 연주를 청하고 제일 먼저 춤을 췄다. 러비는 코라가 싫다고 내빼도 아랑곳 않고 코라를 구석에서 끌어내려고 하리라. 서로 팔짱을 끼고 빙글빙글 원을 돌면, 러비는 한 번 돌 때마다 남자아이와 잠깐씩 눈을 맞출 테고 그러면 코라도 따라 하게 되리라. 그러나 코라는 팔을 뿌리칠 뿐 한 번도 러비의 대열에 합류한 적이 없었다. 코라는 바라보는 쪽이었다.

"내가 언제 태어났는지 말했잖아." 코라가 말했다. 코라는 겨울에 태어났다. 엄마 메이블은 드물게 서리가 내리고 오두막 틈새로 바람이 사납게 울부짖던 그날 아침, 코라가 몹시도 힘들게 나왔노라고 여러 번 푸념했었다. 메이블은 며칠이나 하혈을 했고, 코닐리는 메이블이 거의 산송장이 되고서야 겨우 의사를 불러주었다. 가끔 코라의 머리가 속임수를 부리면 코라는 이 이야기가 자신의 기억이라고 착각했는데, 유령들, 이미 죽은 모든 노예들의 얼굴이 그녀를 사랑과 관용의 눈길로 내려다보고 있었다. 코라가 증오하는 사람들, 엄마가 사라진 이후로 코라에게 발길질을 하거나 음식을 빼앗아 간 사람들까지 모두.

"고를 수 있다면 말이야." 러비가 말했다.

"고를 수 없어." 코라가 대답했다. "그건 정해지는 거야."

"너 분위기 좀 바꿔라." 러비는 한마디 던지고 냉큼 사라졌다.

코라는 앉아 있을 수 있는 시간에 감사하며 종아리를 주물렀다. 잔치가 있든 없든 매주 일요일 반나절 일이 끝나면 코라가 오는 곳이 여기였다. 코라는 웅크리고 앉아 어디 손볼 데가 없나 둘러보았다. 매주 두어 시간은 꼭 시간을 내서 밭을 살피면서 잡초를 뽑고, 애벌레를 털어내고, 상한 채소를 솎아내고, 그리고 그녀의 영역에 침범하려고 하는 사람에게 눈을 부라렸다. 텃밭 손질이야 원래 해야 하는 일이었지만 손도끼 사건이 있은 날부터 이건 그녀가 결의를 잃지 않았다는 메시지이기도 했다.

발밑의 흙에는 이야기가, 코라가 알고 있는 가장 오래된 이야기가 있었다. 아자리가 대농장으로의 길고 긴 여정을 마치고 정착했을 때, 노예 숙소 맨 끝에 있는 아자리의 오두막 뒤편으로는 관목과 흙밖에 없었다. 그 뒤로 밭이 펼쳐져 있고 그 너머는 늪이었다. 그러던 어느 날 밤 랜들은 끝없이 펼쳐진 흰 바다가 나오는 꿈을 꾸었고 그길로 믿을 수 있는 쪽〔藍〕에서 해도면(海島綿)으로 작물을 바꾸었다. 랜들은 뉴올리언스에 새 거래처를 트고, 잉글랜드 은행의 지원을 받는 투자자들과 손을 잡았다. 돈이 전에 없이 들어왔다. 유럽은 목화에 굶주려 있었고, 한 뭉치 한 뭉치가 아쉬웠다. 어느 날 장정들이 나무를 다 베어내더니 밤에 밭에서 돌아와서는 새로 지을 오두막에 쓸 통나무를 팼다.

지금 잔치 준비를 하느라 들락거리는 사람들을 바라보면서 코라는 오두막 열네 채가 거기 없던 시절을 상상하기 힘들었다. 그렇게 낡고, 사사건건 불평이 터져 나오는 곳이어도 늘 한결같은 구석이 있었다. 서쪽으로는 언덕이 펼쳐지고 농장을 가로지르는 개울이 흐르는 곳. 오두막들은 영원성을 풍겼고 그런 만큼 안에서 살고 또 죽어간 이들이 언제나 품어왔던 느낌을 불러일으켰다. 부러움과 앙심을. 오래된 오두막과 새로 지어진 오두막 사이에 공간을 좀 더 두었더라면 지난 몇 년간의 많은 슬픔을 피할 수 있었으리라.

백인들은 지도상에 나와 있는 수백 킬로미터 떨어진 곳의 부지를 두고 판사들 앞에서 다퉜다. 노예들은 자기들이 굴릴 조그마한 땅뙈기를 두고 그에 못지않게 살벌하게 싸웠다. 오두막들 사이의 기다란 공터는 염소를 묶어두고 닭장을 세우는 곳, 매일 아침 주방에서 조금씩 배급해주는 으깬 감자 말고 배를 채울 수 있는 먹거리를 키우는 곳이었다. 먼저 맡는 사람이 임자였다. 랜들이, 이후에는 그 아들들이 당신을 팔아야겠다는 생각을 하면, 계약서의 잉크가 마르기도 전에 누군가 당신의 땅뙈기를 훔쳐 갔다. 고요한 저녁, 당신이 가만히 미소 짓거나 콧노래를 흥얼거리며 거기 서 있다면 그걸 본 이웃은 협박이든 뭐든 온갖 수를 써서 당신에게서 땅을 뺏어내겠다는 생각을 할지도 몰랐다. 누가 당신의 호소를 듣겠는가? 여기에는 판사가 없었다.

"하지만 할머니였다면 당신 밭에 손도 대지 못하게 하셨을걸." 메이블은 코라에게 말했다. 사실 아자리의 몫은 반 평 남짓밖에 되지 않았다. "할머니였다면 아마 저렇게 자꾸 힐끔거리는 것들의 머리통에 망치를 박아버렸을 거야."

다른 노예를 폭행하는 할머니의 모습은 마음속 할머니와는 어울리지 않았지만, 땅을 관리해보니 코라는 그 뜻이 이해가 되었다. 아자리는 주인집이 세를 키워가는 동안 자기 텃밭을 끊임없이 지켜냈다. 랜들가는 스펜서가가 서부에서 운을 시험해보기로 결정하고 나자, 북쪽으로 펼쳐져 있던 그 집안의 땅을 사들였다. 그다음에는 남쪽의 대농장을 사들였고, 그곳 작물을 쌀에서 목화로 바꾸면서 늘어선 오두막 열마다 두 채씩을 더 지었지만, 아자리의 밭은 여전히 그 한가운데 요지부동으로, 아주 깊이 뿌리를 내린 그루터기처럼 남아 있었다. 아자리가 죽은 뒤 메이블은 참마, 오크라, 무엇이든 내키는 대로 심으며 땅을 지켰다. 코라가 이어받으면서 소란이 시작되었다.

메이블이 사라지자 코라는 버려진 아이가 되었다. 열한 살, 열 살, 그즈음. 이제 나이를 정확히 말해줄 사람이 아무도 없었다. 충격에 빠진 코라에게 세상은 뿌연 잿빛 덩어리가 되었다. 처음으로 돌아온 색깔은 코라네 가족에게 주어진 땅뙈기의 끓어오르는 적갈색이었다. 땅은 사람들과 세상을 상기시켰고, 비록 어리고 작고 이제는 자기를 돌봐줄 사람이 아무도 없을지라도, 코라는 그 땅을 지켜야겠다고 마음먹었다. 메이블은 너무 말이 없고 고집이 세서 사람들이 그다지 좋아하지 않았지만 아자리는 모두가 존경했다. 아자리가 남긴 그림자는 보호막이었다. 랜들가에 처음부터 있었던 노예들은 이제 거의 다 땅속에 있거나 팔려 가거나, 다른 여러 이유로 사라졌다. 코라의 할머니를 존경했던 이들이 지금 하나라도 남아 있나? 코라는 마을 사람들을 하나씩 따져보았다. 아무도. 모두 죽고 없었다.

코라는 땅을 지키기 위해 싸웠다. 너무 어려서 실제로 일은 하지 못하는 녀석들이 성가시게 굴었다. 코라는 그런 아이들이 자기가 심은 싹을 밟아 뭉개면 내쫓았고, 참마를 캐 가면 자키의 생일잔치에서 아이들을 달리기 시합이나 게임으로 내몰 때처럼 소리를 질렀다. 코라는 아이들을 좋게 대했다.

그러나 땅을 노리는 이들이 서서히 나타났다. 아바. 코라의 엄마와 아바는 이 농장에서 같이 자라났다. 둘은 똑같이 랜들에게 불려 갔고, 희롱은 너무도 일상적이고 익숙해서 날씨와도 같았으며 상상을 초월할 만큼 극악무도해서 머릿속에 담아두기조차 싫을 정도였다. 때로 그런 경험은 서로를 묶어주지만 자신의 무력함에 대한 수치심이 모든 목격자들을 적으로 만들기도 한다. 아바와 메이블은 사이좋게 지낼 수 없었다.

아바는 강단 있고 힘이 좋았으며, 두 손은 독사만큼 빨랐다. 속도가 목화솜을 따기에도 좋았고, 제 아이들이 게으름을 피우거나 잘못을 했을 때 뺨을 연달아 갈기기에도 좋았다. 아바는 제 아이들보다 닭을 더 애지중지해서 닭장을 넓히려고 코라의 땅을 호시탐탐 노렸다. "이건 낭비야." 아바가 혀를 찼다. "애한테 저런 땅이라니." 아바와 코라는 매일 밤 숙소 상층에서 나란히 잤고, 여덟 명이 더 있어서 꽉 들어차는 가운데서도 코라는 오두막 안에 퍼지는 아바의 좌절감을 죄다 구별할 수 있었다. 아바의 숨결은 분노에 차 축축하고 시큼했다. 아바는 오줌을 누러 일어날 때마다 코라를 치고 지나갔다.

"이제는 호브에서 지내라." 어느 날 오후 코라가 목화솜 묶기를 돕다가 들어오는데 모지스가 말했다. 모지스는 현금 비슷한 것을 주고받으며 아바와 흥정을 했다. 코널리가 농장 일꾼에서 작업반장으로, 즉 감독관의 실무자로 승진시켜주고 난 뒤부터 모지스는 오두막에서 벌어지는 음모에서 중개인을 자처했다. 대단한 것은 못 되지만 노예 오두막에도 따라야 할 질서는 있었고, 백인 남자가 할 수 없는 것들이 존재했다. 모지스는 두 팔을 걷어붙이고 이 역할을 받아들였다. 코라는 그의 얼굴이 땅딸막하고 축축한 나무 몸통에서 불거져 나온 옹이처럼 심술궂게 생겼다고 생각했다. 그의 본성이 드러났을 때 코라는 놀라지 않았다—오래 기다리면 본모습은 나오기 마련이니까. 새벽처럼. 코라는 불쌍한 사람들이 버려지는 곳, 호브로 조용히 발걸음을 옮겼다. 여기엔 날마다 다시 써지는 법뿐이어서 의지할 것도 없었다. 누군가 코라의 물건을 벌써 다 옮겨놓았다.

자기 이름을 이 오두막에 빌려준 불행한 사람은 아무도 기억하지 못했다. 그는 그의 자취가 밸 만큼 여기 오래 살았지만 사람들이 들어오며 다 지워져버렸다. 감독관의 처벌로 몸이 불구가 된 사람들이 호브로 왔고, 일을 하다가 보이는 데든 보이지 않는 데든 병이 난 사람들이 호브로 왔고, 제정신을 잃은 사람들이 호브로 왔다. 버려진 이들도.

맨 처음 호브에 살았던 건 불구자, 제구실을 못하는 남자들이었다. 그다음에 여자들이 들어왔다. 백인과 짙은 피부색의 유럽인들은 여자들의 몸을 난폭하게 다뤘기 때문에, 태어난 아기들은 덜 자라고 쪼그라든 경우가 많았고, 맞아서 정신이 나간 여자들은 어둠 속에서 죽은 아이들의 이름을 되뇌었다. 이브, 엘리자베스, 너새니얼, 톰. 코라는 너무 무서워서 그들, 그 비참한 인생들 곁에서 잠이 오지 않아 큰방 바닥에 몸을 웅크렸다. 원래도 무력했지만 제 소심함이 원망스러웠다. 코라는 어두운 형체들을 물끄러미 바라보았다. 벽난로, 상층을 단단하게 떠받치고 있는 대들보, 벽에 걸린 연장들. 태어난 오두막이 아닌 데서 자보기는 처음이었다. 몇 킬로미터 같은 백 걸음.

아바가 다음 단계의 계획을 실행에 옮기는 건 시간문제였다. 그리고 그걸 흐뭇해할 늙은이 에이브러햄이 있었다. 실제로 늙은 게 아니라, 다만 처음 앉을 수 있게 된 이후부터 늙은 인간 혐오주의자처럼 굴어온 늙은이 에이브러햄. 그는 꿍꿍이 같은 것은 없었지만 땅이 원칙에 따라 분배되기를 원했다. 왜 그저 할머니가 예전에 그 땅을 일궜다는 이유만으로 에이브러햄과 다른 이들 모두가 이 어린 소녀의 소유권을 인정해야 하는가? 늙은이 에이브러햄은 전통을 따르는 부류가 아니었다. 그는 그 제안에 무게가 실리도록 지켜우리만치 열을 올리고 다녔다. 볼일을 보러 지나다니면서 코라는 그가 코라의 땅을 재분배하자고 성토하는 것을 숱하게 들었다. "애한테 저런 땅이라니." 고작 반 평 남짓이었다.

그 뒤 블레이크가 왔다. 그해 여름 동생 테런스 랜들은 형과 함께 대농장을 물려받을 날을 준비하며 필요한 직무들을 맡기 시작했다. 그는 양쪽 캐롤라이나에서 검둥이들을 무더기로 사들였다. 그중 여섯 명, 판티족과 만딩고족은 중개인 말을 믿는다면 몸이나 성격이나 애당초 노동을 위해 태어난 자들이었다. 블레이크, 포트, 에드워드, 그리고 나머지는 랜들가의 대농장에서 자기들끼리 부족을 이루었고, 서슴지 않고 제 것이 아닌 것에까지 마음대로 손을 댔다. 테런스 랜들은 그들이 아끼는 새 노예들임을 숨기지 않았고, 코널리는 모두가 그 사실을 똑똑히 기억해두도록 만들었다. 그들이 기분이 좋지 않을 때나, 사과주를 모두 비우고 난 토요일 밤이면 옆으로 비켜서 있어야 한다는 것을 모두가 배웠다.

덩치가 커다란 떡갈나무만 해서 식사 배급을 두 배로 받는 블레이크는 테런스 랜들의 투자 감각을 금세 입증해 보였다. 그런 종마 같은 남자의 자손을 얻는다는 것만으로도 값어치가 충분했다. 블레이크는 제 무리들은 물론 겨루기에 참가한 누구나 넘어뜨렸는데, 뽀얀 흙먼지 속에서 번번이 정복자

조지아

처럼 모습을 드러내는 장관을 자주 연출했다. 그가 일할 때면 그의 목소리가 줄지어 늘어선 오두막 사이에서 울려 퍼졌고, 그를 경멸하는 사람들조차 노래를 따라 부를 수밖에 없었다. 성격은 고약했지만 그의 몸에서 나오는 소리는 고된 일을 빨리 끝내게 해주었다.

몇 주 동안 북쪽 농장을 살피고 재본 뒤 블레이크는 코라의 땅이 자기 개를 묶어두기에 안성맞춤이라는 결론을 내렸다. 햇살, 산들바람, 가깝기까지. 블레이크에게는 읍내에 다녀오는 길에 얻어 온 잡종 개 한 마리가 있었다. 개는 블레이크가 일하는 동안 훈제실 주변을 어슬렁거렸고, 번잡한 조지아주의 밤에 소음이 들려올 때마다 짖어댔다. 블레이크는 목공을 조금 할 줄 알았는데, 그것은 중개인이 자주 그러듯이 값을 올리려고 지어낸 거짓말이 아니었다. 그는 조그만 개집을 하나 짓고는 찬사를 받아내러 다녔다. 정확한 각도에 비례도 잘 맞는, 꽤 잘 만든 개집이었기 때문에 친절한 말들은 진심이었다. 경첩이 달린 문이 있고 뒷벽에는 해와 달을 오려 붙인 문양도 있었다.

"멋진 대저택 아닌가?" 블레이크가 늙은이 에이브러햄에게 물었다. 블레이크는 여기 온 이후로 늙은이 에이브러햄의 때로 기분 좋은 솔직함을 높이 사게 되었다.

"엄청난 작품입니다. 저기 저건 조그만 침대네요?"

블레이크는 바느질로 베갯잇을 만들고 그 안에 이끼를 채워 넣었다. 그는 자신의 오두막 앞쪽 땅에 개집을 놓으면 딱 좋겠다고 결정했다. 코라는 그동안 그에게 보이지 않는 존재였지만, 이제 코라가 가까이 올 때면 그는 그녀가 더 이상 투명 인간이 아니라는 것을 일러주려고 코라를 매서운 눈으로 훑었다.

코라는 메이블에게 진 빚이 있다고 들은 몇몇에게 신세를 져보려고 했다. 그들은 모두 퇴짜를 놓았다. 침모였던 메이블은 보가 고열에 시달렸을 때 간호를 해줘서 낫게 해준 적이 있었다. 메이블은 이 소녀에게 자기 몫의 저녁을 주었고, 다시 눈을 뜰 때까지 떨리는 입술 사이로 대마와 나무뿌리 달인 물을 떠먹였다. 보는 그 빚은 이후에 벌써 갚았다면서, 코라에게 호브로 돌아가라고 말했다. 코라는 농사 연장이 몇 개 없어졌을 때 메이블이 캘빈을 위해 둘러대주었던 것을 기억하고 있었다. 코널리는 아홉 가닥 채찍을 즐겨 사용했는데, 메이블이 대신 변명을 해주지 않았다면 캘빈은 등가죽이 벗겨지도록 매질을 당했을 것이다. 만일 메이블이 거짓말하고 있다는 것을 코널리가 알았다면, 메이블도 똑같은 처지가 되었으리라. 코라는 저녁 식사를 끝낸 뒤 캘빈의 집으로 몰래 찾아갔다. 도움이 필요해요. 그는 손사래를 쳤다. 메이블은 캘빈이 그런 연장을 어디에 쓰겠느냐고 말했었다.

블레이크가 의도를 알린 지 오래지 않아, 어느 날 아침 코라는 요란한 소리에 잠이 깼다. 코라는 텃밭을 확인하러 호브 밖으로 나왔다. 선선한 새벽이었다. 안개 자락이 땅 위를 맴돌고 있었다. 거기서 코라는 보았다—그녀의 첫 양배추가 될 것이었을 무엇의 잔해를. 블레이크의 오두막 계단에 수북하게 쌓인 뒤엉킨 줄기는 벌써 말라가고 있었다. 개집을 두기 좋게 땅을 갈아엎어 꾹꾹 다졌고, 개집은 이 대농장 중심의 대저택처럼 코라의 땅 한가운데 놓여 있었다.

개가 이게 코라의 땅이라는 것을 알고 있고 자기는 전혀 개의치 않는다는 사실을 표시하고 싶다는 듯 문밖으로 고개를 빼꼼 내밀었다.

블레이크가 오두막 밖으로 나와 팔짱을 꼈다. 침을 뱉었다.

사람들이 코라의 시야 한구석에서 움직였다. 헐뜯고 잔소리하는 그림자들. 코라를 보고 있었다. 엄마는 없었다. 코라는 불쌍한 이들의 집으로 이사가야 했고, 누구도 코라를 도우러 오지 않았다. 이제 덩치가 코라의 세 배가 되는 이 남자가 코라 몫의 땅을 차지했다.

코라는 속으로 머리를 굴렸다. 몇 년 뒤였다면 호브에 사는 여자들, 아니면 러비에게 도움을 청할 수도 있었겠지만, 이때는 아니었다. 할머니는 당신 땅을 침범하는 이라면 누구든 머리통을 갈라버릴 것이라고 경고했었다. 하지만 그러기에는 상대가 코라에게 너무 커 보였다. 코라는 단숨에 호브로 돌아가 벽에서 손도끼를, 잠들 수 없을 때면 노려보았던 손도끼를 뽑아 들었다. 폐병에 걸렸다든지, 채찍으로 거죽이 다 벗겨졌다든지, 바닥에 똥오줌을 다 쏟아냈다든지 이런저런 끔찍한 결말에 다다랐던 이전 거주자 중 한 명이 남겨놓은 것이었다.

이제 말이 퍼져서 구경꾼들은 기대감으로 고개를 갸우뚱거리며 오두막 바깥에 진을 치고 있었다. 코라는 돌풍에 몸을 한껏 숙이듯 등을 구부린 채 그들을 지나 뚜벅뚜벅 걸어갔다. 너무도 낯선 광경이라, 아무도 코라를 말리고 나서지 않았다. 코라가 처음 휘두른 도끼날이 개집 지붕에 내리꽂히자 꼬리가 절반으로 잘린 개가 외마디 비명을 질렀다. 개는 제 주인의 오두막 밑으로 잽싸게 숨어들었다. 코라의 두 번째 도끼질은 개집의 왼편을 완전히 무너뜨렸고, 마지막 도끼질로 개집은 박살이 났다.

코라는 숨을 몰아쉬며 거기 서 있었다. 도끼를 잡은 두 손. 도끼가 유령과 줄다리기를 하듯 허공에서 흔들렸지만, 소녀는 흔들리지 않았다.

블레이크가 주먹을 쥐고 코라를 향해 걸어갔다. 그의 무리들이 잔뜩 긴장해 그 뒤에 섰다. 그리고 그는 멈추었다. 그 순간 두 형체—건장한 청년과 흰 원피스를 입은 가느다란 소녀—사이에서 벌어진 일은 시점의 문제가 되었다. 예전 오두막 쪽에서 지켜보고 있던 사람들 눈에, 블레이크의 얼굴은 흡사 말벌의 왕국으로 고꾸라지는 사람의 얼굴처럼 경악과 불안으로 일그러져 있었다. 새로 지어진 오두막 쪽에 서 있던 이들은 마치 단지 남자 한 명이 아니라 돌격하는 군대를 상대하듯 격렬하게 왕복하는 코라의 눈동자를 보았다. 두렵다 해도 만날 준비가 되어 있는 군대를. 시점과 상관없이 중요한 것은 한 사람의 자세와 표정을 통해 전달되고 다른 이들이 해석한 메시지였다. 네가 나를 이길지는 모르겠지만, 그 대가를 치르게 될 거야.

그들은 얼마 뒤 앨리스가 아침 식사 종을 울릴 때까지 그렇게 서 있었다. 으깬 감자를 포기할 사람은 아무도 없었다. 사람들이 들판에서 돌아왔을 때는 코라가 자기 밭에 어질러진 쓰레기를 말끔히 치운 뒤였다. 코라는 누군가가 건축 프로젝트에 쓰다 버린 사탕단풍나무 자투리들을 한데 모아 쌓았고, 이제 그것은 언제든 짬이 날 때 와서 앉아 있는 코라의 의자가 되었다.

아바가 술책을 쓰기 전에 코라는 호브 사람이 아니었지만, 이제는 그랬다. 호브에서 가장 악명 높고, 가장 오래 산 사람. 농장 일은 결국 몸이 성치 못한 이들을 망가뜨렸고—언제나 그랬다—제정신이 아닌 상태에서 그들은 싼값에 팔려 가거나 스스로 목을 그었다. 방이 비는 기간은 짧았다. 코라는 남았다. 호브는 그녀의 집이었다.

코라는 개집을 땔감으로 썼다. 그걸로 코라와 호브에 사는 다른 이들이 따뜻하게 보낸 건 하룻밤이었지만, 그 일은 코라가 랜들 농장에서 지내는 내내 꼬리표처럼 따라다녔다. 블레이크와 패거리는 이야기를 떠벌리고 다니기 시작했다. 블레이크는 마구간 뒤에서 낮잠을 자다가 깨보니 코라가 엉엉 울면서 도끼를 손에 들고 자기 앞에 서 있었다고 말했다. 그는 흉내를 곧잘 냈고 그의 몸짓에 사람들은 설득됐다. 코라의 가슴이 봉긋해지기 시작하자 블레이크 무리 중 가장 질이 나쁜 에드워드는 코라가 자기 앞에서 치마를 펄럭거리며 음탕한 제안을 했고, 거절하면 머리 가죽을 벗겨버리겠다고 위협했다며 지껄이고 다녔다. 젊은 여자들은 코라가 보름달이 뜨면 오두막에서 슬그머니 빠져나가, 숲으로 가서 당나귀나 염소와 그 짓을 하는 것을 보았다고 숙덕거렸다. 아무리 그래도 마지막 이야기는 믿을 만하지 않다고 생각하는 사람들도 있었지만, 그들 역시 이상한 여자애는 멀리하는 게 상책이라고 생각했다.

머지않아 코라에게서 여인의 티가 나는 것이 보이자, 에드워드, 포트, 그리고 남쪽 농장에서 온 일꾼 두 명이 코라를 훈제실 뒤로 끌고 갔다. 소리를 듣거나 본 사람이 있더라도 아무도 끼어들지 않았다. 호브에 사는 여자들이 코라를 꿰매주었다. 그즈음 블레이크는 사라지고 없었다. 어쩌면 그날 코라의 얼굴을 들여다보았기 때문인지 그는 무리에게 앙갚음은 하지 말라고 충고했었다. 그 대가를 치르게 될 거야. 그러나 그는 없었다. 그는 코라가 개집을 부숴놓은 지 3년 뒤, 달아나 몇 주 동안 늪에 숨어 있었다. 순찰대에게 그가 있는 곳을 알려준 것은 컹컹 짖어대던 그의 개였다. 코라는 잘됐다고 생각했고, 그가 어떤 벌을 받을지 떠올리면서도 떨지 않았다.

사람들은 벌써 주방에서 큰 식탁을 끌어다가 생일잔치 식재료를 그 위에 그득 올려놓았다. 한쪽 끝에서는 사냥꾼 한 명이 너구리 가죽을 벗기고 맞은편 끝에서는 플로렌스가 한 무더기 쌓인 고구마의 흙을 긁어내고 있었다. 커다란 가마솥 밑에서 불이 타닥, 쉬익 소리를 내며 타올랐다. 수프가 넘실거리는 검은 솥 안에서는 자맥질하는 돼지 머리 주변으로 양배추 지스러기가 떠다니고, 돼지 눈알이 뿌연 거품 속에서 희번덕거렸다. 꼬맹이 체스터가 달려와 동부 한 줌을 쥐고 달아나려고 했지만, 앨리스가 국자로 그를 찰싹 때려 내쫓았다.

"오늘은 아무것도 없네, 코라?" 앨리스가 말했다.

"너무 일러서요." 코라가 대답했다.

앨리스는 살짝 실망한 기색을 내비치고 다시 음식으로 돌아갔다.

이런 게 바로 거짓말이지, 코라는 생각하고 기억해두었다. 텃밭에 난 게 없어서 차라리 다행이었다. 자키의 지난번 생일 때 코라는 양배추 두 통을 내놓았고, 앨리스는 고맙다며 받았었다. 주방을 나서려다가 돌아온 게 실수였던 것은 앨리스가 음식물 쓰레기통에 양배추를 던져 넣는 것을 보고 말았기 때문이다. 코라는 휘청거리며 밖으로 나왔다. 그녀는 코라가 가져오는 음식이 더럽다고 생각했을까? 앨리스는 지난 5년 동안 코라가 내놓은 것은 전부, 순무며 푸성귀며 하나같이 그렇게 처리했을까? 코라 때부터 시작된 일일까, 메이블, 아니면 할머니 때부터? 앨리스에 맞서봐야 헛일이었다. 앨리스는 랜들 어르신의 사랑을 받았었고, 이제는 자신이 만든 고기 파이를 먹고 큰 제임스 랜들의 사랑을 받고 있었다. 비참 속에 담긴 비참, 비참에도 질서가 있었고, 그 길은 따라야만 했다.

랜들 형제. 제임스는 어려서부터 앨리스가 주방에서 주는 간식, 슈가애플이면 주먹질이나 짜증을 줄이며 성질을 누그러뜨리곤 했다. 동생 테런스는 그런 쪽이 아니었다. 요리사는 자신이 끓인 수프에 테런스 도련님이 불만을 표시하는 통에 귀 옆에 생긴 혹이 아직도 있었다. 그때 그의 나이 열 살이었다. 이런 징조는 그가 걸음마를 시작한 이후로 늘 있었고, 성인이 되면서 성격 중 혐오스러운 면이 더욱 완성되었는데, 본인은 그걸 책임감 있는 것이라고 생각했다. 제임스가 제 사적인 취향 속으로 파고드는 앵무조개 같은 성향이라면, 테런스는 마음 깊숙한 곳의 찰나적인 욕망을 남김없이 제 수하의 모두에게 푸는 쪽이었다. 그게 그의 권리였으므로.

코라 주변에서 단지들이 쨍그랑거리고 꼬맹이들은 들떠서 새된 비명을 질러댔다. 남쪽 농장에서는 아무런 일도 일어나지 않았다. 1년 전, 랜들 형제는 대농장을 둘로 나눠서 각자 어느 쪽을 관리할지를 동전 던지기로 결정했고 그렇게 해서 지금의 형태가 만들어졌다. 테런스는 노예들의 오락에 인색했기 때문에 테런스 쪽 농장에서는 이런 잔치가 벌어지지 않았다. 랜들가의 아들들은 유산을 각자 성격대로 운영했다. 제임스는 한창 유행하는 작물로, 느리지만 착실하게 재산을 쌓아가며 안전하게 운영하는 쪽을 좋아했다. 땅과, 땅을 돌볼 검둥이들은 어떤 은행에서도 줄 수 없는 확실한 보증이었다. 테런스는 그보다 활동적인 쪽이어서, 뉴올리언스로 보내는 물량을 어떻게 하면 늘릴 수 있을지 늘 궁리했다. 그는 벌 수 있는 돈은 한 푼까지도 짜냈다. 검은 피가 돈이었을 때 이 눈치 빠른 사업가는 혈관을 여는 법을 알았다.

꼬맹이 체스터와 친구들이 코라를 놀라게 하려고 확 붙들었다. 그러나 그저 아이들일 뿐이었다. 달리기 시합을 할 시간. 코라는 늘 출발선에서 아이들을 교통 정리하는 역할을 맡아서, 출발선의 발들을 주시하고, 겁이 많은 녀석들은 다독이고, 필요하면 몇몇은 더 나이 많은 형들의 시합으로 올려 보냈다. 올해 코라는 체스터를 한 단계 올려 보냈다. 코라처럼 버려진 아이, 부모들은 그를 걷기도 전에 팔아넘겼다. 코라는 그 아이를 챙겼다. 까슬까슬한 머리카락에 붉게 충혈된 눈. 밭일이 그 여린 몸에서 뭔가를 만들어냈는지, 체스터는 요 여섯 달 동안 몰라보게 자라 있었다. 칭찬에 인색한 코널리조차 체스터가 제일 수확을 잘하는 일꾼이 될 자질이 있다고 말했다.

"달리기 잘하지." 코라가 말했다.

체스터는 팔짱을 끼더니 삐딱하게 고개를 들었다. 나한테 그딴 말 해줄 필요 없거든. 체스터는 비록 본인은 모르지만 남자가 다 되어 있었다. 내년에는 달리기 시합을 하지 않고, 사이드라인에서 친구들과 농담 따 먹기나 하며 장난칠 궁리를 하고 있겠구나. 코라는 알 수 있었다.

젊은 노예와 나이 든 노예들이 말 다니는 길 가장자리에 모여 있었다. 아이를 잃은 여자들은 가능성과 가망 없음 사이에서 스스로를 고문하면서 천천히 오가고 있었다. 한데 모인 남자들은 사과주를 돌리면서 굴욕감이 씻겨 나가는 기분을 즐겼다. 호브에 사는 여자들은 잔치에 끼는 일이 거의 없었지만, 내그는 나름 도움이 되려고 바쁘게 움직이며 여기저기 흩어진 꼬마들을 모아들였다.

러비는 심판으로 결승선에 서 있었다. 러비는 할 수만 있다면 늘 자기가 제일 예뻐하는 아이를 승자로 뽑는다는 것을 아이들만 빼고 모두 알고 있었다. 자키 역시 곧 부서질 듯한 단풍나무 안락의자, 거의 매일 밤 앉아 별을 바라보는 그 의자에 몸을 묻고 결승선을 지키고 있었다. 자키는 생일 때면 자기 이름으로 열리는 잔치를 잘 보려고 늘 그 의자를 골목길까지 끌고 나왔다. 달리기 시합의 주자들이 시합을 마치고 자키에게로 가면, 자키는 몇 등을 했든 선수들의 손바닥에 생강 케이크를 한 조각씩 떨어뜨려주었다.

체스터가 두 손으로 무릎을 짚고 숨을 헐떡였다. 그는 마지막에 힘이 빠지고 말았다.

"거의 다 왔었는데." 코라가 말했다.

"거의." 체스터는 한 마디 내뱉고 생강 케이크를 받으러 갔다.

마지막 시합이 끝나자 코라는 자키의 팔을 톡톡 두드렸다. 자키가 그 뿌연 눈으로 얼마나 잘 볼 수 있는지는 아무도 알지 못했다. "올해 어떻게 되세요, 자키?"

"자, 어디 보자." 그는 계산 삼매경에 빠져들었다.

코라가 분명히 기억하기로 그는 작년 생일잔치 때 백한 살이라고 했었다. 실제 나이는 그 절반밖에 되지 않았는데, 그렇다 해도 그는 두 군데 랜들 농장을 통틀어 가장 나이 많은 노예였다. 그 정도로 나이가 들면 아흔여덟 혹은 백여덟이나 다름없었다. 새로 실현되는 잔인함 말고는 세상에서 더 새로울 것이 없었다.

열여섯 혹은 열일곱. 코라의 나이는 그즈음이었다. 코널리가 코라에게 남편을 들이라고 말한 지 1년. 포트와 그 친구들이 그녀를 건드린 지 2년. 그들은 그런 짓을 다시는 하지 않았고, 그날 이후로 코라가 집이라 부르는 오두막과 미쳤다는 이야기들 때문에 멀쩡한 남자 그 누구도 코라를 거들떠보지 않았다. 엄마가 사라진 지 6년.

자키에게는 근사한 생일 계획이 있구나, 코라는 생각했다. 자키는 어느 일요일이든 생일잔치를 열겠다고 깜짝 발표를 했고, 그거면 충분했다. 때로 한창 봄비가 내릴 때, 어떤 때는 수확을 마치고 나서였다. 몇 년은 잔치를 건너뛰기도 했고, 잊어버릴 때도 있었고, 혹은 농장이 그런 걸 받을 자격은 없었지만 누군가 애도해야 할 일이 생겼을 때를 배려하기도 했다. 누구도 그의 변덕에 개의치 않았다. 그가 이 농장에서 가장 나이 많은 흑인이라는 것, 백인 주인들이 고안하고 실행해온 온갖 고문에도 살아남았다는 것만으로도 충분했다. 눈은 침침했고, 다리는 절뚝거렸고, 상한 손은 아직도 삽자루를 쥐고 있는 듯 영원히 뒤틀려버렸지만, 그는 살아 있었다.

백인 주인들은 이제 그를 내버려두었다. 랜들 어르신은 자키의 생일에 대해 아무 말도 하지 않았고, 그 자리를 이어받은 제임스도 마찬가지였다. 감독관 코널리는 매주 일요일이면 그가 그달의 첩으로 고른 노예 소녀를 불러내 슬쩍 모습을 감췄다. 백인 주인들은 침묵했다. 포기한 것처럼, 혹은 진정한 자유라는 충만함을 더욱 고통스럽게 부각시키는 그 작은 자유가 무엇보다 가장 심한 벌이라고 생각한 것처럼.

어느 하루는 자키가 정확한 자기 생일을 골랐을 수도 있었다. 그 정도로 충분히 오래 살았으니까. 그게 사실이라면, 코라도 이따금씩 어느 날을 자기 생일로 고른다면 언젠가 진짜 생일을 맞힐 수도 있었다. 사실 오늘이 그날인지도 몰랐다. 그런다 한들, 이 백인의 세상으로 태어난 그날을 안들 좋을 게 뭐가 있을까? 그것은 기억해야 하는 무언가 같지도 않았다. 잊어야 할 것이라면 모를까.

"코라."

북쪽 농장 사람들이 거의 다 음식을 먹으러 주방으로 몰려갔지만 시저는 미적거렸다. 그는 여기 있었다. 코라는 그가 농장에 온 뒤로 그와 말할 기회가 한 번도 없었다. 새로 오는 노예들은 호브에 사는 여자들과는 어울리지 말라고 금세 충고를 들었다. 그 편이 시간을 절약해주는 것이었다.

"얘기 좀 할 수 있을까?" 그가 물었다.

제임스 랜들은 1년 반 전 황열병으로 사람들이 죽고 나서, 출장 중개상에게서 시저와 다른 노예 세 명을 샀다. 빨래할 여자 둘에, 들판 일에 합류할 시저와 프린스. 코라는 그가 휜 모양의 조각칼을 쥐고 소나무 토막을 만지작거리며 뭘 만드는 것을 본 적이 있었다. 그는 농장에서 성가신 부류의 사람들과 어울리지 않았고, 이따금씩 하녀 프랜시스와 사라진다는 것을 코라

조지아　37

는 알고 있었다. 둘은 아직도 같이 자는 사이일까? 러비라면 알 것이다. 코라는 소녀였지만, 러비는 남자와 여자 사이의 일, 곧 주선될 만남 따위를 늘 꿰고 있었다.

코라는 어른이 된 기분이었다. "무슨 일인데, 시저?"

그는 주위에 듣는 이가 없나 굳이 둘러보지 않았다. 자신이 계획한 상황이니 주변에 아무도 없다는 것을 그는 알고 있었다. "나 북쪽으로 돌아가려고 해." 그가 말했다. "곧. 도망가는 거야. 너도 같이 갔으면 좋겠어."

코라는 누가 시저를 시켜 이런 장난을 치는 것일까 떠올려보려 애썼다. "넌 북쪽으로 가라. 난 먹으러 갈게." 코라가 말했다.

시저가 그녀의 팔을 부드럽게 그러나 확신 있게 붙잡았다. 그의 몸은 그 나이 때 여느 농장 일꾼들처럼 군살이 없고 강했지만, 그는 힘을 부드럽게 썼다. 단춧구멍처럼 납작한 코에 둥근 얼굴이었다—코라는 그가 웃을 때 보조개가 생겼던 것이 퍼뜩 떠올랐다. 그녀는 왜 그런 걸 기억하고 있었을까?

"날 일러바치지 않았으면 좋겠어." 그가 말했다. "그 점은 널 믿는다. 하지만 정말 곧 갈 거고, 너와 가고 싶어. 행운의 징조로."

그제야 코라는 이해가 됐다. 그는 코라를 골탕 먹이려는 것이 아니었다. 그는 자신을 골탕 먹이고 있었다. 그는 순진했다. 너구리 고기 냄새에 코라는 다시 생일잔치로 돌아왔고 그의 손을 뿌리쳤다. "나는 코널리나 순찰대 손에 죽으려고, 아니면 뱀에 물려 죽으려고 발악하지는 않을래."

코라는 첫 수프 그릇을 받아 들고도 여전히 그의 어리석은 발상에 혀를 차고 있었다. 백인은 당신을 매일 서서히 죽여가고, 때로는 순식간에 죽이려고 한다. 왜 그 일을 돕겠는가? 그런 건 싫다고 말해야 하는 것이었다.

코라는 러비를 보았지만, 여자애들이 시저와 프랜시스에 대해 뭐라고 숙덕거리는지 묻지는 않았다. 그가 정말로 그럴 심산이라면 프랜시스는 과부가 될 터였다.

코라가 호브로 이사 온 뒤로 젊은 사내와 가장 길게 나눠본 대화였다.

사람들이 레슬링 시합을 위해 횃불을 피웠다. 누군가 땅속에 숨겨둔 옥수수 위스키와 사과주를 파냈고, 술은 이제 곧 시작되는 시합을 앞두고 관중 사이를 돌면서 흥을 돋우었다. 이제는 다른 대농장에 사는 남자들이 일요일 밤 마실을 왔다. 머릿속에서 공상을 피워내며 몇 킬로미터를 걸어왔으리라. 어떤 여자들은 짜릿한 하룻밤을 기대하며 유독 들떠 있었다.

러비가 키득거렸다. "쟤랑 한판 하고 싶다." 그녀는 메이저를 향해 고개를 까닥거리며 말했다.

메이저는 그 말을 듣기라도 한 듯 고개를 들었다. 그는 사내들 중 단연 1등이 되어가고 있었다. 열심히 일했고 작업반장들이 채찍을 들게 만드는 일이 거의 없었다. 그는 나이를 이유로 러비를 깍듯이 대했고, 코널리가 어느 날 중매를 선대도 놀랄 일은 아니었다. 그 청년과 적수가 풀밭에서 엉켜들었다. 마땅히 화내야 할 대상에게 그럴 수 없어서 서로에게 화풀이를 해대듯. 아이들은 어른들 사이에서 훔쳐보면서 걸 것도 하나 없이 내기를 했다. 아이들은 지금은 잡초를 뽑고 쓰레기 처리반에서 일했지만, 농장 일은 언젠가 그들을 지금 풀밭 위에서 부둥켜안고 버티고 서 있는 저 남자들만큼 키워놓으리라. 붙잡아, 저 아이를 잡아, 배워야 할 것을 단단히 가르쳐.

음악이 시작되고 춤판이 벌어지자 사람들은 자키에게 크고 작은 감사를 표했다. 다시 한번 자키는 생일날을 아주 잘 골랐다. 그는 그들의 속박된 일상을 뛰어넘는 공동의 긴장감, 집단적 불안을 잘 알고 있었다. 그것은 더욱 커지고 있었다. 지난 몇 시간은 그 불쾌한 느낌을 상당히 떨쳐내주었다. 사람들은 돌이켜 볼 수 있는 다정한 밤, 그리고 앞으로 다가올 그다음 생일잔치가 있어서, 빈약하나마 기운을 재충전해서 다음 날 아침의 노역, 또 그다음 날 아침과 긴긴 하루들을 마주할 수 있었다. 외부의 수모로부터 내면의 인간 영혼을 분리해주는 그들만의 원을 만듦으로써.

노블이 탬버린을 집어 들고 치기 시작했다. 그는 밭에서 손이 빠른 일꾼이었고, 밭 밖에서는 제일 먼저 나서서 흥을 돋우는 재주꾼이었다. 그는 오늘 밤 그 두 가지 재주를 모두 뽐냈다. 손뼉을 치고, 팔을 놀리고, 엉덩이를 흔들고. 악기가 있고 연주자들이 있지만 가끔은 바이올린이나 북이 그것을 연주하는 이들을 악기로 만들고, 모두를 노래의 노예로 만든다. 잔칫날 조지와 웨슬리가 바이올린과 밴조를 집어 들었을 때가 바로 그랬다. 자키는 단풍나무 의자에 앉아 맨발로 땅바닥에 박자를 맞추었다. 모두 앞으로 나와 춤을 췄다.

코라는 나가지 않았다. 코라는 가끔 음악이 그녀를 잡아끌 때를 조심했다. 갑자기 옆에 남자가 와 있을지도 모르고 그가 어떻게 할지 알 수 없는 노릇이니까. 허락을 얻어 저마다 움직이고 있는 몸들. 아무리 좋은 뜻이라고 해도 두 손을 붙들고 잡아끈다는 건. 한번은 자키의 생일에 웨슬리가 저 북쪽에서 지내던 시절에 익힌 노래를 들려주었는데, 여기 사람들 누구도 들어보지 못한 새로운 소리였다. 코라는 용기를 내서 춤추는 사람들 사이로 걸어 나가 눈을 감고 빙글빙글 돌았는데, 눈을 떠보니 에드워드가 이글거리는 눈으로 코앞에 와 있었다. 에드워드와 포트는 죽었지만—에드워드는 자루에 돌을 채워 무게를 속인 뒤에 목이 매달렸고, 포트는 쥐에 물려서 온몸이 검푸르게 변해가다가 땅속에 묻혔다—코라는 고삐를 풀어버릴 생각을 하면 겁부터 났다. 조지가 바이올린을 켰고, 선율이 모닥불에서 타오르는 불꽃처럼 소용돌이치며 밤하늘로 올라갔다. 아무도 손을 내밀어 코라를 이 기쁨에 찬 광기 속으로 끌어들이지 않았다.

음악이 끝났다. 원이 깨졌다. 이따금씩 어느 노예는 짧았던 자유의 소용돌이 속에서 길을 잃을 것이다. 밭고랑 한가운데서 갑작스레 상념이 밀려들 때, 혹은 이른 아침 신비스러운 꿈에 대해 곰곰 생각하는 동안. 어느 따뜻한 일요일 밤, 노래 한가운데. 그다음에 오는 것은 언제나—감독관의 고함, 일하라는 부름, 주인의 그림자—영원한 속박 속에서 당신은 아주 찰나에만 인간일 뿐임을 상기시켜 주는 것들이었다.

랜들 형제가 대저택에서 나와 그들 사이에 있었다.

노예들이 두려움과 존경심을 적절한 비율로 표현할 수 있는 거리를 계산하며 길을 텄다. 제임스의 몸종 고드프리가 등불을 들고 있었다. 늙은이 에이브러햄 말로는, 제임스는 나무통처럼 땅딸하고 늘 굳은 표정이었던 어머니를 많이 닮았고, 테런스는 키가 크고 끊임없이 먹이를 노리는 올빼미같이 생긴 아버지를 빼다 박았다. 그들은 땅은 물론 아버지의 재단사도 물려받았는데, 재단사는 한 달에 한 번 리넨과 면 견본을 가지고 곧 부서질 듯한 마차를 타고 왔다. 형제는 어렸을 때 비슷하게 옷을 입었고 어른이 되어서도 마찬가지였다. 그들의 새하얀 바지와 셔츠는 세탁부 소녀의 손이 만들 수 있는 가장 깨끗한 흰색이었고, 주황색 불빛 때문에 그들은 어둠 속에서 나타난 유령 같아 보였다.

"제임스 주인님." 자키가 입을 열었다. 그는 일어나려는 듯 그 큰 손으로 안락의자 팔걸이를 붙잡았지만, 꿈쩍도 하지 않았다. "테런스 주인님."

"신경들 쓰지 마라." 테런스가 말했다. "형님하고 내가 사업 문제로 의논을 하고 있는데 음악 소리가 들려오더군. 거참, 세상에서 제일 끔찍스러운 소음이네, 내가 형님한테 말했지."

랜들 형제는 크리스털 잔에 와인을 마시고 있었는데 이미 두세 병은 해치운 것 같았다. 코라는 사람들 틈에서 시저의 얼굴을 찾았다. 보이지 않았다. 그는 랜들 형제가 북쪽 농장에 마지막으로 함께 나타났던 그때 거기 없었다. 그런 방문이 주는 여러 교훈은 기억하는 편이 현명했다. 랜들 형제가 여기까지 나올 때면 늘 무슨 일이 벌어졌다. 조만간. 닥치기 전에는 예상할 수 없는 새로운 일이.

제임스는 심복 코널리에게 일상적인 운영을 맡겼고 노예들에게 와보는 일은 거의 없었다. 부자 이웃이나 다른 지역에서 온 호기심 많은 농장주 같은 손님들에게 구경을 시켜주는 일은 있었지만, 그 역시 드물었다. 제임스는 제 검둥이 노예들에게 좀처럼 말을 걸지 않았고, 그들은 그가 나타나도 신경 쓰지 말고 일을 계속하라고 채찍질로 교육을 받은 터였다. 테런스는 형의 농장에 나타나면 대개 노예를 하나하나 뜯어보면서 어떤 남자가 가장 일을 잘하고 어떤 여자가 가장 반반한지 적어두었다. 그는 형의 여자들에게는 음흉한 웃음을 흘리는 것으로 만족하고, 자기 농장의 여자들을 포식했다. "나는 우리 집 자두가 맛있더군." 테런스는 구미가 당기는 상대가 있나 보려고 오두막 사이를 어슬렁거리면서 말했다. 그는 연인들 사이를 침범했고, 때로는 부부간의 의무를 이행하는 적절한 방법을 남편에게 보여주기 위해 신혼 첫날밤의 노예들을 찾아가기도 했다. 그는 자기 농장의 자두를 맛보고, 생채기를 내고, 제 흔적을 남겼다.

제임스의 성향이 다르다는 것은 공공연한 사실이었다. 아버지나 동생과 달리 제임스는 자기 재산을 이용해 욕구를 채우지 않았다. 때로 그가 저녁을 함께 먹을 여자들을 카운티에서 데려오면, 앨리스는 늘 최선을 다해 진수성찬을 차려냈다. 랜들 부인이 오래전에 세상을 떠난 마당에 농장에 여자가 있으면 교양 있어 보이리라는 게 앨리스의 생각이었다. 제임스는 한 번에 몇 달씩 이 창백한 인물들과 즐거운 시간을 보냈고, 그들의 새하얀 승용마차는 대저택으로 이어지는 진흙탕 길을 바삐 오갔다. 주방에서 일하는 소녀들은 키득거리며 수군댔다. 그리고 나면 새로운 여자가 나타났다.

몸종 프라이드풀 말에 따르면 제임스는 정력을 뉴올리언스에 있는 특별한 방에서만 썼다. 안주인은 통이 큰 현대 여성으로 인간의 욕망을 훤히 꿰뚫고 있었다. 프라이드풀의 이야기는 믿기 어려웠지만, 그가 거기서 오랫동안 가깝게 지낸 직원에게 들은 말이기 때문에 확실했다. 대체 자진해서 채찍을 맞겠다는 백인 남자란 어떻게 생겨먹은 사람이란 말인가?

테런스는 지팡이로 땅 위에 낙서를 했다. 손잡이에 은으로 된 늑대 머리가 달린, 부친의 지팡이였다. 그 늑대의 입이 먹어치운 살점을 많은 이들이 기억했다. "그때 형님이 여기 어느 검둥이 이야기를 하셨던 게 생각났지." 테런스가 말했다. "독립선언문을 암송할 수 있다던데. 그 말을 도무지 믿을 수가 있어야지. 보아하니 여기 전부들 나와 있겠다, 오늘 밤에 나한테 보여줄 수도 있겠지 싶군."

"빨리 끝내지." 제임스가 말했다. "그 아이 어디 있나? 마이클."

아무도 입을 열지 않았다. 고드프리가 애처로운 눈으로 등불을 흔들어댔다. 재수 없게도 랜들 형제 가장 가까이 서 있는 작업반장은 모지스였다. 그가 헛기침을 했다. "마이클은 죽었습니다, 제임스 주인님."

모지스는 일요일 저녁, 오입질을 하고 있는 감독관을 방해하는 한이 있더라도 어쩔 수 없다며 코널리를 불러오라고 꼬맹이를 보냈다. 제임스의 표정이 모지스에게 설명을 해보라고 말하고 있었다.

문제의 노예 마이클은 정말로 그 긴 선언문을 암송할 수 있었다. 노예 상인에게 그 이야기를 전해 들은 코널리 말에 따르면, 마이클의 이전 주인은 남미 앵무새의 능력에 감탄한 나머지 새가 오행시를 배울 수 있다면 노예도 그 정도 암기력은 익힐 수 있겠다는 생각을 하게 되었다.

마이클은 주인집 마부의 아들이었다. 가끔 돼지에게서 볼 수 있는 것과 같은, 동물의 영리함을 지녔다고 낙인이 찍힌. 주인과 이 억지 학생은 저명한 영국 시인들의 간단한 시구와 짤막한 문장들부터 시작했다. 그들은 그 검둥이가 이해하지 못하는 말이 나오면 주춤했는데, 사실을 말하자면 주인도 절반이나 이해할까 싶었다. 주인이란 자는 그간 맡았던 괜찮은 직책에서 전부 쫓겨나고, 마지막으로 맡은 자리를 비밀스러운 설욕의 장으로 만들겠다고 작심한 인간 망종이었기 때문이다. 그들, 담배 농장주와 마부의 아들은 기적을 만들어냈다. 독립선언문이 그들의 걸작이었다. "위해와 수탈을 되풀이한 역사."

마이클의 장기는 단순한 눈요기 이상은 되지 못해서, 손님들은 즐거워하다가도 이내 언제나 그렇듯 검둥이들의 열등함으로 화제를 돌렸다. 주인은 점점 지루해졌고 소년을 남부로 팔아버렸다. 랜들 농장에 왔을 즈음 마이클은 어떤 벌이나 고문을 받았는지 머리가 둔해져 있었다. 그는 그저 그런 일꾼이었다. 그는 소음과 흑마술 때문에 기억력이 나빠졌다고 투덜거렸다. 코널리는 격분해서, 멍청한 녀석이라며 마이클을 매질했다. 마이클은 그 채찍질 속에서 그다지 살아남으려 하지 않았고, 채찍질은 그 목적을 이루어주었다.

"누가 말을 해줬어야지." 제임스는 불쾌감을 숨기지 않았다. 그는 손님들 앞에서 마이클의 암송을 두 번 선보였는데 참신한 오락거리였다.

테런스는 형을 놀리기를 좋아했다. "형님, 재산 장부를 더 정확히 기록해두셔야겠습니다."

"참견 마라."

"형님이 노예들을 흥청거리게 내버려두는 거야 알고 있었지만, 이 정도로 사치스러울지는 몰랐네요. 나를 나쁜 놈 만들려고 작정하셨소?"

"검둥이들 눈 신경 쓰는 척하지 마라, 테런스." 제임스의 잔이 비어 있었다. 그는 가려고 몸을 돌렸다.

"한 곡만 더요, 형님. 음악이 점점 마음에 드네."

조지와 웨슬리는 당혹스러웠다. 노블과 그의 탬버린은 어디 있는지 보이지 않았다. 제임스는 입술을 굳게 다물었다. 그의 손짓에 그들은 연주를 시작했다.

테런스가 지팡이로 박자를 맞췄다. 군중을 훑어보다 그의 얼굴이 굳었다. "이것들이 춤을 안 춘다? 내가 정해줘야겠군. 너, 그리고 너."

그들은 주인의 신호를 기다리지 않았다. 북쪽 농장의 노예들은 길 한 귀퉁이에 몰려 머뭇거리면서, 어떻게든 종전의 리듬을 되살려 흥겨운 척을 하려고 애썼다. 가식적인 아바는 코라를 못살게 굴었던 그때 이후로 연기하는 능력을 쭉 잃지 않은 모양이었다—그녀는 크리스마스 축제의 절정에 달하기라도 한 듯 환호하며 발을 굴렀다. 주인 앞에서 연기하는 것이야 익숙한 기술, 가면을 쓰고 사는 작은 요령이자 이득이었고, 그들은 공연에 점점 녹아들어가면서 두려움을 털어냈다. 아, 얼마나 열심히 춤추고 소리 지르고, 외치고 뛰었는지! 분명 이것은 그들이 들어본 가장 활기찬 노래였고, 연주자들은 흑인만이 낼 수 있는 최고 기량을 뽐냈다. 코라도 원 안으로 들어가서, 모두가 그러고 있듯이 동작 하나하나에 랜들 형제의 반응을 살폈다. 자키가 손바닥으로 무릎을 치며 장단을 맞추었다. 코라는 시저의 얼굴을 보았다. 그는 무표정하게 주방 건물의 그늘 속에 서 있었다. 그러다 안으로 사라졌다.

"너!"

테런스였다. 그는 자기 눈에만 보이는, 영원히 지워지지 않을 얼룩에 뒤덮였다는 듯 한 손을 들었다. 그때 코라의 눈에 그것이 들어왔다—그의 멋진 흰 셔츠 소매 단에 튄 와인 단 한 방울. 그에게 부딪친 건 체스터였다.

체스터는 바보처럼 웃고는 그 백인 앞에서 머리를 조아렸다. "죄송합니다, 주인님! 죄송합니다, 주인님!" 지팡이가 그의 어깨와 머리통을 연신 내리쳤다. 소년은 비명을 지르며 몸을 움츠리고 엎어졌지만 가격은 계속됐다. 테런스의 팔이 올라갔다 내려왔다. 제임스는 피곤해 보였다.

한 방울. 어떤 감정이 코라를 덮쳤다. 코라는 나뭇조각을 사방으로 튀기며 블레이크의 개집에 도끼날을 내리꽂았던 그때 이후로 요 몇 년은 그 마법에 걸리지 않았다. 코라는 남자들이 나무에 매달려 독수리와 까마귀 밥이 되는 것을 보았다. 여자들은 아홉 가닥 채찍에 살이 벌어져 뼈가 드러나도록 맞았다. 산 사람과 죽은 사람의 몸이 장작더미 위에서 타들어갔다. 도망가지 못하게 발이 잘렸고, 도둑질을 하지 못하게 손이 잘렸다. 코라는 그

동안 체스터보다 어린 소녀와 소년이 얻어맞는 것을 보았고, 아무것도 하지 않았다. 그날 밤 어떤 감정이 코라의 가슴을 다시 꽉 채웠다. 그 느낌이 코라를 휘어잡았고, 제 안의 노예가 인간의 발목을 붙잡기 전에 그녀는 방패처럼 소년의 몸 위로 엎드렸다. 코라는 늪에 빠진 사람이 뱀을 움켜잡듯 지팡이를 손으로 붙들었고, 손잡이 장식을 보았다. 은으로 된 늑대가 은이빨을 드러내고 있었다. 그리고 지팡이는 그녀의 손에서 빠져나갔다. 지팡이는 코라의 머리로 떨어졌다. 지팡이가 또 떨어졌고 이번에는 은이빨이 그녀의 눈가를 뜯었고 땅 위로 핏방울이 후드득 떨어졌다.

그해 호브에 사는 여자들은 일곱이었다. 메리가 가장 나이가 많았다. 메리는 발작을 자주 일으켜서 호브에 살았다. 미친 개처럼 입에 거품을 물고, 야수 같은 눈빛으로 땅 위를 뒹굴었다. 메리는 목화를 따는 버사라는 여자와 오랫동안 앙숙이었는데, 버사가 마침내 메리에게 저주를 내린 것 같았다. 늙은이 에이브러햄이 메리는 꼬마 때부터 발작을 했다고 한마디 했지만, 누구도 그의 말을 귀담아듣지 않았다. 누가 봐도 이런 발작은 어린 시절의 것과는 전혀 달랐다. 메리는 발작을 일으키다가 기진맥진하고 혼란스럽고 무기력한 상태로 깨어났고, 그만큼 일을 하지 못해 벌을 받았으며, 벌을 받고 몸을 추스르는 동안 일은 더 놓칠 수밖에 없었다. 한 사람이 일단 작업반장들에게 찍히면 주변의 누구든 덩달아 당할 수가 있었다. 메리는 같은 오두막에 사는 이들의 멸시를 피해 자기 물건들을 호브로 옮겼다. 누가 나서서 말려줄지도 모른다는 듯 메리는 내내 느릿느릿 걸었다.

메리는 마거릿과 리다와 함께 우유 보존실에서 일했다. 마거릿과 리다는 제임스 랜들에게 팔려 오기 전부터 증세가 너무 심해서 농장에 잘 섞여 들지 못했다. 마거릿은 동물 소리를 내거나 처절하게 울부짖거나 상스러운 욕을 하거나, 아무튼 적절하지 않은 순간에 듣기 싫은 소리를 냈다. 주인이 한 번씩 순찰을 할 때 마거릿은 이런 병을 들키지 않도록 손으로 입을 계속 틀어막고 있었다. 리다는 위생에 관심이 없었고, 어떤 회유나 협박도 통하지 않았다. 그녀에게서는 악취가 났다.

루시와 티타니아는 한 마디도 하는 법이 없었는데, 루시는 그러기로 작심을 했기 때문이었고 티타니아는 예전 주인이 혀를 잘라내서였다. 둘은 앨리스 밑에서 주방 일을 했고, 앨리스는 온종일 종알거리지 않아서 자기 목소리가 더 잘 들리게 하는 조수들이 마음에 들었다.

다른 여자 둘은 그해 봄에 스스로 목숨을 끊었지만, 늘 있는 일은 아니어도 전혀 놀랍지는 않았다. 겨울에 들어와서는 이름도 기억이 나지 않았고, 그만큼 그들의 흔적은 미미했다. 그리고 내그와 코라가 들어왔다. 내내 목화를 재배하는 건 그들 몫이었다.

일이 끝났을 때 코라가 비틀거리자 내그가 재빨리 뛰어와 부축했다. 내그는 코라를 호브까지 데려다주었다. 작업반장은 그 둘이 밭에서 느릿느릿 걸어 나가는 것을 도끼눈을 뜨고 노려보았지만, 아무 말도 하지 않았다. 대놓고 미친 짓을 하니 코라는 흔히 듣는 힐난을 면할 수 있었다. 둘은, 젊은 일꾼들 한 무리와 헛간 근처에서 어정거리면서 칼로 나무 조각을 파고 있던 시저를 지나쳐 갔다. 코라는 그 제안을 받은 이후로 쭉 그랬듯이 시저의 눈길을 피하면서 그를 책망하듯 얼굴을 찡그렸다.

자키의 생일로부터 2주가 지났지만 코라는 아직도 회복 중이었다. 얼굴을 맞아서 부은 쪽 눈이 떠지지 않았고, 관자놀이에는 커다란 상처가 생겼다. 붓기는 가라앉았지만 은색 늑대가 입맞춤을 한 부분은 X자 모양으로 이제 씁쓸한 흉터가 남았다. 고름이 며칠 동안이나 나왔다. 잔칫날 밤이 그녀에게 남겨준 기록이었다. 채찍을 좋아하는 코널리는 거기서 그치지 않고, 그다음 날 아침 코라를 인정사정없는 채찍질 나무 아래 세웠다.

코널리는 랜들 어르신이 초창기에 고용한 일꾼 중 하나였다. 제임스는 농장 운영을 이어받은 뒤에도 코널리의 직책을 유지했다. 코라가 어렸을 때 그 감독관의 머리칼은 새빨간 아이리시레드였는데, 밀짚모자 밑으로 삐져나온 곱슬머리는 홍관조의 날개 같았다. 그 시절 그는 검은 우산을 들고 순찰을 돌았지만 결국 여기 사람이 다 되어 지금은 그의 하얀 셔츠가 그을린 피부와 극명한 대조를 이루었다. 머리칼은 백발이 되었고 배는 허리띠 밖으로 튀어나왔지만, 그것만 빼면 그는 여전히 늙은 황소를 연상시키는 절뚝거리는 걸음걸이로 마을을 활보하던, 코라의 할머니와 엄마를 채찍질했던 바로 그 사람이었다. 마음만 먹으면 그로서는 서두를 일이 없었다. 그가 유일하게 속력을 내는 건 아홉 가닥 채찍을 가지러 갈 때뿐이었다. 그런 때 그는 새로운 취미를 발견한 아이처럼 활기차고 부산스러웠다.

감독관은 랜들 형제의 불시 방문 때 일어난 일이 탐탁지 않았다. 우선, 코널리는 현재의 애첩 글로리아와 즐거운 시간을 보내고 있는데 방해를 받았다. 그는 그를 부르러 온 노예에게 채찍을 휘두르고 침대에서 몸을 일으켰다. 그다음은 마이클이 문제였다. 그의 상전은 계속 변하는 일손의 숫자에 별 관심이 없었기 때문에 코널리는 제임스에게 마이클의 죽음을 알리지 않았지만, 테런스의 호기심이 말썽을 일으켰다.

그리고 체스터의 눈치 없음과 코라의 이해할 수 없는 행동이 문제였다. 코널리는 그다음 날 해가 뜨자마자 둘을 살갗이 벗겨지도록 매질했다. 죄를 지은 순서대로 우선 체스터부터 시작했고, 그런 다음 피투성이가 된 그들의 등을 후춧가루 푼 물로 문질렀다. 그렇게 호되게 당한 것이 체스터는 처음, 코라는 반년 만이었다. 코널리는 이후로도 이틀 동안 아침마다 매질을 반복했다. 집 안에서 일하는 노예들 말로는 제임스는 체스터나 코라한테보다 보는 눈이 그렇게 많은데 동생이 자기 재산에 손을 댄 것에 더 화가 났다고 했다. 다시 말해 재산을 둘러싸고 형제가 형제에게 품은 분노가 가장 큰 문제였다. 체스터는 코라와 다시는 말을 섞지 않았다.

내그는 코라가 호브 계단을 오르도록 도와주었다. 코라는 오두막 안으로 들어가자마자 쓰러져 마을 사람들 눈에서 사라졌다. "저녁으로 뭐라도 좀 먹게 해줄게." 내그가 말했다.

코라처럼 내그도 정치적인 문제로 호브로 쫓겨났다. 내그는 오랫동안 코널리의 총애를 받아서 거의 날마다 그의 침대에서 밤을 보냈다. 내그는 코널리가 그 알량한 은혜를 베풀기 전부터도 옅은 회색 눈동자와 탄탄한 엉덩이로 다른 검둥이 여자들을 깔보고 다녔다. 내그는 점점 봐주기 힘들 지경이 되었다. 자기만 면제되는 끔찍한 처우에 고소해하고 우쭐거렸다. 내그의 엄마는 백인 남자들과 자주 어울렸고 내그에게 음탕한 행실을 가르쳤다. 내그는 코널리가 그들의 자식을 맞바꿀 때조차 제 역할에 열심이었다. 랜들 대농장의 북쪽과 남쪽은 늘 노예들을 맞교환해서, 피곤에 찌든 검둥이와 파리한 일꾼들, 악질들을 두서없이 데려다가 각자의 농장에 부려놓곤 했다. 내그의 아이들은 교환권이었다. 코널리는 햇빛을 받으면 곱슬머리가 그처럼 아이리시레드로 빛나는 제 물라토 사생아들을 지켜줄 수 없었다.

어느 날 아침 코널리는 더 이상 내그를 침대에 들이지 않겠다고 선언했다. 내그의 적들이 학수고대하던 날이었다. 그날이 오고 있음을 내그만 빼고 모두가 예상하고 있었다. 들판에서 돌아왔을 때 내그의 소지품은 호브로 옮겨져 있었고, 이는 마을에서 그녀의 지위가 박탈된다는 뜻이었다. 그녀의 수치심은 사람들에게 어떤 음식도 줄 수 없는 포만감을 주었다. 호브는 예의 그렇듯 그녀도 경직되게 만들었다. 호브가 사람의 성격마저 만드는 것 같았다.

내그는 코라의 엄마와 한 번도 친하게 지내지 않았지만, 그렇다고 엄마 없는 아이가 된 코라를 모른 척할 수는 없었다. 그 생일잔치 날 밤과 그 후 유혈이 낭자했던 며칠이 지나고 나서 내그와 메리는 코라의 너덜너덜해진 살갗에 소금물과 습포제를 대주고 음식을 떠먹이며 간호해주었다. 그들은 코라의 머리를 품에 안고 코라를 통해 제 잃어버린 아기들에게 자장가를 불러주었다. 러비도 물론 친구를 보러 왔지만 악명 높은 호브에 면역이 되어 있지 않아서, 내그와 메리와 다른 이들과 같이 있는 것을 무서워했다. 러비는 배짱이 바닥날 때까지 있다가 갔다.

코라는 마룻바닥에 누워 신음했다. 매질을 당하고 2주 뒤 코라는 어지럽고 머리가 지끈거리는 것을 꾹 참고 있었다. 대개는 이를 악물고 밭일을 계속할 수 있었지만, 때로는 해가 질 때까지 꼿꼿하게 서 있을 뿐 아무것도 할 수 없는 때도 있었다. 물 담당 소녀가 매시간 물을 한 국자 갖다 줄 때마다 깨끗하게 핥아 먹어서 이에서는 쇠 맛이 났다. 이제는 남은 물도 없었다.

메리가 보였다. "또 아프구나." 메리는 준비해 온 젖은 천을 코라의 이마에 얹었다. 메리는 아이 다섯을 잃은 뒤에도 여전히 모성애가 넘쳤다—셋은 걸음마를 시작하기 전에 죽었고 둘은 물을 나르고 대저택 주변의 잡초를 뽑을 수 있을 만큼 컸을 때 팔려 갔다. 메리는 순수 아샨티족 혈통이었고, 두 남편도 그랬다. 그런 사람들은 세일즈맨 같은 기질은 별로 없었다. 코라는 소리도 내지 못하고 입술을 달싹여 고맙다고 말했다. 오두막의 벽들이 그녀를 짓눌러왔다. 상층에서 지내는 다른 여자들 중 한 명—그 악취로 보면 리다였다—이 뭔가를 뒤적거리다 쿵 부딪쳤다. 내그는 코라의 손에 앉은 딱지들을 뜯어냈다. "뭐가 더 나쁜 건지 모르겠네." 내그가 말했다. "내일 테런스 주인님이 오시면 넌 아프니까 안 보이는 곳에 있어야 하는지, 아니면 일어나서 밖에 있어야 하는지."

내일 그가 온다는 생각에 코라는 힘이 쭉 빠졌다. 제임스 랜들은 아파서 누워 있었다. 그는 리버풀에서 온 무역 중개상 대표단과 협상을 하러, 또 그의 망신스러운 휴식처에 들르러 뉴올리언스에 다녀온 뒤에 몸져누웠다. 그는 돌아오는 길에 마차 안에서 기절했고 그때 이후로 나타나지 않았다. 이제 집에서 일하는 사람들 사이에서는 형이 회복하는 동안 테런스가 농장 일을 맡을 것이라는 말이 돌았다. 아침에 테런스는 남쪽 농장의 운영 상황과 조화시키고자 북쪽 농장을 시찰하러 올 것이다.

피비린내 나는 조화가 될 것임을 누구도 의심하지 않았다.

친구들의 손이 사라지고 벽들이 더 이상 짓누르지 않았고, 코라는 정신을 잃었다. 한밤중에 깨어나보니 둘둘 만 면 혼방 담요가 목 뒤에 받쳐져 있었다. 상층에서는 모두가 잠들어 있었다. 코라는 관자놀이의 상처를 문질렀다. 아직도 고름이 나오는 것 같았다. 코라는 왜 달려가 체스터를 감싸 안았는지 알고 있었다. 그러나 그 다급했던 순간을, 그녀를 사로잡았던 감정의 결을 떠올리려고 해도 잘되지 않았다. 그것은 맨 처음에 생겨났던 마음속 그 어두침침한 구석으로 물러나서는, 다시 나오려 하지 않았다. 코라는 불면을 달래보려고 기다시피 텃밭까지 나와서, 단풍나무 더미에 앉아 공기를 들이마시고 소리에 귀를 기울였다. 늪에 있는 것들이 살아 숨 쉬는 어둠 속에서 사냥을 하면서 새된 소리를 내고 물을 튀겼다. 밤에 그리로 걸어간다는 것은 자유의 땅 북부로 간다는 것. 그렇게 하려면 제정신은 놓아버려야 한다.

그러나 엄마는 그렇게 했다.

여기 온 이후로 랜들가의 땅 밖으로는 한 발도 디뎌보지 못한 아자리처럼, 메이블 역시 탈출하던 그날까지 이 농장을 한 번도 떠나본 적이 없었다. 메이블은 자신의 속셈을 누구에게도, 적어도 나중에 추궁을 당할 때 사실대로 털어놓을 사람들에게는 조금도 내비치지 않았다. 아홉 가닥 채찍의 쓴맛을 피할 수 있다면 가장 소중한 것도 팔아버리는 배신자와 밀고자들이 넘치는 이 마을에서 전혀 비열한 수법이 아니었다.

코라는 엄마의 품속에서 웅크리고 잠들었고 그 뒤로는 두 번 다시 엄마를 볼 수 없었다. 랜들 어르신은 종을 울리면서 순찰대를 소환했다. 한 시간 뒤 노예 사냥꾼들이 네이트 케첨의 개를 따라 늪 안으로 들어갔다. 이 분야의 숱한 전문가 중 가장 젊은 케첨은 핏속에 노예 사냥의 본능이 흐르는 사람이었다. 케첨의 가족이 대대로 기르는 사냥개 종은 카운티 곳곳에서 검둥이들의 냄새를 감지해서 말 안 듣는 노예를 여럿 물어뜯고 짓이겨버렸다. 개들이 가죽 목줄을 팽팽하게 당기며 허공을 앞발로 긁어댈 때, 그 짖는 소리에 주변의 모든 영혼은 오두막으로 달려가고 싶어졌다. 그러나 그날 따야 할 목화가 눈앞에 펼쳐져 있었고, 그들은 개들의 끔찍한 소리와 곧 그려질 핏빛 그림을 애써 모른 척하면서 명령에 따라 몸을 숙이고 일했다.

벽보와 전단지가 수백 킬로미터까지 뿌려졌다. 도망 노예들을 잡으면서 부수입을 올리는 자유인 신분의 니그로들이 숲을 샅샅이 뒤지고 공모자로 보이는 이들에게서 정보를 캐냈다. 순찰대와 하층 백인으로 이루어진 추적대는 사람들을 희롱하고 괴롭혔다. 인근 모든 농장이 샅샅이 수색을 받고 본보기로 수많은 노예들이 매질을 당했다. 그러나 사냥개들은 제 주인들과 마찬가지로 빈손으로 돌아왔다.

랜들 어르신은 아프리카 핏줄을 가진 자는 흉측하게 중풍을 맞지 않고서는 한 명도 이곳을 탈출할 수 없도록 자기 재산들에게 주술을 거는 마녀 의식을 치렀다. 마녀는 비밀스러운 곳에 주물(呪物)을 묻고, 돈을 받고, 노새 수레를 타고 떠났다. 마을에서는 주술의 의미를 두고 열띤 논쟁이 벌어졌다. 주술은 도망갈 마음을 품은 사람에게만 적용되는 것인가, 아니면 경계선을 넘어간 모든 흑인들에게 적용되는 것인가? 한 주 뒤 노예들은 또다시 늪 속을 뒤지고 다녔다. 거기 먹을 것이 있기 때문이었다.

메이블로 말하자면 아무런 조짐도 없었다. 전에 랜들 대농장을 탈출한 사람은 아무도 없었다. 도망자들은 친구들의 배신으로 늘 붙잡혔고, 별을 잘못 읽어서 미로 같은 대농장 속으로 오히려 더 깊숙이 들어갔다. 돌아오는 길에는 공식적으로 죽임을 당하기도 전에 너무 심하게 학대를 당했고, 남겨진 이들은 죽음이 점점 진행되는 소름 끼치는 과정을 지켜보아야만 했다.

악명 높은 노예 사냥꾼 리지웨이가 한 주 뒤 대농장을 찾아왔다. 그는 쪼글쪼글한 귀로 만든 목걸이를 단 무시무시하게 생긴 인디언 정찰대원이 이 그는 험상궂은 다섯 남자들과 함께 말을 타고 왔다. 리지웨이는 2미터 가까이 되는 장신으로, 넓적한 얼굴에 목이 두꺼웠다. 그는 행동거지가 늘 침착했지만 어딘가 위협적인 분위기를 풍겼다. 멀리 있는 것 같지만 어느 틈에 굉음을 내며 머리 위에 와 있는 소나기구름처럼.

리지웨이의 접견은 30분 동안 계속됐다. 그는 작은 수첩에 뭔가를 받아 적었는데, 저택에서 일하는 노예들의 말로는 엄청난 집중력에 달변가라고 했다. 그는 2년 동안 나타나지 않다가, 랜들 어르신이 죽기 얼마 전에 찾아와서 메이블을 찾지 못한 것에 대해 직접 사과했다. 이번에는 인디언은 없었지만, 가죽조끼 위로 비슷한 전리품을 걸치고 있는 긴 흑발의 청년이 옆에 있었다. 리지웨이는 도망자 둘의 머리를 증거로 가죽 자루에 담아서 근처 농장주에게 전해주러 가던 길이었다. 조지아주에서는 주 경계선을 넘는 것이 사형에 처해질 수 있는 범죄였다. 때로 주인은 자기 재산을 환수해 오는 것보다 이런 본보기를 더 좋아했다.

이 노예 사냥꾼은 듣기만 해서는 불가능해 보이지만, 조지아주 남부에 새로운 지하철도 지선이 생겼다는 소문을 전했다. 랜들은 코웃음을 쳤다. 동조자들을 색출해 호되게 처벌하겠다고 리지웨이는 랜들에게 힘주어 말했다. 혹은 뭐가 됐든 지역의 관습대로 해주겠다고. 리지웨이는 다시 한번 사과하고 작별 인사를 했고 곧 그의 무리는 다음 임무를 위해 큰길을 힘차게 내달렸다. 은신처에서 색출해내 백인의 장부 속으로 돌려보내야 할 노예들이 끊이지 않았고, 그들의 일에도 끝이 없었다.

메이블은 모험을 떠나기 위해 짐을 쌌다. 마체테*. 부싯돌과 불쏘시개. 메이블은 같은 오두막에 살던 다른 이의 신발을 훔쳤다. 상태가 더 좋았다. 몇

---

* 날이 넓고 무거운 칼.

주 동안 그녀의 텅 빈 텃밭은 기적의 증거였다. 야반도주를 앞두고 메이블은 밭에서 순무와 참마를 다 가져가지도 못할 만큼 많이 캐 갔는데, 날랜 발이 필요한 여정에는 경솔한 선택이었다. 밭에 난 구멍들은 그 옆을 지나다니는 이들 모두에게 뭔가를 말해주었다. 그러던 어느 날 구멍이 모두 메워졌다. 코라가 무릎을 꿇고 다니며 새로 작물을 심었다. 그게 그녀의 유산이었다.

지금 어스름한 달빛 속에서, 코라는 지끈거리는 머리로 조그만 텃밭을 가만히 살펴보았다. 잡초, 바구미, 온갖 동물들의 들쑥날쑥한 발자국들. 코라는 그 잔칫날 이후로 밭은 손도 대지 못했다. 다시 손볼 때였다.

다음 날 테런스의 방문은 한 번 불편한 순간을 빼고는 무탈하게 지나갔다. 코널리는 테런스가 이쪽 농장을 제대로 둘러본 지가 몇 년은 족히 되었기 때문에, 테런스를 데리고 다니며 형의 농장을 두루 구경시켜주었다. 사람들의 말을 들어보면 그의 태도는 뜻밖에도 정중했고, 예의 냉소적인 발언은 없었다고 했다. 그들은 작년 수확량 수치를 두고 의논했고 지난 9월 출하량이 적힌 장부를 검토했다. 테런스는 코널리의 한탄스러운 육필에 짜증을 냈지만 그것 말고는 좋은 분위기였다. 그들은 노예들이나 마을을 점검하지 않았다.

그들은 말을 타고 농장을 한 바퀴 돌면서, 두 농장의 수확 상태를 비교했다. 테런스와 코널리가 목화밭 가운데로 지나갈 때 그 근처에 있는 노예들은 맹렬한 몸짓으로 속력을 두 배로 냈다. 요 몇 주 그들은 고랑으로 괭이를 휘둘러 잡초를 베고 있었다. 목화 줄기는 이제 코라의 어깨까지 자라 구부러져 흔들리고, 매일 아침 더욱 커진 이파리와 봉오리들을 밀어냈다. 다음 달이면 봉오리들이 흰색 솜을 터뜨릴 것이다. 코라는 백인들이 지나갈 때 자기가 안 보일 만큼 목화 줄기가 높기를 기도했다. 코라는 그들의 뒷모습이 멀어져가는 것을 보았다. 그때 테런스가 고개를 돌렸다. 그는 지팡이로 코라를 가리키며 고개를 까딱하고는 앞으로 갔다.

제임스는 이틀 뒤 죽었다. 의사는 신장 때문이라고 했다.

랜들 대농장에 오래 산 이들은 아버지와 아들의 장례식을 비교하지 않을 수 없었다. 랜들 어르신은 농장주들의 사회에서 존경받는 인물이었다. 지금은 말을 타고 서부로 간 이들이 온통 관심을 받고 있었지만, 진정한 개척자는 그 오랜 세월 이 습한 지옥 같은 조지아에서 자수성가해 삶을 이어가고 있는 랜들과 그의 동료들이었다. 그의 동료 농장주들은 이 지역에서 가장 먼저 작물을 목화로 바꿔 수익성을 이끌었다며 그를 선견지명이 있는 사람으로 기억했다. 대부분이 융자로 허덕이다 랜들에게 조언을 구하러 왔던 젊은 농부들이었고—랜들은 아무런 대가 없이 너그럽게 조언을 해주었다—그들은 그의 시대에 남들의 부러움을 살 만큼 땅을 넓히는 데 성공할 수 있었다.

노예들에게는 랜들 어르신의 장례식에 참석하기 위한 휴가가 주어졌다. 세련된 백인 남자들과 여자들이 존경하는 어른에게 조의를 표하는 동안 노예들은 조용히 한데 옹송그리고 서 있었다. 집 안에서 일하던 검둥이들이 관을 메고 갔는데, 처음에는 모두 어이없는 일이라고 여겼지만 조금 더 생각해보고는 진정한 애정의 표시라고 받아들였다. 그들 역시 제 노예들과, 더 순수했던 시절에 젖을 빨았던 유모, 비눗물 속에서 손으로 몸을 씻겨준 몸종과 나눈 애정이 있노라고. 장례식 막판에 비가 오기 시작했다. 그것으로 장례식은 마쳐야 했지만 가뭄이 너무도 길었기 때문에 모두가 다행이라 여겼다. 목화가 바싹 말라 있었다.

제임스가 죽었을 당시 랜들의 아들들은 아버지의 동료들이나 후배들과의 친분 관계를 모두 단절한 상태였다. 제임스는 서류상으로는 사업 파트너가 많았고, 그중 몇은 직접 만난 적도 있었지만 친구는 거의 없었다. 말인즉슨, 테런스의 형은 인간으로서의 감성적인 부분이 조금도 없었다는 것이다. 그의 장례식에는 참석자가 너무 없었다. 노예들은 밭에서 일했다—수확철이 다가오고 있었기 때문에 다시 생각할 것도 없었다. 형이 유언장에 그렇게 써놓았노라고 테런스는 말했다. 제임스는 그들의 너른 땅 조용한 한 귀퉁이, 부모님이 계신 곳 근처에, 비록 닭을 멀리하지는 못했어도 사람이나 검둥이 모두에게 사랑을 받은, 아버지의 마스티프* 플라톤과 데모스테네스 바로 옆에 묻혔다.

테런스는 형의 목화 무역과 관련된 일을 정리하려고 뉴올리언스에 갔다. 달아나기에 좋은 때란 결코 없었지만, 테런스가 양쪽 농장을 다 관리한다는 것이 충분한 이유가 되었다. 북쪽 농장은 더 온화한 분위기를 언제나 마음에 들어 했다. 제임스는 여느 백인처럼 무자비하고 잔혹했지만 그 동생에 비하면 절제의 표본이었다. 남쪽 농장에서 들려오는 이야기들은 특정 사실 때문이 아니라 그 규모 면에서 소름 끼쳤다.

빅 앤서니가 기회를 잡았다. 빅 앤서니는 마을에서 가장 똑똑한 인물은 아니었지만, 그의 촉이 나빴다고 말할 사람은 아무도 없었다. 블레이크 이후로 첫 번째 탈출 시도였다. 그는 마녀의 주술을 무사히 모면해 40킬로미터나 달아났지만 건초 다락에서 잠깐 눈을 붙인 사이 발각되었다. 순경들이 그를 어느 순경의 조카가 만들었다는 철창에 넣어 돌려보냈다. "새처럼 날아갔으니까 새장에 갇혀야 싸지." 철창 앞면에는 그 안에 든 사람의 이름을 적는 칸이 있었지만, 아무도 구태여 이름표를 사용하지 않았다. 순경들은 떠날 때 철창을 가지고 갔다.

빅 앤서니가 벌을 받기 전날 저녁—백인들이 벌을 줄 때마다 관객이 동원되어야 했다—시저가 호브로 왔다. 메리가 그를 들여보냈다. 메리는 어리둥절했다. 호브에 누구를 찾아오는 이는 거의 없었고, 남자라면 나쁜 소식을

---

* 투견, 경비견 등으로 자주 쓰이는 초대형 개.

조지아

갖고 오는 작업반장뿐이었다. 코라는 이 청년의 제안을 아무에게도 말하지 않았었다.

상층은 잠을 자거나 귀를 쫑긋 세우고 있는 여자들로 발 디딜 틈이 없었다. 코라는 수선하던 것을 바닥에 놔두고 그를 밖으로 데리고 나갔다.

랜들 어르신은 아들들과 훗날 얻게 될 손자들을 위해 교사(校舍)를 지었다. 휑뎅그렁한 건물은 소기의 목적을 조만간에 달성할 수 있을 것 같지 않았다. 랜들의 아들들이 공부를 마친 이후로 그곳은 밀회나 온갖 그런 종류의 교습용으로만 쓰였다. 러비는 시저와 코라가 그리로 걸어 들어가는 것을 보았고, 코라는 신나하는 친구에게 고개를 가로저었다.

허물어져가는 건물에서는 악취가 진동했다. 작은 동물들이 둥지를 틀고 살고 있었다. 책상과 의자는 오래전에 치워서 안에는 낙엽과 거미줄만 무성했다. 코라는 그가 프랜시스도 여기 데려왔을지, 무엇을 했을지 궁금했다. 시저는 채찍질을 당할 때 살갗 위로 피가 철철 흐르던 코라의 벗은 몸을 보았다.

시저는 창문을 한 번 확인하고는 말했다. "그런 일이 일어나다니 안타깝다."

"원래 그러는 사람들인걸."

2주 전 코라는 그를 바보라고 생각했다. 오늘 밤 그는 제 나이를 훌쩍 뛰어넘은 듯했다. 피할 수 없는 현실 앞에서, 며칠이나 몇 주 뒤에야 진짜 뜻이 이해되는 이야기를 들려주는 현명한 어른 같았다.

"이제 나랑 갈래?" 시저가 말했다. "생각해봤는데 갈 시간이 지난 것 같아."

코라는 그를 알 수가 없었다. 아침마다 채찍질을 당하던 그 사흘 동안 시저는 무리 앞에 서 있었다. 노예들이 동료가 매질을 당하는 모습을 지켜보는 것은 일종의 도덕 교육으로서 관례였다. 어느 정도가 되면 모두들 그 노예의 고통을 생각해서, 또 조만간 그 악독한 채찍의 끝이 그들을 향할 수도 있었기 때문에 단 한순간일지라도 고개를 돌리지 않을 수 없었다. 그러나 시저는 피하지 않았다. 코라와 눈을 맞추려고 하는 게 아니라 그 너머의 뭔가, 더 크고 이해하기 힘든 것을 보고 있었다.

코라가 말했다. "우리 엄마가 탈출했다고 해서 내가 행운의 부적이라고 생각하는 모양인데, 그렇지 않아. 나 봤지. 머리로 생각이라는 것을 할 때 무슨 일이 벌어지는지 봤지."

시저는 꿈쩍도 하지 않았다. "그가 돌아오면 상황은 나빠질 거야."

"지금도 나빠." 코라가 말했다. "늘 그랬고." 코라는 시저를 두고 그곳을 떠났다.

빅 앤서니의 심판이 왜 미뤄지는지는 테런스가 주문한 새 물건들이 설명해주었다. 목수들이 밤새도록 고생을 해서 사람을 묶어놓는 차꼬를 완성했다. 야심차게 조악한 조각까지 되어 있었다. 미노타우로스, 가슴이 큰 인어들, 숲속에서 즐겁게 뛰어노는 여러 상상 속 존재들. 차꼬는 앞마당의 빽빽한 잔디밭에 설치되었다. 작업반장 둘이 빅 앤서니를 단단히 잡아맸고, 첫째 날 그는 거기 붙들려 있었다.

둘째 날 손님들 한 무리가 마차를 타고 도착했는데, 애틀랜타와 서배너에서 온 지체 높으신 양반들이었다. 테런스가 오가는 길에 만난 멋진 신사와 숙녀들은 물론 미국의 풍경을 취재하러 런던에서 온 신문기자까지. 그들은 잔디밭에 차려진 식탁에 앉아 앨리스가 끓인 거북 수프와 양고기를 맛있게 먹었고, 요리사가 한 번도 받아본 적 없는 칭찬을 늘어놓았다. 빅 앤서니는 그들이 식사를 하는 동안 채찍질을 당했고, 그들은 천천히 먹었다. 신문기자는 음식을 먹으면서 종이 위에 뭔가를 휘갈겨 썼다. 디저트가 나오고 흥이 오른 손님들이 모기에 뜯기지 않으려고 집 안으로 들어가는 동안에도 빅 앤서니의 처벌은 계속되었다.

셋째 날, 점심시간이 끝난 직후 일꾼들이 들판에서 불려 왔고, 세탁부와 요리사와 마구간 일손들이 작업을 중단했고, 집 안에서 일하는 노예들은 집안일에서 잠시 손을 놨다. 그들은 잔디밭에 모였다. 랜들가에 온 손님들은 사람들이 빅 앤서니에게 기름을 바르고 불에 굽는 동안 향신료 넣은 럼주를 홀짝였다. 목격자들은 첫째 날 그의 남근이 잘려 입안에 넣고 꿰매졌기 때문에 그의 비명을 듣지 않아도 되었다. 장치는 연기를 피워 올리며 새까맣게 타들어갔고, 나무에 새긴 형체들은 살아 있는 듯 얽혀 들었다.

테런스는 북쪽과 남쪽 농장의 노예들을 소집했다. 이제는 목적과 방법이 단결된 하나의 농장이 있을 뿐이다, 그는 말했다. 그는 형의 죽음에는 슬픔을, 그리고 형이 천국에 가서 부모님을 다시 만났다는 점에서는 안도감을 표했다. 그는 말하면서 노예들 사이를 걸어 다녔는데, 지팡이로 땅을 두드리고, 검둥이 꼬마들의 머리통을 쓰다듬고, 간혹 남쪽 농장에서 온 연륜 있는 인물들은 가볍게 토닥였다. 그는 처음 보는 한 청년의 이를 확인한다면서, 자세히 본답시고 그의 턱을 비틀고는 됐다는 듯 고개를 끄덕였다. 세상의 끝도 없는 목화 수요를 충당하기 위해 목화를 따는 모든 노예들의 일일 할당량이 전년도 수확량보다 일정 비율씩 늘어나야 한다고 그는 말했다. 이랑의 숫자를 늘리기 위해 목화밭을 다시 짤 것이다. 그는 걸어 다녔다. 차꼬에 묶여 몸부림치고 있는 친구의 모습에 눈물을 흘리는 얼굴에는 따귀를 날렸다.

코라 쪽으로 갔을 때 테런스는 코라의 원피스 안으로 손을 집어넣어 가슴을 그러쥐었다. 그러고는 손아귀에 힘을 꽉 주었다. 코라는 움직이지 않았다. 그의 연설이 시작된 이후로 아무도 움직이지 않았고, 빅 앤서니의 살이 타들어가는 냄새를 맡지 않으려 코를 움켜쥐는 이도 하나 없었다. 크리스마스와 부활절 이외에 더 이상 잔치는 없다, 그가 말했다. 그는 어울리는 짝의 조합과 후손의 장래성을 위해 모든 결혼을 본인이 직접 주선하고 승인할 것이었다. 일요일에 농장 밖에서 하는 노동에는 이제 세금이 붙을 것이다. 그는 코라를 보고 고개를 끄떡이고는 계속 제 소유의 아프리카인들 사이를 거닐며 계획을 설명했다.

테런스가 연설을 끝마쳤다. 노예들은 이제 코널리가 해산시킬 때까지 거기 남아 있어야 한다는 것을 알고 있었다. 서배너에서 온 숙녀들이 주전자를 기울여 음료 잔을 다시 채웠다. 기자는 새 수첩을 펴고 필기를 다시 시작했다. 테런스 주인님은 손님들에게 돌아갔고 함께 목화밭을 둘러보러 나섰다.

코라는 그전까지는 그의 소유가 아니었지만 이제는 그랬다. 혹은 늘 그의 소유였으며 그것을 이제 막 알게 된 것뿐인지도 몰랐다. 코라의 주의력이 제자리를 벗어났다. 그것은 불에 타들어가고 있는 노예와 대저택과 랜들가의 영역을 표시하는 경계선을 넘어선 어딘가를 떠다녔다. 코라는 그것을 본 노예들의 설명들을 꼼꼼히 따져서 이야기들의 빈틈을 메워보려 애썼다. 코라가 뭔가 가닥을 잡으려 할 때마다―광이 나는 흰색 돌로 지어진 건물들, 넓디넓어서 시야에 나무가 한 그루도 없는 대양, 자기 자신을 주인으로 섬길 뿐인 흑인 대장장이의 가게―그것은 물고기처럼 꼼지락거리며 빠져나가 멀리로 사라졌다. 그것을 이해하려면 직접 봐야만 할 터였다.

누구에게 말할 수 있었을까? 러비와 내그는 비밀을 지켜줄 테지만, 코라는 테런스의 복수가 두려웠다. 그들이 정말로 알지 못하는 편이 나았다. 그래, 코라가 이 계획에 대해 의논할 수 있는 사람은 단 한 명, 이 계획을 세운 사람뿐이었다.

그녀는 테런스가 연설한 날 밤에 시저를 찾아갔고 시저는 꼭 코라가 오래전에 동의한 것처럼 행동했다. 시저는 코라가 그동안 봤던 어떤 흑인과도 달랐다. 그는 버지니아주의 평범한 노과부의 작은 농장에서 태어났다. 가너 부인은 빵을 굽고 날마다 화단에 꽃을 더 심어나가는 것을 좋아했고, 그 밖의 다른 것에는 별로 관심을 두지 않았다. 시저와 아버지는 밭과 마구간을 돌보고, 어머니는 집안일을 했다. 그들은 얼마 되지 않는 채소들을 수확해서 읍내에 내다 팔았다. 그의 가족은 농장 뒤편의 방 두 개짜리 별채에서 살았다. 그들은 그의 어머니가 전에 본 적이 있는 어느 백인의 집처럼 집을 하얀 페인트로 칠하고 민트색으로 테를 둘렀다.

가너 부인은 남은 생을 편안하게 보내는 것 말고는 바라는 게 없었다. 부인은 노예제도에 대한 대다수의 생각에 동의하지 않았지만 아프리카 종족은 지적 능력이 확실히 떨어지기 때문에 노예제도는 필요악이라고 생각했다. 그들을 한꺼번에 속박에서 풀어주면 결과는 참담할 것이다—인도해줄 세심하고 인내심 있는 눈길이 없다면 그들이 어떻게 살아가겠는가? 가너 부인은 자기만의 방식으로 도움을 주었는데, 노예들이 하느님의 말씀을 자기 눈으로 직접 받아들일 수 있도록 글을 가르쳤다. 부인은 통행에도 너그러워서, 시저와 가족들은 원할 때면 카운티 곳곳을 마음껏 돌아다닐 수 있었다. 이웃들은 마뜩잖아했다. 부인은 자신이 죽을 때 그들을 풀어주겠다고 약속했기 때문에 다가오는 자유에 나름대로 그들을 준비시킨 것이었다.

가너 부인이 세상을 떠났을 때 시저와 가족들은 슬퍼했고 농장을 돌보면서 공식적인 해방 선언을 기다렸다. 부인은 유언장을 남기지 않았다. 부인의 유일한 친인척은 보스턴에 사는 조카였는데, 그는 부인의 재산을 정리하기 위해 지역 변호사를 고용했다. 그 변호사가 순경을 대동하고 찾아와 시저와 부모님에게 그들이 팔렸다는 사실을 공지한 날은 끔찍한 날이었다. 더 끔찍한 것은, 잔인하고 역겨운 괴담이 전해지는 남쪽으로 팔렸다는 것이었다. 시저와 가족들은 사슬에 줄줄이 묶인 노예들의 행진에 합류해, 아버지는 이쪽으로, 어머니는 저쪽으로, 시저는 자신의 운명을 향해 갔다. 그들의 가슴 아픈 작별 인사는 노예 상인의 채찍질에 중단되었다. 상인은 전에도 수없이 본 그 광경이 몹시도 지루해서, 슬픔에 빠진 가족들에게 건성으로 채찍을 휘둘렀다. 시저는 이 약한 채찍질이 앞으로 다가올 매질들을 견뎌낼 수 있는 징조라고 받아들였다. 서배너에서 열린 경매는 그를 랜들 대농장으로, 그리고 소름 끼치는 자각으로 이끌었다.

"글을 읽을 수 있어?" 코라가 물었다.

"응." 물론 증명할 수는 없었지만, 만일 이 농장을 탈출한다면 그들은 그의 이 진귀한 능력에 의존해야 하리라.

그들은 학교 건물에서, 일을 마치고 우유 보존실 옆에서, 어디든 장소가 허락되는 데서 만났다. 코라는 이제 그와, 그리고 그의 계획과 같은 운명이 되니 할 말이 샘솟았다. 코라는 보름달이 뜰 때까지 기다리자고 제안했다. 시저는 빅 앤서니의 탈출 이후로 감독관과 작업반장들이 경비를 늘렸고, 흰 달빛에 많은 노예들의 마음이 흔들리는 보름에는 보초를 더 많이 세울 것이라고 반박했다. 안 돼, 그가 말했다. 그는 가능한 한 빨리 가고 싶어 했다. 바로 그다음 날 밤에. 달이 차오르는 것만으로도 충분하리라. 지하철도의 요원들이 기다리고 있으리라.

지하철도—시저는 그것 때문에 몹시 바빴다. 이 먼 조지아에서도 정말로 그게 운영되고 있을까? 탈출한다는 생각에 코라는 압도되었다. 코라의 준비는 둘째 치고, 지하철도 쪽에 그들이 간다는 걸 어떻게 알린단 말인가? 시저는 일요일까지는 농장 밖으로 나갈 핑계가 없었다. 그는 그들이 탈출하면 한바탕 소란이 일어날 테니 굳이 역장에게 알려줄 필요가 없다고 설명했다.

가너 부인은 여러 면에서 시저의 탈출에 씨앗을 뿌려주었지만, 특히 한 가지 가르침이 지하철도와의 인연을 만들어주었다. 토요일 오후였고 그들은 부인의 집 앞 포치에 앉아 있었다. 큰길에서 주말의 장관이 그들 앞을 지나갔다. 상인들은 우마차를 타고, 노예들은 걸어서 시장까지 가고 있었다. 가련한 노예들은 목에서 목으로 쇠사슬에 묶인 채 절뚝거리며 걸었다. 시저가 부인의 발을 주물러주는데 부인이 그에게 기술을 익혀보라고 권했다. 자유인 신분이 되었을 때 요긴하게 쓸 수 있을 거라고. 그는 마음씨 좋은 유니테리언* 교인이 운영하는 근처 목공소에서 일을 배워 목수가 되었다. 마침내 그는 자신이 멋지게 깎은 대접들을 광장에 내다 팔 수 있게 되었다. 가너 부인 말대로 그는 손재주가 좋았다.

랜들 농장에서도 그는 이끼 장수와 푼돈을 받는 침모, 날품팔이들과 함께 읍내로 들어가는 일요일 행상에 합류해 사업을 계속했다. 물건은 거의 팔지 못했지만, 매주 읍내로 가는 나들이는 북부에서의 삶을 쓸쓸하지만 잠시나마 떠올리게 해주었다. 해 질 무렵이면 눈앞에 펼쳐진 그 화려함, 상업과

---

* 그리스도의 신성을 부정하고 신격(神格)의 단일성을 주장하는 기독교의 한 교파.

욕망 사이의 그 황홀한 춤에서 억지로 눈을 떼는 것이 그에게는 고문이었다.

어느 일요일, 구부정한 반백의 백인 남자가 시저에게 다가와 자기 가게로 와보지 않겠냐고 물었다. 어쩌면 자기가 평일에 시저의 공예품을 팔아주고 그 이윤을 나눌 수도 있을 거라고 제안했다. 시저는 전에 그 남자를 본 적이 있었다. 형형색색의 행상들 사이를 배회하다가 시저의 공예품 앞에 멈춰 서서 호기심 어린 표정을 지었었다. 그때는 그를 전혀 이상하게 보지 않았지만 지금 그 제안은 좀 수상쩍었다. 남부로 팔려 오면서 시저는 백인을 대하는 태도가 확연하게 달라졌다. 그는 조심했다.

그 남자는 여행용 식량, 건조식품, 농기구를 팔았다. 가게에는 손님이 하나도 없었다. 그가 목소리를 낮추고 물었다. "자네, 글을 읽을 줄 알지?"

"예, 선생님?" 그는 조지아주 소년들의 말투로 되물었다.

"광장에서 간판 읽는 것을 보았네. 신문도. 좀 조심해야겠어. 그런 걸 알아채는 사람이 나뿐은 아니야."

플레처 씨는 펜실베이니아 사람이었다. 그는 아내가 뒤늦게 여기 말고 다른 데서는 절대로 못 산다고 고집하는 바람에 조지아주로 이사하게 되었다. 아내는 이곳의 분위기와 그걸 계기로 사회생활이 더 활발해질 것을 기대하고 있었다. 분위기에 대해서는 아내의 말이 맞았다고 그는 결론을 내렸지만, 다른 모든 면에서 이곳은 끔찍했다. 플레처 씨는 노예제를 하느님에 대한 모독이라며 혐오했다. 그는 북부에서는 노예제 폐지 모임에서 활발하게 활동한 적이 없었지만 가공할 노예제도를 직접 목격하고 보니 그전에는 미처 하지 못했던 생각들을 하게 되었다. 그 생각들 때문에 이 마을에서 달아나버리거나 그보다 더 심한 짓도 할 지경이었다.

그는 시저가 그를 밀고하고 현상금을 받을지도 몰랐지만 시저에게 비밀을 털어놓았다. 시저는 믿음으로 그에 응답했다. 그는 이렇게 진심 어리고 자기 신념에 따르는 말을 하는 부류의 백인을 전에 만난 적이 있었다. 그 말이 진짜인지 아닌지는 또 다른 문제였지만, 적어도 그들은 자신이 하는 말을 믿었다. 악마의 밑구멍에서 나온 그 남부 백인이 다음에 어떤 악랄한 행동을 할지 예측할 길도 없었다.

그 첫 번째 만남에서 플레처는 시저의 대접 세 개를 고르고 다음 주에 다시 오라고 말했다. 대접은 팔리지 않았지만, 이 둘의 진짜 사업은 그들의 논의가 형태를 갖춰가면서 나날이 발전했다. 시저는 그 생각이 인간의 재주와 솜씨가 더해지면 새로운 형태가 드러나는 통나무와 같다고 생각했다.

일요일이 최적이었다. 일요일마다 플레처의 아내는 사촌을 만나러 갔다. 플레처는 그쪽 친척과는 절대로 친하게 지내는 법이 없었고, 그의 특이한 성미 탓에 그들 역시 그를 마찬가지로 대했다. 대개는 이 먼 남부에서는 지하철도가 운영되지 않는다고 생각한다고 플레처는 말했다. 시저는 이미 그 사실을 알고 있었다. 버지니아주에서는 머리를 잘 굴리면, 그리고 하늘의 보이지 않는 섭리가 돕는다면 순찰대와 현상금 사냥꾼들을 피해 바지선으로 숨어들어 가서 델라웨어나 저 위 체서피크로 갈 수 있었다. 혹은 지하철도가 그 비밀스러운 간선과 신기한 경로로 도움을 줄 수 있었다.

노예제도 반대 인쇄물은 여기서는 불법이었다. 조지아와 플로리다로 내려온 노예제 폐지론자들과 동조자들은 군중에게 매질과 공격을 당하고 혼쭐이 나서 쫓겨났다. 감리교 신자들과 그들의 허황된 언행은 목화 왕*의 품에서는 발붙일 데가 없었다. 농장주들은 폐지 여론의 확산을 두고 보지만은 않았다.

그래도 역은 열렸다. 시저가 플레처의 집까지 50킬로미터를 올 수 있다면 플레처는 그를 지하철도로 데려다주겠다고 약속했다.

"그가 노예를 몇 명이나 도왔는데?" 코라가 물었다.

---

* King Cotton, '목화 왕'. 19세기 미국 남부에서 큰 이윤을 남기는 목화 산업의 중요성을 강조한 표현. 노예제도 폐지 반대의 근거가 되었다.

"한 명도." 시저는 코라는 물론 자신에게도 용기를 주려고 씩씩한 목소리로 대답했다. 그는 플레처가 전에 노예 한 명과 접촉한 적이 있었지만 두 번 다시는 그를 만나지 못했다는 말도 코라에게 해주었다. 다음 주 신문에는 그 남자가 붙잡혔으며 어떤 처벌을 받았는지가 상세하게 실렸다.

"그 사람이 우리를 속이는 게 아닌지 어떻게 알아?"

"아니야." 시저도 그 생각은 벌써 해보았다. 가게에서 플레처와 이야기한 것만으로도 시저를 교수형에 처할 근거는 충분했다. 정교한 계획은 필요 없었다. 풀벌레 소리를 들으며 앉아 있자니 둘은 이게 얼마나 엄청난 일인지 실감이 되었다.

"그 사람은 우리를 도와줄 거야." 코라가 말했다. "그래야만 해."

시저는 코라의 손을 잡았다가 이내 당황스러워졌다. 그는 손을 놓았다. "내일 밤이야." 그가 말했다.

노예 숙소에서 보내는 마지막 밤, 체력을 비축해두어야 하는데도 코라는 잠이 오지 않았다. 호브의 다른 여자들은 코라 옆에서 선잠을 자고 있었다. 코라는 그들의 숨소리에 귀를 기울였다. 이건 내그야. 1분 걸러 거친 숨을 내뱉는 걸 보니 저건 리다구나. 내일 이 시간이면 그녀는 밤 속으로 풀려나 있으리라. 엄마가 결심을 했을 때도 이런 기분이었을까? 코라에게 엄마의 인상은 희미했다. 가장 선명히 기억나는 것은 엄마의 슬픔이었다. 코라의 엄마는 호브가 있기 전부터 호브 여자였다. 그때도 사람들은 그녀와 섞이기 꺼려 했고, 고단함은 늘 그녀를 내리누르고 외따로 떨어뜨려놓았다. 코라는 마음속에서 엄마를 그려낼 수 없었다. 그녀는 어떤 사람이었던가? 지금은 어디에 있을까? 왜 코라를 버리고 갔나? 나중에 네가 이 순간을 기억할 때 비록 그때는 몰랐더라도 내가 작별 인사를 하고 있었다는 걸 알게 되겠지, 이렇게 생각할 수 있는 특별한 입맞춤도 없이.

목화밭에서 보내는 마지막 날 코라는 꼭 터널을 파듯이 미친 듯이 땅을

조지아

난도질했다. 이걸 지나면 이 너머에 너의 구원이 있어.

코라는 작별 인사의 말 없이 작별 인사를 했다. 그 전날 코라는 저녁을 먹고 러비와 나란히 앉아서 자키의 생일날 이후로는 하지 않던 다정한 담소를 나눴다. 코라는 친구에 대해 슬며시 좋은 말을 해주려고 애썼다. 나중까지 간직할 수 있는 선물이 되라고. 물론 넌 그녀를 위해서 그렇게 한 거야, 너는 착한 아이니까. 당연히 메이저는 널 좋아하지, 내 눈에 보이는 걸 그도 볼 거야.

코라는 마지막 식사를 아껴두었다가 호브 여자들에게 주었다. 그들이 자유 시간을 함께 보내는 일은 드물었지만 코라는 각자 뭔가를 하고 있던 사람들을 불러 모았다. 그들은 어떻게 될까? 그들은 쫓겨난 사람들이었지만, 호브는 일단 정착하고 나면 모종의 보호막 같은 것이 되어주었다. 노예들이 매질을 피하려고 멍청하게 웃고 아이같이 행동하는 것처럼, 그들도 이상한 면을 강조해서 노예 숙소와 엮이는 일을 피했다. 호브라는 벽은 때로 어떤 밤, 반목과 음모에서 그들을 구해주는 요새가 되었다. 백인들이 당신을 잡아먹지만 때로 흑인들도 당신을 잡아먹는다.

코라는 자기 물건을 문간에 쌓아두었다. 빗, 저 옛날 아자리가 어디서 얻은 광낸 은 한 조각, 내그가 "인디언 돌"이라고 부르는 청석 한 무더기. 코라의 작별 인사.

코라는 손도끼를 집어 들었다. 부싯돌과 불쏘시개를 챙겼다. 그리고 엄마처럼 참마를 캤다. 내일 밤이면 누군가 이 땅을 차지하리라, 코라는 생각했고 땅을 다 갈아엎었다. 울타리를 세워 닭장으로 쓸까. 개집이나. 아니면 계속 그녀가 텃밭으로 쓸 수도 있었다. 이 사악한 대농장이라는 바다에서, 코라가 휩쓸려 가지 않게 해준 닻. 코라가 휩쓸려 가기로 선택하기 전까지는.

마을이 모두 잠든 뒤에 그들은 목화밭에서 만났다. 시저는 코라의 불룩한 참마 자루를 보고 당혹스러운 표정을 지었지만 아무 말도 하지 않았다. 그들은 키 큰 목화 줄기 사이로 움직였는데, 너무 긴장해서 달리는 것도 잊고 있다가 절반쯤 오고서야 달리기 시작했다. 너무 빨리 달려 어지러웠다. 불가능한 속도였다. 아무도 부르는 이가 없었지만 그들의 두려움이 뒤에서 그들을 불러댔다. 그들이 사라진 것이 발각되기까지 여섯 시간이 더 남아 있었고 추적대가 그들이 있는 곳까지 도착하려면 한두 시간이 더 걸렸다. 그러나 두려움은, 농장에서 날마다 그랬듯이 벌써 추적을 시작했고, 둘의 속도를 따라잡았다.

둘은 토양이 너무 얕아서 아무것도 심기지 않은 목초지를 가로질러 늪으로 들어갔다. 코라가 곰과 숨은 악어와 쏜살같이 헤엄치는 독사가 나오는 이야기로 다른 검둥이 꼬마 녀석들과 검은 물속에서 서로를 겁주면서 장난을 쳤던 시절 이후로 너무 오랜만이었다. 남자들은 늪에서 수달과 비버를 사냥했고 이끼 장수들은 이끼를 찾아 나무를 뒤지고 다녔지만, 보이지 않는 사슬이 농장으로 도로 잡아당겼기 때문에 멀리 가되 너무 멀리 가지는 않았다. 시저는 낚시와 사냥 원정에 나서는 사냥꾼들을 벌써 몇 달 동안 따라다니면서, 토탄과 토사는 갈대에 딱 붙은 데를 디디면 된다는 것과 단단한 땅을 찾는 법을 배웠다. 그는 그들 앞의 암흑을 지팡이로 살피면서 갔다. 계획상으로는 사냥꾼이 시저에게 보여준 죽 이어진 단단한 땅에 닿을 때까지 서쪽으로 무작정 달리고, 그런 다음 북동쪽으로 돌아서 늪의 물이 다 말라 없어지는 곳까지 달려야 했다. 귀하디귀한 단단한 땅은 우회는 해도 북쪽으로 가는 가장 빠른 길이었다.

그들은 얼마 가지도 못했는데 목소리가 들려와서 멈췄다. 코라는 신호를 바라며 시저를 쳐다보았다. 그는 두 손을 내민 채 귀를 기울였다. 성난 목소리가 아니었다. 남자의 목소리도 아니었다.

시저는 범인의 정체를 깨닫고 고개를 내저었다. "러비— 쉿!"

러비는 그들을 발견하고 난 다음부터는 조용히 할 만큼은 판단력이 있었다. "너희들이 뭔가 꾸미고 있다는 거 알았어." 드디어 따라잡게 되자 러비

조지아 69

가 속삭였다. "재랑 어울려 다니면서 말은 안 하고. 그러더니 아직 영글지도 않은 참마를 다 캐고!" 러비는 낡은 천을 가방처럼 만들어서 어깨에 걸메고 있었다.

"우리를 망치기 전에 돌아가." 시저가 말했다.

"너희들이 가는 데로 나도 갈 거야." 러비가 말했다.

코라는 얼굴을 찌푸렸다. 러비를 돌려보낸다면 자기 오두막으로 몰래 들어가다 걸릴 수도 있었다. 러비는 입을 가만 놔둘 수 있는 사람이 아니었다. 유리한 출발 같은 건 없어졌다. 코라는 러비를 책임지고 싶지 않았지만, 어찌해야 할지 알 수 없었다.

"그분이 우리 셋을 데려갈 수는 없을 거야." 시저가 말했다.

"내가 가는 건 알아?" 코라가 물었다.

그는 고개를 저었다.

"그럼 한 번 놀랄 거 두 번 놀라게 하는 것뿐이네." 코라가 말했다. 코라는 자루를 들어 보였다. "먹을 것도 충분하고."

시저는 이에 대해 밤새 생각해볼 수 있었다. 한참 후에야 잠을 잘 수 있을 터였다. 러비는 야행성 동물들이 갑작스레 소리를 낼 때마다, 혹은 발을 너무 깊이 디뎌서 물이 허리까지 차오를 때마다 소리를 질러대다가 마침내 멈추었다. 코라는 러비가 이렇게 호들갑스러운 데에 익숙했지만, 친구의 다른 면, 그러니까 그녀를 이렇게 도망치게 만든 다른 무슨 일이 있었는지는 알지 못했다. 그러나 모든 노예는 그 생각을 한다. 아침에, 오후에 그리고 밤에도. 그것을 꿈꾼다. 모든 꿈은 비록 그렇게 보이지 않을지라도 탈출하는 꿈이다. 새 신발 꿈도. 기회가 나타났고 러비는 채찍질 따위는 무시하고 그 기회를 붙잡았다.

셋은 검은 물속을 첨벙거리며 서쪽으로 움직였다. 코라는 앞서갈 수 없었다. 코라는 시저가 어떻게 저렇게 잘 가는지 알 수가 없었다. 그러나 시저는 늘 코라를 놀라게 했다. 그는 손에 지도가 있었고 글자뿐 아니라 별도 읽을 줄 알았다.

러비는 쉬고 싶을 때 한숨과 욕지거리를 내뱉어서 코라가 굳이 묻지 않아도 되었다. 러비의 삼베 자루를 들여다보니 쓸 만한 것은 하나도 없고, 작은 나무 오리나 파란 유리병처럼 러비가 모아온 별난 징표들뿐이었다. 실용성으로 말할 것 같으면, 단단한 땅을 찾는 문제에서는 시저가 유능한 항해사였다. 그가 길을 벗어났는지 아닌지 코라로서는 알 수 없었지만. 그들은 북동쪽으로 가기 시작했고 날이 밝아올 때쯤 늪을 벗어나 있었다. "사람들이 알았네." 주황색 해가 동쪽에서 떠오를 때 러비가 말했다. 셋은 한 번 더 쉬면서 참마를 저몄다. 모기와 파리매들이 잔치를 벌였다. 날이 밝고 보니 그들은 목까지 흙탕물이 튀고 온몸에 홀씨와 덩굴손을 뒤집어쓴 게 꼴이 말이 아니었다. 코라는 그런 건 아무렇지 않았다. 태어나서 집에서 가장 멀리 떨어져 있었다. 지금 이 순간 잡혀가 사슬에 묶인대도 여기까지 와본 사실은 변함없었다.

시저가 지팡이로 땅을 짚었고 그들은 다시 출발했다. 다음번에 멈췄을 때 그는 큰길을 찾으러 갔다 오겠다고 말했다. 금방 돌아오겠다고 약속했지만, 앞으로 갈 길을 가늠해보지 않을 수 없었다. 러비는 만일 그가 돌아오지 않으면 무슨 일이 벌어질지 묻지 않을 만큼은 눈치가 있었다. 그들을 안심시키기 위해 시저는 자기 자루와 가죽 물통을 사이프러스 옆에 두고 갔다. 혹은 만일 그가 돌아오지 못하면 두 사람이 요긴하게 쓰라고.

"나 알고 있었어." 러비는 탈진했으면서도 이야기를 더 듣고 싶어서 입을 열었다. 두 소녀는 단단하고 마른 땅이 나온 것에 감사해하며 나무에 기대어 앉았다.

코라는 자키의 생일날로 돌아가서, 그동안 말하지 않았던 것들을 전부 이야기해주었다.

"그럴 줄 알았다고." 러비가 또 말했다.

"시저는 내가 행운의 징표라고 생각해. 우리 엄마가 유일하잖아."

"행운을 원하면 토끼 발을 잘라야지.*" 러비가 말했다.

"너희 엄마는 어떻게 하실까?" 코라가 물었다.

러비는 다섯 살 때 엄마와 함께 랜들 대농장에 왔다. 러비의 예전 주인은 검둥이 꼬마들은 옷을 입을 필요가 없다고 생각했기 때문에 러비가 등에 뭘 걸친 것은 그때가 처음이었다. 러비의 엄마 지어는 아프리카에서 태어났고 딸과 딸의 친구들에게 온갖 동물들과 함께 강가의 작은 마을에서 살았던 어린 시절 이야기를 즐겨 들려주었다. 목화솜을 따면서 그녀는 몸이 망가졌다. 관절이 붓고 뻣뻣해져서 등이 굽었고 걸을 때마다 아팠다. 더 이상 밭일을 할 수 없게 되자 지어는 다른 엄마들이 밭에 나가 있는 동안 아기들을 돌봤다. 지어는 몸이 고통스러워도 딸에게는 늘 다정했다. 비록 러비가 다른 데로 고개를 돌리는 순간 이가 다 빠진 입으로 활짝 피우던 그 웃음은 도끼날처럼 뚝 떨어졌지만.

"나를 자랑스러워할 거야." 러비가 대답했다. 러비는 드러누워 등을 돌렸다.

시저는 생각보다 일찍 나타났다. 사람들이 길에 너무 가까이 있지만 빠르게 이동하고 있어, 그가 말했다. 이제 말을 탄 사람들이 출발하기 전에 그들은 서둘러 출발해 될 수 있는 대로 멀리 가야 했다. 말을 탄 사람들은 앞서 출발한 그들을 순식간에 따라잡을 것이다.

"우리 잠은 언제 자?" 코라가 물었다.

"일단 길에서 멀어진 다음에 생각해보자." 시저가 말했다. 폼을 보니 그

---

* 서양에서 토끼 발은 행운의 상징이다.

역시 기진맥진했다.

그들은 얼마 지나지 않아 가방을 내려놓았다. 시저가 코라를 깨웠을 때는 해가 지고 있었다. 코라는 늙은 떡갈나무 뿌리 위에 이상하게 걸쳐 누웠는데도 한 번을 움직거리지도 않고 잤다. 러비는 이미 깨어 있었다. 그들은 거의 깜깜해졌을 무렵 공터에 도착했는데, 개인 농장 뒤편의 옥수수밭이었다. 집주인들은 집에 있었고 조그만 집을 연신 들락거리면서 집안일을 하느라 바빴다. 도망자들은 숨어서 가족이 등불을 끌 때까지 기다렸다. 여기서 플레처의 농장까지 사람들이 사는 땅을 직선으로 관통해 갈 수 있었지만, 너무 위험했다. 그들은 계속 숲을 통해 우회했다.

결국에는 돼지들이 그들을 곤란에 빠뜨렸다. 그들이 돼지들의 흔적을 따라가고 있을 때 백인 남자들이 나무 뒤에서 튀어나왔다. 넷이었다. 돼지 사냥꾼들이 길에 미끼를 놓고 사냥감을 기다리고 있었는데, 날이 너무 더워서 돼지들이 야행성으로 바뀐 탓이었다. 탈주자들은 다른 종류의 짐승이었지만 보수가 훨씬 후했다.

공고에 자세하게 나온 설명을 떠올릴 때 이 셋의 정체에는 오해의 여지가 없었다. 사냥꾼 둘이 무리 중 가장 몸집이 작은 사냥감을 겨냥해 땅에 메다꽂았다. 그리도 오랫동안 조용하다가—노예들은 사냥꾼들에게 들키지 않기 위해, 사냥꾼들은 먹잇감에게 들키지 않기 위해—이제는 모두가 있는 힘껏 고함을 치고 비명을 질렀다. 시저는 짙은 색 턱수염을 길게 기른 체격이 좋은 남자와 붙었다. 도망자는 그보다 젊고 힘이 셌지만, 남자는 물러서지 않고 시저의 허리를 붙잡았다. 시저는 백인을 많이 때려본 것처럼 싸웠는데, 사실 불가능한 일이었고 그랬다면 그는 오래전에 무덤 속에 있었을 것이다. 탈주자들은 무덤에 맞서 싸우고 있었다. 이 남자들이 이겨서 그들을 주인에게 돌려보낸다면 무덤이 그들의 종착역이 될 것이었으니.

울부짖는 러비를 두 남자가 어둠 속으로 끌고 갔다. 코라를 노린 사람은 어리고 호리호리했는데, 어쩌면 사냥꾼 한 명의 아들인 것 같았다. 코라는 불시에 습격을 당했지만 그가 코라의 몸에 손을 댄 순간 피가 확 돌았다. 코라는 에드워드와 포트와 그 일당이 그녀를 겁탈했던 훈제실 뒤편의 그날 밤으로 돌아갔다. 코라는 맹렬했다. 팔다리에 힘을 꽉 주고, 깨물고, 내갈기고, 후려치며 그때 못했던 것을 지금 다 끌어내 싸웠다. 코라는 손도끼를 떨어뜨렸다는 것을 깨달았다. 손도끼가 필요했다. 에드워드는 땅속에 있었고, 그녀가 잡혀가기 전에 이제 이 소년이 그 옆자리로 가게 될 것이었다.

소년은 코라를 땅바닥으로 내팽개쳤다. 코라는 굴러가다 나무 그루터기에 머리를 찧었다. 그는 허둥지둥 달려와 코라를 꼼짝 못하게 붙들었다. 코라의 피는 뜨거웠다―손을 뻗어서 잡히는 돌로 소년의 머리통을 세게 내리쳤다. 소년이 휘청거렸고 코라는 반복했다. 소년의 신음 소리가 멈췄다.

시간이 거짓말 같았다. 시저가 코라의 이름을 부르며 코라를 일으켜 세웠다. 어둠 속에서 분간하기로 수염이 난 남자는 보이지 않았다. "이쪽이야!"

코라는 친구를 불렀다.

러비의 흔적도, 그들이 어디로 사라졌는지도 알 길이 없었다. 걸음을 떼지 못하는 코라를 시저가 거칠게 끌어당겼다. 코라는 시저를 따라갔다.

그들은 어디로 가고 있는지 전혀 짐작도 할 수 없다는 것을 깨달은 다음에야 달리기를 멈췄다. 코라는 어둠과 제 눈물 말고는 아무것도 보이지 않았다. 시저는 가죽 물통을 용케 건졌지만 나머지 소지품은 모두 잃었다. 그들은 러비를 잃었다. 시저가 별자리를 보며 위치를 가늠했고, 둘은 휘청거리면서 밤 속으로 겨우 발걸음을 옮겼다. 둘은 몇 시간이고 말이 없었다. 그들의 계획이라는 몸통에서 선택과 결정들이 잔가지와 새싹처럼 돋아났다. 러비를 늪에서 돌려보냈더라면. 농장 주변의 더 깊숙한 길을 택했더라면. 코라가 맨 끝에 있어서 두 남자가 코라를 잡았더라면. 아예 길을 떠나지 않았더라면.

시저가 적당한 곳을 찾은 뒤 둘은 너구리처럼 나무 위로 올라가 잤다.

코라가 정신을 차려보니, 해가 떠 있고 시저는 혼잣말을 하며 소나무 두 그루 사이를 걷고 있었다. 나무에서 내려오는데, 거칠거칠한 나뭇가지 사이에 얽혀서 잔 탓에 팔다리가 저렸다. 시저의 얼굴은 심각했다. 간밤의 일에 대해 지금쯤이면 말이 다 퍼졌으리라. 순찰대는 그들이 이동한 방향을 알고 있었다. "러비에게 철도에 대해 이야기했어?"

"안 한 것 같은데."

"나도야. 이런 일을 생각 못하다니 우리 생각이 짧았다."

정오에 건넌 개울이 이정표였다. 다 왔어, 시저가 말했다. 1킬로미터쯤 같이 가다가 시저는 주위를 살피고 오겠다며 떠났다. 그가 돌아온 뒤에 그들은 숲속 덤불 사이로 집들이 보일락 말락 하는 덜 깊은 샛길로 들어섰다.

"저기야." 시저가 말했다. 밖으로 목초지가 내다보이는 작은 단층 시골집이었다. 땅은 나무가 모두 잘려 나가고 놀고 있었다. 빨간 풍향계는 여기가 그 집이라는 신호였고, 뒷문 창가에 노란색 커튼이 쳐진 것은 플레처는 집에 있고 아내는 집에 없다는 뜻이었다.

"만약에 러비가 말했다면." 코라가 말했다.

그들이 있는 데서는 다른 집도, 사람도 전혀 보이지 않았다. 코라와 시저는 잡초를 헤치며 있는 힘껏 달려서 늪 이후로는 처음으로 밖으로 나왔다. 트인 곳으로 나오니 불안했다. 코라는 활활 타는 불길 위, 앨리스의 커다란 무쇠 프라이팬 속으로 던져진 기분이었다. 그들은 뒷문을 두드리고 플레처의 대답을 기다렸다. 코라는 추적대가 숲속에 포진해 막 들판으로 뛰쳐나올 준비를 하고 있을 것만 같았다. 어쩌면 집 안에서 기다리고 있는지도 몰랐다. 만약에 러비가 말했다면. 플레처가 마침내 그들을 부엌으로 들여보내주었다.

부엌은 작지만 아늑했다. 자주 쓰는 단지들이 검은 바닥을 드러내며 갈고리에 걸려 있고, 목초지에서 따 온 화사한 색의 꽃들이 얇은 유리병 밖으로 기다랗게 나와 있었다. 눈이 충혈된 늙은 사냥개는 손님들에게 관심이 없는지 한쪽 구석에서 움직이지 않았다. 코라와 시저는 플레처에게 주전자를 받아서 물을 게걸스럽게 들이켰다. 주인은 승객이 한 명 더 있어서 달갑지 않았지만, 틀어진 것은 처음부터 너무 많았다.

그 가게 주인은 그동안 있었던 일들을 둘에게 말해주었다. 우선 러비의 엄마 지어가 딸이 없어진 걸 알고, 조용히 찾아보기 위해 오두막을 나섰다. 사내들이 러비를 좋아했고, 러비도 사내들을 좋아했다. 작업반장 한 명이 지어를 막아 세웠고 자초지종을 알게 되었다.

코라와 시저는 서로를 바라보았다. 여섯 시간 먼저 출발했다는 건 망상이었다. 순찰대는 내내 수색 중이었다.

오전 나절이 되자 카운티 각지의 백수건달들이 전부 수색 작업에 참여했다고 플레처는 말했다. 테런스가 내건 현상금은 유례가 없었다. 공공장소마다 전단이 붙지 않은 곳이 없었다. 최악의 불한당들이 추적에 나섰다. 주정뱅이, 상습 전과자, 신발도 없는 가난한 백인들이 흑인을 괴롭히는 이 기회에 반색을 하고 나섰다. 순찰대가 노예 마을들로 쳐들어갔고 자유인들의 집까지 샅샅이 뒤지며 물건을 빼앗고 폭행했다.

하늘은 도망자들 편이었다. 사냥꾼들은 노예들이 늪에 숨어 있을 것이라고 생각했다—어린 여자 둘이 딸려 있다면 그 밖의 어떤 욕심도 부릴 수 없으리라. 여기 남부는 흔쾌히 도와주려는 백인이 없으니, 말 안 듣는 검둥이를 구제해줄 지하철도가 기다리고 있지 않으니, 노예들은 대부분 검은 물 쪽으로 갈 수밖에 없으리라. 그들의 이런 오판으로 셋은 최대한 멀리 북동쪽으로 갈 수 있었다.

돼지 사냥꾼들이 그들을 맞닥뜨리기 전까지는. 러비는 랜들 농장으로 돌려보내졌다. 추적대가 벌써 플레처의 집을 두 번이나 들러 동향을 전하면서 구석구석을 슬쩍 훑어보고 갔다. 그러나 가장 나쁜 소식은 사냥꾼 무리 중 가장 어린 사람—열두 살짜리 소년이었다—이 다친 이후로 깨어나지 못하고 있다는 것이었다. 시저와 코라는 카운티의 입장에서는 살인자나 다름없었다. 그 백인 남자들은 피를 원했다.

시저가 두 손으로 얼굴을 가렸고 플레처는 안심시키듯 그의 어깨에 손을 얹었다. 이 소식에 코라가 별 반응이 없는 것은 이상했다. 두 남자는 기다렸다. 코라는 빵을 한 조각 뜯었다. 괴로워하는 것은 둘 중 시저 하나로 충분할 것이었다.

탈출한 이야기와 숲속에서 벌어진 싸움에 대해 둘이 설명했지만 플레처의 충격이 별로 줄어들지는 않았다. 플레처의 부엌에 이렇게 셋이 있다는 것은 곧 러비는 철도에 대해 모른다는 뜻이었고, 그들은 단 한 번도 가게 주인의 이름을 입에 올린 적이 없었다. 그들은 계속 갈 것이었다.

시저와 코라가 나머지 호밀 흑빵과 저민 햄을 다 먹어치우는 동안 남자들은 지금 떠나는 것이 좋은지 아니면 해가 진 다음에 출발하는 게 좋은지 의논했다. 코라는 대화에 끼려다가 관두었다. 코라는 세상에 나온 게 처음이었고 모르는 게 너무 많았다. 코라의 의견은 될 수 있는 대로 빨리 떠나자는 것이었다. 농장에서 멀어지면 멀어질수록 승리였다. 코라는 승전보를 더 늘릴 것이다.

남자들은 플레처의 수레 뒤편에 두 노예를 모포로 덮어 숨겨서, 지금 당장 출발하는 게 가장 좋겠다고 결정했다. 플레처 부인이 들락거리니 그들을 지하 창고에 숨기기는 힘들었다. "그렇게들 생각하신다면요." 코라가 말했다. 사냥개가 방귀를 뀌었다.

고요한 길 위에서 시저와 코라는 플레처의 짐 상자들 사이에 웅크리고 누웠다. 플레처가 말들에게 이야기를 하는 동안 길게 뻗은 나무 그늘 사이로 햇살이 모포를 뚫고 들어왔다. 코라는 눈을 감았지만, 그 소년이 머리에 붕대를 감고 침대에 누워 있고 턱수염이 난 덩치 큰 남자가 내려다보고 있는 모습이 떠올라 좀처럼 잠들 수 없었다. 소년은 코라가 생각했던 것보다 더 어렸다. 그러나 그는 애초에 코라에게 손을 대지 말았어야 했다. 소년은 밤의 돼지 사냥 말고 다른 소일거리를 골랐어야 했다. 그가 낫든 말든 상관없어, 코라는 결심했다. 소년이 깨어나든 그렇지 않든 둘은 죽임을 당할 터였다.

읍내의 소음이 코라를 깨웠다. 코라는 밖이 어떤 모습일지, 볼일을 보러 온 사람들과 분주한 가게들, 서로 길을 비켜 가는 마차와 수레들을 그저 상상해볼 뿐이었다. 목소리들, 정체를 알 수 없는 군중들의 떠들썩한 수다가 가까이서 들려왔다. 시저가 코라의 손을 꽉 쥐었다. 짐 상자들 틈에 있어서 그의 얼굴이 보이지 않았지만 코라는 표정을 알 수 있었다. 그때 플레처가 수레를 세웠다. 코라는 이제 모포가 들춰지리라 예상하면서 곧 벌어질 아수라장을 그려보았다. 이글거리는 햇빛. 플레처는 채찍질을 당하고 체포될 것이고, 그냥 노예도 아닌 살인자들을 숨겨주었으니 군중의 손에 죽을지도 몰랐다. 코라와 시저는 테런스에게 보내지기 전에 전초전으로 군중에게 흠씬 두들겨 맞을 테고, 주인은 무엇이 되었든 빅 앤서니가 받은 고문보다 더 처참한 처벌을 고안해내리라. 세 탈주자가 모이기까지 기다리지 않을 심산이라면 주인은 러비에게 벌써 그런 벌을 주었으리라. 코라는 숨을 죽였다.

플레처는 친구의 인사에 멈춰 섰다. 코라는 친구가 수레에 기대서면서 수레가 흔들릴 때 소리를 내고 말았지만, 그는 듣지 못했다. 친구는 플레처에게 반갑게 인사하고 순찰대의 수색 상황을 들려주었다—살인자들이 잡혔다네! 플레처는 하느님께 감사했다. 또 다른 목소리가 합류하더니 이 소문을 반박하고 나섰다. 노예들이 아직 돌아다니면서 아침에 어느 농가를 습격해 닭을 훔쳐 갔지만, 사냥개들이 냄새를 맡았다고 했다. 플레처는 백인과 백인의 이해(利害)에 내려지는 하느님의 가호에 다시 한번 감사했다. 다친 소년에 관한 소식은 없었다. 안됐군, 플레처가 말했다.

수레는 그 길로 다시 조용한 대로로 들어섰다. 플레처가 말했다. "그 작자들 헛수고 좀 시켜보자." 노예들에게 하는 말인지 말들에게 하는 말인지 알 수 없었다. 고된 탈출의 길은 아직도 그 값을 톡톡히 받아내고 있어서 코라는 다시 졸기 시작했다. 잠들면 러비 생각을 하지 않을 수 있었다. 다음에 눈을 떴을 때 날은 어두워져 있었다. 시저가 안심하라며 코라를 도닥거렸다. 우르릉 절그렁 빗장 소리가 났다. 플레처가 모포를 걷었고 도망자들은 쑤시는 팔다리를 쭉 펴면서 헛간으로 들어갔다.

코라는 사슬이 제일 먼저 눈에 들어왔다. 쇠사슬 수천 개가, 수갑과 족쇄, 발목과 손목과 목에 채우는 갖가지 쇠고랑이 종류별로 으스스하게 벽에 진열되어 있었다. 도망가지 못하게 하기 위한, 손을 움직이지 못하게 하기 위한, 혹은 채찍질할 때 공중에 매달아놓기 위한 쇠고랑들. 한 줄은 아예 어린이용 사슬과 조그만 고리들로 연결된 조그만 수갑들로만 되어 있었다. 또 다른 줄에는 어떤 톱에도 잘리지 않을 두꺼운 무쇠 수갑, 또 아주 얇아서 처벌 생각을 하지 않는다면 끊어버릴 수도 있을 수갑들이 진열되어 있었다. 화려하게 장식된 입마개들이 한 구역을 차지하고 있었고, 한쪽 구석에는 쇠공이 달린 족쇄가 한 무더기 쌓여 있었다. 쇠공은 피라미드 모양으로 쌓아 올려져 있고, 사슬이 S자 모양으로 떨어졌다. 녹이 슨 쇠고랑도 있었고, 망가진 것도 있었고, 바로 그날 아침에 만들어진 것 같은 새것도 있었다. 코라는 수집품 한 귀퉁이로 다가가서 안쪽으로 뾰족하게 못이 박혀 있는 쇠 올가미를 만져보았다. 목에 씌우기 위한 것이라는 것을 알 수 있었다.

"무시무시한 광경이지." 어떤 남자가 말했다. "내가 여기저기서 모은 것이네."

그들은 그가 들어오는 소리를 듣지 못했다. 아니면 처음부터 여기 있었던 것일까? 그는 회색 바지에 깡마른 체구가 고스란히 드러나는 헐렁한 셔츠를 입고 있었다. 코라가 본 굶어 죽어가는 노예들도 그보다는 살집이 있었다. "내가 여행 중에 모은 기념품이라고 할까." 그 백인이 말했다. 농장 사람들이 분별력을 잃었을 때의 말투가 떠오르는 기이한 억양이었다.

플레처는 그를 럼블리라고 소개했다. 그는 그들과 가볍게 악수했다.

"차장이신가요?" 시저가 물었다.

"기관차 다루는 재주는 없어서." 럼블리가 말했다. "역장에 더 가깝지." 철도 일에 관여하지 않을 때는 농장에서 조용하게 살고 있다고 그는 말했다. 여기는 그의 땅이었다. 코라와 시저는 여기까지 담요 밑에 숨어서 오거나 그렇지 않으면 눈가리개를 하고 와야 했을 거라고 그는 설명했다. 그들 스스로 어디 있는지 모르는 게 가장 좋았다. "오늘 승객이 세 명이라고 알고 있었는데, 두 발 뻗고 갈 수 있겠네들." 그가 말했다.

둘이 미처 그 말뜻을 헤아리기도 전에 플레처는 아내 때문에 이제 돌아가봐야겠다고 말했다. "내 역할은 이걸로 끝이라네, 친구들." 그는 도망자들을 진심을 다해 안아주었다. 코라는 자기도 모르게 몸을 웅크리고 말았다. 이틀 동안 백인 남자 둘이 그녀에게 손을 댔다. 자유가 되는 조건인가?

시저는 가게 주인과 그의 수레가 떠나는 모습을 말없이 바라보았다. 플레처는 고삐를 당기며 출발을 외쳤고 그의 목소리는 점점 잦아들었다. 코라의 동행의 얼굴은 근심으로 일그러졌다. 플레처는 상황이 그가 예상한 것보다 훨씬 복잡해졌는데도 그들을 위해 엄청난 위험을 무릅썼다. 그 빚을 갚는 방법은 오로지 살아남는 것, 그래서 상황이 허락하는 한 다른 이들을 돕는 것이었다. 적어도 코라의 생각에는. 플레처는 몇 달이나 시저를 가게로 들여보내주었으니 시저는 진 빚이 훨씬 컸다. 코라는 시저의 얼굴에서 그것을 읽을 수 있었다—걱정이 아니라 책임감을. 럼블리가 헛간 문을 닫자 쇠사슬이 절그렁거렸다.

럼블리는 감상적이지 않았다. 그는 등불을 켜서 시저에게 주고, 건초를 발로 헤치더니 바닥에 나 있는 작은 문을 열었다. 떨고 있는 둘에게 그가 말했다. "원한다면 내가 먼저 가지." 돌계단이 놓여 있었고 밑에서부터 시큼한 냄새가 올라왔다. 통로는 지하 창고로 끝나는 게 아니라 밑으로 계속 이어졌다. 코라는 이것을 만드는 데 들었을 노동력에 감사했다. 계단은 가팔랐지만 돌이 평평한 면을 이루며 가지런히 놓여 있었고 내려가기 쉬웠다. 곧 터널이 나왔고, 코라의 앞에 놓인 것을 표현하기에 감사라는 말은 턱도 없이 부족했다.

계단은 작은 플랫폼으로 이어졌다. 양쪽 끝으로 거대한 터널이 시커먼 입을 벌리고 있었다. 높이가 6미터는 되어 보였고, 벽에는 짙은 색과 옅은 색 돌이 번갈아가며 놓여 문양을 이루었다. 이런 걸 가능케 하다니 엄청난 작업이었으리라. 코라와 시저의 눈에 선로가 들어왔다. 철로 두 줄이 침목으로 땅에 단단히 박힌 채 시야 안의 터널에 펼쳐져 있었다. 철로는 아마도 남북으로, 상상도 할 수 없는 곳에서 시작해 기적과도 같은 종착역을 향해 뻗어 있으리라. 누군가 사려 깊게도 플랫폼에 작은 벤치까지 세워두었다. 코라는 현기증이 나서 주저앉고 말았다.

시저도 입을 열기 힘들었다. "이 터널이 어디까지 나 있는 거예요?"
럼블리가 어깨를 으쓱 들어 보였다. "너희들에게는 충분히 멀리."
"몇 년이 걸렸겠네요."
"네 생각보다는 오래. 환기 문제를 해결하느라 시간을 꽤 잡아먹었지."
"누가 지었어요?"

조지아

"이 나라에서 무엇이든 누가 짓겠어?"

코라는 입을 다물지 못하는 그들을 보고 럼블리가 흐뭇해하는 것을 보았다. 그는 이번이 처음이 아니었다.

시저가 물었다. "하지만 어떻게요?"

"손으로지. 뭐 다른 방법이 있나? 너희들 출발에 대해서나 좀 얘기해보지." 그가 주머니에서 노란 종이를 꺼내더니 눈을 가늘게 떴다. "두 가지 방법이 있군. 한 시간 뒤에 떠나는 기차가 한 대 있고, 그다음에는 여섯 시간 뒤에 있어. 그렇게 좋은 시간표는 아니구나. 우리 승객들이 더 때맞춰 올 수 있다면 좋으련만, 우리가 몇 가지 제약을 받으면서 운행을 하고 있어서."

"바로 다음 차요." 코라가 일어서며 말했다. 두 번 생각할 것 없었다.

"문제는, 그 두 대가 같은 곳으로 가지 않는다는 거야." 럼블리가 말했다. "하나가 이쪽으로 간다면 다른 건……"

"어디로요?" 코라가 물었다.

"여기서 먼 곳. 그렇게밖에 말해줄 수 없구나. 그 많은 노선이 바뀌는 걸 바로바로 알기는 힘들다. 완행열차, 급행열차, 닫히는 역도 있고, 행선지가 늘어나기도 하고. 문제는 어떤 종착역이 다른 종착역보다 더 마음에 들 수도 있다는 거야. 역이 발각되기도 하고, 노선이 끊기기도 한다. 기차에서 내릴 때까지는 저 위에서 무슨 일이 기다리고 있을지 절대 알 수가 없어."

도망자들은 이해할 수 없었다. 역장의 말을 들으면 어떤 노선이 더 지름길이기는 하지만 더 위험할 수도 있는 듯했다. 어떤 노선은 더 길다고도 했나? 럼블리는 더 자세하게 설명해주지 않았다. 그는 자기가 아는 것을 다 말해주었다고 했다. 결국, 언제나 그렇듯 선택은 그들의 몫이었다. 그들이 탈출해 온 곳을 제외한 모든 곳. 시저는 코라와 상의해본 다음 말했다. "다음 차를 탈게요."

"원한다면." 럼블리가 말했다. 그는 벤치 쪽을 가리켰다.

그들은 기다렸다. 시저의 질문에 역장은 그가 어떻게 지하철도 일을 하게 되었는지 말해주었다. 코라는 그 말이 귀에 들어오지 않았다. 터널에 온통 주의를 빼앗겼다. 이곳을 만드느라 얼마나 많은 노동력이 들었을까? 이 뒤로 터널은 어디로, 얼마나 멀리 이어져 있을까? 코라는 목화 따는 일을 떠올렸다. 수확철이 되면 이랑에 몸을 숙이고 정신없이 손을 놀렸고, 아프리카인들의 몸은 마치 하나가 된 듯 온 힘을 짜내 가장 빠르게 움직였다. 광대한 들판에 새하얀 목화솜 수천수만 개가 그득, 투명하도록 맑은 밤하늘의 별처럼 매달려 있었다. 노예들이 일을 마치고 나면 밭에서는 색이 싹 사라져 있었다. 씨앗을 심는 것에서부터 뭉치로 묶는 일까지 방대한 작업이었지만, 그들 중 누구도 자신의 노동을 자랑스러워할 수 없었다. 그들은 목화를 빼앗겼다. 억지로 뜯겼다. 터널, 선로, 그리고 역과 시간표의 도움으로 구제받은 절실한 영혼들—이것은 자랑스러워해야 할 경이로운 업적이었다. 코라는 이걸 지은 사람들이 그에 합당한 보상을 받았을지 궁금했다.

"주마다 다르지." 럼블리가 설명하고 있었다. "관례와 일 처리 방식도 주마다 제각각이야. 여러 주를 통과해 가다 보면 종착지에 다다르기 전까지 이 나라가 얼마나 넓은지를 보게 될 거다."

그때 벤치가 흔들렸다. 그들은 숨을 죽였고, 흔들림은 소리가 되었다. 럼블리는 그들을 플랫폼 가장자리로 데려갔다. 거대하고 낯선 것이 들어왔다. 시저는 버지니아에서 기차를 본 적이 있었지만, 코라는 그런 기계가 있다고 들어보기만 했었다. 그녀가 상상했던 모습이 아니었다. 기차는 시커멓고, 이 기계가 가는 곳에 동물은 없겠지만 맨 앞에 세모나게 튀어나온 소몰이 판*을 단 볼품없는 장치였다. 검댕으로 뒤덮인 굴뚝이 그다음으로 눈에 들어왔

---

* cowcatcher, 선로의 장애물을 밀어 없애도록 기차 앞에 달린 기구.

다. 몸통은 맨 앞에 기관사 칸을 필두로 해 커다란 검은 통으로 구성되어 있었다. 그 아래에는 피스톤과 실린더들이 바퀴 열 개, 앞에 작은 것 두 쌍과 뒤에 세 쌍으로 된 바퀴들과 함께 쉬지 않고 춤을 추었다. 기차는 벽에 널빤지가 여러 장 없어진, 곧 허물어질 것 같은 유개화차 한 대를 끌고 왔다.

흑인 기관사가 이가 하나도 없는 얼굴로 환하게 웃으며 기관사 칸에서 손을 흔들었다. "모두 승차하십시오." 그가 말했다.

럼블리는 시저의 귀찮은 질문을 자르느라, 재빨리 유개화차 문의 걸쇠를 풀고 문을 밀어젖혔다. "이제 가볼까?"

코라와 시저가 차 안으로 올라가자 럼블리가 문을 쾅 닫았다. 럼블리는 널빤지 틈새로 안을 들여다보았다. "이 나라가 어떤 덴지 알고 싶다면, 내가 늘 하는 말이다만, 기차를 타봐야 한다. 기차가 내달릴 때 바깥을 보면, 미국의 진짜 얼굴을 알게 될 거야." 그는 신호로 화차의 벽을 쳤다. 기차가 덜컹거리며 출발했다.

도망자들은 균형을 잃고, 좌석 대신으로 있는 건초 더미로 쓰러졌다. 화차는 삐걱거리며 정신없이 흔들렸다. 전혀 신형이 아니었고, 타고 가는 동안 내내 코라는 금방이라도 부서져버리지 않을까 겁이 났다. 화차 안은 건초 더미, 죽은 쥐, 구부러진 못 말고는 텅 비어 있었다. 코라는 나중에 누군가 불을 피웠는지 새카맣게 탄 자국을 발견했다. 시저는 연달아 벌어지는 신기한 일들에 멍해져서 바닥에 웅크리고 누웠다. 럼블리의 마지막 지시대로 코라는 널빤지 사이를 내다보았다. 가도 가도 어둠뿐이었다.

다음번에 햇살 속으로 발을 디뎠을 때 그곳은 사우스캐롤라이나였다. 코라는 고층 건물을 올려다보고 휘청거리며 얼마나 멀리까지 온 것일까 궁금해했다.

리지웨이

아널드 리지웨이의 아버지는 대장장이였다. 지는 해같이 붉은 쇳물의 빛깔이 그를 사로잡았다. 쇳덩어리에서 색깔이 서서히, 그러다가 감정이 분출되듯 순식간에 나타나고, 별안간 부드러워지며, 목적에 맞게 끊임없이 휘어지는 그 모습이. 그의 대장간은 세상의 원시적인 에너지를 보여주는 창문이었다.

그는 위스키에 취하면 감상적으로 변하는 혼혈인 톰 버드라는 이와 술친구였다. 톰 버드는 자기 인생의 목적에서 멀어졌다고 느껴질 때마다 인디언의 주신(主神)에 대한 이야기를 들려주었다. 주신은 만물에—땅에, 하늘에, 동물들과 숲에—깃들어 있으면서 만물을 관통해 흐르고 신성한 끈으로 연결시켜주었다. 리지웨이의 아버지는 종교적인 이야기라면 코웃음 쳤지만, 톰 버드의 주신 이야기는 쇠에 대한 그의 생각과도 비슷했다. 그는 그가 대장간에서 벼리는 벌건 쇳덩이 말고는 어떤 신도 섬기지 않았다. 그는 거대한 화산 폭발에 대해, 산 저 깊은 곳에서 뿜어져 나온 불로 멸망해 사라진 도시 폼페이에 대해 읽은 적이 있었다. 흐르는 불이 바로 땅속의 피였다. 쇠를 비틀고 두드리고 늘려서 이 사회가 돌아가는 데 필요한 물건들로 만드는 것이 그의 소명이었다. 못, 말발굽, 쟁기, 칼, 총, 쇠사슬. 혼이 담긴 일이라고 그는 표현했다.

허락을 받았을 때면 어린 리지웨이는 아버지가 펜실베이니아 철을 부리는 동안 한구석에 서 있을 수 있었다. 모루에서 쇠를 녹이고 망치질하고 춤추듯 움직이는 아버지. 얼굴을 타고 흘러내리는 땀방울로 정수리부터 검댕 투성이의 발까지 범벅이 되어 아버지는 아프리카 악마들보다도 더 까맸다. "너도 이렇게 혼이 담긴 일을 해야 한다, 아들아." 언젠가 그도 그의 소명을 찾을 것이라고 아버지는 말했다.

그것은 격려였다. 리지웨이에게는 그것이 고독한 짐이었다. 그가 되고 싶은 남자의 역할 모델은 없었다. 아버지의 재능을 능가할 길은 없었기에 모루로 갈 수는 없었다. 읍내에 나가면 그는 아버지가 금속에서 불순물을 찾아낼 때와 같은 얼굴을 한 남자들이 없는지, 사람들의 얼굴을 꼼꼼하게 살폈다. 어디를 가나 사람들은 시시하고 가치 없는 일로 바빴다. 농부는 천치같이 비만 기다렸고, 가게 주인은 필요하지만 팔리지는 않는 물건들을 줄줄이 늘어놓았다. 수공업자와 공예가들은 아버지의 단단한 쇠에 견주면 덧없는 소문에 불과한 물건들을 만들어냈다. 저 멀리 런던 증권거래소와 지역 산업을 좌우지하는 갑부들조차 영감을 주지 못했다. 그는 숫자라는 토대 위에 대저택들을 세우는 이 시스템 안에서 그들의 위치는 인정했지만, 그들을 존경하지는 않았다. 하루가 끝날 때 옷이 별로 더러워지지 않았다면 그건 진짜 남자가 아니었다.

매일 아침 아버지가 쇠 두드리는 소리는 그에게는 결코 가까이 오지 않는 운명의 발자국 소리였다.

리지웨이가 순찰대와 어울리기 시작한 건 열네 살 때였다. 그는 2미터 키에, 건장하고 뚝심 있는 거구의 열네 살이었다. 그의 몸은 그 안에 혼란이 있다는 기미는 조금도 내비치지 않았다. 그는 동료들에게서 제 약한 모습을 볼 때면 그들을 두들겨 팼다. 리지웨이는 순찰대를 하기에는 어렸지만 그쪽 일이 바뀌고 있었다. 목화 왕은 시골에 노예들을 잔뜩 불러왔다. 지역 농장주들은 서인도제도에서 일어난 봉기와 점점 더 가까워지는 불안한 사건들을 걱정했다. 노예 상인이라면 모를까, 분명한 사고를 하는 백인이라면 걱정하지 않을 것들이었다. 순찰대는 규모가 커졌고 그만큼 권한도 커졌다. 소년은 제자리를 찾은 것 같았다.

카운티 순찰대장 챈들러는 리지웨이가 본 사람들 중 가장 험악한 남자의 표본이었다. 그는 싸움꾼에 건달로, 선량한 사람들은 그를 피하려고 빗속에 진창길을 건너갈 정도로 동네에서 공포의 대상이었다. 그는 그가 잡아 온 탈주자들보다 감옥에서 더 많은 시간을 보내서, 자기가 몇 시간 전에 잡아넣은 범법자의 바로 옆방에서 코를 골곤 했다. 불완전한 역할 모델이었지만 그래도 리지웨이가 찾던 형태에 가까웠다. 법을 집행하며 법 안에 있지만 또한 바깥에 있는. 아버지가 몇 년 전의 다툼으로 아직도 챈들러를 싫어한다는 것도 거들었다. 리지웨이는 아버지를 사랑했지만, 아버지의 끊임없는 소명 타령을 듣고 있으면 자신의 목적 없는 삶이 자꾸 의식되었다.

순찰은 어려운 일이 아니었다. 눈에 뜨이는 검둥이들은 모조리 불러 세워 통행증을 요구하면 되었다. 자유인이라는 걸 빤히 아는 검둥이들도 불러 세웠는데, 재미로 그러는 것이기도 했고 또 백인의 소유이든 아니든 아프리카인들에게 이런 집단이 그들을 겨냥하고 있음을 상기시켜주려는 것이기도 했다. 노예 마을에 미소나 책같이 뭐 잘못된 것이 있지는 않은지 한 바퀴 둘러보았다. 기분이 내킬 때 그리고 퇴근 시간이 아직 남았을 때면 말 안 듣는 검둥이들을 감옥으로 끌고 가거나 주인에게 곧장 데려가기 전에 흠씬 두들겨 패주었다.

노예가 도망갔다는 소식이 들려오면 그들은 신이 나서 활동을 시작했다. 사냥감을 찾아 대농장들을 급습하고, 벌벌 떠는 깜둥이 무리를 추궁했다. 자유인 신분의 흑인들은 앞으로 닥칠 일을 알고 귀중품을 숨겼고, 백인들이 가구와 유리창을 부술 때면 속으로 신음했다. 그자들이 부디 물건만 건드리기를 기도했다. 한 남자를 온 가족 앞에서 모욕을 주거나, 그저 흘깃 봤다는 이유만으로 어린아이를 두들겨 패는 것도 짜릿했지만, 순찰대 일에는 그것 말고도 특전이 있었다. 늙은 머터 씨의 농장에는 반반한 흑인 처자들이 있었고—머터 씨는 눈이 높았다— 사냥감을 쫓는 흥분은 젊은 순찰대원의 욕정에 불을 붙였다. 들기로는 스톤 씨의 대농장에서 나이 든 남자들이 하는 소박한 증류소가 카운티에서 제일가는 위스키를 만든다고 했다. 챈들러는 단속을 핑계로 제 술독을 연신 채웠다.

그때의 리지웨이는 욕구를 억제하는 쪽이어서 공모자들의 지독한 짓거리에는 가담하지 않았다. 다른 순찰대원들은 행실이 나쁜 남자들과 소년들이었다. 이런 일이니만큼 그런 부류들이 모였다. 다른 나라에서 그들은 범죄자일 테지만, 여기는 미국이었다. 리지웨이는 야간 수색을 가장 좋아했는데, 순찰대는 농장에 있는 아내에게 들르려고 숲으로 숨어들어 온 사내나, 하루 끼니를 때우려는 다람쥐 사냥꾼을 잠복해서 기다렸다. 다른 순찰대는 총을 갖고 다니면서 그들을 보고 내빼는 노예들을 열심히 쏘아 넘어뜨렸지만, 리지웨이는 챈들러를 따라 했다. 자연은 그에게 충분한 무기를 주었다. 리지웨이는 그들을 토끼인 양 끝까지 추적해서 주먹으로 제압했다. 가만히 있지 못하는 성격을 오직 추격으로 풀었으면서도 빠져나가고 달아났다고 그들을 때렸다. 어둠 속을 뚫고 달리고, 잔가지에 얼굴을 긁히고, 나무 그루터기에 걸려 나동그라져도 다시 일어났다. 추격전 속에서 그의 피는 노래했고 달아올랐다.

그의 아버지는 하루 일과를 마치고 나면 노동의 결실이 눈앞에 있었다. 장총, 갈퀴, 화물 마차의 스프링. 리지웨이 앞에는 그가 잡은 남자나 여자가 있었다. 한 사람은 도구를 만들고 한 사람은 도구를 되찾아왔다. 아버지는 소명 운운하며 그를 놀렸다. 무슨 놈의 소명이 개만큼의 지능도 안 되는 검둥이들 뒤꽁무니를 쫓아다니는 것이란 말이냐?

리지웨이는 이제 열여덟, 남자였다. "우리는 둘 다 엘리 휘트니 씨*를 위해서 일하고 있는 겁니다." 그가 말했다. 사실이었다. 아버지는 이제 조수를 둘이나 쓰고 더 작은 대장간들에 하청을 주고 있었다. 조면기는 목화 생산량이 더 커진다는 뜻이었고, 목화를 수확할 쇠로 된 연장이, 목화를 시장까지 운반할 마차의 바퀴와 부품이, 또 그 마차를 끌 말들의 말발굽이 더 많이 필요하다는 뜻이었다. 노예와 그들을 묶어둘 쇠붙이 역시. 목화 때문에 동네가 만들어졌고, 그러려면 집에 필요한 못과 버팀대가, 집을 짓는 데 쓸 연장이, 집들을 이어줄 길이, 이 모든 것을 유지시켜줄 쇠붙이가 필요했다. 아버지의 업신여김도 소명도 계속되게 만들었다. 두 남자는 같은 제도의 일부분이 되어 나라가 제 운명을 잘 따를 수 있게 만들어주고 있었다.

무단이탈한 노예는 주인이 구두쇠거나 검둥이가 몸이 성치 않은 경우라면 단돈 2달러 정도 벌이가 되었고, 많게는 100달러도 마련해주었으며, 주 밖에서 잡은 경우라면 그 두 배였다. 리지웨이는 지역 농장주의 재산을 회수하러 처음으로 뉴저지까지 다녀온 이후로 어엿한 노예 사냥꾼이 되었다. 벳시는 버지니아의 담배밭에서 저 멀리 트렌턴**까지 달아났다. 그녀는 사촌들과 함께 숨어 다녔는데 농장주의 친구 한 명이 시장에서 그녀를 알아보았다. 주인은 자기 재산을 되찾아오는 데 20달러를 내걸고 그에 필요한 비용까지 모두 대주겠다고 동네 청년들에게 제안했다.

리지웨이는 그렇게까지 멀리 가본 적이 한 번도 없었다. 북쪽으로 올라갈수록 자신의 생각이 더욱 초라하게 느껴졌다. 이 나라는 얼마나 큰가! 들르는 새로운 마을마다 전에 갔던 데보다 화려하고 복잡했다. 정신없이 돌아가는 워싱턴 D. C.에서는 현기증이 났다. 그는 골목 귀퉁이를 돌아 국회의사당 건설 현장을 보고는 토를 했다. 속을 게워낸 것은 상한 굴 때문이기도 했지만 그의 존재 전체를 뒤흔드는 거대한 감정 때문이기도 했다. 가장 값싼 여

---

*   휘트니 조면기의 발명가. 미국 남부의 목화 생산량을 극적으로 끌어올려 경제적 풍요를 가져왔다.
** 뉴저지주의 주도.

관을 찾아 들어간 그는 이에 물려 긁어대면서, 남자들의 이야기에 대해 곰곰이 생각했다. 여기는 아주 잠깐만 페리를 타도 현란하고 위풍당당한 새로운 섬나라에 도착하는 곳이었다.

트렌턴 감옥에서 보안관보는 리지웨이를 지체 높은 사람으로 대우했다. 이것은 해 질 무렵 흑인 소년을 채찍질하는 것, 혹은 노예들의 축제를 그저 재미로 망가뜨려놓는 것과는 차원이 달랐다. 이것은 남자의 일이었다. 리치먼드 외곽의 수풀에서 벳시는 가느다란 손가락으로 치마를 끌어 올리면서 풀어주면 대가를 지불하겠다고 음탕한 제안을 했다. 커다란 입에 회색 눈동자의 벳시는 허리가 잘록했다. 그는 약속은 하지 않았다. 여자와 누워보는 것이 처음이었다. 족쇄를 채웠을 때 벳시는 그에게 침을 뱉었고, 주인의 대저택에 당도해서 다시 한번 뱉었다. 주인과 그 아들들은 얼굴을 닦아내는 리지웨이를 비웃었지만, 그는 20달러로 워싱턴 D. C.에서 지체 높은 양반들이 입었던 것과 비슷한 양단 코트와 새 부츠를 샀다. 그는 오랫동안 그 부츠를 신었다. 코트는 배가 나와서 그보다는 빨리 작아졌다.

뉴욕은 짜릿한 시절의 시작이었다. 리지웨이는 순경들이 버지니아나 노스캐롤라이나에서 탈주한 자들을 잡았다는 소식을 전해 오면 북쪽까지 올라가서 회수해 오는 작업을 했다. 뉴욕을 자주 왕래하게 되고 자신의 새로운 면을 발견한 리지웨이는 아예 고향을 떠났다. 고향에서의 탈주자 거래는 단순했다. 무식한 방법이었다. 저 북쪽에서는 엄청난 대도시, 자유 운동, 독창적인 흑인 커뮤니티, 이 모든 게 합쳐져 진정한 규모의 사냥터를 만들고 있었다.

그는 빠르게 배웠다. 배운다기보다 기억하는 것에 더 가까웠다. 흑인을 돕는 동조자와 우두머리들은 탈주자들을 도시의 항구로 몰래 들여왔다. 그러면 항만 짐꾼과 부둣가 노동자와 점원들은 리지웨이에게 정보를 흘렸고 그는 이 말썽꾼들이 해방을 맛보기 직전에 포획할 수 있었다. 자유인 신분의 흑인들은 제 아프리카인 형제자매들을 신고했다. 흑인들의 교회와 술집, 예배당에서 눈치를 보며 살금살금 다니는 수상쩍은 인물들을 관보에 실린 탈주자들의 묘사와 대조했다. 배리는 다부진 체격의 남자로 키는 170~173센티미터이며, 작고 찢어진 눈에 건방져 보임. 헤이스티는 산달이 가까워 오는 여자. 이동의 피로를 감당할 수 없을 것이므로 누군가가 운반해주고 있는 것으로 여겨짐. 배리는 얼굴을 일그러뜨리며 훌쩍였다. 헤이스티와 아기는 샬럿으로 가는 내내 울부짖었다.

머지않아 리지웨이는 고급 코트를 세 벌이나 장만했다. 노예 사냥꾼들—우스꽝스러운 중산모자에 꾸역꾸역 검은 양복을 차려입은 덩치들—의 모임에 그도 합류했다. 그는 자기가 시골뜨기가 아니라는 것을 증명해야 했지만, 한 번이면 충분했다. 그들은 함께 탈주자들을 그림자처럼 미행했고, 기회가 저절로 굴러 들어올 때까지 근처에 숨어 있다가, 돼지우리 같은 검둥이들의 소굴을 밤중에 덮쳐서 그들을 잡아왔다. 대농장을 떠나온 지 수년, 또 아내를 맞이해 가정을 꾸린 지 수년이면 노예들은 이제 스스로 자유인이라고 확신했다. 주인이 제 재산에 대해 잊었을 거라는 듯. 그런 착각으로 그들은 쉬운 먹잇감이 되었다. 리지웨이는 자유인을 포박해 남쪽으로 끌고 가서 경매에 넘기는 불법 노예 거래단, 파이브포인츠*의 패거리들을 멸시했다. 그것은 천박한 행동, 순찰대원이나 하는 짓이었다. 그는 이제 노예 사냥꾼이었다.

뉴욕시는 노예제 폐지 여론을 만들어내는 진원지였다. 리지웨이가 제 포획물을 남쪽으로 가져갈 허가를 받으려면 법정의 서명이 필요했다. 노예제 폐지론 변호사들은 매주 새로운 전략을 내놓으며 서류로 방어벽을 높이 쌓

---

* 맨해튼의 슬럼가.

았다. 뉴욕은 자유 주(州)고, 어떤 흑인이든 주 경계를 일단 넘으면 바로 그 순간부터 자유라고 그들은 주장했다. 그들은 공고에 난 사람과 법정에 선 사람의 당연한 차이를 역이용했다—이 벤저민 존스가 문제의 벤저민 존스라는 증거가 있습니까? 대부분의 농장주는 심지어 잠자리를 같이하고도 노예들을 분간하지 못했다. 그러니 제 재산을 잃는 것도 당연했다. 이제 이것은 변호사들이 선수를 치기 전에 검둥이들을 감옥에서 빼내 오는 일종의 게임이 되었다. 책상물림들의 꼼수와 푼돈의 힘이 맞붙었다. 판사들은 뇌물을 받고 리지웨이에게 새로 수감된 탈주자들을 귀띔해주었고 서둘러 석방 서류에 서명했다. 노예들은 노예제 폐지론자들이 잠자리에서 일어나기도 전에 뉴저지를 절반이나 빠져나갔다.

    리지웨이는 그렇게 자주는 아니지만 필요할 때면 법원을 건너뛰었다. 자유 주들에서 중간 검문을 받는데 잃어버린 재산이 알고 보니 달변일 경우는 매우 성가셨다. 노예들이 농장에서 벗어나 읽는 법을 배우다니 심각한 병폐였다.

    리지웨이가 부두에서 밀수업자들을 기다리는 동안 유럽에서 온 웅장한 선박들이 닻을 내리고 승객들을 쏟아냈다. 자루에 가진 것이 전 재산인, 아사 직전의 그들. 어느 모로 봐도 검둥이만큼이나 운 없는 사람들. 그러나 그들은 리지웨이가 그랬듯이 자기에게 알맞은 자리를 찾아 들어갈 터였다. 남부에서 보낸 그의 어린 시절은 그 자체가, 이 첫 발을 내딛는 이민자들이 만드는 잔물결이었다. 바깥 말고는 향할 데가 없는 이 더러운 흰색 물결. 남쪽으로. 서쪽으로. 같은 법이 쓰레기와 사람을 지배했다. 도시의 시궁창은 쓰레기와 찌꺼기로 넘쳐났다—그러나 그 잡동사니들도 제때에 제자리를 찾았다.

    리지웨이는 그들이 도시에 압도되어 배와 육지 사이의 판자를 비틀거리며 걷는 것을 바라보았다. 땀을 뻘뻘 흘리며 어리둥절한 채로. 이 이민자들 앞에는 가능성이 만찬처럼 펼쳐져 있어, 그들은 평생 배가 고프리라. 그들은 전에 이런 것은 본 적이 없었지만, 제임스타운*에서 저 유명한 영혼들이 그랬던 것처럼 이 새로운 땅에 확실하게 제 흔적을 남길 것이고, 무적의 인종 논리로 이 땅을 그들의 것으로 만들리라. 검둥이들은 자유가 그들 몫이었다면 사슬에 묶여 있지 않았으리라. 인디언이 자기 땅을 지킬 수 있었다면 그 땅은 여전히 그의 것이었으리라. 백인이 이 신세계를 차지할 운명이 아니었다면 백인은 지금 이것을 소유하지 못했으리라.

여기에야말로 진정한 주신(主神)이, 모든 인간의 노력을 연결시켜주는 신성한 끈이 있었다—지킬 수 있다면 그것이 네 것이다. 네 재산이든, 노예든, 땅이든. 미국의 명령이었다.

리지웨이는 재산을 무슨 일이 있어도 지켜주는 재능으로 명성을 쌓았다. 탈주자가 저 아래 골목으로 내달리면 리지웨이는 그가 어디로 가는지 벌써 알았다. 방향과 목적. 그만의 비결이 있었다. 노예가 다음에 어디로 갈지를 추측하지 말라. 대신 그가 지금 당신으로부터 달아나고 있다는 생각에 집중하라. 잔인한 주인이나 거대한 노예 알선 업체가 아니라, 바로 당신에게서. 골목길과 소나무 황무지와 늪에서, 그는 무쇠처럼 변함없이 성공하고 또 성공했다. 그는 마침내 아버지를, 아버지의 철학이라는 짐을 벗어버렸다. 리지웨이는 소명을 위해 일하지 않았다. 그는 주문받은 것을 만드는 대장장이가 아니었다. 망치가 아니었다. 모루가 아니었다. 그는 열이었다.

리지웨이의 아버지가 죽자 인근의 대장장이가 아버지의 일을 이어받았다. 남쪽으로—고향 버지니아로, 그보다 더 남쪽으로, 일이 이끄는 곳이면 어디든—돌아갈 때였고, 리지웨이는 이제 무리와 함께였다. 그 혼자서 다루

---

* 버지니아주 동쪽에 있는 북미 최초의 영국 식민지.

기에는 탈주자가 너무 많았다. 엘리 휘트니는 그의 아버지를 녹초가 되도록 일을 시켜서 노인이 임종 때도 검댕을 뱉어내게 했고, 리지웨이는 계속 수색에 나서게 만들었다. 대농장은 규모가 두 배로 커지고 노예 숫자도 두 배로 늘어났고 탈주자들은 더 많아지고 민첩해졌으며, 현상금은 더 올라갔다. 여기 남부에는 의원이나 노예제 폐지론자들의 간섭이 덜했고, 농장주들이 재량껏 처리했다. 지하철도는 이렇다 할 노선을 유지하지 못했다. 그러나 니그로처럼 차려입은 바람잡이들, 신문 뒷면의 비밀 암호들. 그들은 노예 사냥꾼들이 앞문을 부수고 들어갈 때면 노예를 뒷문 밖으로 빼돌리고 승리를 공공연하게 떠벌렸다. 그것은 절도를 돕는 범죄 공모였고, 리지웨이는 그들의 뻔뻔스러움을 개인적 치욕으로 여기며 고통스러워했다.

델라웨어의 한 상인은 특히 그를 분하게 만들었다. 오거스트 카터. 앵글로색슨족답게 다부진 체격과, 그 에두르는 주장에 주의를 덜 기울이게 만드는 차분한 파란 눈동자. 그 최악의 종자, 인쇄기를 가진 노예제도 폐지론자. "'자유의 친구들' 대중 집회가 오후 2시에 밀러홀에서 열립니다. 나라를 지배하는 대단히 부당한 노예제 권력에 반대하는 목소리를 내는 자리입니다." 급습에 아무것도 나오지 않을 때조차 카터의 집이 역이라는 것을—강에서 100미터밖에 떨어져 있지 않았다—모두가 알았다. 탈주자들은 보스턴 연설에서의 그의 넓은 도량에 감명을 받아 활동가가 되었다. 감리교의 노예제 폐지론 진영은 일요일 아침마다 카터의 소책자를 돌렸고, 런던의 정기간행물은 그의 주장을 반론 없이 실었다. 인쇄기, 알고 지내는 판사들. 덕분에 리지웨이는 자그마치 세 번이나 제 포획물을 내줄 수밖에 없었다. 감옥 밖에서 리지웨이를 지나쳐 가면서 그는 모자를 살짝 들어 인사했다.

리지웨이로서는 자정이 지난 후 그 남자를 불러내는 것밖에 방법이 없었다. 리지웨이는 흰색 밀가루 포대로 섬세하게 바느질해 복면을 만들었는데, 그 집을 다녀온 뒤에는 손가락을 거의 움직일 수 없었다—카터의 얼굴을 너무 세게 때려서 리지웨이의 주먹은 이틀이나 부어올라 있었다. 그는 부하들이 검둥이 여자에게도 하지 않을 방식으로 그 남자의 아내를 욕보이도록 놔두었다. 이후로도 오랫동안 리지웨이는 모닥불을 볼 때마다 카터의 집에서 솟아오르던 달콤한 연기를 떠올렸고 그러면 웃음 한 조각이 슬며시 입가에 걸렸다. 리지웨이는 나중에 그 남자가 우스터로 이사를 가서 구두 수선공이 되었다는 소식을 들었다.

노예 엄마들은 말했다. 조심하거라, 그러지 않으면 리지웨이 씨가 잡으러 올 거야.

노예 주인들은 말했다. 리지웨이를 불러와.

처음 랜들 대농장으로 불려 왔을 때 그의 앞에는 도전이 놓여 있었다. 가끔은 그도 노예들을 놓쳤다. 그는 특출난 것이지 전지전능하지는 않았다. 그도 실패를 했고, 메이블의 실종은 그의 마음속 깊은 곳을 시끄럽게 만들며 생각보다 오래 그를 성가시게 하고 있었다.

돌아오는 길, 이제 그 여자의 딸을 찾으라는 임무를 맡고 그는 왜 그 이전 임무가 그토록 마음에 걸렸는지를 깨달았다. 불가능해 보이지만 조지아에 지하철도가 놓인 것이었다. 그것을 찾아내리라. 찾아내 파괴하리라.

SOUTH CAROLINA

사우스캐롤라이나

현상금 30달러

9개월 전 도주, 피부색이 약간 누런 18세 검둥이 소녀를 데려오거나
어디든 주 내 감옥에 가둬 찾아올 수 있게 해주는 사람에게 사례함.
일부러 쾌활하게 구는 성격이며, 틀림없이 자유인처럼 통행하려고 할 것.
팔꿈치에 화상으로 인한 커다란 흉터 있음.
이든턴 근처에 숨어 있다는 신고를 받았음.

벤저민 P. 웰스
1812년 1월 5일, 머프리즈버러

앤더슨 가족은 워싱턴가(街)와 메인가가 교차되는 곳, 소란스러운 가게와 회사들에서 몇 블록 지나 시내가 부유한 주택가로 바뀌는 동네의 예쁜 목조 주택에 살았다. 저녁이면 부부가 널따란 포치에 나와 앉아, 앤더슨 씨는 비단 담배 주머니에 손을 집어넣고 부인은 눈을 가늘게 뜨고 바느질을 하곤 했다. 그 포치 너머로는 응접실과 식당, 주방이 있었다. 베시는 대부분의 시간을 1층에서 보내면서 아이들 뒤를 쫓아다니고, 식사 준비를 하고, 집 안을 정리했다. 계단 맨 끝에는 침실과—메이지와 어린 레이먼드가 같이 썼다—작은 화장실이 있었다. 레이먼드는 오후에 낮잠을 길게 잤는데 베시는 레이먼드가 꿈나라로 가 있는 동안 창가에 앉아 있는 것을 좋아했다. 창가에서는 그리핀 건물의 꼭대기 두 층, 햇빛을 받아 눈부시게 빛나는 흰색 처마 돌림띠가 보였다.

오늘 베시는 메이지의 점심 도시락으로 빵과 잼을 싸주었고, 레이먼드를 산책시키고, 은식기와 유리그릇들을 닦았다. 침구를 간 다음에는 레이먼드와 함께 메이지를 데리러 학교로 갔다가 셋이 같이 공원으로 갔다. 바이올린 연주자가 분수 옆에서 최신 유행곡을 연주하는 동안 아이들은 친구들과 함께 숨바꼭질과 반지 찾기 놀이를 하며 놀았다. 베시는 레이먼드가 말썽쟁이에게 가까이 가지 않도록 조심시켰는데, 누구인지는 모르겠지만 그 꼬마의 엄마의 기분을 상하게 하지 않도록 신경 쓰는 것도 잊지 않았다. 금요일이었으니까 곧 그날의 마지막 일과로 장을 봐야 했다. 구름이 어디서부턴가 몰려들었다. 베시는 소금에 절인 쇠고기와 우유, 그리고 나머지 저녁거리들은 앤더슨가의 가족 장부에 올렸다. 베시는 X 표시로 서명을 했다.

앤더슨 부인은 6시에 집에 왔다. 가족 주치의는 앤더슨 부인에게 집 밖에서 시간을 더 보내라고 권했다. 동네 다른 부인들과 점심을 같이 하는 것과 더불어 새 병원 건립을 위해 모금 활동을 하는 것도 그런 점에서 부인에게 도움이 되었다. 부인은 기분이 좋아서 아이들을 불러 입을 맞추고 안아준 다음 저녁을 먹고 나면 맛있는 간식을 주겠다고 약속했다. 메이지는 팔짝 뛰며 소리를 질렀다. 앤더슨 부인은 베시에게 집안일을 도와줘서 고맙다고 말하고 잘 들어가라고 인사했다.

시내 맞은편에 있는 기숙사까지는 걸어서 가기에 그렇게 멀지 않았다. 지름길도 있었지만, 베시는 도시의 백인과 흑인들 속에 섞여 들어 저녁 메인가의 활기 속을 걷는 게 좋았다. 베시는 줄지어 늘어선 건물들을 따라 걸으면서 커다란 유리창 앞에 한참 서 있는 것도 잊지 않았다. 주름 장식이 많은 화려한 색의 옷들이 진열되어 있는 양장점, 물건이 미어터지도록 많은 백화점들과 동화 속 나라에서 온 것 같은 그 안의 물건들, 메인가 양쪽에 자리 잡고 경쟁하는 잡화점들. 베시에게는 진열대에 최근에 무엇이 더해졌는지 알아맞히는 것이 놀이였다. 풍족함은 여전히 베시에게는 큰 충격이었다. 무엇보다 가장 인상적인 것은 그리핀 건물이었다.

12층. 미국에서 가장 높은 건물에 속했으니, 남부의 그 어떤 건물보다 높을 터였다. 시내의 자랑. 아치형 천장과 테네시 대리석으로 장식된 1층은 은행이 차지하고 있었다. 베시는 거기서는 볼일이 없었지만 그 위층에서는 이방인이 아니었다. 지난주에는 앤더슨 씨의 생일에 메이지와 레이먼드를 데리고 가서, 그 아름다운 복도에서 또각또각 울려 퍼지는 자신의 발걸음 소리를 들었다. 수백 킬로미터 내에서도 단 하나뿐인 엘리베이터가 그들을 8층으로 데려다주었다. 메이지와 레이먼드는 여러 번 타보았기 때문에 별 감흥이 없었지만, 베시는 혹시 무슨 일이 날까 싶어 황동 난간을 꼭 붙잡고 그 마술 같은 것에 번번이 겁을 먹고 또 즐거워했다.

그들은 보험 대리점과 관공서, 수출 상사가 있는 층들을 지나쳤다. 빈 사무실은 드물었다. 그리핀이 주소에 들어가 있다는 것은 회사의 명성에는 큰 이득이었다. 앤더슨 씨가 있는 층은 주로 변호사 사무실들로, 바닥에는 비싼 카펫이 깔려 있고, 짙은 갈색 목재로 된 벽에, 문은 불투명 유리로 장식되어 있었다. 앤더슨 씨는 계약을 다뤘는데 주로 목화 거래에 관련된 것이었다. 그는 식구들을 보고 깜짝 놀랐다. 그는 아이들이 주는 조그만 케이크를 기쁘게 받아 들였지만, 얼른 하던 일을 마쳐야 한다고 말했다. 순간 베시는 혼나는 것이 아닐까 생각했지만, 꾸지람은 돌아오지 않았다. 사무실에 다녀와야 한다고 떠민 것은 앤더슨 부인이었다. 앤더슨 씨의 비서가 문을 여는 것을 도와주었고 베시는 제과점에 가자며 아이들을 서둘러 데리고 나왔다.

오늘 저녁 베시는 은행의 번쩍거리는 황동 문을 지나 계속 집으로 향했다. 엄청나게 변한 상황 속에서 그녀에게 이 놀라운 건물은 매일매일 그 기념물 같았다. 베시는 자유인 신분으로 인도를 걸었다. 누구도 그녀를 쫓아오거나 학대하지 않았다. 앤더슨 부인의 모임 중에서 몇 사람은 베시를 부인의 딸처럼 여기며 가끔 미소를 지어주기까지 했다.

베시는 어수선한 술집들과 그 안의 질 나쁜 손님들을 피하려고 길을 건넜다. 술고래들 사이에서 자기도 모르게 샘의 얼굴을 찾을까 봐 미리 마음을 다잡았다. 모퉁이를 돌자 덜 부유한 백인들의 좀 더 검소한 주택가가 나왔다. 베시는 발걸음을 재촉했다. 자기 개가 사납게 굴어도 그냥 내버려두는 주인들이 사는 모퉁이 회색 집이 있었고, 부인들이 무표정한 얼굴로 창밖을 응시하고 있는 작은 집들이 줄지어 있었다. 이 동네에 사는 백인 남자들은 대부분 건설 현장 십장이나 큰 공장의 노동자로 일했다. 그들은 흑인 보모를 쓰려고 하지 않았기 때문에 베시는 그들의 일상에 대해 아는 게 거의 없었다.

곧 베시는 기숙사에 도착했다. 2층짜리 빨간 벽돌 건물들은 베시가 오기 얼마 전에 완공된 것이었다. 완공된 뒤에는 색조와 개성을 더하기 위해 건물 주변에 묘목으로 울타리를 둘렀는데, 이제 그것들이 고급스러운 분위기를 내고 있었다. 벽돌은 빗물에 진흙 한 방울 튀지 않은 깨끗한 붉은색이었다. 으슥한 구석에도 애벌레 한 마리 기어 다니지 않았다. 안으로 들어가면 공용 공간과 식당, 침실에서 새로 칠한 흰색 페인트 냄새가 아직까지 났다. 베시만이 아니라 다른 소녀들도 문손잡이 말고 다른 데는 손대기도 겁이 났다. 행여 얼룩 하나, 긁힌 자국이라도 하나 남길까 봐.

베시는 보도에서 다른 거주자들과 마주치면 인사를 했다. 대부분은 일터에서 돌아오는 길이었다. 부모들이 근사한 저녁 자리에 참석할 수 있도록 아이들을 봐주러 나가는 이들도 있었다. 흑인 거주자들의 절반만 토요일에 일을 했기 때문에 금요일 밤은 부산스러웠다.

베시는 18호실 앞에 다다랐다. 공용 공간에서 머리를 땋고 있는 여자들에게 인사를 하고는 저녁 먹기 전에 옷을 갈아입으려고 서둘러 위층으로 올라갔다. 베시가 여기에 왔을 때 이 침실의 80개 되는 침대는 대부분 임자가 있었다. 하루만 일찍 왔더라면 창문 밑에 있는 침대를 맡을 수 있었을지도 모른다. 누군가 숙소에서 나가서 더 좋은 자리로 옮길 수 있기까지는 시간이 좀 걸릴 터였다. 베시는 창문으로 들어오는 산들바람이 좋았다. 어떤 날은 몸을 돌리면 별도 볼 수 있을지 몰랐다.

베시는 자기 침대 발치에 있는 여행 가방을 열고, 사우스캐롤라이나에 온 지 2주가 되던 때 샀던 파란색 드레스를 꺼냈다. 드레스를 다리 위에 올리고 매만져보았다. 살갗에 닿는 보드라운 면의 감촉에 아직도 전율이 일었다. 베시는 작업복을 착착 접어서 침대 밑에 있는 자루에 넣었다. 요새 베시는 매주 토요일 오후 학교 수업이 끝나면 빨래를 했다. 허드렛일은 요 근래 아침에 자신에게 허락한, 늦잠이라는 사치를 벌충하는 그녀만의 방법이었다.

저녁은 당근과 감자를 곁들인 구운 닭고기였다. 요리사 마거릿은 8호에서 먹고 자고 했다. 사감들은 기숙사의 청소와 요리를 맡은 사람들이 자기들 집보다는 이곳에서 지내게 하는 게 좋겠다고 생각했다. 사소하지만 훌륭한 생각이었다. 마거릿은 간은 잘 못 맞췄지만 그녀가 요리한 고기는 늘 기가 막히게 연했다. 베시는 각자 저녁 계획을 얘기하는 소리를 들으면서 빵 껍질로 고기 기름을 싹 닦아 먹었다. 여자들 대부분은 친목 파티를 기다리며 밤에 나가지 않고 집에 있었지만, 더 어린 여자들 몇은 최근에 문을 연 흑인들의 술집에 갈 예정이었다. 그 술집은 원래는 받으면 안 되는데도 가증권을 받았다. 그곳을 피해야 할 또 다른 이유지, 베시는 생각했다. 베시는 주방으로 접시를 가져다 놓고 위층으로 향했다.

"베시?"

"안녕하세요, 미스 루시." 베시가 말했다.

미스 루시가 금요일에 이렇게 늦게까지 있기는 드문 일이었다. 대부분 사감들은 6시면 사라졌다. 다른 기숙사의 여자들이 하는 말을 들어보면 미스 루시는 너무 성실해서 다른 동료들을 부끄럽게 만들 정도라고 했다. 분명 베시도 그녀의 조언으로 도움을 받은 적이 여러 번 있었다. 베시는 그녀의 옷이 언제나 빳빳하고, 정확하게 딱 맞는 게 멋있었다. 미스 루시는 틀어 올린 머리에 얇은 금속 테 안경을 써서 엄혹해 보이는 인상을 주었지만, 씩 웃어 보일 때면 그 이면에 여성스러움이 있었다.

"별일 없나요?" 미스 루시가 물었다.

"오늘 밤은 숙소에서 조용하게 보낼라 합니다, 미스 루시." 베시가 말했다.

"기숙사요, 베시. 숙소가 아니라."

"알겠습니다, 미스 루시."

"보내려고 합니다. 보낼라, 말고."

"열심히 하겠습니다."

"몰라보게 좋아지고 있어요!" 미스 루시는 베시의 팔을 툭툭 두드렸다. "월요일 아침에 출근하기 전에 나랑 이야기 좀 해요."

"무슨 일이 있나요, 미스 루시?"

"아니, 전혀요, 베시. 그럼 그때 이야기합시다." 그녀는 살짝 목례를 하고 사무실로 갔다.

흑인 여자에게 목례라니.

―――

베시 카펜터는 샘이 역에서 준 서류에 써 있던 이름이었다. 몇 달이 지난 뒤에도 코라는 여전히 조지아에서 출발한 여정에서 그들이 어떻게 살아남았나 싶었다. 터널의 어두움은 화차를 금세 무덤으로 만들어놓았다. 유일한 빛은 기관사 칸, 곧 부서질 듯한 화차의 앞면 널빤지 사이에서 들어왔다. 한번은 화차가 너무 심하게 흔들려서 코라가 시저를 껴안고 말았고 화차가 더욱 심하게 흔들리는 바람에 둘은 건초 더미로 던져진 채 한참을 서로를 꽉 붙들고 있었다. 그를 꼭 붙잡고, 오르락내리락하는 그의 따뜻한 가슴팍이 누르는 느낌을 신경 쓰고 있자니 기분이 좋았다.

그때 화차가 속도를 줄였다. 시저가 벌떡 일어났다. 흥분되는 마음을 아무리 억눌러도 둘은 도무지 믿기지 않았다. 여정의 한 구간을 마칠 때마다 그다음에는 예기치 못한 길이 시작됐다. 쇠고랑이 가득하던 헛간, 땅속의 구멍, 이 허물어질 듯한 화차—이 지하철도가 향해 가는 곳도 알 수 없었다. 사슬을 보고 나서 코라는 플레처 씨가 처음부터 테런스와 공모해서 그들을 공포의 방으로 싣고 온 것은 아닐지 겁이 난다고 시저에게 말했었다. 그들의 계획과 탈출, 도착은 정교한 연극의 일부가 아니냐고.

도착역은 출발했던 곳과 비슷했다. 벤치 대신 식탁과 의자가 있었다. 등불 두 개가 벽에 걸려 있고 작은 바구니가 계단 옆에 있었다.

기관사가 그들을 화차에서 꺼내주었다. 그는 정수리 주변에 말편자 모양으로 흰머리가 난, 키가 크지만 들판 일을 오래 해서 등이 굽은 남자였다. 그가 얼굴에서 땀과 검댕을 쓱쓱 닦아내고 뭔가를 말하려다가 얼굴을 일그러뜨리며 지독한 재채기를 했다. 휴대용 위스키병을 몇 번 기울인 후에야 기관사는 평정을 되찾았다.

그는 그들의 감사 인사를 딱 잘랐다. "이게 내 일인걸. 보일러에 불을 때서 기차가 계속 가게 만들고. 승객들을 가는 곳까지 데려다주고." 그는 기관사 칸으로 향했다. "사람들이 데리러 올 때까지 여기서 기다리거라." 얼마 뒤 기차는 증기와 소음의 소용돌이를 남긴 채 사라졌다.

바구니에는 먹을 것이 들어 있었다. 빵, 닭 반 마리, 물, 맥주 한 병. 그들은 너무 배가 고파서 바구니에서 나온 빵 부스러기까지 탈탈 털어 나눠 먹었다. 코라는 맥주도 한 모금 마셨다. 계단에서 발소리가 났을 때 둘은 지하철도의 그다음 담당자를 만날 생각에 마음을 단단히 먹었다.

샘은 스물다섯 살의 백인이었고, 그의 동료들처럼 유별난 구석은 조금도 없었다. 탄탄한 체격에 쾌활한 그는 멜빵이 달린 황갈색 바지에, 빨래판에서 거칠게 다룬 듯한 두꺼운 붉은색 셔츠를 입고 있었다. 그의 콧수염은 끝이 말려 올라가 있었는데, 그가 열정적으로 말할 때마다 까닥거렸다. 이 역장은 악수를 먼저 하고는 믿을 수가 없다는 듯이 그들을 뜯어보았다. "해냈군요." 샘이 말했다. "정말로 여기로 온 거예요."

그는 음식을 더 갖다 주었다. 셋은 기우뚱한 탁자에 둘러앉았고 샘은 저 위의 세상에 대해 설명해주었다. "조지아에서부터 참 먼 길을 왔네. 사우스캐롤라이나는 남부의 다른 주들보다는 흑인의 발전에 훨씬 더 깨어 있어요. 여기서는 안전할 겁니다. 우리가 두 사람의 다음 여정을 준비해줄게요. 시간이 좀 걸릴 수도 있어요."

"얼마나요?" 시저가 물었다.

"알 수 없죠. 이동시키는 사람이 엄청 많아요, 한 번에 한 역씩. 메시지를 전달하기가 쉽지 않고요. 지하철도는 하느님의 일이지만, 실제로 운영한다는 게 어디 보통 일이겠어요." 그는 둘이 음식을 먹어치우는 것을 숨기지도 않고 흐뭇하게 보았다. "혹시 아나?" 그가 말했다. "어쩌면 여기 눌러살기로 결정할지. 아까도 말했지만 사우스캐롤라이나는 두 사람이 지금까지 봤던 데랑은 전혀 달라요."

샘은 위로 올라가서 옷과 작은 나무통을 갖고 내려왔다. "씻어야겠네요들. 나쁜 뜻은 전혀 없어요." 그가 말했다. 그는 사생활을 지켜주기 위해 계단에 앉아 있었다. 시저는 코라에게 먼저 씻으라면서 샘에게로 갔다. 코라의 알몸은 전혀 새로울 일도 아니었지만, 코라는 그런 의사 표시를 고맙게 받아들였다. 코라는 얼굴부터 씻었다. 코라는 더러웠고, 냄새가 났고, 옷을 비틀어 짜자 검은 물이 흘러나왔다. 새 옷은 뻣뻣한 니그로들의 옷이 아니라, 어찌나 보드라운 면인지 꼭 실제로 비누로 문질러 씻기라도 한 듯 몸까지 깨끗해지는 기분이 들었다. 단순한 가로줄 무늬에 하늘색 옷으로, 코라는 이런 옷을 지금껏 한 번도 입어본 적이 없었다. 목화가 이런 것으로 만들어질 수도 있었다.

시저까지 다 씻자 샘은 그들에게 서류를 주었다.

"이름이 틀렸는데요." 시저가 말했다.

"둘은 탈주자잖아요." 샘이 말했다. "이제부터는 이 사람인 거예요. 이 이름과 이들의 이야기를 반드시 기억해둬야 해요."

탈주자만이 아니었다—어쩌면 살인자일 수도 있었다. 코라는 지하철도에 발을 디딘 이후로 그 소년은 한 번도 생각하지 않았다. 같은 생각을 하는지 시저가 눈을 가늘게 떴다. 코라는 샘에게 숲에서의 싸움에 대해 말하기로 했다.

샘은 그 일로 코라를 판단하지 않았고 러비의 운명에 진심으로 억울해하는 얼굴이었다. 그는 둘에게 친구 일은 안됐다고 말했다. "그런 얘긴 못 들어봤어요. 그런 건 다른 데는 몰라도 여기까지는 전해지지 않아요. 의외로 그 소년이 다 나았을 수도 있지만, 그런다고 해서 코라의 처지가 바뀌지는 않겠죠. 그만큼 더욱더 새 이름이 필요하겠어."

"서류에는 우리가 미국 정부의 자산이라고 나오는데요." 시저가 지적했다.

"그거야 법적인 얘기고." 샘이 말했다. 관보에 따르면 기회를 찾는 백인 가족들이 저 멀리 뉴욕에서까지 짐을 싸서 사우스캐롤라이나로 몰려들었다. 이 나라에서 유례가 없던 이동의 물결 속에 자유인 신분의 흑인 남자와 여자들도 합류했다. 흑인들 중에는 도망자들도 얼마간 있었는데, 정확한 숫자야 당연히 알 수 없었다. 이 주의 흑인 대부분은 정부가 사들인 사람들이었다. 경매에서 구해 온 경우도 있었고, 재산 처분 판매에서 구입하기도 했다. 중개상들이 대형 경매를 조직했다. 대다수는 농사를 접은 백인들에게서 샀다. 부모들이 농사로 그들을 키웠고 농장을 유산으로 물려줬지만 시골 생활이 맞지 않은 사람들이었다. 이제는 새로운 시대였다. 정부는 아주 후한 조건을 제시하고, 대도시로 이주할 수 있는 우대 조치에 대출과 감세 혜택까지 주었다.

"그럼 노예들은 어떻게 돼요?" 코라가 물었다. 코라는 돈 이야기는 이해할 수 없었지만, 그 말을 듣고 사람이 재산으로 팔린다는 것을 알았다.

"먹을 것과 일자리, 집을 받죠. 원하는 대로 통행할 수 있고, 원하는 사람과 결혼할 수 있고, 그들이 기르게 될 아이는 절대로 빼앗기지 않아요. 일자리도 좋아요, 노예 일이 아니야. 이제 곧 직접 보게 될 거라니까." 그가 이해하기로는 어딘가에 있는 상자 속 서류철에 매도증서가 있었지만, 그건 그거였다. 걸릴 것은 아무것도 없었다. 그리핀 빌딩에서 일하는 절친한 친구가

사우스캐롤라이나 109

그들을 위해 이 문서를 위조해주었다.

"준비됐어요?" 샘이 물었다.

시저와 코라는 서로를 바라보았다. 그러자 샘은 신사처럼 손을 내밀었다. "숙녀분?"

코라는 웃음이 나오는 것을 참을 수 없었고, 그들은 함께 빛 속으로 발을 내디뎠다.

정부는 베시 카펜터와 크리스천 마크슨을 노스캐롤라이나 파산 심리에서 구입했다. 샘은 그들에게 시내를 다니는 법을 연습시켜주었다. 그는 시내에서 3킬로미터쯤 떨어진 외곽에 할아버지가 지은 작은 집에서 살았다. 부모님은 시내 메인가에서 구리 제품 가게를 했었지만, 샘은 부모님이 죽고 난 뒤 다른 길을 택했다. 그는 새 출발을 위해 사우스캐롤라이나로 온 많은 이주자들 중 한 명에게 가게를 팔고, 지금은 '드리프트'라는 술집에서 일했다. 친구 소유의 가게였는데 분위기가 샘의 성격에 잘 맞았다. 샘은 술이 혀를 풀어놓을 때, 인간이라는 동물들이 연출하는 장관을 가까이서 보는 게 재밌었고 시내에서 벌어지는 일을 귀동냥할 수 있는 것도 좋았다. 그는 혼자 있는 시간을 꼭 가졌는데, 그것은 그의 다른 사업에서 중요한 자산이었다. 지하철도 역은 럼블리의 집처럼 그의 헛간 아래에 묻혀 있었다.

외곽에서 샘은 직업소개소로 가는 방향을 자세하게 알려주었다. "만일 길을 잃으면 그냥 저걸 향해서 간 다음에"—샘은 탄성을 자아내는 고층 빌딩을 가리켰다—"메인가에 다다르면 오른쪽으로 가요." 샘은 정보를 더 얻으면 그들과 다시 만나기로 했다.

시저와 코라는 시내로 이어지는 먼지투성이 길을 걸으면서 도무지 믿기지 않았다. 승용마차 한 대가 굽이진 길에서 나타났을 때는 하마터면 숲속으로 뛰어들 뻔했다. 마부는 흑인 소년이었는데 쾌활하게 모자 끝을 들어 인사하고 지나갔다. 태연하게, 아무것도 아니라는 듯. 저 어린 나이에 저런 여유라니! 그가 시야에서 사라지자 둘은 자신들의 우스꽝스러운 행동에 큰 소리로 웃었다. 코라는 등을 쭉 펴고 고개를 빳빳하게 들었다. 둘은 자유인처럼 걷는 법을 배워야 할 터였다.

그다음 몇 달 동안 코라는 자세를 완벽하게 익혔다. 읽고 쓰는 것과 말하기에는 주의를 더 기울여야 했다. 미스 루시와 이야기를 나누고 들어와 코라는 여행 가방에서 초급 독본을 꺼냈다. 다른 소녀들이 잡담을 하고 하나둘 잘 자라는 인사를 하는 동안 코라는 글씨 쓰기를 연습했다. 다음번에 앤더슨가의 식료품 장부에 서명을 할 때는 정성 들여 '베시'라고 쓸 것이다. 코라는 손에 쥐가 나자 촛불을 불어 껐다.

이제껏 누워본 중 가장 보드라운 침대였다. 아니, 그때까지 그녀가 누워본 유일한 침대였다.

미스 핸들러는 성자들 사이에서 자란 것이 틀림없었다. 하워드 할아버지가 글쓰기와 말하기의 기초조차 전혀 되어 있지 않은데도, 핸들러 선생님은 한결같이 예의 바르고 친절했다. 하워드 할아버지가 침을 튀기고 헉헉거리면서 그날 배운 단어를 발음하는 동안 교실의 모두가—학교 건물은 토요일 오전마다 꽉 찼다—책상 앞에서 몸을 비틀었다. 코라 앞에 앉은 두 소녀는 하워드 할아버지의 틀린 발음에 서로에게 사팔눈을 만들어 보이고 키득거렸다.

코라도 짜증이 나기는 마찬가지였다. 보통 하워드 할아버지의 말을 이해하기는 불가능에 가까웠다. 그에게는 그의 잃어버린 아프리카 언어가 섞인 피진어와 노예들의 언어가 더 맞았다. 옛날에 대농장에서는 다들 자기 부족 말을 썼다고 엄마는 말했었다. 그들은 아프리카 방방곡곡에서 납치되었기 때문에 엄청나게 다양한 언어가 쓰였다. 바다 건너에서 온 말들은 시간이 지나면서 박탈됐다. 간결함을 위해, 그들의 정체성을 지우기 위해, 반란을 억누르기 위해. 자신이 전에 누구였는지를 아직 기억하는 이들이 몰래 감춰 둔 언어를 빼고는 모든 언어가 사라졌다. "그들은 그것을 귀중한 금처럼 숨겼지." 메이블은 말했다.

지금은 엄마나 할머니의 시대가 아니었다. 하워드 할아버지가 "나는(I am)"이라고 말하려고 애쓰는 동안, 평일에 일을 하기 때문에 그렇잖아도 짧은 코라의 소중한 수업 시간이 줄어들었다. 코라는 여기 배우려고 온 것이었다.

돌풍이 불어와서 경첩에 매달린 덧문이 씩씩거렸다. 핸들러 선생님은 분필을 내려놓았다. "노스캐롤라이나에서는 우리가 지금 하고 있는 것이 범죄입니다. 저는 벌금 100달러를 물고 여러분은 채찍 서른아홉 대를 맞을 거예요. 그건 법적인 겁니다. 여러분의 주인은 아마 더 심한 벌을 내리겠죠." 선생님의 눈이 코라의 눈과 마주쳤다. 선생님은 코라보다 고작 몇 살 더 많을 뿐이었지만 코라는 그 앞에서 무지한 꼬맹이가 되는 기분이 들었다. "아무것도 없는 데서 시작하려면 어렵습니다. 몇 주 전까지만 해도 여러분 몇 명은 지금 하워드 할아버지와 같았어요. 시간이 필요해요. 인내심도요."

코라는 그 말을 한 귀로 흘렸다. 그러고는 기가 한풀 꺾여서, 제일 먼저 교실 문을 나서려고 물건을 낚아채듯 챙겼다. 하워드 할아버지가 소매로 눈물을 훔쳤다.

학교 건물은 여자 기숙사 남쪽에 있었다. 이 건물은 코라가 본 바로는 위생이나 여자들만의 문제로 회합할 때처럼 공용 공간보다 더 진지한 분위기가 필요할 때 모임 장소로도 쓰이는 것 같았다. 건물 밖으로는 흑인 거주자들의 공원인 잔디밭이 내다보였다. 오늘 밤에는 남자 기숙사의 악단 하나가 친목 파티 때 정자에서 연주를 할 것이었다.

그들은 핸들러 선생님에게 꾸지람을 받을 만했다. 사우스캐롤라이나는 샘이 플랫폼에서 말해준 대로 흑인의 발전에 관해 다른 태도를 취했다. 코라는 몇 달 동안 이 사실을 여러모로 체감했는데, 흑인 교육은 그중에서도 가장 값진 것이었다. 전에 코널리는 글자를 쳐다보았다고 노예의 눈을 뽑은 적이 있었다. 코널리는 제이컵이라는 노동력을 잃었지만, 아마 제이컵이 유능한 노예였다면 감독관은 덜 지독한 벌을 주었을 것이다. 대신 그는 글을 배우고 싶다고 생각하는 어떤 노예에게든 영원한 두려움을 심어주는 소득을 얻었다.

옥수수 껍질 벗기는 데 눈은 필요 없지 않나, 코널리가 노예들에게 말했다. 혹은 굶어 죽는데도 필요 없지, 지금 제이컵처럼.

코라는 대농장을 머릿속에서 지웠다. 더는 거기에 살지 않았다.

초급 독본에서 책장이 한 장 떨어져서 코라는 그것을 붙잡으러 잔디밭까지 갔다. 책은 코라는 물론 그 전 주인들이 써오던 것이라 낱낱이 떨어지고 있었다. 코라는 메이지보다 어린 아이들이 수업 시간에 똑같은 교본을 쓰는 것을 보았다. 책등이 멀쩡한 새 책. 흑인들의 학교에서 쓰는 책은 손때가 묻은 것이었고 코라는 다른 이들이 갈겨 쓴 글씨 위에 혹은 그 사이에 제 글씨를 간신히 욱여넣었지만, 단지 글자를 바라보았다고 해서 채찍질을 당하는 일은 없었다.

엄마는 코라를 자랑스러워했을 것이다. 러비의 엄마가 비록 하루 반나절이라도 자기 딸이 도망갔던 것을 자랑스러워했을 것과 마찬가지로. 코라는 낱장을 책 안에 끼워 넣었다. 대농장 생각을 다시 머릿속에서 밀어냈다. 꽤 잘하고 있었다. 그러나 마음은 교활하고, 악랄했다. 코라가 좋아하지 않는 생각들이 양옆에서, 밑에서, 갈라진 틈새에서, 코라가 잘 막아놓은 곳들에서 스멀스멀 기어 나왔.

엄마 생각도 그중 하나였다. 기숙사에 온 지 셋째 주, 코라는 미스 루시의 사무실 문을 두드렸다. 정부가 여기에 도착하는 흑인들을 전부 기록하고 있다면 어쩌면 그 많은 이름 중에 엄마 이름이 있을지도 몰랐다. 도망 이후 메이블의 삶은 수수께끼였다. 기회를 찾아 사우스캐롤라이나에 온 자유인 중 하나일 수도 있었다.

미스 루시는 18호 공용 공간의 복도 끝에 있는 사무실에서 일했다. 코라는 그녀를 믿지는 않았지만 거기 서 있었다. 미스 루시가 코라를 들였다. 사무실은 서류함들로 비좁아서 미스 루시는 그 사이를 간신히 통과해 책상까지 가야 했지만, 벽에 농사 풍경을 자세하게 묘사한 자수 작품도 걸려 있고 쾌적한 공간이었다. 여분의 의자가 있을 만한 공간은 없었다. 방문자들은 서서 만남을 가졌고 그래서 방문은 짧았다.

미스 루시가 안경 너머로 코라를 바라보았다. "이름이 어떻게 된다고 했죠?"

"메이블 랜들."

"베시의 성은 카펜터잖아요." 미스 루시가 말했다.

"그건 저희 아빠 성. 엄마는 랜들."

"아빠 성입니다." 미스 루시가 말했다. "엄마는 랜들이고요."

미스 루시는 어느 서류함 앞에 몸을 굽히고 서서 이따금씩 코라 쪽을 흘긋 살피면서 파란색 서류들을 훑었다. 미스 루시는 광장 근처의 하숙집에서 다른 사감들과 함께 지내고 있다고 말한 적이 있었다. 코라는 이 여자는 기숙사를 관리하지 않을 때는 무엇을 할지, 일요일은 어떻게 보낼지 그려보려고 했다. 그녀의 옆자리를 차지한 젊은 신사가 있을까? 사우스캐롤라이나에서 결혼하지 않은 백인 여자는 시간을 어떻게 보낼까? 코라는 점점 용감해지고 있었지만 그래도 아직은 앤더슨 씨 집에서 일하지 않을 때면 기숙사에서만 지내고 있었다. 터널에서 나온 지 얼마 되지 않던 그때는 그게 신중해 보였다.

미스 루시는 다른 서류함으로 가서 서랍을 줄줄이 열어보았지만, 아무것도 찾지 못했다. "여기에는 우리 기숙사에 있는 사람들의 기록뿐이에요. 하지만 우리는 주 곳곳에 다른 지점이 있어요." 사감은 메이블의 이름을 적고는 그리핀 건물에 있는 종합 기록을 찾아보겠다고 약속했다. 사감은 코라에게 읽기와 쓰기 수업을 거듭 언급하면서, 수업은 선택이기는 하지만 가급적이면 들었으면 한다고 권했다. 그들은 흑인들, 특히 소질이 있는 이들의 발전을 소명으로 하고 있기 때문이라고 했다. 그러고 나서 하던 일로 돌아갔다.

그건 변덕이었다. 엄마가 도망간 이후로 코라는 될 수 있으면 엄마 생각을 하지 않았다. 사우스캐롤라이나에 도착한 뒤로 코라는 자신이 슬퍼서가 아니라 미워서 엄마를 지워버렸다는 사실을 깨달았다. 엄마를 증오했다. 자유의 풍요로움을 맛보니 메이블이 자신을 그런 지옥에 버리고 갔다는 것이 도저히 이해되지 않았다. 아이였다. 누굴 데려가려면 탈출은 더 어려워졌겠지만, 그래도 코라가 아기는 아니었다. 목화를 딸 수 있다면 달릴 수도 있었다. 시저가 나타나지 않았다면 코라는 그 형언할 수 없는 야만을 다 겪고 거기서 죽었을 것이다. 기차에서, 영원 같던 그 터널에서, 코라는 마침내 시저에게 왜 자기를 데려왔냐고 물었다. 시저가 대답했다. "네가 할 수 있을 거란 걸 알았거든."

엄마가 너무나 미웠다. 수없이 많은 밤을 코라는 그 비참한 오두막에서 보냈다. 뒤척이고, 옆에 있는 여자와 부대끼며, 대농장을 탈출할 궁리를 하며. 목화 수레에 숨어들어 뉴올리언스의 어느 변두리 길에서 뛰어내릴까. 감독관을 몸으로 매수해볼까. 가증스러운 엄마가 그랬듯이 손도끼를 쥐고 무작정 늪을 내달릴까. 잠들지 못한 그 숱한 밤들. 아침 해가 떠오르면 코라는 그런 계획은 분명 꿈이었다고 생각했다. 내가 그런 생각을 했을 리 없어, 절대로. 속으로 그런 생각을 하고 있으면서 아무것도 실행하지 않는 것이 곧 죽음이었으니까.

코라는 엄마가 어디로 도망갔는지 알지 못했다. 엄마가 자유의 신분이 되어 돈을 모은 뒤 딸을 노예 농장에서 빼내주지 않았다는 것은 확실했다. 랜들이 허락하지 않았겠지만, 그렇다 해도. 미스 루시는 서류철에서 메이블의 이름을 찾지 못했다. 만일 찾았다면 코라는 메이블을 당장 찾아가 문을 두드렸을 것이다.

"베시— 괜찮니?"

가끔 저녁을 같이 먹는 6호의 애비게일이었다. 애비게일은 몽고메리가(街)에서 일하는 여자들과 친하게 지냈다. 코라는 한군데를 뚫어져라 보며 잔디밭 가운데에 서 있었다. 코라는 애비게일에게 아무것도 아니라고 대답하고는 허드렛일을 하러 기숙사로 돌아왔다. 그래, 코라는 생각에 보초를 더 단단히 서야 했다.

코라라는 본연의 가면이 가끔씩 삐뚜름해지는 것과 달리 노스캐롤라이나에서 사망한 베시 카펜터라는 가면은 늘 제자리에 능히 붙어 있었다. 코라는 엄마의 성에 대한 미스 루시의 질문이나 그다음 이어질 수 있는 대화에 준비를 해두었다. 첫날 직업소개소에서 본 면접은 짤막한 질문 몇 개로 끝났다. 여기 새로 도착한 사람들은 가정집이나 들판에서 궂은일을 했다. 어느 경우든 거의 집안일로 시작했다. 이들을 쓰는 가족들은 좀 서툴더라도 너그러이 받아주라는 말을 들었다.

코라는 의사에게 진찰을 받는 것이 두려웠는데 질문 때문은 아니었다. 진찰실의 번쩍거리는 금속 도구들이 꼭 테런스 랜들이 사악한 목적으로 대장장이에게 주문했던 연장들 같아 보여서였다.

진찰실은 그리핀 건물의 10층에 있었다. 코라는 처음 엘리베이터를 탔을 때의 충격을 잘 참아내고, 줄지어 선 의자에서 흑인 남자와 여자들이 진찰을 받으려고 기다리고 있는 기나긴 복도로 발을 내디뎠다. 새하얀 간호사복을 입은 간호사가 명부에서 코라의 이름을 확인한 뒤 코라도 여자들 무리에 합류했다. 잔뜩 긴장한 대화는 당연했다. 대부분 그들은 의사를 처음 만나 보는 것이었다. 랜들 대농장에서 의사는 노예들의 처치법, 즉 근채와 연고가 듣지 않으며 값어치 있는 노동력이 사경을 헤매고 있을 때만 왔다. 그즈음이 되면 대개는 의사가 할 수 있는 것이 거의 없었고 의사는 오는 길이 진창이었다는 불평만 하고 돈을 받아 갔다.

그들이 코라의 이름을 불렀다. 진찰실 창문에서는 시내의 지형과 신록이 끝없이 펼쳐진 전원 지대가 한눈에 들어왔다. 저 남자들이 이런 것을, 천국으로 이르는 디딤돌을 지었구나. 코라는 풍경을 감상하며 여기에 하루 종일 있을 수도 있을 것 같았지만, 진찰이 시작되면서 몽상은 끊겼다. 캠벨 선생님은 유능한 의사로, 흰 의사 가운을 망토처럼 펄럭이며 진찰실 안을 바삐 돌아다니는 약간 뚱뚱한 신사였다. 그는 코라의 전반적인 건강 상태를 진찰했고 젊은 간호사는 파란색 종이에 모든 걸 열심히 받아 적었다. 코라의 조상은 어느 부족 출신이었으며 코라는 그 부족의 체질에 대해 무엇을 알고 있는가? 병을 앓은 적은 있었나? 심장과 폐 상태는 어떤가? 코라는 테런스에게 맞은 이후로 생긴 두통이 사우스캐롤라이나에 온 뒤로 사라졌다는 것을 깨달았다.

지능검사는 나무 모형을 갖고 만지작거리는 것과 그림 퀴즈 몇 개로 된 간단한 것이었다. 코라는 신체검사를 받기 위해 옷을 벗었다. 캠벨이 코라의 손을 보았다. 전보다는 부드러워졌지만 그래도 농장 일꾼의 손이었다. 캠벨의 손가락이 채찍질로 생긴 흉터를 훑었다. 그는 채찍 가닥의 개수를 추정했고, 두 개를 놓쳤다. 캠벨은 도구로 코라의 성기를 진찰했다. 검사는 아팠고 수치심이 들었다. 의사의 냉담한 태도는 코라의 불편함을 전혀 덜어주지 못했다. 코라는 성폭행에 대한 질문에도 대답했다. 그는 간호사 쪽으로 몸을 돌렸고 간호사는 코라의 가임 능력에 대한 의사의 진단을 받아 적었다.

신기한 금속 도구들이 옆에 있는 쟁반에 진열되어 있었다. 캠벨은 가장 무서운 것, 유리 원통이 달린 뾰족한 것을 집어 들었다. "피를 좀 뽑을 겁니다."

"왜요?"

"그래야 여러 가지를 알 수 있으니까요." 의사가 말했다. "질병에 대해서. 병이 얼마나 퍼졌나. 혈액 조사는 최첨단 기술이에요." 간호사가 코라의 팔을 붙들자 그가 바늘을 찔러 넣었다. 왜 복도에서 기다릴 때 울부짖는 소리가 들렸는지 알 수 있었다. 코라 역시 울음소리를 보탰다. 그러자 검사가 끝났다. 복도에는 남자들만 남아 있었다. 의자는 꽉 차 있었다.

코라가 그 건물 10층에 가본 것은 그게 마지막이었다. 어느 날 앤더슨 부인이 새 병원이 문을 열었고 국립병원 의사들의 진찰실이 이전됐다고 말해주었다. 건물이 이미 다 임대되었다고 앤더슨 씨가 덧붙였다. 앤더슨 부인의 주치의는 메인가 건물, 안경점 위에 자기 병원을 갖고 있었다. 그는 유능한 의사인 것 같았다. 코라가 앤더슨가에서 일한 지 몇 달 만에 앤더슨 부인이 우울한 날이 눈에 띄게 줄어들었다. 짜증을 부리고 커튼을 치고 자기 방에서 나오지 않던 오후들, 아이들에게 혹독하게 굴던 태도가 좀 드물어졌다. 집 밖에서 시간을 더 보내고 약을 먹는 방법이 기적을 일으키고 있었다.

코라가 토요일 빨래를 끝내고 저녁을 먹고 나니 친목 파티 시간이 거의 다 되어 있었다. 코라는 새로 산 파란 드레스를 입었다. 흑인들의 백화점에서 가장 예쁜 옷이었다. 거기 물건은 값이 비싸서 코라는 될 수 있으면 거의 사지 않았다. 앤더슨 부인을 위해 물건을 사면서 코라는 흑인 지역 가게의 물건값이 백인들의 가게보다 두세 배 더 비싸다는 것을 알고 기겁을 했다. 그 드레스도 일주일 치 봉급만큼 비쌌고 코라는 가증권을 쓸 수밖에 없었다. 보통 코라는 돈을 신중하게 썼다. 돈은 새롭고 종잡을 수 없고 제가 원하는 곳으로 가고 싶어 했다. 어떤 소녀들은 몇 달 치 봉급을 빚지고 이제는 거의 모든 것을 가증권에 의지했다. 코라는 그 이유를 알았다―시에서 음식과 집, 기숙사 유지비와 교과서 같은 잡다한 것들의 값을 공제해 가고 나면 남는 돈이 거의 없었다. 아주 가끔씩 가증권의 신용에 의지하는 편이 최선이었다. 이 드레스 딱 한 번뿐이야, 코라는 스스로에게 힘주어 말했다.

침실에서는 여자들이 저녁 모임 때문에 몹시도 들떠 있었다. 코라도 예외가 아니었다. 코라는 단장을 마쳤다. 어쩌면 시저가 벌써 잔디밭에 나와 있을지도 몰랐다.

시저는 정자와 악단이 보이는 벤치에 자리를 잡고 기다리고 있었다. 그는 코라가 춤을 추지 않으리라는 것을 알고 있었다. 잔디밭 맞은편에서 보니 시저는 조지아 시절보다 더 어른 같아 보였다. 코라는 그가 입은 옷이 흑인 백화점의 옷 무더기 속에 있던 것임을 알아보았지만, 그 모습은 대농장 출신의 다른 또래 남자들보다 훨씬 당당했다. 공장 일은 그에게 잘 맞았다. 주변 환경이 좋아진 것도 물론 한몫했다. 마지막으로 보았던 한 주 사이에 그는 콧수염을 길렀다.

그다음으로는 꽃이 눈에 들어왔다. 코라는 꽃다발이 예쁘다고 칭찬하고 고맙다고 말했다. 그는 코라의 드레스를 칭찬했다. 그는 둘이 터널에서 나온 지 한 달 뒤에 코라에게 키스하려고 했었다. 코라가 아무 일 없었던 것처럼 굴자 이후로는 그 역시 그런 척했다. 언젠가는 그 일을 이야기하게 되겠지. 어쩌면 그때는 코라가 입을 맞출지도 몰랐다.

"나 저 사람들 알아." 시저가 말했다. 그는 자리를 잡고 있는 악단을 가리켰다. "저 사람들이 아마 조지와 웨슬리보다 훨씬 잘할 수도 있어."

몇 달이 지나면서 코라와 시저는 점점 더 스스럼없이 랜들 농장에 대해 터놓고 말했다. 그들이 하는 말은 대부분 예전에 노예였던 누구에게나 적용될 수 있는 것이었다. 농장은 농장이었다. 자신의 불운이 유별난 일이라고 생각할지 몰라도, 진짜로 끔찍한 사실은 그것이 모두의 이야기라는 점이었다. 전에도 그랬듯 곧 악단의 소리가 지하철도에 대한 그들의 대화 위로 겹쳐질 것이다. 코라는 악단에 집중하지 않는 둘을 그들이 무례하다고 여기지 않기를 바랐다. 그럴 리 없었다. 누군가의 재산이 아니라 자유인 신분으로 연주한다는 것이 그들에겐 여전히 소중하고 새롭게 느껴질 테니까. 노예 마을에 유일한 위안을 준다는 부담감 없이 멜로디를 힘차게 시작하는 것이. 자유와 기쁨으로 예술 활동을 하는 것이.

사감들은 흑인 남자와 여자들 사이에 건강한 관계를 장려하고, 노예제도가 그들의 성격에 만들어놓은 상처를 치유하기 위해 친목 파티를 만들었다. 음악과 춤, 음식과 가벼운 술, 깜빡거리는 등불 빛 속에 잔디밭에 나와 있는 것이 상처받은 영혼에 강장제가 될 것이라고 그들은 생각했다. 시저와 코라에게는 서로의 소식을 들을 수 있는 몇 안 되는 기회였다.

시저는 시내 외곽의 기계 공장에서 일했고 늘 바뀌는 그의 근무시간은 코라의 근무시간과 거의 겹치지 않았다. 그는 그 일을 좋아했다. 공장은 주문량에 따라, 매주 다른 기계를 조립했다. 남자들은 컨베이어벨트 앞에서 준비하고 있다가, 저마다 벨트를 따라 내려오는 것에 자신이 맡은 부품을 붙여야 했다. 컨베이어벨트가 돌기 시작하면 처음에는 한 무더기 쌓여 대기하는 부품들뿐 아무것도 없지만, 마지막 사람의 일이 끝나면 그 결과가 그들 앞에 완제품으로 놓여 있었다. 제품이 완성되는 걸 보는 게 생각지 못한 만족감을 준다고, 덮어놓고 고된 일만 하던 랜들 농장과는 정반대라고 시저는 말했다.

일은 단조로웠지만 그렇게 힘들지는 않았다. 물건이 바뀌어서 지루함을 덜 수 있었다. 근무 중에는 긴 휴식 시간도 충분히 주어졌는데, 십장과 책임자들이 자주 인용하는 노동 이론가들의 말을 따라 편성된 시간이었다. 다들 좋은 사람들이었다. 어떤 이들은 아직도 대농장에서의 흔적을 간직하고 있어서, 무시당했다고 생각되면 득달같이 달려들어 바로잡으려고 하거나 아직도 어려운 형편이라는 명에 아래 사는 듯이 굴었지만, 그들도 새 삶의 가능성에서 힘을 얻어 매주 나아졌다.

한때 탈주자였던 둘은 이런저런 소식을 교환했다. 메이지는 이가 하나 빠졌다. 이번 주에는 공장에서 기관차 엔진을 조립했다―시저는 이 엔진들이 언젠가 지하철도에도 쓰일지 궁금했다. 백화점의 물건값이 또 올랐다고 시저가 알려주었다. 코라에게 새로운 소식은 아니었다.

"샘은 어떻게 지내?" 코라가 물었다. 시저는 역장을 만나기가 더 쉬웠다.

"늘 똑같아―즐거울 이유라고는 하나도 없는 것 같은데 즐거워하지. 술집에서 웬 막돼먹은 놈이 주먹을 날려서 눈이 시퍼렇게 멍이 들었거든. 그걸 뿌듯해하고 있어. 늘 한 번쯤은 그래보고 싶었대."

"다른 건?"

시저는 다리 위에 두 손을 포갰다. "며칠 후에 기차가 한 대 와. 탈 마음이 있다면." 그는 코라의 심정을 아는 듯한 말투로 말을 마쳤다.

"다음 기차는 어떨까."

"그래, 아마 다음 것으로."

둘이 이곳에 온 이후로 기차 세 대를 보냈다. 첫 기차 때에 둘은 암울한 남부를 당장 떠나는 게 좋을지 아니면 사우스캐롤라이나에서 무엇을 더 얻을 수 있는지 좀 더 살펴보는 게 좋을지를 두고 몇 시간을 의논했다. 그즈음 그들은 살이 좀 붙었고, 돈을 벌었으며, 대농장에서의 매일 같던 고통을 잊어가고 있었다. 그러나 코라는 기차를 애타게 기다리는 쪽인데 반해 시저는 이 지역을 더 알아가고 싶어 하면서 토론이 심각해졌다. 샘은 도움이 되지 않았다—그는 고향인 이곳을 좋아했고 인종 문제에 관한 한 사우스캐롤라이나가 발전하고 있다고 생각했다. 그 역시 이 실험이 어떤 결과를 낳을지 알지 못했고, 정부를 불신하며 목소리를 높이는 수많은 이들 중 하나였지만, 그래도 희망을 갖고 있었다. 그들은 머물기로 했다. 아마 다음 기차를 타기로.

다음 기차가 왔다가 갔지만 의논은 그리 길지 않았다. 코라는 기숙사에서 막 훌륭한 식사를 마친 뒤였다. 시저는 새 셔츠를 샀다. 가는 동안 또다시 굶을 생각을 하니 내키지 않았고, 고생한 돈으로 산 것들을 남겨두고 가야 하는 것도 싫었다. 세 번째 기차가 왔다가 갔고, 이제 네 번째 기차 역시 그럴 것이었다.

"우리 그냥 여기 쭉 있을까 봐." 코라가 말했다.

시저는 말이 없었다. 아름다운 밤이었다. 그가 장담했듯 악단은 재능이 뛰어났고 이전 친목 파티에서 모두를 행복하게 만들었던 래그타임*을 연주했다. 바이올린 연주자는 이곳 어느 대농장에서 왔고, 밴조 연주자는 다른 주 출신이었다. 기숙사에 있는 연주자들은 날마다 자기들 지역의 멜로디를 서로 들려주었고 음악의 규모는 점점 커졌다. 청중들도 각자 자기들 대농장에서 추던 춤을 선보여서 사람들은 원을 그린 채로 서로의 춤을 따라 했다. 사람들이 쉬거나 추파를 던지러 자리를 뜨면 산들바람이 더위를 식혀주었다. 그러고 나면 그들은 웃고 손뼉을 치며 다시 시작했다.

"우리 그냥 여기 있을까 봐." 시저가 말했다. 그렇게 결정되었다.

친목 파티는 자정에 끝났다. 연주자들이 모자를 돌렸지만, 대부분 토요일 밤이면 가증권이 수북이 쌓였기 때문에 모자는 텅 비어 있었다. 코라는 시저에게 잘 자라고 말하고 기숙사로 가고 있었는데, 그때 사건을 목격했다.

어떤 여자가 학교 건물 근처의 잔디밭을 달려오고 있었다. 20대 정도에 날씬한 체구의 여자는 머리가 산발이 되어 있었다. 블라우스가 배꼽까지 열려 있어 젖가슴이 다 보였다. 순간 코라는 랜들 농장으로 돌아갔고 또 다른 잔혹 행위를 눈앞에서 보게 될 것만 같았다.

두 남자가 최대한 부드럽게 여자를 잡아서 진정시켰다. 사람들이 몰려들었다. 어떤 소녀 하나가 학교 건물 근처로 사감들을 부르러 갔다. 코라는 사람들을 밀치고 앞으로 나아갔다. 여자는 엉엉 울면서 말을 제대로 잇지 못하다가 갑자기 소리쳤다. "내 아기들, 저 사람들이 내 아기들을 뺏어 갔어!"

구경꾼들은 익숙한 후렴구에 한숨을 쉬었다. 그들은 대농장에 살면서 이런 말을, 학대당하는 자식을 보는 엄마들의 탄식을 너무나 많이 들었다. 코라는 대농장의 기억에 쫓기고 있다는 남자들, 이렇게 멀리 떨어져 있는데도 그 기억을 지니고 다닌다는 시저의 공장 남자들의 이야기가 생각났다. 그것이 그들 안에 살아 있었다. 학대하고 조롱할 기회를 노리며 모두 안에 아직

---

* 19세기 후반 미국 흑인 연주자들 사이에서 유행한 재즈 연주 형식.

도 살아 있었다.

　여자는 어느 정도 진정이 되어 사람들 행렬의 맨 뒤에서 부축을 받으며 기숙사로 향했다. 머물기로 결정하고 마음이 편안했지만 자꾸 여자의 비명이, 그리고 스스로 부른 유령들이 떠올라 코라에게는 긴 밤이었다.

"작별 인사라도 할 수 있을까요? 앤더슨 씨 부부와 아이들에게요?" 코라가 물었다.

미스 루시는 그럴 수 있다고 코라를 안심시켰다. 그리고 앤더슨 가족은 코라를 좋아한다고 덧붙였다.

"제가 일을 잘 못 했나요?" 코라는 좀 더 섬세한 일인 집안일에 잘 적응했다고 생각했다. 코라는 엄지손가락으로 손바닥을 훑었다. 손바닥은 이제 아주 부드러웠다.

"정말 훌륭하게 해냈어요, 베시." 미스 루시가 말했다. "바로 그래서 재배정을 하는 거예요, 베시를 생각해서. 내가 낸 아이디어고 핸들러 선생님도 동의했어요. 박물관에 특별한 도움이 필요하고, 이 기숙사에서 베시만큼 적응을 잘한 사람은 드물어요. 칭찬으로 받아들여야 합니다."

코라는 마음이 놓였지만 문간에 그대로 서 있었다.

"할 말이 더 있나요, 베시?" 미스 루시가 서류를 정리하며 물었다.

친목 파티에서 그 사건이 있고 이틀 뒤 코라는 여전히 괴로웠다. 코라는 울부짖던 여자의 안부를 물었다.

미스 루시가 심정을 안다는 듯 고개를 끄덕였다. "거트루드를 말하는 거군요. 속상한 일이었죠. 잘 지내고 있어요. 제정신이 돌아올 때까지 2, 3일 더 누워 있게 하고 있어요." 미스 루시는 간호사 한 명이 거트루드를 늘 확인하고 있다고 설명해주었다. "바로 그래서 신경쇠약이 있는 거주자들을 위해 그 기숙사를 따로 마련해놓은 겁니다. 그런 사람들은 여러 사람들과 어울릴 수 없어요. 40호에 머물러야 필요한 보살핌을 받을 수 있지요."

"40호가 특별한 덴지 몰랐네요." 코라가 말했다. "이 기숙사의 호브군요."

"뭐라고요?" 미스 루시가 물었지만, 코라는 더 설명하지 않았다.

"잠시만 거기 머무는 거예요." 그 백인이 덧붙였다. "우리는 낙관적입니다."

코라는 낙관적이라는 말의 뜻을 몰랐다. 코라는 그날 밤 다른 여자들에게 그 말을 많이 쓰느냐고 물었다. 그런 말을 들어봤다는 사람이 하나도 없었다. 코라는 그 단어가 노력하고 있다는 뜻일 거라고 결론 내렸다.

박물관으로 가는 길은 법원에서 오른쪽으로 돌 때까지는 앤더슨 씨네로 가는 길과 똑같았다. 앤더슨 가족을 떠날 생각을 하니 슬펐다. 앤더슨 씨는 아침 일찍 집을 나섰고 그의 사무실 창문은 그리핀 건물에서 가장 늦게까지 불이 켜져 있는 곳이었기 때문에 코라는 앤더슨 씨와는 만날 일이 별로 없었다. 목화가 그 역시 노예로 만들고 있었다. 그러나 앤더슨 부인은 인내심이 많은 안주인이었고 특히 의사에게 처방을 받고 나서부터는 더욱 그랬으며, 아이들은 귀여웠다. 메이지는 열 살이었다. 랜들 대농장에서는 그 나이가 되면 기쁨은 전부 바닥나고 없었다. 검둥이 꼬마는 어제까지 행복했어도 그다음 날 암흑 속에 있었다. 그사이에 속박이라는 새로운 현실에 눈을 떴기 때문에. 메이지는 물론 버릇없는 아이였지만, 흑인은 버릇없는 것보다 더 나쁜 것들을 지녔다. 코라는 그 소녀를 보며 나중에 자신의 아이는 어떤 모습일까 궁금했다.

코라는 길을 가다가 자연의 신비 박물관을 여러 번 보았지만, 그 땅딸막한 석회암 건물이 무엇을 하는 곳인지는 알지 못했다. 건물은 블록 전체를 차지하고 있었다. 사자 조각상들이 길고 판판한 계단을 호위하고 있었는데, 꼭 목이 말라서 커다란 분수대를 애타게 바라보고 있는 것 같았다. 그 가까이로 걸어가니 물 튀기는 소리가 거리의 소음을 잠재워버려서, 코라는 박물관의 세계로 빨려 들어가는 기분이 들었다.

안에서는 관계자 외 출입 금지라고 쓰인 문으로 안내되어 미로 같은 복도로 들어갔다. 반쯤 열린 문틈으로 신기한 일들이 눈에 들어왔다. 한 남자가 죽은 오소리에 대고 바느질을 하고 있었다. 또 다른 사람은 노란 돌들을 밝은 불빛에 비춰 보았다. 긴 나무 책상과 기구들이 빼곡한 사무실 안에서 코라는 처음으로 현미경을 보았다. 그것은 책상에 참개구리처럼 쪼그리고 올라앉아 있었다. 그러고 나서 코라는 '살아 있는 역사'관의 큐레이터 필즈 씨를 소개받았다.

"아주 잘하겠구나." 사무실에 있는 남자들이 책상에서 그들의 프로젝트를 뜯어보는 동안 그는 코라를 뜯어보며 말했다. 그는 말이 늘 빠르고 열정적이었는데 남부의 흔적은 전혀 없었다. 코라는 나중에 필즈 씨가 보스턴의 박물관에 있었고 지역의 관례를 익히려고 여기 와 있다는 것을 알게 되었다. "여기 온 뒤로 잘 먹었다는 걸 알겠구나." 그가 말했다. "예상 못한 일은 아니다만, 그래도 잘 맞겠어."

"여기, 청소 먼저 하면 될까요, 필즈 씨?" 코라는 이리로 오는 길에 새 직장에서는 농장 말씨를 최대한 피하기로 단단히 결심을 했다.

"청소? 아, 아니. 여기서 우리가 뭘 하는지 알지—" 그는 말을 멈췄다. "전에 여기 와본 적이 있나?" 그가 박물관에서 하는 일을 설명해주었다. 여기서 중요한 것은 미국의 역사였다—신흥국이니만큼 대중에게 교육해야 할 게 너무 많았다. 북미 대륙의 야생 동식물상, 땅속 세계의 광물과 여러 다채로운 것들. 자기가 태어난 카운티를 한 번도 떠나보지 못한 사람들도 있다고 그는 말했다. 철도처럼, 박물관은 사람들이 플로리다에서 메인으로 또 서부 변경으로, 자신의 변변찮은 경험 너머에 있는 이 나라의 나머지 부분을 볼 수 있게 해주었다. 그리고 그런 곳의 사람들도 볼 수 있도록 해주었다. "너 같은 사람들 말이지." 필즈 씨가 말했다.

코라는 세 군데 방에서 일했다. 바로 그 첫째 날엔 사람들과 안쪽을 가르는 커다란 유리창이 회색 커튼에 덮여 있었다. 그다음 날 아침, 커튼은 없었고 사람들이 무더기로 와 있었다.

첫 번째 방은 '암울한 아프리카의 풍경'이었다. 초가지붕 아래 장대를 묶어서 벽을 만든 오두막이 전시장에 들어서 있었다. 코라는 사람들의 시선으로부터 휴식이 필요할 때는 오두막 안으로 들어갔다. 안에는 화덕과, 붉은 유리 조각으로 표현한 불꽃이 있었다. 대충 만든 작은 의자와 다양한 도구, 바가지, 조개껍데기도. 커다란 검은 새 세 마리가 천장에 철사로 매달려 있었다. 아프리카 원주민의 생활 모습 위로 맴돌고 있는 새 떼를 표현하려고 한 것이었다. 그것을 보니 코라는 대농장에서 시체를 보란 듯이 걸어놓으면 그 살점을 뜯어 먹던 독수리들이 떠올랐다.

'노예선의 생활'은 대서양의 하늘을 표현하기 위해 마음이 진정되는 파란색 벽으로 되어 있었다. 여기서 코라는 프리깃함의 갑판 한 귀퉁이에서 돛대와 다양한 작은 나무통들, 둘둘 말린 밧줄 주위를 성큼성큼 걸어 다녔다. 코라의 아프리카 전통 복장은 몸을 한 번 두르는 총천연색 천이었다. 이렇게 뱃사람 복장을 하고 있으니 코라는 튜닉*과 바지, 가죽 부츠를 입은 거리의 불한당 같아 보였다. 이 전시에서 아프리카 소년의 이야기는, 승선한 뒤 견습생처럼 다양한 소일거리를 맡아서 갑판 위의 선원들을 돕는다는 내용이었다. 코라는 빨간 모자 밑으로 머리를 밀어 넣었다. 선원 모형이 뱃전으로 기울어졌다고 작은 망원경을 든 관람객이 지적했다. 밀랍으로 된 모형의 머리통에는 눈과 입, 피부가 거슬리는 색조로 색칠되어 있었다.

'대농장의 일상'에서 코라는 물레 앞에 앉아서 드디어 발을 쉴 수 있었는

---

* 허리 밑까지 내려오는 낙낙한 상의.

데, 의자는 그 옛날 사탕단풍나무 더미처럼 튼튼했다. 톱밥을 채워 넣은 닭들이 땅에서 모이를 쪼고 있었고, 코라는 가끔 상상 속의 씨앗을 던져주었다. 코라는 아프리카와 노예선의 풍경에 대해서는 정확도를 여러 번 의심했지만 이 방에서만큼은 권위자였다. 코라는 자신의 분석을 덧붙였다. 필즈 씨는 물레가 야외, 그것도 노예 오두막 바로 앞에서 쓰이는 일은 별로 없다는 사실에 수긍했지만, 신빙성을 모토로 삼고 있는 그들이어도 전시실의 크기 때문에 일정 부분은 양보할 수밖에 없다고 대꾸했다. 목화밭 전체를 전시하고 그 안에서 밭일을 할 배우 열두 명을 고용할 예산이 있다면 얼마나 좋으랴마는. 혹시 언젠가는 그렇게 될지도 몰랐다.

코라의 지적은 '대농장의 일상'의 의상까지는 미치지 않았다. 그건 조악한, 진짜 검둥이들의 천으로 만든 것이었다. 코라는 하루에 두 번씩 옷을 벗고 그 의상을 입을 때마다 수치심으로 화끈거렸다.

필즈 씨에게는 배우, 혹은 그의 표현으로는 '모형' 셋을 고용할 예산이 있었다. 역시 핸들러 선생님의 교실에서 사람을 뽑았고, 비슷한 나이대의 아이시스와 베티가 코라에 합류했다. 그들은 똑같이 그 옷들을 입었다. 쉬는 시간에 셋은 이 새로운 일의 장점과 단점에 대해 의견을 내놓았다. 필즈 씨는 하루 이틀의 적응 기간 후에는 이들을 자유롭게 내버려두었다. 베티는 필즈 씨가 바로 전까지 일했던 집 사람들과는 달리 성질을 부리지 않는다며 좋아했다. 그 가족은 보통은 친절했지만 언제 괜한 오해를 하거나 전혀 베티 잘못이 아닌 일로 짜증을 부릴지 알 수 없었다. 아이시스는 말을 할 필요가 없어서 좋다고 했다. 아이시스는 자유 시간이 많았던 작은 농장 출신이었는데, 주인이 같이 있어줄 사람을 찾는 밤만 예외였다. 그런 밤이면 아이시스는 악(惡)의 잔을 억지로 받아 마셔야 했다. 코라는 백인들의 가게들과 그 풍요로운 진열대가 그리웠지만 그래도 저녁에 그 길로 걸어갈 수 있었고, 쇼윈도에서 뭐가 바뀌었는지 알아맞히는 놀이도 할 수 있었다.

그러나 박물관 관람객들을 무시하기는 여간 어려운 일이 아니었다. 아이들은 유리를 탕탕 두드리고 무례하게 손가락질을 해서, 선원의 밧줄 매듭과 씨름하는 연기를 하고 있는 그들을 놀라게 했다. 단골 관람객들은 때로 무언극을 하고 있는 이들에게 뭐라고 소리를 쳤는데, 소녀들은 그 말을 알아들을 수 없었지만 어느 모로 봐도 저속한 제안이라는 것을 알 수 있었다. 이들 모형들은 갑판을 걸레질하고, 사냥 연장을 깎고, 나무로 된 참마를 만지작거리는 시늉을 하는 단조로움을 덜기 위해서 한 시간마다 전시실을 교대했다. 필즈 씨가 한 가지 일관되게 지시한 게 있다면 너무 오래 앉아 있지 말라는 것이었지만, 강요하지는 않았다. 그들은 등받이 없는 의자에 앉아 삼 밧줄을 만지작거리고 있는 동안 자신들이 존 선장이라고 이름 붙인 선원 모형을 놀려댔다.

전시는 이 도시의 최근 성과를 널리 알리는 축제의 일환으로, 전시가 시작된 날 새 병원도 문을 열었다. 진보 진영에서 선출된 새 시장은 그가 아직 그리핀 건물의 재산권 변호사였을 시절에 실행된 전임자의 진보적 정책들을 계속 이어간다는 인상을 시민들에게 주고 싶어 했다. 코라는 그 축제 분위기에 끼지 않았다. 그저 그날 밤 기숙사 창문에서 화려한 불꽃놀이를 바라보았고, 정기검진 날이 돌아왔을 때에야 병원을 가까이서 보는 게 전부였다. 흑인 거주자들이 사우스캐롤라이나 생활에 정착하면서, 사감들이 거주자의 감정적 적응 상태를 면밀히 판단하는 것만큼 의사들은 그들의 신체 상태를 상당히 주의 깊게 관찰했다. 한번은 어느 오후, 미스 루시가 같이 잔디밭을 걷다가 코라에게 모든 숫자와 수치와 기록이 그들이 흑인들의 삶을 이해하는 데 지대한 공헌을 할 것이라고 말했다.

정면에서 볼 때 병원은 그리핀 건물을 뉘어놓은 것처럼 옆으로 넓게 퍼진 깔끔한 단층 복합건물이었다. 건물은 마치 효율성이 무엇인지 벽으로 보여주겠다는 듯, 코라에게도 낯설 정도로 삭막하고 아무런 장식도 없었다. 흑인 전용 입구가 옆쪽에 있었지만 그 점만 제외하면 백인들의 입구와 생긴 것은 똑같았다. 대개 그렇듯 원안이 같았다는 것이지 나중에 추가된 것들은 그렇지 않았다.

코라가 접수대에 이름을 대는데 흑인 병동은 아침부터 북적거렸다. 남자들 한 무리가 옆 병실을 가득 메우고 혈액 치료를 기다리고 있었고, 그중 몇은 친목 파티에서 그리고 오후 시간 잔디밭에서 본 적이 있는 사람들이었다. 코라는 사우스캐롤라이나에 오기 전에는 혈액병이라는 것을 들어본 적이 없었지만, 기숙사에 사는 남자들 상당수가 그 병을 앓았고 여기 의사들도 그 부분에 심혈을 기울이고 있었다. 전문의들은 자기만의 구역을 갖고 있는 것 같았고, 환자들은 본인 이름이 호명되면 긴 복도 속으로 사라졌다.

이번에는 캠벨 선생님보다 친절한 다른 의사가 있었다. 그의 이름은 스티븐스였다. 그는 북부 출신으로 검은색 곱슬머리가 꼭 여자아이 같았는데, 공들여 다듬은 턱수염으로 그 점을 만회하려는 것 같았다. 의사 치고는 젊어 보였다. 코라는 그가 그만큼 재능이 있어서 어린 나이에 의사가 되었을 거라고 생각했다. 검사를 받으며 움직이는 동안 코라는 꼭 컨베이어벨트 위에 있는 것 같은 느낌을 받았다. 시저가 벨트 위에서 조심스럽고 성실하게 만드는 물건처럼.

신체검사는 지난번만큼 오래 걸리지는 않았다. 의사 선생님은 코라의 예전 진찰 기록을 들춰보고 파란색 서류에 자신의 의견을 덧붙였다. 그사이에 그는 코라에게 기숙사 생활에 대해 물었다. "효율적인 곳인 것 같아요." 스티븐스가 말했다. 그는 박물관 일은 "아주 흥미로운 공익사업"이라고 표현했다.

코라가 옷을 입은 뒤 스티븐스는 등받이 없는 나무 의자를 잡아당겼다. 그는 여전히 편안한 태도로 말했다. "관계를 맺은 적이 있네요. 피임은 고려

해봤나요?"

그는 미소 지었다. 그는 사우스캐롤라이나에서 시민들에게 새로운 외과 시술을 소개하는 대규모 공중 보건 프로그램을 추진하고 있다면서, 아기가 자라지 못하도록 여자 몸속의 관을 자르는 수술이라고 설명했다. 시술은 간단하고 영구적이며 위험이 없었다. 새 병원은 특히 장비가 잘 갖추어져 있고, 그는 이 기술의 개척자이자 보스턴 정신병원의 흑인 환자들을 상대로 시술해온 의사 밑에서 직접 배웠다고 했다. 그가 여기 고용된 이유 중 하나가 이 수술을 지역 의사들에게 가르치고 수술의 혜택을 흑인들에게 제공하기 위해서였다.

"제가 원하지 않으면요?"

"선택은 물론 베시의 몫이죠." 그가 말했다. "이번 주부터 여기 주 일부 사람들에게는 의무 사항이 될 거예요. 아이를 두 명 이상 출산한 적이 있는 흑인 여성은 산아제한의 명목으로 그렇고요. 정신지체자나 여타 정신적으로 건강하지 않은 사람들도, 이유야 분명하겠죠. 상습 전과자들도요. 그러나 이런 건 베시에게는 해당되지 않아요. 그들이야 이미 충분히 힘들게 살고 있는 여자들이고. 베시에게 이건 본인의 운명에 대해 통제권을 가질 수 있는 기회일 뿐이지요."

반발하는 환자가 코라가 처음은 아니었다. 스티븐스는 따뜻한 태도를 잃지 않은 채 이 문제는 일단 넘어가기로 했다. 사감 선생님이 이 프로그램에 대해 더 자세하게 알고 있고 어떤 의문점이든 상의해줄 거라고 그는 말했다.

코라는 병원 복도를 성큼성큼 걸었다. 바깥 공기를 쐬고 싶었다. 코라는 이제 백인의 권능에서 아무렇지 않게 빠져나오기에는 너무 익숙해져 있었다. 직접적으로 묻던 그의 태도와 뒤따른 자세한 설명이 코라에게는 충격이었다. 훈제실에서 그날 밤에 일어났던 일과, 한 남자와 그의 사랑하는 아내 사이에 오가는 일들을 비교해보았다. 스티븐스의 말을 들으니 그 둘이 꼭 같은 것 같았다. 그 생각에 속이 뒤틀렸다. 그리고 여자들, 얼굴만 다른 호브 여자들에게 꼭 결정권이 없다고 말하는 것처럼 들리는, 의무의 문제가 있었다. 마치 그 여자들이 그들이 원하는 대로 처리할 수 있는 재산이라는 것처럼. 앤더슨 부인은 우울증이 심했다. 그래서 부인은 정신적으로 건강하지 않은가? 부인의 주치의도 부인에게 똑같은 제안을 했을까? 아니었다.

이런 생각을 하다 보니 코라는 어느새 앤더슨 가족의 집 앞에 와 있었다. 정신이 다른 데 가 있는 동안 발길이 이리로 닿은 모양이었다. 어쩌면 속으로 코라는 아이들을 생각하고 있었는지도 모른다. 메이지는 학교에 있을 테지만 레이먼드는 집에 있을 수도 있다. 코라는 지난 2주 동안 너무 바빠서 제대로 작별 인사도 하지 못했다.

문을 열어준 소녀는 코라가 누구인지 설명을 했는데도 수상쩍다는 눈빛이었다.

"이름이 베시라는 걸로 알고 있는데요." 소녀가 말했다. 깡마르고 작은 체구였지만 불청객을 막아내기 위해서라면 기꺼이 온몸을 던지겠다는 듯 문 앞을 지키고 서 있었다. "방금 코라라고 했잖아요."

코라는 머릿속을 어지럽힌 그 의사를 저주했다. 코라는 안주인은 그녀를 베시라고 부르지만 기숙사에서는 엄마와 너무 닮아서 다들 코라라고 부른다고 설명했다.

"부인은 지금 집에 안 계세요." 소녀가 말했다. "그리고 애들은 친구들과 놀고 있고요. 부인이 집에 계실 때 다시 오는 게 좋겠네요." 그녀는 문을 닫았다.

처음으로, 코라는 집으로 가는 지름길을 택했다. 시저에게 말하면 좀 낫겠지만, 시저는 공장에 있었다. 코라는 저녁때까지 침대에서 나오지 않았다. 그날부터 코라는 박물관까지 갈 때 앤더슨가를 피할 수 있는 길을 택했다.

2주 후 필즈 씨는 그의 모형들에게 박물관을 제대로 구경시켜주기로 했다. 아이시스와 베티는 유리창 뒤에 있으면서 연기력이 는 모양이었다. 필즈 씨가 호박의 단면, 고령의 떡갈나무의 나이테, 쩍 벌어진 틈 안에 유리 치아 같은 자수정이 들어 있다는 정동석, 과학자들이 특별 화합물로 보존해놓았다는 조그만 딱정벌레와 개미들에 대해 장광설을 늘어놓을 때 둘은 상당히 관심이 있는 척했다. 소녀들은 박제 울버린*의 얼어붙은 웃음, 물속으로 뛰어들다 잡힌 붉은꼬리말똥가리, 유리창을 다 차지하고 있는 육중한 흑곰을 보고 키득거렸다. 덮칠 기회를 노리던 순간에 붙잡힌 포식자들.

코라는 백인의 밀랍 얼굴들을 물끄러미 바라보았다. 필즈 씨의 모형들만이 유일하게 살아 있는 전시품이었다. 백인은 회반죽과 철사, 물감으로 되어 있었다. 어느 전시실의 유리창 너머로는 두꺼운 울 브리치스**와 더블릿*** 차림의 두 순례자가 플리머스의 바위를 가리키고 있었고, 벽화에 그려진 배에서 동료 여행자들이 그것을 구경하고 있었다. 새 출발을 위한 험난한 관문을 통과해 마침내 안전한 땅에 도착한 사람들. 또 다른 유리창 너머로는 항구 풍경이 연출되었는데, 모호크 인디언처럼 옷을 입은 백인 이주자들이 지나치게 신이 나서 배 옆면 밖으로 차 상자들을 던지고 있었다. 사람들은 살면서 여러 다른 사슬에 몸이 매였지만, 반역자들이 책임을 부정하려고 제아무리 의상을 걸쳐도, 반역을 읽어내기는 어렵지 않았다.

필즈 씨의 모형들은 돈을 낸 관람객처럼 전시장 앞을 걸어 다녔다. 비장한 각오의 탐험가 둘이 산등성이에서 포즈를 취하고는 서쪽의 산맥을, 그들 앞에 놓인 위험과 발견이 가득한 신비스러운 나라를 응시하고 있었다. 거기 무엇이 있는지 누가 알았겠는가? 그들은 미래를 향해 거침없이 출발하는 제

---

*   족제비과의 포유류.
** 풍성하게 만든 중세 남성용 하의.
*** 르네상스 시대의 짧고 꼭 끼는 남성용 상의.

삶의 주인들이었다.

　마지막 전시장에서는 인디언 한 명이, 협상의 제스처로 두 손을 펼친 채 귀족적인 자세로 서 있는 백인 남자 세 명에게서 양피지 뭉치를 받아 들고 있었다.

　"저게 뭐예요?" 아이시스가 물었다.

　"저게 바로 진짜 티피*지." 필즈 씨가 대답했다. "우리는 소품 하나하나에도 이야기를 담으려고 해. 미국이 걸어온 길을 보여줄 수 있도록 말이지. 역사적인 조우의 진실에 대해서야 누구나 알지만, 그걸 눈앞에서 본다는 것은—"

　"저기서 잔다고요?" 아이시스가 물었다.

　그는 설명했다. 그러고 나서 소녀들은 각자 자신의 진열창으로 돌아갔다.

　"어떻게 생각해요, 존 선장님?" 코라가 동료 선원에게 물었다. "이게 우리의 역사적인 조우의 진실인가요?" 요새 코라는 관객에게 극적인 효과를 더해주기 위해 마네킹과 대화를 시도하고 있었다. 물감이 그의 볼에서 떨어져 나와 그 밑의 회색 밀랍이 드러났다.

　진열대에 놓인 박제 코요테는 거짓말을 하지 않아, 코라는 생각했다. 그리고 개밋둑과 바위는 그 자체로 진실을 말하고 있었다. 그러나 백인 전시에는 코라의 세 군데 담당 구역만큼이나 모순과 오류가 너무 많았다. 갑판을 걸레질하고 백인 납치범들에게서 잘했다고 칭찬을 받는 납치된 소녀들은 존재하지 않았다. 코라가 신은 고급 가죽 부츠 차림의 그 진취적인 아프리카 소년은 갑판 밑에서 제 오물로 몸을 닦으면서 쇠사슬에 묶여 있었을 것이다. 때로 실을 잣는 것은 노예의 일이었다. 맞다. 그러나 대부분은 아니었다.

---

* 북미 원주민의 원뿔형 천막.

사우스캐롤라이나　135

어느 노예도 물레 앞에서 고꾸라져 죽거나 꼬인 실을 풀다가 죽임을 당하지 않았다. 그러나 누구 하나 세상의 진짜 모습에 대해 말하려고 하지 않았다. 듣고 싶어 하는 사람도 없었다. 바로 그 순간 유리에 그 기름진 코를 들이밀며 놀리고 비웃는 진열창 맞은편의 백인 괴물들 중에는 분명 없었다. 진실은 당신이 보지 않을 때 누군가에 의해 뒤바뀌는 상점 쇼윈도의 진열과 같았다. 그럴싸하고 결코 손에 닿지 않는.

자유인 신분이 된 흑인들이 제 주인들을 피해 달아났듯이, 백인들 역시 그들 주인의 폭정을 피해 새로운 시작을 하려고 이 땅에 왔다. 그러나 그들이 가진 이상은 다른 이들의 이상을 부정했다. 코라는 마이클이 랜들 대농장 뒤편에서 독립선언문을 암송하는 것을 여러 번 들었다. 성난 유령처럼 마을을 떠돌던 그의 목소리. 코라는 그 말들을 거의 다 이해하지 못했지만, **평등하게 창조되었다**는 말은 머릿속에서 지워지지 않았다. **모든 사람**이 정말로 모든 사람을 뜻하는 게 아니었다면 그것을 쓴 백인들 역시 그 말뜻을 이해하지 못한 것이었다. 흙처럼 손에 쥘 수 있는 것이든 자유처럼 그렇지 않은 것이든, 그들이 다른 사람의 것을 강탈했다면, 아니었다. 코라가 경작하고 일했던 땅은 인디언들의 땅이었다. 코라는 백인들이 여자와 아이들을 죽여서 그 종족의 미래를 씨앗부터 말살해버리는 대학살의 효율성을 자랑스레 얘기한다는 것을 알았다.

훔친 땅에서 일하는 훔친 몸들. 그것은 피로 가는 보일러, 멈추지 않는 엔진이었다. 스티븐스가 설명한 수술로 백인은 진정한 의미에서 미래를 훔치기 시작했다고 코라는 생각했다. 당신의 배를 갈라서 피를 뚝뚝 흘리는 미래를 들어내는 것. 누군가의 아기를 뺏어 간다는 건 바로 그런 것—미래를 훔쳐 가는 것이었다. 그들이 이 땅에 있는 동안은 온갖 방법을 동원해 괴롭히고, 훗날 그들의 후손이 더 나은 삶을 살리라는 희망마저 앗아 가버리는 것이었다.

"그렇지 않아요, 존 선장님?" 코라는 물었다. 때로 고개를 빨리 돌릴 때면 그 물건이 코라에게 눈을 찡긋하는 것도 같았다.

며칠 후 코라는 초저녁인데도 40호의 불이 꺼져 있다는 것을 눈치챘다. 코라는 다른 여자들에게 물어보았다. "병원으로 옮겨 갔대." 누군가 말했다. "그래야 낫는다고."

리지웨이가 사우스캐롤라이나를 접수하기 전날 밤, 코라는 그리핀 건물 옥상을 서성이며 자기가 도망쳐 나온 곳을 보려고 했다. 시저와 샘과 만나기로 한 때까지 한 시간은 더 남아 있었고 코라는 다른 소녀들이 재잘대는 소리를 들으며 침대에서 뒤척거리기는 싫었다. 지난주 토요일 수업이 끝나고 나서 전에는 담배농장에서 일했고 지금은 그리핀 건물에서 일하는 마틴이라는 남자가 코라에게 옥상으로 가는 문이 열려 있다고 말해주었다. 올라오기는 쉬웠다. 혹시 엘리베이터에서 내릴 때 12층에서 일하는 백인들이 어디를 가느냐고 물을 게 걱정된다면 꼭대기 층은 계단을 이용하라고 마틴은 알려주었다.

해 질 녘 이곳을 찾은 게 두 번째였다. 너무 높아서 코라는 어지러웠다. 머리 위에서 넘실거리는 잿빛 구름을 폴짝 뛰어올라 한 움큼 뜯어오고 싶었다. 핸들러 선생님은 수업 시간에 이집트의 대피라미드를 설명하면서 그것은 노예들이 손수 땀 흘려 만든 것이라고 말했다. 그 피라미드가 이 건물만큼 높았을까? 파라오는 꼭대기에 앉아 자기 왕국을 내려다보면서 한참 떨어져서 보면 세상이 얼마나 작아 보이는지를 실감했을까? 저 아래 메인가에서는 노동자들이 원래 있는 2층짜리 건물들보다 높은 3, 4층짜리 건물들을 세우고 있었다. 코라는 공사 현장을 날마다 지나쳐 갔다. 아직은 그리핀만큼 높은 건물이 없지만, 언젠가는 이 건물도 땅 위에 제 형제자매들을 갖게 되겠지. 희망찬 미래를 그려볼 때마다 이런 생각이, 진가를 발휘할 도시의 모습이 코라를 뒤흔들었다.

그리핀 건물의 동쪽으로는 백인들의 집과 그들의 새로운 프로젝트들—확장된 시내 광장, 병원, 박물관이 있었다. 코라는 흑인들의 기숙사가 있는 서쪽으로 갔다. 이렇게 높은 데서 보니 아직 길이 나지 않은 숲속에 붉은 상자들이 줄을 맞춰 퍼져 있는 것처럼 보였다. 저기가 언젠가 코라가 살게 될 곳일까? 아직 길이 나지 않은 곳의 작은 집이? 아들과 딸은 위층에서 자게 해야지. 코라는 남자의 얼굴을 알아보고 아이들의 이름을 지어내보려고 했다. 상상력은 그녀를 배반했다. 코라는 랜들 대농장이 있는 남쪽으로 눈을 가늘게 떠보았다. 무엇을 기대했던 것일까? 밤이 남쪽으로 어두움을 몰고 왔다.

그럼 북쪽은? 어쩌면 언젠가 가게 될지도 모른다.

코라는 미풍에 살짝 떨면서 거리로 향했다. 이제 샘의 집으로 가도 안전할 것이다.

시저는 역장이 왜 자기를 보자고 하는지 알 수 없었다. 샘은 그가 술집을 지나쳐 갈 때 신호를 하고는 "오늘 밤"이라고 말했다. 코라는 여기 도착한 이후로 철도역에 다시 간 적이 한 번도 없었지만, 도착한 그날이 너무도 생생해서 역까지 찾아가기는 전혀 어렵지 않았다. 캄캄한 숲속에서 나는 동물들 소리, 부러지고 튕겨 나오는 나뭇가지에 코라는 그들의 탈출이, 밤 속으로 사라지던 러비가 떠올랐다.

코라는 샘의 집 창문에서 나오는 빛이 나뭇가지 사이로 퍼져 오자 걸음을 재촉했다. 샘은 언제나 그렇듯 축축한 셔츠에서 독주 냄새를 훅 풍기며 코라를 열정적으로 껴안았다. 전에 왔을 때는 너무 정신이 없어서 알아채지 못했는데, 찌든 때가 낀 접시들과 톱밥에 옷 무더기까지 집은 몹시도 너저분했다. 주방으로 가려면 뒤집어진 공구 상자를 넘어가야 했는데, 내용물이 바닥에 뒤죽박죽으로 쏟아져 있고, 못들이 나무 막대기 집기 놀이처럼 쫙 펼쳐져 있었다. 가기 전에 직업소개소에 부탁해서 일하는 사람을 한 명 부르라고 권해야 할 판이었다.

시저는 이미 도착해서 식탁에서 맥주 한 병을 홀짝이고 있었다. 그는 샘에게 주려고 직접 만든 대접을 하나 가져와서는 눈에 보이지 않는 미세한 틈은 없는지 테스트라도 하듯 바닥을 손가락으로 훑고 있었다. 코라는 그가 목공을 좋아한다는 것을 거의 잊고 있었다. 최근에는 그를 자주 보지 못했다. 그가 흑인들의 백화점에서 더 멋진 옷을 샀다는 것을 알아보고 코라는 기뻤다. 그에게 잘 어울리는 짙은 색 양복이었다. 누군가 그에게 넥타이 매는 법을 가르쳐준 것일까. 어쩌면 그건 백인 할머니가 그를 풀어줄 것이라고 믿고 겉모습에 신경을 썼던 버지니아 시절의 표지인지도 몰랐다.

"들어오는 기차가 있나요?" 코라가 물었다.

"며칠 뒤에." 샘이 대답했다.

시저와 코라는 의자에서 자세를 고쳐 앉았다.

"안 타고 싶어 한다는 거 알아." 샘이 말했다. "신경 쓰지 마."

"우리, 여기 살기로 했어요." 시저가 말했다.

"확실히 정한 다음에 말하고 싶었어요." 코라가 덧붙였다.

샘은 한숨을 내쉬며 낡은 의자에 등을 기댔다. "기차를 보내고 여기서 잘 살고 있는 모습을 보니 나도 행복하네." 역장이 말했다. "하지만 내 이야기를 들으면 생각이 달라질지도 몰라."

샘은 그들에게 사탕을—그는 메인가 아이디얼베이커리의 단골이었다—대접하고는 본론으로 들어갔다. "레즈(Red's)와 거리를 두라고 경고할게." 샘이 말했다.

"경쟁이 겁나나 봐요?" 시저가 농담을 했다. 그 부분에서는 그럴 일이 없었다. 샘의 술집은 흑인 고객을 받지 않았다. 사실 음주가무를 즐기는 기숙사 거주자들이 유일하게 갈 수 있는 곳이 레즈였다. 가증권을 채 가는 것도 대수롭지 않았다.

"더 불길해." 샘이 말했다. "어떻게 말해야 할지 모르겠네, 솔직히." 이상한 이야기였다. 드리프트의 주인인 케일럽은 성격이 뚱하기로 악명이 높았고, 샘은 대화를 즐기는 바텐더로 유명했다. "여기서 일하면 실상이라는 걸 알게 되지." 샘은 말하곤 했다. 샘의 단골손님 중에 버트럼이라는 의사가 있는데, 최근에 여기 병원으로 부임한 사람이었다. 그는 북부 출신의 다른 이들과 잘 어울리지 않았고, 드리프트의 분위기와 이곳의 재미있는 말동무를 더 좋아했다. 그는 위스키광이었다. "자기 죄를 씻어버리기 위해서지." 샘이 말했다.

평범한 어느 밤, 세 번째 잔을 비울 때까지 속마음을 말하지 않고 있던 버트럼은 위스키로 봉인이 풀리자 매사추세츠의 눈보라며, 의과대학의 호된 신고식이며, 버지니아주머니쥐의 상대적인 지능 따위에 대해 신이 나서 읊어댔다. 전날 저녁의 대화는 여자관계에 대한 것이었다고 샘은 말했다. 버트럼은 미스 트럼볼의 업소에 자주 들렀는데, 그는 메인주나 다른 우울한 동네에서 온 듯 음침한 여자들만 있는 랜체스터하우스보다 그곳을 더 좋아했다.

"샘?" 코라가 말했다.

"미안해, 코라." 그는 이야기의 요점으로 들어갔다. 버트럼은 미스 트럼볼 가게의 장점을 쭉 늘어놓고는 한마디 덧붙였다. "뭘 하든지 간에 혹시 검둥이 여자 취향이거든 레즈는 가지 마쇼." 그의 남자 환자 몇 명이 레즈를 자주 드나들었는데, 그곳 여자 손님들과 어울렸다. 그의 환자들은 자신들이 혈액병 치료를 받고 있다고 생각했다. 그러나 병원에서 투여하는 강장제는 그냥 설탕물이었다. 사실 그 검둥이들은 매독의 잠복 단계 및 제3단계에 대한 연구에 참여하고 있었다.

"그들은 의사 선생님이 자기들을 돕고 있다고 생각하겠네요?" 샘이 버트럼에게 물었다. 버트럼은 얼굴이 붉어지면서도 여전히 무덤덤한 목소리로 말했다.

"중요한 연구거든요." 버트럼이 그에게 귀띔했다. "질병이 어떻게 퍼지는지, 감염 경로를 알아내면 우리는 치료법에 한발 접근하는 거죠." 레즈는 시내에서 유일하게 제대로 된 흑인 술집이었는데, 소유주는 이곳이 관찰받는 대신 가게 세를 면제받았다. 매독 프로그램은 그 병원의 흑인 병동에서 진행되는 여러 연구와 실험 중 하나였다. 바텐더 양반은 아프리카 대륙의 이그보족이 신경 질환에 취약하다는 걸 알고 있소? 자살과 우울증 성향이 있는 것도? 그 의사는 어느 노예 마흔 명의 이야기를 들려주었다. 그들은 배에서 서로 연결되어 족쇄가 채워지자 노예로 사느니 단체로 갑판에서 뛰어내리는 쪽을 선택했다. 그렇게 기가 막힌 방법을 생각해내고 실행에 옮기는 정신이라니! 우리가 검둥이들의 번식 패턴을 조정해서 그런 멜랑콜릭한 성향을 없애면 어떨까? 성적 공격성이나 폭력성 같은 다른 성질도 통제할 수 있다면? 그러면 우리의 여자와 딸들을 그들의 밀림 본성에서 보호할 수 있으리라. 버트럼이 알기로 남부의 백인 남자들이 특히 두려워하는 게 그 부분이었다.

의사가 몸을 앞으로 기울였다. 혹시 요새 신문을 읽으시는가?

샘은 고개를 젓고 의사의 잔에 술을 더 따랐다.

그래도 바텐더라면 신문 사설을 꾸준히 읽으셔야지, 버트럼은 목소리를 높이면서 이 주제에 대한 불안감을 터뜨리기 시작했다. 미국은 아프리카 사람들을 너무 많이 수입하고 자손을 퍼뜨려서 이제 많은 주에서 그들이 백인의 수를 앞질렀다. 그 이유 하나만으로도 노예 해방은 있을 수 없는 일이었다. 전략적 불임으로—처음에는 여자지만 곧 남녀 모두—우리는 그들이 우리가 잠든 사이에 우리의 목을 벨 거라는 두려움 없이 그들을 풀어놓을 수 있었다. 자메이카 봉기를 계획한 이들은 고집스럽고 교활한 베냉족과 콩고족 출신이었다. 우리가 그 핏줄을 서서히 조심스럽게 제거한다면 어떨까? 흑인 이주자들과 그 후손에 대한 자료를 수십 년 모으면 역사상 가장 두드러지는 과학적 과업을 이룰 수 있을 것이라고 버트럼은 말했다. 조직적 불임, 전염성 질병에 대한 연구, 사회적으로 건강하지 않은 이들을 대상으로 한 새로운 시술의 완성―이 나라에서 제일가는 의학적 재능가들이 사우스캐롤라이나에 다 모여 있는 게 당연하지 않은가?

소란스러운 무리가 들이닥쳐 버트럼은 바 끝으로 밀려났다. 샘은 바빠졌다. 버트럼은 한동안 말없이 술만 마시다가 어느새 모습을 감췄다. "둘은 레즈에 갈 사람들이 아니지만, 알고 있으면 좋겠어서." 샘이 말했다.

"레즈." 코라가 말했다. "이거 단순한 술집이 아니네요, 샘. 그들이 속고 있다고 알려줘야 해요. 그들이 아파요."

시저도 동의했다.

"그들이 백인 의사들 대신 둘을 믿을까?" 샘이 물었다. "무슨 증거로? 부당함을 바로잡아달라고 호소할 권위가 전혀 없어―도시가 이 모든 비용을 대고 있는걸. 뿐만 아니라 다른 도시들도 전부 같은 시스템으로 흑인 이주자들을 관리하고 있다고. 새로운 병원이 있는 곳만의 문제가 아니야."

그들은 식탁에 둘러앉아 머리를 맞댔다. 의사뿐 아니라 흑인을 돕는 이들이 전부 이 믿을 수 없는 계획에 참여하고 있는 것일까? 실험에 쓰려고 농장과 경매에서 흑인 이주자들을 사들여서 이리로 혹은 저리로 몰아가고 있는 것인가? 일사불란하게 파란 종이에 세세한 정보를 기록하던 그 많은 백인들. 코라가 스티븐스에게 진찰을 받은 뒤 미스 루시가 어느 날 박물관으로 출근하는 코라를 불러 세웠다. 병원의 피임 프로그램에 대해 생각을 좀 해봤나요? 어쩌면 코라가 다른 소녀들에게 그들이 이해할 수 있는 말로 이 문제를 설명할 수도 있을 것 같아요. 그래준다면 무척 고맙겠다고 그 백인 여자는 말했다. 시내에는 새로 개설되는 일자리도 다양하고, 자기 가치를 증명해 보인 이들에게 기회도 많지요.

코라는 시저와 함께 여기 머물기로 결정했던 날, 파티가 끝나갈 무렵 잔디밭을 서성이며 울부짖던 여자가 다시 생각났다. "저 사람들이 내 아기들을 뺏어 갔어!" 그 여자는 저 옛날 대농장의 부당함이 아니라, 여기 사우스캐롤라이나에서 자행되는 범죄를 두고 울부짖은 것이었다. 예전 주인이 아니라 의사들이 그녀에게서 아기들을 훔쳐 가고 있었다.

"그들이 내 부모님이 아프리카 어디 출신인지를 알고 싶어 하더라고요." 시저가 말했다. "내가 어떻게 알겠어요? 내 코가 베냉족 코라는 말도 했어요."

"거세하기 전에 아첨만 한 게 없지." 샘이 말했다.

"메그에게 말해줘야겠어요." 시저가 말했다. "메그의 친구들 중에 저녁마다 레즈에 가는 사람들이 있어. 거기서 만나는 남자들도 몇 있는 걸로 알고 있어요."

"메그가 누군데?" 코라가 물었다.

"요새 어울리는 친구야."

"며칠 전에 메인가에서 같이 걸어가는 거 봤어." 샘이 말했다. "아주 예쁘던걸."

"즐거운 시간이었어요." 시저가 말했다. 그는 코라의 눈을 피하면서 검은색 맥주병만 바라보다 맥주를 한 모금 마셨다.

그들은 누구에게 도움을 청해야 하는지, 다른 흑인들은 어떻게 반응할지 같은 문제로 고심할 뿐 별다른 진척을 보이지 못했다. 어쩌면 그들은 모르는 게 더 나을지도 몰라요, 시저가 말했다. 그들이 탈출해 나온 곳과 비교한다면 이런 소문이 대수일까? 이 새로운 환경의 수많은 가능성을, 소문에 불과한 이런 주장과 자신의 과거와 비교해보면서 그들은 어떤 계산을 할까? 법적으로 그들 대부분은 지금도 소유 재산, 서류함 속의 종이에 적힌 그 이름들은 미국 정부의 소유였다. 지금으로서는 사람들에게 주의를 주는 것밖에 방법이 없었다.

시내에 거의 다 왔을 때 시저가 말했다. "메그는 워싱턴가에 있는 집에서 일해. 그 큰 집들 너도 봤지?"

코라가 말했다. "친구가 생겨서 기쁘다."

"정말이야?"

"여기 있기로 한 거 잘못이었을까?" 코라가 물었다.

"어쩌면 이제 떠나야 할 때인지도 모르겠어." 시저가 말했다. "아닐 수도 있고. 러비라면 뭐라고 했을까?"

코라는 답이 없었다. 둘 다 다시 입을 열지 않았다.

코라는 잠을 잘 자지 못했다. 침대 80개 속에서 여자들이 코를 골고 이불 속에서 뒤척였다. 그들은 그들이 무엇을 해야 하고 무엇이 되어야 하는지에 관해 백인들의 통제와 명령에서 벗어났다고 믿으면서 잠자리에 들었다. 자기 앞가림을 잘해나가고 있다고 믿으면서. 그러나 그들은 여전히 이리저리 옮겨지고 길들여지고 있었다. 전처럼 단순히 물품으로서가 아니라, 가축이 되어서. 사육되고 거세되고 있었다. 닭장이나 토끼장 같은 기숙사에 갇힌 채.

아침에 코라는 다른 소녀들과 함께 배정받은 일터로 갔다. 코라와 다른 모형들이 옷을 막 입으려는데 아이시스가 코라에게 전시실을 바꿔줄 수 있겠느냐고 물었다. 몸이 좋지 않아서 물레 앞에서 좀 쉬고 싶다고 했다. "잠깐이라도 좀 앉아 있고 싶어서."

박물관에서 6주가 지나자 코라는 자기에게 딱 맞는 교대 순서를 생각해 냈다. 만일 '대농장의 일상'으로 순번을 시작한다면 두 번의 대농장 순번을 점심 식사 직후에 끝낼 수 있었다. 코라는 우스꽝스러운 노예로 전시되는 것이 끔찍했고 그 일이 가능한 한 빨리 끝나는 쪽이 좋았다. 대농장에서 노예선으로, 또 암울한 아프리카로 진행되는 것이 더 부드러운 흐름이었다. 시간을 거슬러 올라가며 미국을 거꾸로 돌리는 느낌이었다. 하루를 '암울한 아프리카의 풍경'으로 끝낼 때면 언제나 고요의 강으로 빠져들었는데, 그 단순한 무대는 무대를 넘어 진짜 피난처가 되어주었다. 그러나 코라는 아이시스의 부탁을 들어주었다. 그날 하루를 코라는 노예로 끝낼 것이었다.

들판에서 코라는 늘 감독관이나 작업반장의 무자비한 감시 속에 있었다. "허리를 구부린다!" "이 이랑에서 일한다!" 앤더슨 씨 집에서 메이지가 학교에 갔거나 친구들과 놀고 있고 어린 레이먼드가 자고 있을 때면 코라는 들볶임도 감시도 당하지 않고 일을 했다. 한낮에 주어지는 조그만 선물 같았다. 요사이 전시장에서의 일은 코라를 조지아의 밭 이랑으로 되돌려보냈다. 입을 쩍 벌리고 멍청하게 응시하는 손님들이 그녀를 다시 감시하고 있었다.

어느 날 코라는 '바다'에서의 자기 임무를 보고 얼굴을 찌푸리는 붉은 머리의 백인 여자에게 앙갚음을 해주기로 했다. 어쩌면 그 여자는 구제불능의 식욕을 가진 뱃사람과 결혼해서 그를 떠올리게 하는 것이 싫었는지도 몰랐다—코라는 그 여자의 적대감 혹은 관심이 어디서 나오는지 알지 못했다. 그저 그 여자가 짜증스러웠다. 코라는 그 여자의 눈을 흔들림 없이 맹렬하게 노려보았고, 여자는 결국 눈을 피하고 농업 부문 쪽으로 뛰다시피 사라졌다.

그때부터 코라는 한 시간에 한 사람씩 골라 독기 어린 눈초리를 쏘아 보냈다. 그리핀 건물에 있는 사무실에서 슬쩍 빠져나온 젊은 직원, 사업가, 다루기 힘든 아이들 한 무리를 데리고 다니면서 쩔쩔매는 인솔자. 유리창을 탕탕 쳐서 모형들을 놀래게 하는 심술궂은 10대. 때로는 이 사람, 때로는 저 사람. 코라는 무리에서 약한 고리, 그녀의 시선에 달아나는 사람들을 골랐다. 약한 고리—코라는 그 말의 느낌이 좋았다. 당신을 속박하는 사슬에서 결함을 찾는 것. 개별적으로 보면 고리는 별것 아니었다. 그러나 다른 고리들과 합치면 그 약함으로 수백만 명을 속박할 수 있는 강력한 쇠붙이가 되었다. 그녀가 고르는 사람들은 젊든 늙든 부유한 동네에서 왔든 소박한 거리에서 왔든 혼자서는 코라를 괴롭히지 못했다. 집단을 이룰 때 그들은 족쇄가 되었다. 어디서 찾아내든 계속 주시하며 그 약한 고리를 조금씩 잘라 낸다면 뭔가를 이루어낼 수도 있을까.

코라는 독기 어린 눈초리에 점점 능숙해졌다. 노예의 물레나 오두막 안의 유리로 된 불 앞에 앉아 올려다보면서, 한 사람을 곤충 전시실의 딱정벌레나 진드기처럼 꼼짝 못하게 붙잡아두는 것. 그들은 이런 이상한 공격을 전혀 예상하지 못했기 때문에 비틀거리면서 혹은 시선을 바닥에 떨구고서 혹은 옆 사람을 잡아끌면서 늘 도망쳤다. 너희들 한가운데 있는 노예, 아프리카인 역시 너희를 보고 있다는 걸 알려주는 훌륭한 교훈이야, 코라는 생각했다.

아이시스가 몸이 안 좋았던 날, 코라가 선박 위에 두 번째로 서 있는데 유리창 너머로 머리를 땋은 메이지가 보였다. 코라가 빨아서 빨랫줄에 널어놓곤 했던 원피스를 입고서. 학교에서 단체 견학을 온 것이었다. 아이들은 코라를 전에 앤더슨가에서 일했던 소녀로 기억하지 못했지만 코라는 메이지와 같이 어울리는 남자애들과 여자애들을 알아볼 수 있었다. 처음에 메이지는 코라에게 시선을 두지 않았다. 그때 코라가 메이지를 독기 어린 눈으로 노려보았고 그러자 메이지도 코라를 알아보았다. 선생님이 진열된 것들의 의미를 설명하고, 다른 아이들이 존 선장의 이상한 웃음을 손가락질하며 비웃고 있는데 메이지의 얼굴이 두려움으로 씰룩거렸다. 밖에서 보면 그 옛날 코라와 블레이크가 개집 앞에서 얼굴을 마주하고 있었던 때와 똑같이 둘 사이에 무슨 일이 오가고 있는지 아무도 알 수 없었다. 나는 너도 무너뜨릴 거야, 메이지, 코라는 생각했고 실제로도 그렇게 해서 꼬마는 시야에서 순식간에 사라졌다. 코라는 자기가 왜 그랬는지 알 수 없었고, 의상을 벗어놓고 기숙사로 돌아오면서 부끄러웠다.

코라는 그날 저녁 미스 루시를 찾아갔다. 코라는 흉물스러운 싸구려 보석을 불빛에 갖다 대고 또 기울여 보듯이 샘이 들려준 이야기를 내내 생각하고 있었다. 미스 루시는 코라에게 도움을 준 적이 많았다. 이제 보니 그 제안과 조언은 농부가 자신의 의도대로 움직이도록 당나귀를 조종하는 방법과 비슷했다.

그 백인 여자가 파란색 서류 뭉치를 그러모으고 있을 때 코라가 사무실 안으로 고개를 빼꼼 내밀었다. 저기에 코라의 이름이 적혀 있을까? 그 옆에는 뭐라고 적혀 있을까? 아니, 코라는 정정했다. 베시의 이름이었다, 제 이름이 아니라.

"시간이 아주 잠깐밖에 없는데." 사감이 말했다.

"40호로 사람들이 다시 들어오는 걸 봤어요." 코라가 말했다. "그런데 전에 여기 살던 사람은 하나도 없어요. 치료받느라고 아직도 병원에 있는 거예요?"

미스 루시는 서류에 눈을 고정한 채 뻣뻣이 굳었다. "전부 다른 도시로 이사를 갔어요." 그녀가 말했다. "새로 온 이들을 위해서 방이 필요해요. 그래서 거트루드 같은 여자들, 도움이 필요한 사람들은 더 적합한 조치를 받을 수 있는 곳으로 옮겨지는 겁니다."

"안 돌아오나요?"

"돌아오지 않아요." 미스 루시가 이 손님을 찬찬히 살폈다. "마음이 쓰일 거라는 거 알아요. 베시는 똑똑한 사람이니까. 나는 지금도 베시가 다른 소녀들을 이끄는 리더 역할을 맡아줬음 좋겠어요, 지금 당장은 수술이 필요하지 않다고 생각하겠지만. 잘 생각해본다면 베시의 인종에 진정한 자랑거리가 될 수 있어요."

"저는 스스로 결정할 수 있어요." 코라가 말했다. "그들은 왜 안 되지요? 대농장에서는 주인이 우리 대신 모든 걸 결정했어요. 여기서는 그런 시절이 끝났다고 생각했는데요."

미스 루시는 이 비교에 흠칫 놀랐다. "선량하고 고결한 사람들과 정신적으로 장애가 있는 사람들, 범죄자, 천치가 어떻게 다른지 구분하지 못한다면 베시는 내가 생각했던 그런 사람이 아니군요."

나는 당신이 생각했던 그런 사람이 아니에요.

직업소개소를 자주 왕래하는 로버타라는 중년의 사감이 대화에 끼어들었다. 몇 달 전 코라를 앤더슨 가족에게 연결해준 사람이었다. "루시? 그 사람들이 기다리고 있는데."

미스 루시가 툴툴거렸다. "여기 기록이 다 있어요." 그녀는 동료에게 말했다. "하지만 그리핀 건물의 기록과 똑같다니까요. 도망노예법은 우리가 탈주자를 넘겨줘야 하고 구금을 방해해서는 안 된다는 뜻이지—어떤 노예 사냥꾼이 현상금을 목전에 두고 있다고 해서 우리가 하던 일을 다 멈춰야 한다는 건 아니잖아요. 우리는 살인자를 숨겨주지 않는다고요." 그녀는 서류 뭉치를 가슴에 안고 일어섰다. "베시, 이 문제는 내일 얘기합시다. 아까 내가 얘기한 건 잘 생각해봐요."

코라는 침실 계단으로 물러났다. 세 번째 계단에서 주저앉아버렸다. 그들이 찾는 건 누구든 될 수 있었다. 기숙사에는 얼마 전에 사슬에서 풀려났든, 다른 데서 오랫동안 스스로 잘 살아왔든 여기로 숨어들어 온 도망자들 천지였다. 그들이 찾는 건 누구든 될 수 있었다.

그들은 살인자를 쫓고 있었다.

코라는 우선 시저의 기숙사로 갔다. 그의 교대 시간을 알고 있었지만 너무 무서워서 기억이 나지 않았다. 밖에서는 코라가 상상하는 험악한 노예 사냥꾼 같은 모습의 백인은 한 명도 보지 못했다. 코라는 잔디밭을 전속력으로 뛰었다. 기숙사의 나이 든 남자 한 명이 코라를 음흉하게 훑어보리면서—여자가 남자 숙소를 방문할 때면 늘 음탕한 의미가 들어 있었다—시저는 아직 공장에 있다고 알려주었다. "나랑 같이 기다리련?" 그가 물었다.

날이 어두워지고 있었다. 코라는 위험하지만 메인가로 가야 할지 고민했다. 도시 기록에서 그녀의 이름은 베시였다. 테런스가 그들이 탈출한 뒤 인쇄한 전단지 속 스케치는 대충 그려진 것이었지만, 요령 있는 노예 사냥꾼이라면 두 번만 봐도 알아볼 만큼 충분히 비슷했다. 시저와 샘과 함께 상의할 때까지 손 놓고 있을 수가 없었다. 코라는 메인가와 평행으로 나 있는 엘름가로 가다가, 드리프트가 있는 블록에서 꺾었다. 모퉁이를 돌 때마다 횃불과 장총을 들고 비열하게 웃고 있는 말 탄 추적대가 그려졌다. 드리프트는 초저녁 술꾼들로 만원이었는데, 코라가 아는 얼굴도 모르는 얼굴도 있었다. 코라가 술집 창가를 두 번 오가자 역장이 코라를 발견하고 뒤편으로 돌아오라는 신호를 했다.

술집에서는 남자들이 웃음을 터뜨렸다. 코라는 불빛이 비추는 골목 안쪽으로 살금살금 걸어 들어갔다. 변소 문이 약간 열려 있었다. 안은 비어 있었다. 샘이 그림자 속에서 상자에 발을 올려놓고 부츠 끈을 묶고 있었다. "소식 전할 방법을 알아보고 있었어." 그가 말했다. "이 노예 사냥꾼의 이름은 리지웨이야. 지금 너와 시저에 대해서 순경과 이야기하고 있어. 내가 그 둘에게 위스키를 따라줬어."

그가 전단지를 건넸다. 플레처가 그의 집에서 설명했던 전단이었는데, 한 가지 바뀐 게 있었다. 이제 코라는 글자를 알았고, 그녀의 가슴에는 살인자라는 단어가 걸려 있었다.

술집 안이 시끌벅적해졌고 코라는 그림자 속으로 더 깊숙이 들어갔다. 샘은 앞으로 한 시간 동안은 자리를 비울 수 없을 거라고 했다. 그는 정보를 최대한 많이 모아서 공장에 있는 시저를 데려가겠다고 했다. 코라가 샘의 집으로 먼저 가서 기다리고 있는 편이 제일 나았다.

코라는 아주 오랜만에 달렸다. 길가에 딱 붙어서 달리다 사람 소리가 나면 잽싸게 숲속으로 뛰어들었다. 코라는 뒷문을 통해 샘의 오두막으로 들어

가서 부엌에 촛불을 켰다. 앉아 있을 수가 없어서 서성거리다가 마음을 진정시켜줄 좋은 방법을 찾았다. 코라가 식기를 전부 꺼내 닦고 있는데 샘이 들어왔다.

"안 좋아." 역장이 말했다. "우리가 말한 직후에 현상금 사냥꾼 하나가 들어왔어. 인디언처럼 목에 사람 귀로 만든 목걸이를 하고, 정말 험상궂은 작자더군. 네가 어디 있는지 안다고 일행들에게 말했어. 다들 대장을 만나러 간다면서 자리를 뜨던데, 리지웨이 말이야." 너무 빨리 달려와서 그는 헐떡거렸다. "어떻게 해야 될지 모르겠는데, 아무튼 그들은 네가 누군지 알아."

코라는 시저의 대접을 쥐고 있었다. 손에 쥔 대접을 돌렸다.

"그들은 추적대와 함께 있어." 샘이 말했다. "시저에게 갈 수가 없었어. 하지만 여기나 술집으로 올 거야—약속했거든. 벌써 출발했을지도 몰라." 샘은 드리프트로 돌아가서 그를 기다리려는 참이었다.

"우리가 말하는 걸 본 사람이 있을까요?"

"너는 플랫폼으로 내려가 있는 게 좋을지도 모르겠다."

그들은 식탁을 밀어내고 두꺼운 회색 깔개를 걷었다. 둘이 함께 바닥에 난 문을—아주 꽉 물려 있었다—들어 올리자 퀴퀴한 공기에 촛불이 깜빡거렸다. 코라는 먹을 것과 등불을 들고 어둠 속으로 내려갔다. 위에서 문이 닫혔고 식탁이 덜커덩거리며 제자리로 돌아갔다.

코라는 시내 흑인 교회의 예배를 피했다. 랜들은 노예들이 구제되는 성가신 일을 피하기 위해 대농장에서 종교를 금지했고, 코라는 사우스캐롤라이나에 온 이후로 교회에는 조금도 관심이 가지 않았다. 다른 흑인들 눈에는 이상해 보인다는 걸 알고 있었지만, 이상해 보이는 건 코라에게는 오래전부터 아무것도 아니었다. 지금은 기도를 해야 할까? 코라는 옅은 불빛 속에서 탁자 앞에 앉았다. 플랫폼은 너무 어두워서 터널이 어디서 시작되는지도 분간되지 않았다. 그들이 시저를 찾아내는 데 얼마나 걸릴까? 시저는 얼마나 빨리 뛸 수 있을까? 코라는 절망적인 상황에서 사람들이 하는 거래를 알고 있었다. 아이가 아플 때 열을 내리기 위해, 감독관의 잔혹한 짓을 멈추기 위해, 노예들의 지옥에서 단 한 명을 구하기 위해. 코라가 본 바로 거래는 단 한 번도 결실을 맺은 적이 없었다. 가끔 열은 잦아들었지만, 대농장은 늘 그 자리에 있었다. 코라는 기도하지 않았다.

코라는 기다리다 잠이 들었다. 한참 뒤 코라는 계단을 기어 올라가서 문 바로 아래에 걸터앉아 귀를 기울였다. 세상은 낮일 수도 밤일 수도 있었다. 배가 고프고 목이 말랐다. 빵과 소시지를 조금 먹었다. 계단을 오르내리고 문에 귀를 대보았다가 금세 다시 내려오면서 시간을 보냈다. 음식이 다 떨어졌을 때 체념이 찾아왔다. 코라는 문에 귀를 갖다 댔다. 아무 소리도 들리지 않았다.

코라는 위에서 정적을 깨는 우레와 같은 소리에 잠에서 깼다. 한 사람, 두 사람이 아니라, 장정 여럿이었다. 그들은 집 안을 뒤집어엎고 고함을 치며 서류함을 쓰러뜨리고 가구를 넘어뜨렸다. 크고 격렬한 소음이 너무 가까워서 코라는 계단에서 내려왔다. 그들이 뭐라고 하는지는 알아들을 수 없었다. 그리고 일이 끝났다.

문틈으로는 아주 작은 빛도 바람도 들어오지 않았다. 코라는 연기 냄새는 맡을 수 없었지만, 유리가 깨지고 나무가 튀어 오르고 타들어가는 소리를 들었다.

집이 불타고 있었다.

STEVENS

스티븐스

프록터 의과대학의 해부학 강의동은 본관에서 세 블록 떨어진 곳, 막다른 골목 끝에서 두 번째 건물이었다. 이 학교는 보스턴에서 더 유명한 다른 의대만큼 좋은 학교는 아니었고 입학 허가를 남발해서 확장이 필요했다. 앨로이시어스 스티븐스는 장학금을 받기 위해 야간 근무를 했다. 학교는 수업료를 면제해주고 일할 곳을 제공하는 대신—야간 교대 근무는 조용해서 공부하기에 좋았다—시체 도굴꾼을 안에 들여올 사람을 얻었다.

카펜터는 대개 동이 트기 전, 이웃들이 잠에서 깨기 직전에 왔지만, 오늘 밤은 자정에 그를 불렀다. 스티븐스는 해부실 등불을 불어서 끄고 계단을 뛰어 올라갔다. 하마터면 목도리를 잊을 뻔했다가 지난번에 얼마나 추웠는지, 곧 다가올 혹독한 계절을 일깨워주려는 듯 가을이 성큼 와 있었던 것이 기억났다. 아침에 비가 왔는데 스티븐스는 땅이 너무 진창이 아니기를 바랐다. 한 켤레뿐인 가죽 구두는 밑창이 너덜너덜했다.

카펜터와 조수 코브가 운전석에서 기다리고 있었다. 스티븐스는 연장이 담긴 짐칸에 탔다. 혹시라도 교수님이나 학생들을 마주칠까 봐 그는 수레가 한참을 달릴 때까지 몸을 낮추고 있었다. 늦은 시간이었지만, 그날 저녁 시카고에서 온 골학(骨學) 전문가의 강의가 있었기 때문에 사람들은 아직 동네 술집에서 흥청거리고 있을지도 몰랐다. 스티븐스는 그의 강의를 놓쳐서 아쉬웠지만—그는 장학금을 받으려면 초청 강연에 참석할 수 없을 때가 많았다— 돈이 쓸쓸함을 조금은 덜어줄 것이다. 다른 학생들은 대부분 유복

한 매사추세츠 가정 출신이어서 집세나 식비 걱정을 할 필요가 없었다. 수레가 맥긴티를 지나고 안에서 웃음소리가 들려오자 스티븐스는 모자를 벗었다.

코브가 몸을 뒤로 젖혔다. "오늘 밤은 콩코드." 그가 플라스크를 건네면서 말했다. 스티븐스는 원칙상 코브의 술을 함께 나누지 않았다. 아직 공부하는 학생이기는 했지만 스티븐스는 그 남자의 건강 상태에 대해서 확실한 진단을 여러 가지 내릴 수 있었다. 그러나 바람이 차고 사나웠고 해부학 강의동으로 돌아가기까지는 어둠 속 진창길 위에서 몇 시간을 더 있어야 했다. 스티븐스는 길게 한 모금을 들이켜다가 화끈거려 기침을 해댔다. "이게 뭐예요?"

"내 사촌이 섞은 거야. 자네 취향엔 너무 세지?" 그와 카펜터가 껄껄 웃었다.

그가 어젯밤 술집에서 나온 찌꺼기를 모았다는 말이 더 정확할 것 같았다. 스티븐스는 장난을 기분 좋게 받아들였다. 코브는 지난 몇 달 사이 스티븐스를 좋게 보기 시작했다. 카펜터가 그들 무리 중 한 명이 인사불성으로 취했거나, 감옥에 갇혔거나, 그 밖의 사정으로 그들의 밤 업무에 나올 수 없을 때마다 스티븐스를 추천했을 때 코브가 얼마나 투덜거렸을지 스티븐스는 상상할 수 있었다. 이 지체 높은 부잣집 도련님이 과연 입단속을 할 수 있을까? (스티븐스는 부잣집 자제가 아니었고 포부만 지체 높았다.) 도시는 얼마 전부터 도굴범을 교수형에 처하고 있었다―교수형에 처해진 시체들이 해부용으로 의대로 들어갔으니 모순적인 일이었다. 혹은 관점에 따라 이치에 맞는 것인지도 몰랐다.

"교수대도 별것 아니야." 코브가 스티븐스에게 말했다. "순식간이거든. 문제는 사람들이야―초대받은 사람만 봐야 한다니까. 사람이 똥오줌을 줄줄 쏟는 걸 보다니, 추잡하지."

도굴 작업은 우정을 단단하게 다져주었다. 이제 코브는 그를 의사 선생님이라고 불렀는데, 조롱이 아니라 존경이었다. "자네는 다른 애들이랑은 달라." 뒷문으로 시체를 옮기던 어느 밤 코브가 스티븐스에게 말했다. "좀 어두워."

그는 어두웠다. 젊은 외과의라는 게, 특히 현대 해부학 강의의 재료 문제는 좀 어둡다는 평판에 일조했다. 해부학 연구가 제대로 인정을 받은 이후로 시체는 늘 부족했다. 법과 감옥, 판사는 죽은 살인자와 매춘부들을 풍부하게 제공했다. 또 희귀병과 특이한 기형을 갖고 있던 사람들은 죽은 뒤 몸을 연구용으로 팔았고, 간혹 자기 시체를 학문적 연구 차원에서 기부하는 의사도 있었지만, 그래도 그 숫자는 수요를 결코 따라가지 못했다. 사려는 자에게나 팔려는 자에게나 시체 쟁탈전은 맹렬했다. 돈이 많은 의대는 그만큼 운이 따르지 않는 학교보다 더 비싼 값을 불렀다. 시체 도굴꾼들은 시체에 대한 값을 청구하고 의뢰 비용을 덧붙였으며, 거기에 배달비도 추가했다. 그들은 학기가 시작되어 수요가 높을 때는 값을 올리고, 견본이 더 이상 필요 없어지는 학기말이 되어서야 흥정을 해주었다.

스티븐스는 매일 소름 끼치는 모순에 직면했다. 그의 직업은 생명을 연장하는 것이었는데 그는 죽은 이들이 늘어나기를 비밀스럽게 바라고 있었다. 의료 과실 소송은 기술이 미흡하다며 의사를 판사 앞에 불러 세웠지만, 부정하게 손에 넣은 시체가 적발되면 판사는 그 기술을 손에 넣으려 했다는 데 처벌을 내렸다. 프록터 의대는 해부학 견본에 학생들 개인이 돈을 지불하게 했다. 스티븐스의 첫 번째 해부학 수업에는 전신 해부가 두 번 필요했다─그가 그 비용을 어떻게 대겠는가? 고향 메인주에서 그는 엄마의 진수성찬을 당연하게 여기며 자랐다. 외가 쪽이 다 요리를 잘했다. 여기 도시에서 그는 등록금, 책값, 특강비, 집세 때문에 며칠씩 빵 껍질로 근근이 버티고 있었다.

카펜터가 함께 일하자고 제안했을 때 스티븐스는 망설이지 않았다. 몇 달 전 도굴 첫날에 본 그의 모습은 무서웠다. 아일랜드 출신의 거구인 이 도굴꾼은 풍채가 좋고 언행이 상스러웠으며, 늘 축축한 땅의 악취를 달고 다녔다. 카펜터와 아내 사이에는 자식이 여섯 명 있었다. 그중 둘이 황열병으로 죽었는데 그는 아이들을 해부학 연구실에 팔았다. 그의 말로는 그랬다. 스티븐스는 너무 무서워서 그게 정말이냐고 물어볼 수도 없었다. 시체 밀매는 감정이 무뎌지는 데 도움이 되었다.

무덤을 열었는데 오래전에 소식이 끊긴 사촌이나 친한 친구의 얼굴을 맞닥뜨리는 도굴꾼이 그가 처음은 아니었다.

카펜터는 술집에서 술꾼들로만 멤버를 뽑았다. 그들은 낮에 자고 저녁까지 진탕 마시다가, 느지막이 소일거리를 하러 나섰다. "그 시간대가 꼭 좋다기보다는, 분위기 같은 게 잘 맞지." 어느 모로 보나 구제불능의 범죄자 같은 분위기. 그것은 저열한 사업이었다. 공동묘지를 파내는 것은 큰일이 아니었다. 경쟁하기가 과격한 짐승 무리들 같았다. 너무 늦게까지 꾸물거리면 다른 누군가가 시체를 먼저 채 가기 십상이었다. 카펜터는 경쟁자들의 의뢰인을 경찰에 신고하고, 해부실로 숨어들어 가 그들의 물건을 훼손했다. 경쟁하는 무리가 빈민 묘지에 만나면 한바탕 싸움이 벌어졌다. 그들은 서로의 얼굴을 묘비에 대고 짓이겼다. "요란뻑적지근했지." 카펜터는 제 무용담을 마무리할 때면 늘 이렇게 말하며 누렇게 때가 낀 이를 드러내고 웃었다.

잘나가던 시절 카펜터의 술책과 거래 속임수는 가히 사악한 예술의 경지였다. 외바퀴 손수레에 돌을 담아서 장의사들이 땅에 묻게 하고 망자는 자기가 가져갔다. 어느 배우가 그의 조카들에게 필요할 때 우는 법, 애도의 기술을 가르쳤다. 그런 다음 그들은 영안실을 한 바퀴 돌면서 시신이 오래전에 소식이 끊긴 그들의 친척이라고 주장했다―물론 카펜터는 그저 필요할 때 검시관으로부터 시체를 빼돌리기만 한 것은 아니었다. 시체를 해부학 교실에 팔고, 경찰에 신고한 다음, 아내에게 상복을 입혀서 그것이 자기 아들이라고 주장하게 하는 수법을 종종 썼다. 그러고 나서 카펜터는 그 시체를 다시 다른 학교에 팔았다. 카운티 측에서는 매장 비용을 아낀 셈이었다. 누구도 그렇게 자세히 들여다보지 않았다.

결국 시체 거래가 너무 대담해지자, 사랑하는 사람이 한밤중에 사라지지 않도록 일가친척들이 무덤가에서 보초를 설 지경이 되었다. 갑자기 실종된 아이들이 전부 이 몹쓸 짓의 희생양으로—납치되어 죽임을 당하고 해부용으로 팔렸다고—여겨졌다. 신문들은 격분에 찬 사설에서 이 문제를 다루었다. 그리고 법이 끼어들었다. 분위기가 이렇게 되자 도굴꾼 대부분은 영역을 넓혀서, 먼 곳의 공동묘지까지 퍼져나갔다. 카펜터는 검둥이들만 집중적으로 공략하기 시작했다.

검둥이들은 망자에게 보초를 세우지 않았다. 검둥이들은 보안관 사무실 문을 두드리지 않았고, 기자들 사무실에 진을 치지도 않았다. 보안관은 검둥이들을 전혀 신경 쓰지 않았고, 기자들은 검둥이들의 이야기를 귀담아듣지 않았다. 사랑하는 이들의 시체가 자루 속으로 사라졌다가, 의과대학의 차가운 지하 창고에서 다시 나타나 수수께끼를 풀어주었다. 스티븐스의 눈에 시체 하나하나는 정교한 신의 설계를 가르쳐주는 경이였다.

카펜터는 그 단어를 내뱉을 때면 뼈다귀를 모으는 지저분한 개처럼 으르렁거렸다. 검둥이. 스티븐스는 그 말은 한 번도 쓰지 않았다. 그는 인종적 편견을 싫어했다. 사실 카펜터처럼 사회에 의해 도굴꾼의 삶으로 내몰린, 교육받지 못한 아일랜드 남자는 백인 의사보다는 흑인과 더 공통점이 많았다. 그 문제를 오래 생각해본다면 말이다. 그는 물론 소리 내 그렇게 말하지는 않았다. 때로 스티븐스는 지금의 현대사회를 생각하면 그의 관점이 구식인 걸까 하는 생각도 들었다. 다른 학생들은 보스턴의 흑인에 대해 냄새가 난다는 둥 지적으로 열등하다는 둥 원시적인 충동을 갖고 있다는 둥 못된 말들을 입에 담았다. 그러나 그 친구들이 수업 시간에 흑인의 시체에 칼날을 갖다 대는 것은 여느 고매한 노예제 폐지론자들 못지않게 흑인의 발전이라는 명분을 위한 것이었다. 죽으면 검둥이도 인간이 되었다. 그때에야 그들은 백인과 동등해졌다.

콩코드 외곽에서 그들은 작은 나무 문 앞에 멈춰서 관리인의 신호를 기다렸다. 관리인이 등불을 앞뒤로 흔들자 카펜터는 수레를 공동묘지 안으로 몰았다. 코브가 관리인에게 돈을 쥐여주었고 그는 그들을 오늘 밤의 포상금으로 안내했다. 거구 두 명, 중간 체구 두 명, 아이 셋. 비가 와서 발이 푹푹 꺼졌다. 그들은 세 시간 안에 일을 마쳤다. 땅을 다시 메우고 나니 언제 그들이 거기 다녀갔는지 싶었다.

"우리 의사 선생님의 칼." 카펜터가 스티븐스에게 삽자루를 쥐여주었다.

아침이면 그는 다시 의대생이 되었다. 오늘 밤 그는 부활시키는 자였다. 정확한 명칭은 시체 도굴범이었다. 부활시키는 자라는 말은 너무 거창했지만, 일말의 진실이 담겨 있기도 했다. 그는 이 사람들에게 사회에 기여할 기회, 살아 있을 때는 주어지지 않았던 그 기회를 다시 한번 주는 셈이었다.

그리고 죽은 자를 연구할 수 있다면 산 사람도 연구할 수 있다고, 그래서 시체로는 증명하지 못하는 것을 증명할 수 있다고 스티븐스는 가끔 생각했다.

그는 피가 끓어오르도록 두 손을 문지르고 땅을 파기 시작했다.

NORTH CAROLINA

노스캐롤라이나

금월 16일,
핸더슨 인근 구독자의 거주지에서 검둥이 소녀 마사 도주, 혹은 열차 탑승.
위 노예는 구독자의 소유임. 피부는 짙은 갈색이며 말랐음.
매우 솔직함. 나이 21세 전후.
깃털이 달린 검은 비단 보닛 착용.
소지품은 무명 이불보 두 개. 자유인 행세를 하며 다닐 것으로 추정됨.

리그던 뱅크스
1839년 8월 28일, 그랜빌 카운티

촛불은 남아 있지 않았다. 쥐 한 마리가 이빨로 코라를 깨웠고, 정신을 차리고 나서 코라는 흙먼지투성이의 플랫폼을 더듬거리며 기어갔다. 아무것도 알아낼 수 없었다. 샘의 집이 무너지고 난 다음 날이었지만, 확실하지 않았다. 지금으로서는 랜들 대농장의 목화 저울로 시간을 재는 방법이 최선이었다. 저울의 한쪽 끝에는 허기와 두려움이 쌓였고 다른 쪽 끝에서는 희망이 줄어들고 있었다. 이 어둠 속에 얼마나 오래 있었는지를 알 수 있는 유일한 방법은 여기서 구조되는 것이었다.

지금 코라에게 필요한 건 이 감옥에 대해 알 수 있도록 들고 다닐 수 있는 촛불 한 자루였다. 플랫폼은 길이가 스물여덟 걸음, 벽에서 선로까지는 다섯 걸음 반이었다. 저 위 세상까지는 스물여섯 계단이었다. 바닥에 난 작은 문은 손바닥을 대보니 따뜻했다. 계단을 기어서 올라갈 때 어느 계단에서 치마가 걸리는지(여덟 번째 계단), 너무 빨리 내려올 때면 어디서 살갗이 자꾸 긁히는지(열다섯 번째)를 알아냈다. 코라는 플랫폼 한구석에서 빗자루를 본 게 기억났다. 코라는 시내에서 본 맹인 여자처럼, 도망 나올 때 시저가 지팡이를 짚고 늪을 건넜던 것처럼 빗자루로 바닥을 가늠했다. 그러다가 서툴렀는지 아니면 자만했던지 선로로 넘어졌다. 빗자루와 의지를 동시에 잃고, 코라는 그렇게 땅 위에 웅크리고 있었다.

나가야 했다. 그 긴 시간 코라는 멈추지 못하고 잔인한 장면을 생각해내고, 자신만의 '끔찍한 신비 박물관'을 연출했다. 비열하게 웃는 패거리에게 목이 매달린 시저. 노예 사냥꾼의 마차 바닥에서 곤죽이 되어 널브러진 채, 랜들 농장과 거기서 기다리는 처벌을 향해 벌써 절반은 간 시저. 착한 샘은 감옥에 갔으리라. 온갖 고초를 겪으며, 뼈가 부러지고 정신을 잃은 채 지하철도에 대해 추궁을 당하리라. 정체불명의 백인 추적대가 오두막의 검게 그을린 잔해들을 샅샅이 뒤지고, 바닥의 문을 열어 코라를 지독한 세상 속으로 내던지리라.

이런 것이 깨어 있을 때면 코라가 만들어내는 피로 얼룩진 장면들이었다. 악몽 속에서 전시는 더욱 기괴했다. 코라는 유리 진열창 앞을 서성거렸다. 고통을 사는 손님처럼. 박물관이 문을 닫은 뒤에 '노예선의 생활'에 갇혔고, 납치된 수백 명의 영혼이 갑판에서 울부짖는 동안 배는 바람을 기다리며 항구와 항구 사이에 떠 있었다. 그 옆 전시실에서는 미스 루시가 편지 봉투 칼로 코라의 배를 가르자 검은 거미 천 마리가 코라의 내장에서 쏟아져 나왔다. 코라는 훈제실의 그날 밤으로 몇 번이나 되돌아갔고, 병원에서 나온 간호사들이 코라를 찍어 누르고 있을 때 테런스 랜들이 꿀꿀거리면서 코라를 덮쳤다. 대개는 궁금증이 극에 달한 쥐나 벌레들이 코라를 깨워 악몽을 중단시키고 코라를 플랫폼의 어둠 속으로 되돌려놓았다.

손바닥 밑에서 배 속이 진동했다. 코라는 전에 코널리가 잘못한 노예들을 벌 준다며 배급을 끊었을 때도 굶은 적이 있었다. 그러나 일을 하려면 음식이 필요했고 목화 때문에 처벌은 금방 끝날 수밖에 없었다. 여기서 코라는 언제쯤 다시 먹을 수 있을지 알 길이 없었다. 기차가 늦어지고 있었다. 샘은 사악한 계획에 대해 말해주었던 그날 밤—집이 아직 멀쩡했을 때—다음 기차가 이틀 뒤에 온다고 했었다. 도착했어야 했다. 코라는 기차가 얼마나 늦어지는 것인지 알 수 없었지만, 연착은 어떤 식으로도 좋은 뜻이 아니었다. 어쩌면 이 노선이 없어졌는지도 몰랐다. 노선 전체가 발각되어 폐쇄되었는지도. 아무도 오지 않을 수도 있었다. 코라는 이 어둠 속에서 얼마나 멀지 알 수 없는 다음 역까지 걸어갈 기운이 없었다. 그 역에서 뭐가 기다리고 있든 마주칠 기운은 고사하고.

시저. 정신을 차리고 계속 앞으로 갔더라면 시저와 코라는 자유 주에 있었을 것이다. 왜 하찮은 노예 둘이 사우스캐롤라이나의 풍요를 누릴 자격이 있다고 생각했던 것일까? 새 삶이 바로 주 경계선 너머에, 그렇게 가까이 있었겠는가? 여전히 남부였고, 악마의 손가락은 길고 날렵했다. 결국 세상은 손목과 발목에 채워진 쇠사슬을 못 알아채게끔 가르쳤다. 사우스캐롤라이나의 족쇄는 새로운 형태―열쇠, 그 지역의 디자인이 새겨진 술잔들―였지만, 족쇄의 목적을 달성했다. 그들은 그리 멀리 가지 못했다.

코라는 바로 앞에 있는 자기 손도 볼 수 없었지만, 붙잡히는 시저의 모습은 몇 번이나 보았다. 공장에서 붙잡히고, 드리프트로 샘을 만나러 가는 길에 붙잡히고. 여자 친구 메그와 팔짱을 끼고 메인가를 걷다가도. 메그는 그들이 시저를 붙잡아 갈 때 울부짖고 그들은 메그를 보도로 밀친다. 코라가 시저의 여자 친구였다면 다른 점은 이거 하나였을 것이다. 둘 모두 붙잡혔을지 모른다는 것. 각자 다른 감옥에 혼자 갇히지는 않았을 것이다. 코라는 무릎을 가슴 앞으로 끌어당겨 두 팔로 감쌌다. 결국 코라는 그를 실망시킬 터였다. 코라는 끝내 버려졌다. 대농장에서만 버려진―아무도 돌봐줄 이 없는 고아가 된―것이 아니라 다른 모든 면에서도. 오래전, 어디쯤에선가 코라는 삶의 길에서 탈선했고 더 이상 사람들에게로 돌아갈 방법을 찾을 수 없었다.

땅이 약하게 흔들렸다. 앞으로, 이 늦은 기차의 도착을 떠올릴 때 코라는 그 진동을 기관차가 아니라, 코라가 언제나 알고 있었던 진실의 격렬한 도착으로 기억할 것이다. 자신은 모든 의미에서 버려졌다는 진실. 제 부족의 마지막 사람.

기차의 불빛이 선로 위로 마구 흔들렸다. 코라는 머리칼을 만져보고 그제야 여기 매장된 이후로 겉모습은 생각도 하지 못했다는 것을 깨달았다. 기관사는 그녀를 판단하지 않을 것이다. 그들의 비밀스러운 사업은 남다른 영혼들의 회합이었다. 코라는 플랫폼 위로 기차의 주황색 불빛이 따뜻한 비눗방울처럼 커지며 가까워지는 것을 바라보고 힘차게 손을 흔들었다.

기차는 역을 빠르게 스쳐 지나가 시야에서 사라졌다.

코라는 하마터면 선로로 고꾸라질 뻔했고, 기차를 보면서 며칠을 굶어 갈라진 쉰 목소리로 울부짖었다. 코라는 믿을 수 없다는 듯, 그 자리에 선 채 몸서리쳤다. 그때 기차가 멈추더니 선로에서 후진하는 소리가 들렸다.

기관사가 미안해했다. "내 샌드위치도 먹을래요?" 그의 물통에서 물을 벌컥벌컥 들이켜는 코라에게 그가 물었다. 분명 그는 그냥 하는 말이었지만, 코라는 먹었다. 심지어 전에는 돼지 혀를 좋아한 적이 없었는데도.

"당신 여기 있으면 안 되는 건데." 소년이 안경을 고쳐 쓰며 말했다. 빼빼 마른 모범생 타입의 그는 열다섯도 채 되지 않은 것 같았다.

"근데, 있네요, 안 그래요?" 코라는 손가락을 핥았고 흙 맛이 났다.

소년은 코라의 꼬이고 꼬인 이야기를 듣는 동안, 작업복 주머니에 엄지손가락을 걸친 채로 놀라 뒷걸음질 치면서 "아이쿠!" "세상에 맙소사!"를 연발했다. 그는 코라가 시내 광장에서 봤던 공놀이하는 백인 꼬마들처럼 천진하게 말했는데, 그가 하는 일의 특성은 말할 것도 없고 그의 피부색과도 전혀 어울리지 않았다. 그가 어떻게 기관차를 몰게 되었는지에도 사연이 있겠지만, 지금은 흑인 소년들의 믿기 어려운 과거사를 들을 때가 아니었다.

"조지아 역은 닫혔어요." 그가 파란 모자 아래로 머리를 긁적이며 마침내 말했다. "가까이 가지 말라고 하더라고요. 순찰대가 발견한 게 틀림없어요, 내 생각에는." 그는 기관사 칸으로 올라가 요강을 갖고 나오더니, 터널 가장자리로 가서 요강을 비웠다. "윗분들이 여기 역장에게서 아무 소식도 듣지 못했어요. 그래서 나도 그냥 지나간 거고요. 이 역은 내 시간표에는 없어요." 그는 바로 떠나고 싶어 했다.

코라는 망설이며, 마지막으로 한 번 계단을 바라보지 않을 수 없었다. 불가능한 승객. 코라는 기관사 칸을 향해 발걸음을 뗐다.

"여기는 안 돼요!" 소년이 소리쳤다. "제한 구역이에요."

"내가 저기 탈 거라고 생각하는 건 아니겠죠." 코라가 말했다.

"모든 승객이 이 기차의 객차를 탑니다, 숙녀분. 그 점은 꼭 지켜주셨으면 좋겠어요."

무개화차를 객차라고 부르다니 어이가 없었다. 그것은 코라가 사우스캐롤라이나로 올 때 탔던 것과 비슷한 화차였지만, 밑에만 비슷했다. 널따란 나무판이 벽이나 천장도 없이 차대에 고정되어 있었다. 코라가 그 위에 오르자 소년의 출발 준비에 기차가 덜컥거렸다. 그는 고개를 돌려 승객을 향해 어울리지 않게 힘차게 손을 흔들었다.

대형 화물용 띠와 밧줄이 바닥에 뱀처럼 풀어져 있었다. 코라는 무개화차의 한가운데 앉아서 끈 하나를 허리에 세 번 두르고, 두 개는 단단히 붙들어 고삐처럼 만들었다. 코라는 고삐를 당겼다.

기차가 요동하며 터널 속으로 들어갔다. 북쪽으로. "전원 승차 완료!" 기관사가 소리쳤다. 책임이 막중한 일을 하는데도 저 아이는 단순하구나, 코라는 생각했다. 코라는 뒤를 돌아보았다. 그녀의 지하 감옥이 다시 어둠의 손아귀로 들어가며 작아지고 있었다. 코라는 자신이 이 차의 마지막 승객일지 궁금했다. 다음 여행자는 지체하지 말고 계속 선로를 따라서, 자유를 향한 길로 올라가기를.

사우스캐롤라이나로 오는 여정에서, 코라는 사납게 요동치는 화차 안에서 시저의 따뜻한 몸에 기대 웅크리고 잤다. 그다음에 탑승한 기차에서는 잠을 자지 않았다. 이 이른바 객차는 그때의 유개화차보다 더 튼튼했지만, 밀려드는 공기 때문에 기차에 탄 게 아니라 거센 바람을 온몸으로 맞는 것 같았다. 때때로 코라는 숨을 쉬기 위해 몸을 돌려야 했다. 기관사는 이전 기관사보다 더욱 거침이 없어서 더 빨리 달렸고 이 기계를 정신없는 속도 속으로 밀어 넣었다. 무개화차는 커브를 돌 때면 펄쩍 뛰어올랐다. 코라는 바다에 가장 가까이 가본 것이 자연의 신비 박물관에서 일할 때였다. 이 널빤지는 코라에게 배와 돌풍이 뭔지 가르쳐주었다. 무슨 노래인지 알 수 없는 기관사의 콧노래가, 강풍을 타고 북쪽에서 온 파편처럼 뒤로 실려 왔다. 결국 코라는 포기하고 손가락을 판자 사이에 끼우고 엎드려 누웠다.

"거기 있을 만해요?" 기차가 멈추었을 때 기관사가 물었다. 그들은 역이 보이지 않는 터널의 한가운데 있었다.

코라는 고삐를 당겼다.

"좋아요." 소년이 말했다. 그는 이마에서 검댕과 땀을 닦아냈다. "절반 정도 온 거예요. 다리 저려서 혼났네." 그는 보일러 옆면을 두드렸다. "이분이 좀 오래되셔서, 덜커덕거린답니다."

기차가 다시 움직이고 나서야 코라는 그들이 어디로 가고 있느냐고 묻지 않았다는 것을 깨달았다.

럼블리의 농가 밑에 있던 역은 색색깔 돌로 섬세한 문양이 장식되어 있었고, 샘의 역은 벽면에 나무판이 덧대어져 있었다. 이 역을 지은 사람들은 고집스러운 흙을 난도질하고 뒤엎어놓고는 꾸미려는 시늉도 하지 않아서, 그들의 애쓴 흔적이 그대로 드러나 있었다. 흰색과 주황색, 녹빛의 땅속 정맥들이 들쭉날쭉하고 움푹 패고 울퉁불퉁한 땅에 줄무늬를 그렸다. 코라는 산의 배 속에 서 있었다.

기관사가 벽에 걸린 홰에 불을 붙였다. 일꾼들은 작업을 끝내고 치우지 않고 갔다. 장비가 담긴 상자들과 굴착 장치로 플랫폼은 발 디딜 틈 없는 작업장 같았다. 둘은 빈 폭약 상자를 골라 의자 삼아 앉았다. 코라는 물통 여러 개 중 하나를 집어 맛을 보았다. 물맛이 신선했다. 터널 속에서 빗발치는 흙먼지를 다 맞고 왔더니 입안이 쓰레받기였다. 코라가 한참을 물을 마시는 동안 기관사는 몸을 꼼지락거리며 코라를 바라보았다. "여기가 어디예요?" 코라가 물었다.

"노스캐롤라이나." 그가 대답했다. "전에는 이용객이 많았던 역이라고 들었어요. 더는 그렇지 않지만."

"역장은?"

"만난 적은 없지만, 분명 좋은 분일 거라고 생각해요."

그는 이 갱 속에서 저 시커먼 것을 운전하기 위해 좋은 성품과 인내심이 필요했을 것이다. 샘의 오두막 아래에서 며칠 지내고 나서부터 코라는 도전이 싫어졌다. "그쪽이랑 같이 갈래요." 코라가 말했다. "다음 역은 어디예요?"

"그걸 진작 말하려고 했는데요, 숙녀분. 난 정비 담당이에요." 그는 기차를 운전하기는 했지만, 나이 때문에 사람을 실어 나르지는 않는다고 했다. 조지아 역이 폐쇄된 이후—자세한 이야기는 모르지만, 들리는 말에 의하면 역이 발각된 것 같다고 했다—그들은 운행을 변경하려고 전체 노선을 점검하고 있었다. 코라가 기다리고 있던 기차는 취소된 것이었고, 그는 다음 기차가 언제 지나갈지는 알지 못했다. 그의 임무는 상황을 보고하는 것이어서 이제 환승역으로 돌아가야 했다.

"다음 역까지 나를 데려다줄 수 없어요?"

그가 등불을 들어 플랫폼 끄트머리를 가리켰다. 터널은 15미터쯤 앞에서 들쑥날쑥하게 끝나 있었다.

"우리가 저기서 분기점을 지났거든요. 이제 남쪽으로 가요." 그가 말했다. "확인을 다 했으니까 난 이제 차고로 돌아가봐야 돼요."

"나는 남쪽으로는 못 가요." 코라가 말했다.

"역장이 올 거예요. 장담해요."

코라는 그 바보 같은 아이마저도 사라지니 보고 싶어졌다.

코라에게는 불빛이 있었고, 사우스캐롤라이나에서는 없던 게 하나 더 있었다—소리. 새까만 물이 선로 사이에 고여 있었는데, 역의 천장에서 꾸준하게 떨어지는 것이었다. 천장의 돌은 붉은 얼룩이 있는 흰색으로, 꼭 채찍을 맞아 흘러나온 피가 배어든 셔츠 같았다. 그래도 코라는 그 소음이 반가웠다. 물도 많이 마셨고, 횃불도 있고, 노예 사냥꾼들로부터 멀리 떨어졌다. 노스캐롤라이나는 진전이었다. 적어도 겉으로 보기에는.

코라는 구석구석 살펴보았다. 역은 대충 깎아 만든 터널에 딱 붙어 있었다. 버팀목이 나무 천장을 떠받치고 있었고 바닥에 돌부리가 많아 코라를 넘어뜨렸다. 코라는 먼저 왼쪽으로 가보기로 하고 벽에서 흘러나와 고인 물을 뛰어넘었다. 녹슨 연장들이 통로에 널브러져 있었다. 끌, 큰 망치, 곡괭이—산과 싸우려면 필요했을 무기들. 공기는 축축했다. 벽을 손으로 훑어보니 새하얀 흙먼지가 묻어났다. 긴 통로의 끝에는 사다리 가로대가 돌 속에 박혀 있었는데, 사람 한 명이 겨우 들어갈 비좁은 통로로 이어졌다. 코라는 횃불을 들었다. 가로대가 얼마나 멀리까지 박혀 있는지는 알 방법이 없었다. 코라는 용기를 내 올라가봤지만 통로 맞은편은 점점 좁아지다가 침울하게 끝났다.

몇 미터 올라와보니 코라는 왜 일꾼들이 연장을 버렸는지 알 수 있었다. 돌과 흙의 둔덕이 바닥부터 천장까지 버티고 서서 터널을 막아버렸다. 코라가 두려워했던 대로, 터널은 붕괴된 갱을 타고 30미터 정도 펼쳐지다 끝나 있었다. 다시 한번 갇힌 것이다.

코라는 바위 위로 쓰러져 울다가 잠이 들었다.

역장이 코라를 깨웠다. "이런!" 그가 외쳤다. 그의 둥글고 붉은 얼굴이 돌무더기 맨 위 틈새에서 쑥 나타났다. "이런, 세상에!" 그가 말했다. "여기서 뭘 하고 있는 거니?"

"저는 승객이에요, 역장님."

"이 역이 폐쇄된 거 안 보여?"

코라는 기침을 하며 일어서서 더러운 치마를 바로잡았다.

"아, 세상에, 세상에."

그의 이름은 마틴 웰스였다. 그들은 함께 돌무더기를 내려 구멍을 넓혔고 코라는 몸을 비집고 들어가 반대편으로 넘어갔다. 그는 최고급 마차에서 내리는 숙녀를 돕듯이 코라가 평평한 땅으로 기어 나올 수 있도록 도왔다. 몇 번 모퉁이를 돌자 터널의 입구가 희미하게 손짓했다. 산들바람이 살갗을 간지럽혔다. 코라는 공기를 물처럼 벌컥벌컥 들이마셨다. 저 아래에 한참 있다

나오니 밤하늘은 코라가 먹어본 최고의 정찬, 별들은 즙이 흘러넘치는 농익은 과일이었다.

역장은 배가 술통같이 나온 중년 남자였는데, 피부는 창백하고 마음씨가 여렸다. 지하철도 역장이라면 위험과 사고에 익숙할 법한데도 그는 불안해하는 기색이 역력했다. "여기 있으면 안 되는데." 그가 기관사가 한 말을 똑같이 되풀이했다. "너무 유감스러운 때 내렸어."

마틴은 설명을 하는 중간중간 숨을 몰아쉬면서, 땀에 전 반백의 머리칼을 얼굴에서 연신 쓸어냈다. 야간 기마단이 순찰을 돌아서 역장과 승객이 위험에 빠지는 수가 있다고 그가 설명했다. 오래된 운모* 갱은 너무 먼 데 있고 오래전에 인디언들에게 다 채굴되었지만, 단속 담당자들은 동굴과 갱을 주기적으로 확인했다. 탈주자가 법을 피해 은신처로 삼을 수 있는 곳이기 때문이었다.

코라를 그토록 낙담시켰던 무너진 갱은 그 밑에서 운행되고 있는 기차를 위장하기 위한 전략이었다. 위장은 성공했지만, 노스캐롤라이나의 새 법이 역을 무용지물로 만들었다—그가 광산에 온 것은 더 이상 승객을 받을 수 없다는 메시지를 지하철도에 남기기 위해서였다. 코라, 아니 그 어떤 탈주자라도 숨겨주는 문제에 있어서 마틴은 어느 모로도 준비가 되어 있지 않았다. "특히 현재 상황을 고려하면 더." 그는 마치 순찰대가 골짜기 끝에서 기다리고 있기라도 한 듯 목소리를 낮췄다.

마틴은 코라에게 가서 마차를 가져오겠다고 했지만, 코라는 그가 다시 돌아올지 마음이 놓이지 않았다. 그는 오래 걸리지 않을 것이라고 재차 말했다—날이 밝아오고 있었고 그러면 코라를 이동시키기는 불가능할 거라면

---

* 철, 망간, 마그네슘 등으로 이루어진 광물의 일종.

서. 코라는 살아 있는 세상으로 나와 있는 것이 너무도 감사했기 때문에 결국 그의 말을 믿기로 했고, 그가 깡마른 짐수레 말 두 필이 이끄는 낡아빠진 마차를 몰고 다시 나타났을 때는 하마터면 그를 와락 안을 뻔했다. 그들은 곡물과 씨앗 자루를 옮겨서 조그만 공간을 만들었다. 코라가 마지막으로 이런 식으로 숨어야 했던 때에는 두 명을 위한 공간이 필요했었다. 마틴이 짐 위로 방수포를 덮었고 마차는 덜커덩거리며 출발했다. 그가 불경한 말들을 내뱉는 사이 마차는 도로에 접어들었다.

얼마 가지 않아 마틴이 말을 멈추었다. 그는 방수포를 걷었다. "곧 해가 뜰 테지만, 이걸 봤으면 해서."

코라는 그게 무슨 말인지 곧바로 이해하지 못했다. 시골길은 고요했고, 양쪽 길가에는 나무들이 빽빽하게 자라 지붕을 이루고 있었다. 코라는 형체 하나를 보았고, 다른 하나를 또 보았다. 그러고는 마차 밖으로 나왔다.

나무에 시체들이 썩어가는 장식물처럼 매달려 있었다. 일부는 알몸이었고, 옷을 조금 걸친 것도 있었는데, 목이 부러질 때 장에 든 것이 다 쏟아져 나오면서 바지가 시커메져 있었다. 코라에게 가장 가까운 쪽 시체 두 구의 역겨운 상처들이 역장의 등불 속에서 선명히 드러났다. 하나는 성기가 잘렸는데, 그의 남성이 있던 곳에 추한 구멍이 입을 떡 벌리고 있었다. 다른 하나는 여자였다. 여자의 배는 불룩했다. 코라는 임신한 몸을 그렇게 가까이서 본 적이 한 번도 없었다. 그들의 튀어나온 눈은 코라를 꾸짖는 듯했지만, 태어난 날부터 그들을 매질해온 이 세상에 비하면 휴식을 방해하는 한 소녀의 시선이 대수겠는가?

"사람들은 이제 이 길을 '자유의 길'이라고 하지." 그가 다시 마차에 방수포를 덮으며 말했다. "이 시체들이 시내까지 가는 길 내내 걸려 있어."

기차는 도대체 어떻게 생긴 지옥에 코라를 내려놓은 것인가?

그다음에 마차에서 몸을 일으켰을 때 코라는 마틴의 노란색 집 옆면을 살금살금 걸었다. 하늘이 밝아오고 있었다. 마틴은 마차를 될 수 있는 대로 마당 깊숙한 곳까지 가서 세웠다. 마틴의 집 앞뒤로 있는 집들은 꽤 가까웠다—말 소리에 누구라도 깬다면 코라를 볼 수 있었다. 집 앞으로 난 길이 코라의 눈에 들어왔고, 그 너머로는 잔디밭이 펼쳐져 있었다. 마틴은 어서 들어가라고 재촉했고 코라는 집 뒤 포치로 올라가 안으로 들어갔다. 잠옷 바람의 키 큰 백인 여자가 주방 벽에 기대서 있었다. 그녀는 레모네이드를 한 모금 홀짝이고 코라는 쳐다보지도 않고 말했다. "너 때문에 우리가 죽고 말 거야."

그 사람은 에설이었다. 에설과 마틴은 결혼 생활 35년째였다. 마틴이 세면대에서 떨리는 손을 씻는 동안 부부는 말을 하지 않았다. 코라는 갱에서 기다리고 있을 때 그들이 자신을 두고 말다툼을 했다는 것을 알 수 있었고, 문제가 눈앞에 닥쳤으니 그 싸움은 다시 시작될 것이었다.

마틴이 마차를 창고로 다시 집어넣는 동안 에설은 코라를 위층으로 안내했다. 코라는 응접실을 잠깐 살펴보았는데, 가구들은 소박했다. 마틴의 경고를 들은 뒤였기 때문에 창문으로 들어오는 아침 햇살에 코라의 발걸음이 빨라졌다. 에설의 긴 백발은 등 중간까지 내려왔다. 그녀의 걸음걸이가 코라를 불안하게 만들었다—꼭 너무 화가 나서 공중에 떠다니는 것 같았다. 에설은 계단 맨 꼭대기에서 멈추더니 욕실을 가리켰다. "너 냄새 난다." 그녀가 말했다. "얼른 끝내라."

코라가 다시 복도로 나왔을 때 에설은 다락방으로 이어지는 계단을 올라가라고 명령했다. 코라의 머리는 작고 더운 방의 천장에 거의 닿을 지경이었다. 뾰족한 지붕의 경사진 두 벽 사이에 있는 다락방은 몇 년 동안 버려둔 물건들로 발 디딜 틈이 없었다. 망가진 빨래판 두 개, 좀먹은 누비이불 무더기, 좌석이 떨어져 나간 의자들. 광택 없는 가죽을 씌운 흔들 목마가 방 한구석, 노란 벽지가 벗겨져 말려 올라간 곳 밑에 놓여 있었다.

"이제는 저걸 가려야만 할 거다." 에설이 창문을 가리켰다. 에설은 벽에서 상자를 하나 끌어와 그 위에 올라서서 천장에 있는 쪽문을 밀며 말했다. "이리 와, 이리." 그녀의 얼굴이 일그러졌다. 그녀는 아직도 이 도망자를 쳐다보지 않았다.

코라는 가짜 천장 위 비좁은 구석으로 몸을 끌어 올렸다. 바닥에서 천장까지는 90센티미터 정도, 길이는 4.5미터쯤 되었다. 코라는 곰팡내 나는 신문과 책 무더기를 옮겨서 공간을 더 만들었다. 코라는 에설이 계단을 내려가는 소리를 들었고, 남편이 돌아오자 그녀는 코라에게 먹을 것과, 물 한 잔, 요강을 갖다 주었다.

에설은 코라를 처음으로 쳐다보았는데, 쪽문이 그녀의 해쓱한 얼굴을 두르고 있었다. "일 하는 애가 곧 온다." 그녀는 말했다. "개가 네 소리를 듣는다면 우리를 고발할 거고 그러면 그들이 우리를 다 죽일 거다. 우리 딸과 딸네 가족이 오늘 오후에 도착해. 네가 여기 있는 걸 딸네가 알아선 안 된다. 알아듣니?"

"얼마나 오래 있을까요?"

"이 멍청한 것아. 소리를 내지 말라고. 그 어떤 소리도. 누구라도 네 소리를 들으면 우리는 끝장이야." 그녀는 쪽문을 당겨 닫았다.

빛과 공기가 들어오는 유일한 곳은 거리를 향해 나 있는 벽의 구멍이었다. 코라는 서까래 아래에서 몸을 구부리고 그쪽으로 기어갔다. 삐죽삐죽한 구멍이 안쪽에서 나 있었는데, 이곳에서의 하숙이 마음에 들지 않았던 이전 거주자의 작품이었다. 코라는 그 사람은 지금 어디에 있을지 궁금했다.

그 첫날, 코라는 길 건너편으로 보이는 잔디 공원의 생활을 알게 되었다. 코라는 그 작은 구멍에 눈을 바싹 갖다 대고 눈을 움직여가며 전체 풍경을 구경했다. 목재로 장식된 2, 3층 집들이 공원을 둘러싸고 면해 있었는데, 다 똑같이 생겼지만 페인트 색깔과 기다란 포치에 놓인 가구 종류로 구별되었다. 깔끔하게 벽돌을 깐 보도가 풀밭 사이로 이리저리, 커다란 나무들과 그 풍성한 가지의 그림자 안팎으로 구불구불 이어졌다. 정문 근처에서 분수가 흐르고, 그 주변에 빙 둘러 있는 키 작은 돌 벤치들에는 해가 떠오르자 금세 사람들이 차고 밤늦게까지도 계속 붐볐다.

새 모이로 주려고 빵 부스러기를 손수건에 한가득 담아 온 노인들, 연을 날리고 공놀이를 하는 아이들, 연애의 마법에 걸린 젊은 연인들이 차례차례 오갔다. 갈색 개 한 마리가 모두의 인식 속에 낑낑거리고 날쌔게 움직이기도 하면서 한 자리를 차지하고 있었다. 오후내 아이들은 개를 쫓아 풀밭으로 또 공원 한쪽 끝의 견고한 흰색 연주대로 뛰어다녔다. 개는 잔디밭을 군림하는 거대한 떡갈나무와 벤치 그늘 아래서 위풍당당하게 편안한 모습으로 졸았다. 시민들이 주는 뼈다귀와 간식을 게걸스럽게 먹어치우는 그 개를 보며 코라는, 잘 먹이고 있구나 생각했다. 그 광경에 코라의 배 속은 매번 요동쳤다. 코라는 개에게 메이어*라는 이름을 붙여주었다.

해가 높이 떠오르고 공원이 정오의 사람들로 붐비면서, 이 은신처는 더위에 끔찍한 용광로로 바뀌었다. 밤새 공원을 망본 후에는 다락의 다른 쪽 구석으로 기어가서 머릿속으로 시원한 오아시스를 상상하는 것이 코라의 주된 일과가 되었다. 코라는 이 집의 하녀 피오나가 있는 낮에는 주인 부부가 자신을 찾아오지 않는다는 것을 알게 되었다. 마틴은 차고에서 볼일을 봤고, 에설은 모임에 다녀왔지만, 피오나는 늘 아래층에 있었다. 피오나는 어렸고, 거센 아일랜드 억양을 썼다. 코라는 피오나가 일하면서 한숨을 내쉬고, 자리를 비운 집주인들에게 욕설을 퍼붓는 소리를 들었다. 첫날 피오나는 다락방에 들어오지 않았지만, 코라는 발소리만 들어도 저 옛날 항해 친

---

* Mayor. 영어로 시장(市長)이라는 뜻.

구 존 선장처럼 뻣뻣하게 굳었다. 그 첫날 아침 에설의 경고는 괜한 것이 아니었다.

코라가 도착한 날 손님들이 더 있었다—마틴과 에설의 딸인 제인, 그리고 제인의 가족이었다. 밝고 싹싹한 태도로 볼 때 딸은 아버지를 닮았다고 코라는 생각했고, 마틴을 견본 삼아서 그녀의 얼굴이 넙적할 것이라고 상상했다. 사위와 두 손녀들은 끊임없이 소란을 피웠고, 온 집 안을 쿵쿵거리며 다녔다. 한번은 꼬마들이 다락방으로 올라오려고 했지만 유령의 버릇과 습관에 대해 심도 있는 이야기를 나눈 뒤 생각을 고친 모양이었다. 이 집에 실제로 유령이 있었지만, 그 유령에겐 절그럭거리든 안 절그럭거리든 이제 사슬이 없었다.

저녁이 되어도 공원은 계속 붐볐다. 이 마을의 중심가가 분명 근처에 있을 거라고 코라는 생각했다. 파란색 깅엄 체크무늬 원피스를 입은 부인들 몇이 연주대에 하얀색과 파란색 깃발 장식을 달고 있었다. 오렌지잎으로 만든 화환이 화사함을 더했다. 가족들은 담요를 펼치고 바구니에서 먹을거리를 꺼내 무대 앞자리를 맡아두었다. 공원 바로 옆에 사는 사람들은 주전자와 유리잔을 들고 포치에 나와 모여 있었다.

노예 사냥꾼들이 그들을 찾아낸 이후로 연이은 악재와 불편한 도피 생활에 정신이 없어서, 코라는 공원의 중요한 특징을 곧바로 알아채지 못했다. 바로 모두가 백인이라는 것. 코라는 시저와 함께 도망을 나오기 전까지는 대농장을 한 번도 떠나본 적이 없었고, 그래서 도시에 인종이 섞여 있는 모습을 사우스캐롤라이나에서 처음 보았다. 메인가에서, 가게에서, 공장과 사무실에서, 어디를 가든 곳곳에 흑인과 백인이 온종일 자연스레 섞여 있었다. 사람이 하는 상업이란 그렇지 않고서는 시들해졌다. 자유이든 속박 상태에 서든 아프리카인은 미국인들과 분리되어 있을 수 없었다.

노스캐롤라이나에서 흑인은 극단에 내몰려 있었다.

건장한 청년 두 명이 부인들이 연주대 위에 현수막을 거는 것을 도왔다. 금요 축제. 악단이 무대에 올랐고, 분위기를 돋우는 그들의 음악 소리가 공원에 흩어졌던 이들을 모아들였다. 코라는 쭈그리고 앉아 얼굴을 벽에 바싹 갖다 댔다. 밴조 연주자가 기량이 뛰어났고, 호른과 바이올린 연주자는 그보다 못했다. 그들의 선율은 코라가 랜들 대농장이나 다른 데서 들은 흑인 연주자들의 음악에 비하면 심심했지만, 마을 사람들은 그 단조로운 리듬을 즐거워했다. 악단은 코라도 알고 있는 흥거운 흑인 노래 두 곡으로 무대를 마무리했는데, 그 순서가 그날 밤 공연 중 가장 인기가 좋았다. 저 아래 포치에서 마틴과 에설의 손녀들이 소리를 지르고 손뼉을 쳤다.

구깃구깃한 리넨 양복 차림의 남자가 무대로 올라와 짤막한 인사말을 했다. 마틴은 나중에 그는 절제된 생활로 마을에서 존경받는 인물인 테니슨 판사라고 알려주었다. 오늘 밤 그는 취했는지 비틀거렸다. 코라는 다음 무대, 깜둥이 쇼를 소개하는 판사의 설명을 알아들을 수 없었다. 그런 게 있다고는 들었지만 그 졸렬한 희화화를 한 번도 직접 본 적이 없었다. 사우스캐롤라이나의 저녁, 흑인들의 극장에서 본 것과는 달랐다. 태운 코르크로 얼굴을 검게 칠한 백인 남자 두 명이 연달아 촌극을 하며 추태를 부리자 공원에서는 떠나갈 듯 웃음이 터졌다. 아무렇게나 입은 촌스러운 옷에 높다란 실크해트를 쓴 그들은 목소리를 변조해서 흑인들의 말을 과장되게 흉내 냈다. 사람들이 웃는 이유가 이것인 듯했다. 더 마른 공연자가 다 떨어진 부츠를 벗고 발가락을 어디까지 셌는지 자꾸만 까먹고는 세고 또 세어보는 장면이 가장 큰 반응을 이끌어냈다.

마지막 공연은 판사가 호수의 고질적인 배수 문제를 언급한 다음에 이어졌는데, 짤막한 연극이었다. 코라가 배우들의 움직임과, 숨이 막힐 것 같은 다락방 구석으로 들려오는 단편적인 대화들로 추측해볼 때 그 연극은 노예에 관한 것으로—백인 남자가 역시 태운 코르크로 얼굴을 검게 칠했는데,

목과 손목으로는 분홍색이 보였다—그 노예는 주인에게 가벼운 꾸지람을 들고 북쪽으로 탈출을 했다. 그는 탈출의 여정에서 고생을 했고, 배고프고 춥고 맹수들이 있다며 뿌루퉁하게 독백을 했다. 북부에서 어느 술집 주인이 그를 고용한다. 술집 주인은 무자비한 인간으로, 말 안 듣는 노예를 시도 때도 없이 때리고 모욕을 주고, 임금과 존엄성을 빼앗으며 북부 백인들의 매정함을 보여준다.

마지막 장면은 주인집 현관에 있는 노예의 모습으로, 역시 도망 노예지만, 이번에는 자유 주라는 거짓된 약속에서 도망쳐 나온 것이었다. 그는 자신의 어리석음을 한탄하고 용서를 빌면서 자신을 예전의 자리로 되돌려달라고 간청한다. 주인은 친절하고 인내심 있게 그것은 불가능하다고 설명한다. 노예가 없어진 사이 노스캐롤라이나가 바뀌었기 때문이다. 주인이 휘파람을 불자 순찰대 두 명이 바닥에 엎드려 있던 노예를 끌고 간다.

마을 사람들은 이 공연의 교훈을 깊이 새겼고 박수 소리로 공원이 떠나갈 듯했다. 이제 걸음마를 시작한 아기들은 아버지 어깨에 올라 손뼉을 쳤고, 코라는 허공에 대고 이빨을 드러내고 있는 메이어를 보았다. 코라는 이 마을이 얼마나 큰지 알지 못했지만 지금 모든 시민이 공원에 나와 뭔가를 기다리고 있는 것 같은 느낌이 들었다. 이날 저녁의 진짜 목적이 드러났다. 흰 바지에 선홍색 외투를 걸친 건장한 청년이 무대로 올라왔다. 그는 크지 않은 체구에도 힘 있고 권위 있게 행동했다—코라는 극적인 돌격의 순간을 연출하고 있던 박물관의 박제 곰이 떠올랐다. 그는 양 끝을 말아 올린 콧수염의 한쪽을 손으로 꼬면서 청중들이 조용해질 때까지 인내심 있게 기다렸다. 그의 목소리는 단호하고 분명해서 그날 처음으로 코라는 한 마디도 놓치지 않고 들을 수 있었다.

그는 공원에 있는 모두가 그가 누구인지 알았지만 자신을 재미슨이라고 소개했다. "매주 금요일 아침에 일어날 때 저는 힘이 솟습니다." 그가 말했다. "몇 시간 후면 우리가 여기 다시 모여서 우리의 행운을 축하하겠구나 생각하기 때문입니다. 우리의 단속 담당자들이 어둠을 단속하기 전까지, 숱한 밤들을 저는 잠을 이루지 못했습니다." 그가 연주대 옆에 모여 있는 무서워 보이는 50명 무리에게 손짓을 했다. 남자들이 재미슨의 칭찬에 손을 흔들고 고개를 끄덕이는 동안 마을 전체가 환호했다.

재미슨은 군중에게 소식을 전했다. 그날 하늘이 단속 담당자 한 명에게 아들을 선물로 주었고, 생일을 맞은 사람도 둘 있었다. "오늘 밤 우리는 새 단원을 뽑았습니다." 재미슨이 말을 이었다. "이번 주 야간 기마단에 합류한 훌륭한 가문 출신의 청년입니다. 올라와서 얼굴을 좀 보여드리지, 리처드."

붉은 머리칼에 호리호리한 소년이 머뭇거리며 앞으로 나왔다. 동료들처럼 그도 검은 바지와 두꺼운 천으로 된 하얀 셔츠를 단복으로 입고 있었는데, 셔츠 깃이 낙낙했다. 소년은 웅얼거렸다. 소년과 대화하는 재미슨의 말을 통해 코라는 그 신입이 카운티를 몇 차례 순찰하면서 기마단의 규약을 익혔다는 것을 알게 되었다.

"그리고 아주 상서로운 출발을 했지, 안 그런가, 젊은이?"

멀쑥한 소년은 고개를 재빠르게 까딱거렸다. 그 어리고 가냘픈 체구에 코라는 마지막 지하철도의 기관사가 떠올랐다. 이 소년의 주근깨투성이 피부는 더 밝은 색이었지만 어설픈 열의는 똑같았다. 어쩌면 같은 날 태어났을지도 모르나, 전혀 다른 단체의 규칙과 환경을 위해 봉사하고 있었다.

"기마단원이라고 해서 다들 첫 주부터 수확을 올리는 것이 아닙니다." 재미슨이 말했다. "이 어린 리처드가 우리를 위해 무엇을 했는지 보십시오."

야간 기마단 둘이 흑인 소녀 한 명을 무대로 끌고 왔다. 하녀 일을 할 법한 가녀린 체구의 소녀는 멍청하게 히죽이면서 몸을 더 움츠렸다. 소녀의 너덜거리는 회색 튜닉은 피와 오물로 얼룩져 있었고, 머리는 아무렇게나 삭발이 되어 있었다. "리처드가 테네시주로 가는 증기선의 화물칸을 수색하다가 그 밑에 숨어 있는 이 몹쓸 것을 찾아냈습니다." 재미슨이 말했다. "이름이 루이자랍니다. 대농장이 구조를 바꾸느라 혼란한 틈을 타서 무단이탈하고 몇 달을 숲에 숨어 있었습니다. 이 노예가 우리 시스템의 논리를 이탈했다고 봐도 되겠지요."

루이자는 고개를 잠깐 들어 사람들을 훑고는 가만히 있었다. 눈에서 피가 너무 많이 나서 그녀를 괴롭히는 이 사람들을 보기도 어려울 것 같았다.

재미슨이 하늘에 있는 뭔가에 반항이라도 하듯 허공으로 주먹을 치켜들었다. 밤이 그의 적이군, 코라는 생각했다. 밤과, 그가 그 안에 채워 넣은 유령들이. 어둠 속에서 검은 악당들이 시민들의 아내와 딸들을 범하려고 숨어 도사리고 있다고 그는 말했다. 멸하지 않는 어둠 때문에, 남부에서 물려받은 그들의 유산이 무방비로 위험에 처해 있었다. 야간 기마단은 그것을 안전하게 지켰다. "우리 한 사람 한 사람 모두는 이 새로운 노스캐롤라이나와 노스캐롤라이나의 권리를 위해 희생했습니다." 재미슨이 말했다. "북부의 간섭과 열등 종족의 오염으로부터 자유로운, 우리가 만든 이 분리된 나라를 위해서요. 검은 무리는 퇴출되었고, 오래전 이 나라의 순수함에 가해진 실수를 바로잡았습니다. 어떤 사람들, 주 경계선 바로 너머에 있는 우리 형제들은 검둥이들의 발전이라는 말도 안 되는 개념을 받아들였습니다. 당나귀에게 산수를 가르치는 게 더 쉽겠지요." 그는 몸을 숙여 루이자의 머리를 문질렀다. "이상한 것을 발견했을 때 우리의 할 일은 분명합니다."

군중은 늘 하던 의식에 따라 반으로 갈라졌다. 재미슨이 행진에 앞장서자 야간 기마단은 공원 한가운데에 있는 커다란 떡갈나무로 소녀를 끌고 갔다. 코라는 그날 공원 한구석에서 바퀴 달린 연단을 보았다. 아이들이 오후 내내 그 위에 올라가서 폴짝거리며 놀았었다. 저녁이 되자 언제 옮겼는지 그 연단이 떡갈나무 밑에 가 있었다. 재미슨이 자원자들을 부르자, 다양한 연령의 사람들이 연단 양쪽으로 순식간에 달려가 자기 자리에 섰다. 올가미가 루이자의 목에 내려와 걸렸고 루이자는 연단 위로 내몰렸다. 한 야간 기마단이 많이 해봐서 정확성이 밴 손길로 밧줄을 두껍고 튼튼한 가지로 한 번에 던져 올렸다.

연단을 밀려고 모여든 사람들 중 한 명이 내쫓겼다―그는 이미 예전 축제에서 한 번 참여한 적이 있었다. 분홍색 물방울무늬 드레스를 입은 흑갈색 머리의 백인 처녀가 달려가 그 자리를 채웠다.

코라는 루이자가 허공에 매달리기 전에 고개를 돌렸다. 코라는 반대편으로, 그녀가 새로 들어온 우리의 반대편 구석으로 기어갔다. 이후로 몇 달 동안, 너무 숨이 막히지 않을 때면 코라는 그쪽 구석에서 잤다. 거기가 공원에서, 끔찍하게 울려대는 마을의 심장에서 최대한 멀리 떨어진 곳이었다.

마을이 고요해졌다. 재미슨이 명령을 내렸다.

그들 부부가 코라를 왜 계속 다락방에 가둬놨는지 설명하기 위해 마틴은 한참 전 이야기로 거슬러 올라가야 했다. 남부에서 모든 것이 그렇듯, 시작은 목화였다. 인정사정없는 목화라는 기관차는 아프리카인들의 육체라는 연료를 요구했다. 바다 건너에서 배가 아프리카인의 육체를 가져와 이 땅에서 일을 하고 더 많은 육체를 낳게 했다.

이 엔진의 피스톤은 지칠 줄 모르고 움직였다. 더 많은 노예들이 더 많은 목화로 이끌려 왔고, 이는 더 많은 목화를 재배할 더 많은 땅을 사들일 더 많은 돈으로 이어졌다. 노예무역이 끝나고 한 세대도 되지 않아 그 숫자는 걷잡을 수 없는 지경이 되었다. 검둥이들이 너무 많아진 것이다. 노스캐롤라이나에서는 백인들의 수가 노예보다 두 배 많았지만, 루이지애나와 조지아에서는 백인과 노예의 수가 거의 똑같았다. 사우스캐롤라이나 경계만 넘어도 흑인의 숫자가 백인의 숫자를 100만 명 정도 앞섰다. 노예들이 사슬을 끊고 자유를—또한 응징을 찾아 나설 때, 그다음 벌어질 일은 상상하기 어렵지 않았다.

조지아와 켄터키주, 남미와 카리브 제도에서 아프리카인들이 주인에게 달려드는, 짧지만 불편한 조우가 있었다. 사우샘프턴 봉기가 진압되기 이전에 터너와 그의 무리는 남자와 여자, 아이들 65명을 살해했다. 그에 대응해 민병대와 순찰대가 본보기를 세우려고 세 배로—공모자와 동조자, 그리고 아무 죄 없는 이들까지—죽였다. 질서를 명확히 하기 위해. 그러나 그 숫자는 남아서, 편견으로 가려지지 않은 진실을 보여주었다.

"여기서는 순경에 가장 가까운 존재가 순찰대란다." 마틴은 말했다.

"어디든 그렇죠." 코라가 말했다. "순찰대는 언제든 자기들 내킬 때 사람을 괴롭힐 수 있죠." 자정이 지난 시간이었고, 코라가 맞는 첫 번째 월요일이었다. 마틴의 딸과 가족이 집으로 돌아가고, 피오나 역시 길 아래쪽 아이리시타운의 자기 집으로 간 뒤였다. 마틴은 다락방 안에 있는 상자에 걸터앉아 부채질을 하고 있었다. 코라는 왔다 갔다 하면서 쑤시는 팔다리를 폈다. 며칠 동안 서 있지 못했던 것이다. 에설은 나타나지 않았다. 군청색 커튼이 창문에 덮여 있고 작은 촛불이 어둠 속에서 깜빡거렸다.

마틴은 그 시간에도 숨죽여 말했다. 옆집 아들이 기마단이었다.

노예 소유주의 집행자로서 순찰대는 곧 법이었다. 그들은 백인이고, 부정직하며, 무자비했다. 가장 낮고 가장 잔악한 계층, 너무 멍청해서 하다못해 감독관조차 되기 힘든 이들이 선발되었다. (코라는 무슨 말인지 안다는 뜻으로 고개를 끄덕였다.) 순찰대는 인종과 상관없이 누구든 아무 이유도 없이 불러 세울 수 있었다. 대농장 밖에서 붙잡힌 노예들은 매질을 당하거나 카운티 감옥에 가지 않으려면 통행증이 필요했다. 자유인 신분의 흑인들은 풀려났다는 증거를 가지고 다녀야지, 그러지 않으면 속박의 마수에 걸릴 수도 있었다. 실제로 가끔은 어떻게 해서인지 경매장으로 밀매되기도 했다. 반항적인 성질의 흑인들은 총에 맞아 죽을 수도 있었다. 그들은 노예 마을을 멋대로 수색하고, 자유인들의 자유를 가로채 집 안을 샅샅이 뒤지면서 그들이 힘들게 번 돈으로 산 리넨 양복을 빼앗아 가고 더러운 짓을 했다.

전쟁에서—노예들의 반란을 진압하는 것이 군대의 가장 영광스러운 소명이었다—순찰대는 본연의 임무를 넘어서 진정한 군인이 되었다. 코라가 상상하는 반란이란 밤하늘 아래 활활 타오르는 거대한 불길 속에서 벌어지는 대규모 유혈 전투였다. 마틴의 설명에 따르면 실제 봉기는 규모도 작고 난삽

했다. 노예들은 여기저기서 주운 무기들, 손도끼와 큰 낫, 식칼과 벽돌을 들고 마을의 길들을 걸어 다녔다. 흑인 변절자들에게 귀띔을 받은 백인 집행자들은 정교한 매복대를 조직했고, 미 육군 병력을 지원받아 더욱 강력해져서 반란자들을 총으로 대량 학살하고 말을 타고 끝까지 쫓아가 찾아냈다. 첫 번째 소집에서, 민병대가 소란을 진압하기 위해 순찰대에 합류해, 노예들의 숙소를 침입하고 자유인들의 집에 불을 질렀다. 용의자와 무고한 사람들로 감옥이 가득 찼다. 그들은 죄인들을 교수형에 처했고, 예방 차원에서 무고한 이들을 무더기로 죽였다. 살인에 대해 복수가 끝나자―더 중요하게는 백인들의 질서에 대한 모욕에 이자를 붙여서 되갚아주고 나자―시민들은 제 농장과 공장과 가게로 돌아갔고, 순찰대는 순찰을 재개했다.

반란은 진압되었지만, 흑인 인구의 방대함은 그대로였다. 인구조사 결과는 침울한 수치를 보여주었다.

"우리도 알지만, 말하지 않아요." 코라가 마틴에게 말했다.

마틴이 움직이자 상자가 삐걱거렸다.

"그리고 우리가 말한다면 그건 우리가 얼마나 큰지 누구 들으라고 하는 말이 아니에요." 코라가 말했다.

지난 가을 어느 쌀쌀한 저녁에, 노스캐롤라이나의 높은 자리에 앉은 남자들이 흑인 문제를 해결하기 위해 모였다. 시시각각 변하는 노예제 논쟁의 복잡성을 잘 알고 있는 정치인들. 목화라는 야수를 지금껏 몰아왔지만 고삐가 풀려나가고 있음을 느끼는 부농들. 그리고 아직 물렁물렁한 그들의 계획을 불가마에 넣어 영구적인 것으로 만드는 데 꼭 필요한 법조인들. 마틴은 재미슨이 상원의원과 지역 농장주로서 참석했다고 말해주었다. 긴 밤이었다고.

그들은 오니 개리슨의 응접실에 모였다. 오니는 '정의의 언덕' 꼭대기에 살았는데, 그곳에 서면 아래로 길게 내려다보이는 세상을 올바른 관점에서 볼 수 있다는 의미로 붙은 이름이었다. 그날 밤 이후로 그 모임은 '정의협의회'라는 이름으로 알려졌다. 오니 개리슨의 아버지는 목화를 일찍이 받아들인 선두 주자 중 하나로, 그 기적의 작물로 요령 있게 전향한 사람이었다. 오니는 목화가 주는 이윤과 그 필요악, 즉 검둥이들에 둘러싸여 자랐다. 이 문제에 대해 생각을 하면 할수록—그는 응접실에서 그가 내준 술을 마시며 폐가 될 정도로 오래 머물러 있는 남자들의 침통하고 창백한 얼굴을 뜯어보았다—그가 정말로 원하는 것은 그저 단순히, 이윤이 더 많아지고 검둥이들은 더 적어지는 것이었다. 진짜 문제는 누가 이 빌어먹을 목화를 다 딸 것이냐는 것뿐인데, 왜 그들이 이렇게 많은 시간을 들여 노예들의 봉기와 의회 내에서 북부의 영향력을 걱정해야 하는가?

며칠 후 신문은 모두가 볼 수 있게 숫자를 게재했다고 마틴은 말했다. 노스캐롤라이나에 있는 노예는 30만 명 가까이 되었다. 매해 꼭 그만큼의 유럽인들—기근과 정치적 문제를 피해 도망 온 아일랜드와 독일 사람이 대부분이었다—이 보스턴과 뉴욕, 필라델피아의 항구를 통해 밀려들어 왔다. 주 의회 의사당의 의원석에서 질문이 제기되었다고 사설은 썼다. 왜 이러한 공급은 양키*들에게만 가는가? 왜 밀려드는 인간의 물결이 방향을 틀어 남쪽으로 흘러들지 않는가? 해외 신문 광고란에 기간제 노동의 장점이 선전되고, 선발 교섭자들이 술집과 주민 회의와 구빈원에서 자세한 설명을 늘어놓았다. 적절한 때가 되자 전세선은 화물이 되기를 자처한 사람들로 가득 찼고, 꿈에 부푼 그들을 새로운 나라의 해안으로 데려왔다. 그리고 그들은 들판에서 일하기 위해 이 땅에 내렸다.

"백인이 목화를 따는 건 본 적이 없는데요." 코라가 말했다.

---

* 미국 북부 사람들.

"나도 노스캐롤라이나에 돌아오기 전까지는 군중이 사람의 사지를 찢는 것은 한 번도 본 적이 없었다." 마틴이 말했다. "그런 걸 보면, 사람들이 뭘 해야 하고 하지 말아야 하는지 같은 것에는 입을 다물게 돼."

사실, 하얀 검둥이든 무엇이든, 아일랜드 사람을 아프리카인처럼 대할 수는 없었다. 한편에는 노예를 구입하고 유지하는 데 드는 비용이 있었고, 다른 한편에는 얼마 안 되더라도 살 만할 정도는 임금을 줘야 하는 백인 노동자들이 있었다. 노예 폭동이라는 현실과 장기적 안정감. 유럽인들은 전에 농부였고, 여기서 또 농부가 되는 셈이었다. 이민자들은 계약서를 다 쓰고 (이주, 연장, 숙소 비용 상환) 미국 사회에 자리를 잡고 나면 그들을 먹여 살리는 남부 시스템의 동맹이 될 터였다. 선거 날 투표함 앞에서 자기 차례를 기다릴 때 그들은 5분의 3이 아니라 정식 투표권을 갖게 되리라.* 금전상의 대가는 불가피했지만, 인종 문제에 관한 한 충돌이 다가오고 있었고, 노스캐롤라이나는 모든 노예 주 중에서 가장 유리한 입지로 떠오르리라.

사실상 그들은 노예제를 폐지했다. 그러나 오니 개리슨은 그에 대응해 말했다. 우리는 검둥이들을 폐지했다고.

"그럼 그 여자들과 아이들, 남자들―그들은 다 어디로 갔어요?" 코라가 물었다. 누군가 공원에서 고함을 질러 다락방 안의 둘은 한동안 꼼짝 않고 있었다.

"봤잖니." 마틴이 말했다.

노스캐롤라이나 정부―그중 절반이 그날 밤 개리슨의 응접실에 모여 있었다―는 수십 년 전 노예제를 폐지했던 영국이 그랬던 것처럼 기존의 노예들을 농장주들에게 상당한 값을 주고 사들였다. 목화 제국의 다른 주들이

---

* 18세기 미국의 투표권을 둘러싼 논쟁에서 노예 숫자 중 5분의 3만 정식 인구로 인정한다는 '5분의 3 타협안'을 가리킨다.

그 물량을 흡수했다. 폭발적으로 성장하고 있던 플로리다와 루이지애나는 특히 흑인 일손이 바닥나다시피 했고, 경험 많은 노동력이 유독 모자랐다. 누구나 뉴올리언스의 버번가를 잠깐만 둘러봐도 결과는 예상할 수 있었다. 니그로의 피가 섞이면서 백인들이 오염되고 혼탁해지고 혼란스러워지는, 역겨운 잡종의 상황이었다. 유럽의 혈통이 이집트의 어둠으로 오염되도록, 백인과 흑인의 혼혈, 백인과 반백인의 혼혈, 잡종의 거무칙칙하고 누런 사생아들이 강물을 이루도록 내버려두자. 그들이 벼리는 바로 그 칼이 제 목을 베는 데 쓰일 것이었다.

새로운 인종법은 흑인 남녀가 노스캐롤라이나 땅에 발을 붙이는 것을 금지했다. 자기 땅을 떠날 수 없다고 버티는 자유인 신분의 흑인들은 쫓겨나거나 학살되었다. 인디언 토벌 작전에 참가했던 용병들은 그 전문성으로 후한 돈을 받았다. 군인들이 작업을 마치자 전직 순찰대들이 야간 기마단의 책임을 맡아, 흐트러진 이들—새로운 질서를 전복하려고 한 노예들, 북부로 갈 아무런 방도도 없이 재산을 몰수당한 자유인 신분 흑인들, 여러 가지 이유로 갈 길을 잃은 불운한 흑인 남녀들—을 잡아들였다.

코라는 그 첫째 주 토요일 아침에 잠에서 깼을 때 작은 구멍으로 하는 세상 구경을 미루었다. 코라가 마침내 마음을 단단히 먹었을 때, 루이자의 몸을 이미 잘라낸 뒤였다. 아이들이 루이자가 매달려 있던 곳 아래를 깡충깡충 뛰어다녔다. "길이요." 코라가 말했다. "자유의 길이라고 말씀하신 거. 그건 얼마나 길어요?"

거기에 걸어놓을 몸이 있는 만큼 길어진다고 마틴은 말했다. 송장을 먹는 새들에게 쪼아 먹히고 썩어가는 시체들은 끊임없이 교체되었지만, 그런데도 행렬은 늘 더 길어지기만 했다. 어느 정도 규모가 되는 마을은 전부 다 금요 축제를 열었고, 늘 그 똑같은 암울한 피날레로 장식됐다. 어떤 곳은 야간 기마단이 빈손으로 돌아올 때를 대비해 억류자들을 감옥에 여분으로 보관해두기까지 했다.

 새로운 법에 따라 처벌을 받은 백인들은 전시되지는 않았고 단순히 교수형에 처해졌다. 그래도 흑인 난민을 한 무리 거둬준 백인 농부처럼 예외도 있다고 마틴은 덧붙였다. 그들이 잿더미가 된 집을 샅샅이 뒤졌을 때 불길에 피부색의 차이가 없어지고 다 동등해졌기 때문에 농부가 숨겨주었던 이들 속에서 농부의 시체를 찾기는 불가능했다. 시체 다섯 구가 오솔길에 다 걸렸지만 누구도 규약 위반이라며 야단을 떨지 않았다.

 백인이 처형된 이야기를 하면서 둘은 코라가 이 다락에 오래 있을 수밖에 없는 이유를 이야기하게 되었다. "우리 상황이 곤란하다는 거 이해하거라." 마틴이 말했다.

 노예제 폐지론자들은 언제나 여기서 쫓겨났다고 그는 말했다. 버지니아나 델라웨어라면 그들의 주장을 참아줄 수도 있지만, 목화 주는 아니었다. 관련 문서를 갖고 있는 것만으로도 감옥행 사유가 충분했고, 풀려나면 이 동네에 오래 머물지 못했다. 개정된 주 헌법 때문에 선동적 간행물을 소지하고 있거나 흑인을 방조한 것에 대한 처벌은 지역 정부의 재량에 맡겨졌다. 실질적으로 평결은 사형이었다. 피고인은 집에서 머리채를 잡혀 끌려 나왔다. 이 법에 따르기를 거부한 노예 소유주들—인정이 많거나 재산권에 대한 구식 개념을 갖고 있는 사람들—은 교수형에 처해졌고, 다락방과 지하실과 석탄 통 안에 검둥이들을 숨겨준 마음 착한 시민들이야 물론이었다.

 한동안 백인이 체포되지 않자 일부 마을은 부역자를 고발하면 주는 보상금을 올렸다. 사람들은 금지된 동정심을 입 밖에 냈던 예전의 대화를 들먹이면서 경쟁 사업체나 오랜 숙적, 이웃을 밀고했다. 아이들은 학교 선생에게 선동에 관한 특별 교육을 받아 부모를 고자질했다. 마틴은 아내와 헤어지려고 몇 년 동안 노력했지만 성과를 거두지 못했던 어느 동네 사람 이야기를 들려주었다. 그 여자가 저지른 범죄의 자세한 내막은 공개되지는 않았지만,

그녀는 궁극의 대가를 치렀다. 그 신사는 석 달 뒤 재혼했다.

"그는 행복한가요?" 코라가 물었다.

"뭐라고?"

코라는 손을 흔들었다. 마틴의 너무 가혹한 이야기에 코라는 자기도 모르게 기이한 농담을 하고 말았다.

전에 노예 순찰대들은 자유인이건 노예건 흑인의 땅을 제멋대로 수색했다. 이제 권한이 커지니 그들은 누구의 집 현관이든 두드리고 붙잡아 가고 치안의 명목으로 불시 검문도 할 수 있었다. 단속 담당자들은 가장 가난한 사냥꾼부터 가장 부유한 치안 판사의 집까지 때를 가리지 않고 들이닥쳤다. 마차와 짐수레들은 검문소 앞에서 섰다. 운모 갱은 불과 몇 킬로미터 거리에 있어 마틴이 대담하게 코라를 데리고 도망 나오기는 했지만 검문에 걸리지 않고 다음 카운티로 갈 수는 없었다.

코라는 백인들이 아무리 치안 명목이라 해도 자기들의 자유를 포기하기는 싫어할 것이라고 생각했다. 순찰대가 저렇게 열심인 것은 분노를 심어놓기 위한 게 아니라, 카운티의 자부심이 달린 문제이기 때문이라고 마틴은 설명했다. 애국자들은 그들이 얼마나 자주 수색을 당하고 무고함을 증명받는지 자랑했다. 야간 기마단이 어여쁜 젊은 처자의 집을 방문하면 또 다른 경사스러운 만남으로 이어졌다.

그들은 코라가 나타나기 전에 마틴과 에설의 집을 두 번 수색했다. 기마단은 에설의 생강 케이크가 맛있다고 칭찬하기도 하면서 완벽하게 예의를 지켰다. 그때 그들은 다락방 쪽문을 불신의 눈으로 곁눈질하지는 않았지만, 다음에도 일이 그렇게 진행되리라는 보장은 없었다. 그들의 두 번째 방문이 있은 뒤 마틴은 지하철도 업무에서 손을 뗐다. 코라의 다음 구간에 대한 계획은 없었고, 동료들로부터 어떤 말도 없었다. 그들은 신호를 기다리는 수밖에 없었다.

다시 한번 마틴은 아내의 행동에 대해 사과했다. "죽임을 당할까 봐 겁내는 걸 이해해다오. 우리도 운명에 맡기는 수밖에 없다."

"두 분도 노예가 된 기분이에요?" 코라가 물었다.

에설이 이런 삶을 선택한 건 아니라고 마틴이 말했다.

"그럼 그렇게 태어났어요? 노예처럼?"

그것으로 그날 밤의 대화는 끝났다. 코라는 새로 배급된 식량과 비워진 요강을 들고 구석 자리로 기어 올라갔다.

그녀의 일상은 금세 틀이 잡혔다. 제약 속에 있었으니 그렇지 않을 방도가 없었다. 천장에 머리를 열 번 정도 찧자 코라의 몸은 움직임을 어디까지 제한해야 하는지 기억했다. 그녀는 배의 비좁은 화물실에 있는 것처럼 서까래 사이에 자리를 잡고 잠을 잤다. 공원을 관찰했다. 사우스캐롤라이나에서 받다가 중단된 교육을 최대한 활용해 작은 구멍으로 들어오는 흐릿한 빛 속에서 눈을 가늘게 뜨고 글을 읽었다. 코라는 왜 두 종류의 날씨밖에 없는지 궁금했다. 왜 아침의 고난과 밤의 시련뿐인지.

매주 금요일 마을은 축제를 열었고 코라는 반대편 구석으로 물러나 있었다.

거의 매일 불가능한 더위가 이어졌다. 최악의 날이면 코라는 양동이에 담긴 생선처럼 구멍에 대고 공기를 꿀꺽꿀꺽 삼켰다. 때로는 물을 나눠 마셔야 한다는 사실을 잊고 아침에 너무 많이 마셔 남은 하루 내내 분수대를 쓸쓸하게 바라보아야 했다. 그 망할 놈의 개는 물보라 속을 신이 나서 뛰어다녔다. 더위에 어쩔해질 때면 머리통을 서까래에 마구 문지르며 정신을 차렸고, 그러면 꼭 요리사 앨리스가 저녁 식사에 쓰려고 목을 비튼 닭이 된 기분이었다. 사우스캐롤라이나에서 올랐던 살집은 녹아 없어졌다. 집주인은 코라의 때 묻은 원피스를 딸이 두고 간 옷으로 바꿔주었다. 제인은 골반이 작았는데 이제 코라는 제인의 옷을 입고도 넉넉했다.

자정이 가까워 공원을 향한 집들의 불빛이 모두 꺼지고 피오나가 집에 간 지 한참 지나고 나면 마틴이 음식을 갖고 올라왔다. 코라는 다락으로 내려와서 기지개를 켜고 위와는 다른 공기를 마셨다. 그들은 얼마간 이야기를 나눴고 어느 순간이 되면 마틴이 굳은 얼굴로 일어서고 코라는 위쪽 구석으로 다시 기어 올라갔다. 에설이 마틴에게 허락을 해줘서 2, 3일마다 한 번씩 코라는 욕실을 잠깐 쓸 수 있었다. 코라는 늘 마틴이 왔다 가면 곯아떨어졌는데, 때로는 몇 번씩 울다가 잠들고 때로는 바람에 꺼진 촛불처럼 단번에 잠들었다. 그렇게 끔찍한 악몽으로 돌아갔다.

코라는 공원을 매일같이 들르는 사람들을 좇아서, 그녀가 읽고 있는 연감의 편찬자들처럼 기록하고 추측했다. 마틴은 노예제 폐지론자들의 신문과 소책자들을 한쪽 구석에 쌓아두었다. 그것은 불온서적이었다. 에설은 갖다 버리고 싶어 했지만, 마틴은 그것이 아버지의 물건이었고 그들이 이 집에 살기 전부터 있었던 것이기 때문에 그들이 처분할 수 있다고는 생각하지 않았다. 코라는 그 누렇게 바랜 소책자들에서 읽을 수 있는 것을 다 읽고 나자, 오래된 연감들을 읽어 내려가기 시작했다. 조수와 별들에 대한 추정과 분석, 약간의 모호한 해설 따위가 담겨 있었다. 마틴은 코라에게 성경을 갖다 주었다. 아래 다락에 내려가 있는 짧은 휴식 중에 코라는 뒤틀리고 물에 불은 《모히칸족의 최후》라는 책을 보았다. 그녀는 빛을 찾아 작은 구멍 바로 옆에 쪼그리고 앉아 책을 읽었고 저녁이면 촛불을 에워싸고 웅크리고 읽었다.

마틴이 나타날 때마다 코라는 같은 질문으로 말문을 열었다. "소식이 없나요?"

두세 달 뒤, 코라는 묻기를 멈췄다.

지하철도는 완전히 침묵했다. 관보에는 급습당한 지하철도 역과 민중의 재판에 회부된 역장들에 대해 보고했지만, 노예 주에서는 그런 이야기들을 흔히 꾸며냈다. 전에는 낯선 사람들이 노선에 대한 소식을 가지고 마틴의 집 현관문을 두드렸고, 승객이 확정되었다는 소식을 전하기도 했다. 같은 사람이 두 번 오는 일은 없었다. 아무도 오지 않은 지는 오래되었다고 마틴은 말했다. 그가 보기에, 그가 할 수 있는 것은 아무것도 없었다.

"저를 보내주지는 않으시겠죠." 코라가 말했다.

그의 대답은 애처로웠다. "상황은 안 봐도 뻔한걸." 모두에게 완벽한 덫이라고 그는 말했다. "넌 못할 거야. 그들에게 붙잡힐 거고. 그러면 넌 우리가 누구인지 그들에게 말할 거다."

"랜들 농장에서는, 누구에게 족쇄를 채우고 싶을 때면 그냥 족쇄를 채웠어요."

"우리 모두를 망칠 거다." 마틴이 말했다. "너도, 나도, 그리고 에설도, 그리고 여기에 오기까지 너를 도운 사람들도 모두."

코라는 도리가 아니라는 걸 알면서도 개의치 않고 고집을 부렸다. 마틴은 코라에게 당일 자 신문을 한 부 주고 쪽문을 굳게 닫았다.

피오나에게서 어떤 소리만 나도 코라는 돌처럼 굳었다. 코라는 그 아일랜드 소녀가 어떻게 생겼을지 상상해볼 뿐이었다. 가끔 피오나는 버리는 물건을 다락으로 끌고 왔다. 계단은 아주 작은 무게에도 크게 신음 소리를 내서 알람으로 꽤 훌륭했다. 하녀가 나가고 나면 코라는 다시 그 작디작은 반경 안에서 활동을 시작했다. 하녀의 상스러운 욕에 코라는 대농장이, 주인의 눈길이 닿지 않을 때 일꾼들이 쏟아내던 욕설이 생각났다. 종들의 작은 반항은 어디나 있었다. 코라는 피오나가 수프에 분명 침을 뱉을 것이라 짐작했다.

하녀는 공원을 가로질러서 집으로 가지 않았다. 코라는 피오나의 한숨을 연구하는 사람이 되어 있었지만 그녀의 얼굴을 한 번도 본 적이 없었다. 코라는 그녀가 기근과 녹록잖은 이주에도 살아남은, 드세고 완고한 사람일 것이라고 상상했다. 마틴은 피오나가 엄마와 남동생과 함께 캐롤라이나 전세선을 타고 미국에 왔다고 말해주었다. 피오나의 엄마는 폐병에 걸려 뭍에 내린 지 하루 만에 죽었다. 남동생은 너무 어려서 일을 할 수 없었고 전반적으로 허약 체질이어서, 거의 매일 나이 있는 아일랜드 여자들이 남동생을 돌아가면서 봐주었다. 아이리시타운은 사우스캐롤라이나의 흑인 거리와 비슷할까? 길 하나만 건너면 사람들이 말하는 방식이 달라지고, 집의 크기와 상태, 꿈의 차원과 성격이 결정되었던 곳.

몇 달 후면 수확철일 것이다. 마을 외곽의 들판에서는 목화가 꼬투리를 터뜨리면서 이제 백인 노동자들 손에 수확되어 자루에 담길 것이다. 아일랜드 사람들과 독일 사람들은 검둥이들의 일을 하는 게 싫을까, 아니면 급료가 불명예 따위는 지워버릴까? 빈털터리 백인들은 빈털터리 흑인들로부터 밭이랑을 이어받았지만, 한 주가 끝날 때 백인들은 더 이상 빈털터리가 아니라는 점이 달랐다. 검은 동료들과 달리 그들은 급료로 계약서의 돈을 갚고 인생의 새로운 장을 열 수 있었다.

랜들 대농장에서 자키는 노예 상인들이 새 노예들을 대량으로 잡아 오기 위해 아프리카 더 깊숙한 곳까지 돌아다녀야 했고, 목화를 수확하기 위해 온갖 부족을 납치해 와서, 대농장을 다양한 언어와 부족의 혼합장으로 만들어놓았다고 말하곤 했다. 코라는 새로운 이민자들의 물결이, 역시 비참한 다른 나라에서 도망 온 이들이 아일랜드 사람들을 대체해, 이 과정을 또 시작할 것이라고 생각했다. 엔진은 씩씩거리고 신음하면서도 계속 달렸다. 그들은 그저 피스톤 운동을 할 연료를 바꾼 것뿐이었다.

코라는 갇힌 곳의 경사진 벽면을 병적인 연구의 화폭으로 삼았고, 특히 해가 진 다음 늦은 밤 마틴이 올 때까지는 더욱 그랬다. 시저가 코라에게 제안했을 때 코라는 두 가지 결과를 상상했다. 힘들게 얻어낸, 북부 어느 도시에서의 만족스러운 삶, 그게 아니면 죽음. 테런스는 탈출에 대해 벌을 주는 것으로 만족할 사람이 아니었다. 그는 자기가 지루해질 때까지 코라의 삶을 현란한 지옥으로 만들고, 그런 다음 유혈이 낭자한 전시에 코라를 매달아놓을 것이었다.

다락에서 보낸 첫 몇 주, 북부의 삶에 대한 코라의 공상은 순전히 밑그림이었다. 밝은 주방에 아이들—늘 아들 하나 딸 하나—이 있고, 보이지는 않지만 사랑이 가득한 남편이 그 옆방에 있었다. 날들이 이어지면서 주방 말고 다른 방들이 생겼다. 단순하지만 세련된 취향의 가구들, 사우스캐롤라이나의 백인들의 상점에서 본 물건들이 있는 응접실. 침실. 그리고 햇빛을 받아 빛이 나는 하얀 시트로 덮인 침대, 아이들이 그 위에서 코라와 함께 뒹굴고, 남편의 몸은 가장자리에서 반쯤 보인다. 다른 장면에서는 그로부터 몇 년 뒤, 도시의 분주한 거리를 걷던 코라가 엄마를 우연히 만난다. 병든 노인이 지난 과오에 몸을 수그리고 밑바닥에서 구걸을 하고 있다. 메이블은 고개를 들지만 딸을 알아보지 못한다. 코라가 거지의 밥그릇을 발로 차자 동전 몇 개가 요란하게 흩어지고, 코라는 아들의 생일 케이크에 쓸 밀가루를 사려던 길을 계속 간다.

미래의 이곳에, 시저는 가끔 저녁을 먹으러 왔고 그들은 랜들 농장과 그들의 고생스러웠던 탈출, 그리고 마침내 얻은 자유에 대해 서글프게 웃는다. 시저는 손가락으로 눈썹을 훑으면서 눈썹에 작은 상처가 생긴 연유를 아이들에게 들려준다. 그는 사우스캐롤라이나에서 노예 사냥꾼에게 붙잡혔지만 풀려났다.

코라는 자기가 죽인 소년 생각은 거의 하지 않았다. 그날 밤 숲속에서 벌인 짓을 변명할 필요는 없었다. 누구도 코라에게 해명을 요구할 권리는 없었다. 테런스 랜들은 노스캐롤라이나의 새로운 시스템을 상상해볼 수 있는 본보기가 되었지만, 그 폭력의 규모는 코라의 머릿속에서 가늠되기 어려웠다. 목화가 벌어다 주는 돈보다는 두려움이 이들을 움직이고 있었다. 받은 것을 되돌려줄 검은 일꾼의 그림자. 어느 날 밤 코라는 그들이 두려워하는, 복수심에 불타는 괴물들 중 하나가 바로 자신이라는 생각이 들었다. 코라는 백인 소년을 죽였다. 그다음에는 그들 중 한 명을 죽일 수도 있다. 바로 그 두려움 때문에 그들은 수백 년 전에 놓인 잔인한 토대 위에 새로운 탄압의 교수대를 세우고 있었다. 노예 상인들이 자신의 밭이랑에 주문한 것은 해도면이었지만, 흩뿌려진 씨앗들 속에는 폭력과 죽음의 씨앗도 있었고, 그 작물은 빨리 자랐다. 백인들은 두려워해야 마땅했다. 어느 날 이 시스템은 피로 무너질 것이다.

하나 된 반란. 코라는 잠시 미소를 지었으나 새로 들어온 감옥이라는 현실이 다시 모습을 드러냈다. 그녀는 쥐처럼 다락의 벽을 긁었다. 들판에 있든 지하에 있든 다락방에 있든 미국은 언제나 코라의 교도소장이었다.

하지까지는 일주일이 남아 있었다. 마틴은 오래된 누비이불을 좌석 없는 의자 안으로 밀어 넣고는 코라에게 들를 때마다 점점 그 안에 편안히 몸을 파묻었다. 코라는 늘 하던 대로 단어의 뜻을 물었다. 이번에는 성경 구절이었는데, 코라는 성경을 두서없이 읽어가고 있었다. 박론하다, 겁략하다, 서리. 마틴은 박론이나 겁략이라는 말의 뜻은 자기도 모른다고 했다. 그리고 새로운 계절을 준비하듯, 마틴은 불길한 징조들을 연이어 맞닥뜨렸다.

첫 번째 징조는 지난주에 코라가 요강을 뒤엎은 것이었다. 코라는 넉 달째 다락에 숨어 있으면서 그사이 천장에 머리를 찧거나 무릎으로 서까래를 쳐서 소리를 냈다. 피오나는 아무 반응이 없었다. 이번에 발에 차인 요강이 벽에 부닥쳐 쏟아졌을 때 피오나는 주방에서 빈둥거리고 있었다. 일단 위층으로 올라오면 피오나는 다락의 널빤지 사이로 오줌이 뚝뚝 떨어지는 소리를, 혹은 그 냄새를 그냥 지나칠 수 없을 것이었다.

정오를 알리는 호각 소리가 막 들려왔다. 에설은 밖에 나가고 없었다. 다행히도 아이리시타운에서 온 다른 소녀가 점심시간에 이 집에 들렀고 둘은 오랫동안 거실에서 수다를 떨었기 때문에 그 후에 피오나는 서둘러 집안일을 해야 했다. 피오나는 냄새를 알아채지 못했거나, 아니면 어떤 설치류가 둥지를 튼 것 같은데 청소를 떠맡지 않기 위해 모른 척을 한 것 같았다. 그날 밤 다락으로 올라와 같이 청소를 하면서 마틴은 위험할 뻔했던 이 일을 에설에게는 말하지 않겠다고 했다. 습도가 올라가면 에설은 특히 더 날카로워졌다.

에설에게 알리는 것은 마틴에게 달려 있었다. 코라는 첫날 도착한 이후로 에설을 보지 못했다. 코라가 아는 한, 마틴은 간혹 그 사람이라고 언급할 때 말고는 에설에 대해—심지어 피오나가 집에 없을 때조차도—말하는 법이 없었다. 마틴이 올라오기 전에는 침실 문이 쾅 닫히는 소리가 자주 났다. 에설이 코라를 고발하지 않는 유일한 이유는 공모라고 코라는 결론 내렸다.

"에설은 단순한 여자란다." 마틴이 의자 깊숙이 몸을 묻으며 말했다. "내가 도움을 청했을 때 에설은 이런 곤란한 상황까지는 예상하지 못했을 거야."

코라는 마틴이 우연히 지하철도 일을 하게 된 이야기를 하려고 한다는 것을 알 수 있었고, 그건 이 아래 다락에서 좀 더 오래 있을 수 있다는 뜻이었다. 코라는 팔을 쭉 펴고 그를 부추겼다. "어떻게 하다 이렇게 된 거예요, 마틴."

"하느님, 제가 어떻게 하다 이렇게까지." 마틴이 말했다.

그는 노예제 폐지 운동의 도구가 되기에는 가장 부적합한 사람이었다. 마틴의 기억 속에서, 아버지 도널드는 비록 동네에서는 드물게 노예를 소유하지 않은 집이었지만 이 독특한 제도에 대해 좀처럼 의견을 표현한 적이 없었다. 어렸을 때 아버지 사료 가게의 점원은 주름이 자글자글하고 구부정한 제리코라는 남자였는데, 이미 오래전에 자유인 신분이 된 흑인이었다. 그의 어머니는 당황했지만, 제리코는 매년 추수감사절마다 으깬 순무 통조림을 갖고 찾아왔다. 도널드는 신문에 최근 노예 관련 사건에 대한 기사가 실리면 못마땅하다는 듯 혀를 차거나 고개를 내저었지만, 그가 주인의 잔악함을 보고 그러는 것인지 노예의 고집스러움을 보고 그러는 것인지는 분명하지 않았다.

열여덟 살이 된 마틴은 노스캐롤라이나를 떠나 한동안 정처 없이 떠돌아다니다가 노퍽 해운 사무소에 취직했다. 조용한 일과 바닷바람이 그에게 딱 맞았다. 그는 굴을 좋아하게 되었고 건강도 전반적으로 좋아졌다. 어느 날 사람들 무리 속에서 환하게 빛이 나는 에설의 얼굴을 보았다. 에설의 집안인 딜레이니가(家)는 그 지역의 유지여서, 이들은 한쪽으로 치우친 족보를 갖게 되었다. 부유하고 사촌이 많은 북부 쪽 집안과, 몇 되지 않는 무명의 남부 쪽 집안. 마틴은 아버지를 거의 찾아가지 않았다. 도널드가 지붕을 고치다 떨어졌을 때 마틴은 5년 만에 집에 온 것이었다.

두 남자는 쉽게 의사소통하지 못했다. 죽기 전 마틴의 어머니는 문장에서 생략된 부분과 혼자서 투덜거리는 말을 대신 해주며 부자간의 대화에서 통역사 역할을 했다. 도널드의 임종에는 통역이 없었다. 도널드는 마틴에게서 자신이 하던 일을 마저 끝마치겠다는 약속을 받아냈고, 아들은 나이 든 아버지가 그에게 사료 가게를 물려주려는 것이라고 추측했다. 그것이 첫 번째 오해였다. 두 번째 오해는 아버지의 서류 뭉치에서 발견한 지도가 금이 묻힌 곳을 알려주는 지도라고 생각한 것이었다. 도널드는 평생을 고요 속에 파묻혀 살았는데, 보기에 따라서 우둔한 사람으로 혹은 수수께끼 같은 인물로 보이기도 했다. 큰돈을 숨긴 채 극빈자 행세를 한다면 아버지와 똑같아지는 것이라고 마틴은 생각했다.

물론 그 보물은 지하철도였다. 누군가는 가장 값진 화폐는 자유라고 말하겠지만, 그것은 마틴이 기대한 것이 아니었다. 도널드의 일기장—기차역 플랫폼의 큰 물통 위에 올려놓고 성전처럼 색색의 돌로 둥그렇게 둘러놓았다—은 에티오피아 부족에 대한 미국의 처우를 그가 항상 역겨워하고 있었다는 것을 보여주었다. 노예를 재산처럼 간주하는 이 제도는 하느님에 대한 모독이었고, 노예 상인들은 사탄의 자식들이었다. 도널드는 꼬마였을 때 도망 노예의 방향을 다그치는 현상금 사냥꾼에게 엉뚱한 방향을 가르쳐준 이후로, 쭉 능력이 닿을 때면 언제나 어떤 수단을 동원해서든 평생 노예들을 도왔다.

마틴이 어렸을 때 도널드의 잦은 출장은 사실 노예제 폐지론자로서의 임무를 위한 것이었다. 한밤중의 회의, 강둑에서의 교묘한 속임수, 골목길에서의 모의들. 도널드가 소통을 그렇게 힘들어했다는 것을 생각하면 그가 북부와 남부 사이에서 메시지를 전달하는 인간 전보 역할을 했다는 사실은 아이러니였다. 도널드가 임무를 맡기 전까지 (그의 일기장에 적혀 있는 표현대로) U.G.R.R.*은 노스캐롤라이나에 노선도 없었고 정차하지도 않았다. 지하철도가 남부까지 이렇게 깊숙이 들어온다는 것은 자살행위라고 모두가 말했다. 그는 흔들리지 않고 다락방에 구석진 공간을 올려 지었다. 열 수 있는 가짜 천장을 둔다면 자신의 책무를 떠받들 수 있었다. 지붕널 한 장에 꺾이기 전까지 도널드는 열 명의 영혼을 자유 주로 인도했다.

마틴이 도운 이들의 숫자는 그보다 훨씬 적었다. 그와 코라 모두 그의 겁 많은 성격이 전날 밤의 위험했던 순간에 도움이 되지 않았다고 인정했다. 전날 밤, 또 다른 불길한 징조로 단속 담당자들이 현관문을 두드렸던 것이다.

땅거미가 막 내려앉은 시간, 공원은 집에 가기 두려워하는 이들로 가득 찼다. 코라는 무엇이 기다리고 있기에 매주 같은 이들이 저렇게도 고집스레 공원에 남아 있는지 궁금했다. 분수대 가장자리에 앉아 있는, 몇 가닥 남지 않은 머리칼을 손가락으로 빗어 내리고 있는 걸음이 빠른 남자. 언제나 검은 보닛을 쓰고 혼잣말을 중얼거리는 지저분하고 엉덩이가 큰 여자. 그들은 밤공기를 마시러 혹은 몰래 입맞춤을 하러 여기 있는 게 아니었다. 이 사람들은 길을 잃고 주저앉아 있는 것이었다. 이쪽저쪽 둘러보며, 그러나 절대로 앞은 보지 않고서. 이 마을을 손수 세웠던 망자들, 그 모든 유령들의 눈을

---

* 지하철도(Underground Railroad)의 영어 약칭.

피하려는 듯. 흑인의 노동이 공원에 있는 모든 건물을 지었고, 공원 분수대의 돌들과 보도를 놓았다. 야간 기마단이 그 기괴한 야외극을 상연하는 바로 그 무대에, 불운한 남자와 여자들을 허공에 매다는 바퀴 달린 연단에 망치질을 했다. 흑인들이 짓지 않은 것은 그 떡갈나무가 유일했다. 신이 그 나무를 만들었고, 마을은 그것을 사악한 목적에 쓰고 있었다.

점점 더 어두워질 때 백인들이 공원을 서성이는 것도 당연하다고 코라는 이마를 나무판에 갖다 대고 누르며 생각했다. 그들은 그 자체로 두 세계 사이에 붙잡힌 유령이었다. 그들이 저지른 범죄라는 현실, 그리고 그 범죄 때문에 그들을 부정하는 사후 세계.

코라는 야간 기마단의 순찰이 있을 때면 공원 전체를 뒤흔드는 그 소리 때문에 곧바로 알 수 있었다. 저녁의 군중은 고개를 돌려 맞은편의 어느 집을 멍하니 바라보았다. 머리를 땋은 어린 소녀가 단속 담당자 셋을 제집 안으로 안내했다. 코라는 그 소녀의 아버지가 포치로 발을 내디디며 비틀거렸던 것을 기억했다. 코라는 그를 몇 주째 보지 못했다. 소녀는 목에 두른 가운을 움켜잡고 그들 뒤로 문을 닫았다. 키가 크고 건장한 단원 둘이 포치에서 빈둥거리며 무사태평하게 담배를 피웠다.

30분 뒤 문이 열리고 보도 위 둥그런 불빛 속으로 기마단 무리가 모여 장부를 들여다봤다. 그들이 공원을 가로지르더니 마침내 작은 구멍 바로 밑까지 왔다. 코라는 그들이 현관문을 두드리는 커다란 소리에 깜짝 놀라 눈을 질끈 감았다. 그들이 바로 밑에 서 있었다.

그다음 몇 분은 끔찍하리만치 늦게 흘렀다. 코라는 구석으로 가서 맨 마지막 서까래 뒤에 몸을 쪼그리고 들어갔다. 소리만으로도 아래에서 벌어지는 일을 자세히 알 수 있었다. 에설이 야간 기마단을 따뜻하게 맞이했는데, 그녀를 아는 누군가가 그녀가 뭔가를 숨기고 있다고 확신하는 듯했다. 마틴은 아무 일도 없다는 것을 확인시키기 위해 다락을 재빨리 보여주었고, 그런 다음 아래층에 있는 사람들에게 합류했다.

마틴과 에설은 그들이 집 안을 둘러보며 묻는 질문에 재빨리 대답했다. 사는 사람은 둘이 전부다. 딸은 다른 데 산다. (야간 기마단은 주방과 거실을 수색했다.) 하녀 피오나가 열쇠를 가지고 있지만 그 외에는 집으로 들어올 수 있는 사람이 아무도 없다. (그들이 위층으로 올라왔다.) 이들은 낯선 사람의 방문을 받은 적도 없고 이상한 소리를 들은 적도 없고 평상시와 다른 점은 하나도 발견하지 못했다. (그들은 침실 두 군데를 수색했다.) 빠뜨린 곳은 없었다. 이 집에는 지하 창고가 없었다—공원 근처 집들에는 지하 창고가 없다는 것을 이제 기마단도 익히 알고 있었다. 마틴은 바로 그날 오후에도 다락에 올라갔다 왔으며 이상한 점은 전혀 발견하지 못했다.

"좀 올라가봐도 되겠습니까?" 그 목소리는 거칠고 낮았다. 코라는 키가 더 작은, 턱수염이 난 기마단원일 것이라고 생각했다.

그들의 발소리가 다락 계단에서 크게 울렸다. 그들은 고물 더미 사이를 지나 다녔다. 그중 한 명이 입을 열었을 때 코라는 가슴이 내려앉았다—그의 머리가 바로 몇 센티미터 밑에 있었다. 코라는 계속 숨을 참았다. 그들은 가까이 있는 걸 감지한 먹이를 찾아 배 밑에 주둥이를 대고 쿵쿵거리는 상어 떼였다. 사냥꾼과 먹잇감 사이에 놓인 것은 얇은 널빤지 한 장뿐이었다.

"너구리가 둥지를 튼 이후로는 여기 자주 올라오지 않습니다." 마틴이 말했다.

"놈들 똥 냄새가 나는데." 다른 기마단원이 말했다.

단속 담당자들이 집을 떠났다. 마틴은 정교한 덫에 걸려들지도 모른다는 두려움에 그날 밤은 다락방 방문을 건너뛰었다. 코라는 익숙한 어둠 속에서 단단한 벽을 어루만졌다. 그것이 코라를 지켜주었다.

그들은 요강과 야간 기마단에도 살아남았다. 마틴의 마지막 불길한 징조는 그날 아침에 나타났다. 군중이 흑인 소년 두 명을 헛간에 숨겨준 남편과 아내를 목매달았다. 부모의 관심을 빼앗겼다고 질투한 딸이 그들을 밀고한 것이었다. 그 어린 소년들이 자유의 길 위, 소름 끼치는 진열대에 더해졌다. 에설의 이웃 한 명이 시장에서 이 이야기를 들려주었을 때 에설은 창백해진 얼굴로, 흑인을 숨겨주는 이들에게 비난을 퍼부었다.

가택수색이 활발해지고 있었다. "군중을 너무 많이 모여들게 하더니 이제 그들은 할당량을 채우려고 열을 올리고 있다." 마틴이 말했다.

코라는 어쩌면 이 집이 수색을 당한 게 잘된 일인지 모른다고 생각했다— 다시 또 수색을 당하기까지는 시간이 좀 걸릴 테니. 지하철도와 연락이 닿을 때까지, 혹은 다른 어떤 기회가 나타날 때까지 시간이 더 생긴 것이다.

마틴은 코라가 새로운 계획을 생각해낼 때마다 언제나 안절부절못했다. 그는 두 손에 어렸을 적 장난감인 나무 오리를 부드럽게 쥐고 있었다. 그는 지난 몇 달 나무 오리에서 물감이 벗겨지고 있다면서 걱정했다. "혹은 그건 길이 통과하기가 두 배는 어려워질 거라는 뜻이야." 그가 말했다. "그 녀석들은 기념품에 굶주려 있을 게다." 그의 얼굴이 갑자기 환해졌다. "겁략하다—그건 아주 굶주렸다는 뜻인 것 같구나."

코라는 하루 종일 몸이 안 좋았다. 그녀는 잘 자라고 인사하고 늘 잠드는 구석으로 기어 올라갔다. 그 모든 위험했던 순간에도 몇 달째 코라는 같은 곳에 있었다, 정지된 채로. 출발과 도착 사이 환승하는 승객처럼, 농장을 탈출한 이후 언제나 그랬다. 바람이 강해지면 다시 움직일 테지만, 지금으로서는 끝없이 텅 빈 바다뿐이었다.

감옥과 다름없는 곳을 누군가의 유일한 피난처로 만드는 이 세상은 어떤 곳일까, 코라는 생각했다. 그녀는 속박에서 벗어난 것일까 아니면 그 그물 속에 있는 것일까. 도망자 신세는 어떻게 설명해야 하는 것일까? 자유란 어떻게 바라보느냐에 따라 바뀌는 것이었다. 숲을 가까이서 보면 나무들로 빽빽하지만 바깥에서, 텅 빈 초원에서 보면 그 진짜 윤곽을 볼 수 있는 것과 같았다. 자유가 된다는 것은 사슬과는 혹은 얼마나 넓은 공간을 차지하고 있느냐와는 전혀 상관이 없었다. 랜들농장에서, 그녀는 자유롭지 않았지만 그 안에서 바람을 쐬고 여름 별을 바라보며 제한 없이 움직였다. 작음 안의 큰 곳이었다. 여기서, 그녀는 주인에게서 자유롭지만 일어설 수도 없는 작은 토끼장 속을 살금살금 돌아다녔다.

    코라는 이 집의 다락방을 몇 달째 떠나지 않고 있었지만 관점은 아주 멀리까지 방랑했다. 노스캐롤라이나에는 정의의 언덕이 있었고, 코라에게도 자기만의 정의의 언덕이 있었다. 공원이라는 우주를 내려다보면서 그녀는 이 마을이 원하는 것을 보았다. 사람들은 돌 벤치에 떨어지는 햇살에 일광욕을 하고, 사람을 목매다는 나무의 그늘에서 더위를 식혔다. 그러나 그들은 두려움에 족쇄가 차인, 그녀와 같은 수인들이었다. 마틴과 에설은 불 꺼진 창문 뒤에 숨어 감시하는 그 많은 눈에 공포에 떨었다. 마을은 금요일 밤이면 어둠 속의 것들을 물리칠 수 있기를 희망하며 모여들었다. 부상하는 검은 부족, 혐의를 꾸며내는 적, 자신을 혼낸 것에 대해 한 집안을 파멸시킴으로써 장대하게 복수하는 아이. 이웃과 친구와 가족의 얼굴 뒤에 도사린 것들을 대면하느니 다락에 숨어 있는 편이 더 나았다.

    공원은—그들이 지켜온 초록의 피난처는—마을이 집 한 채씩, 한 블록씩 밖으로 뻗어나갈 때 그들을 지탱시켜주었다. 코라는 랜들 농장에서 애지중지했던 제 텃밭이 생각났다. 이제는 그게 얼마나 우스운 생각이었는지 알았다—자신이 뭔가를 소유하고 있다고 확신하게 만들었던 조그만 땅뙈기. 그녀가 씨 뿌리고 잡초를 뽑아주고 수확한 목화가 그녀의 것이라면 그 땅도 그녀의 것이었다. 그녀의 텃밭은 다른 곳 어딘가, 눈에 보이지 않는 데 사는 어떤 것의 그림자였다. 독립선언문을 암송했던 가엾은 마이클이 다른 데 존재하는 무엇인가의 메아리였듯이. 이제 도망쳐 이 나라를 조금이나마 본 이상, 코라는 그 문서가 일말이라도 사실을 담고 있기나 한지 의심스러웠다.

미국은 어둠 속의 유령이었다, 코라처럼.

그날 밤 그녀는 아팠다. 위에서 경련이 일어나 잠에서 깼다. 어지러웠고, 다락이 휘청거리며 흔들렸다. 코라는 한구석에 속을 다 게워냈고, 장도 제멋대로였다. 그 조그만 공간에 열기가 가득 차 공기가 불타는 듯하고 코라의 피부 속도 그랬다. 아침 해가 뜨고 어둠의 장막이 걷힐 때까지 간신히 버텼다. 공원은 아직 거기 있었다. 밤에 코라는 바다에, 사슬에 묶인 채 갑판 밑에 있는 꿈을 꾸었다. 옆에는 다른 포로가 있었고, 또 한 명 더, 수백 명이 겁에 질려 울부짖었다. 큰 파도에 배가 요동쳤고, 바다라는 모루에 내동댕이쳐지고 부닥쳤다. 코라는 계단의 발소리, 쪽문이 열리는 마찰음을 들었고, 눈을 감았다.

코라는 하얀 방, 그녀를 감싼 부드러운 매트리스 속에서 잠을 깼다. 창문으로는 햇살이 눈부시도록 들어왔다. 공원의 소음이 시계였다. 늦은 오후였다.

에설은 남편이 어렸을 때 썼던 침실 한구석에 앉아 있었다. 뜨개질감을 무릎 위에 놓고 코라를 빤히 내려다보았다. 그녀가 코라의 이마를 짚었다. "나아졌구나." 에설이 말하고는, 물을 한 잔 따른 다음 묽은 소고기 수프를 한 그릇 가져왔다.

코라가 헛소리를 해대는 동안 에설의 태도는 누그러져 있었다. 이 도망자는 그날 밤에 신음 소리를 너무 크게 냈고 너무 아팠기 때문에 그들은 코라를 다락방에서 데리고 내려와 피오나를 며칠 오지 말라고 하는 수밖에 없었다. 마틴이 오염된 사료 자루를 만지다 베네수엘라 수두에 걸렸으며 의사가 병이 다 나을 때까지 집에 아무도 들이지 말라고 했다고 그들은 아일랜드 하녀에게 설명했다. 마틴은 그렇게 격리시킨 사례를 잡지에서 읽은 적이 있었고, 머릿속에 제일 먼저 떠오른 구실이 그것이었다. 그들은 하녀에게 1주치 급료를 지불했다. 피오나는 돈을 지갑 속에 넣고 더 이상 아무것도 묻지 않았다.

에설이 고열과 경기에 시달리는 코라를 이틀째 간호하면서 돌보는 동안 이제는 마틴이 빠질 차례였다. 이 부부는 여기 살면서 친구를 별로 만들지 않았기 때문에, 마을 생활에 불참하기가 더 쉬웠다. 코라가 몸을 뒤틀며 헛소리를 하는 동안 에설은 코라가 빨리 낫기를 바라며 성경을 읽어주었다. 코라의 꿈속에서 여자의 목소리가 들렸다. 코라가 갱에서 나온 날 밤 그토록 매몰찼던 그 목소리에 이제는 다정함 같은 게 담겨 있었다. 코라는 그녀가 엄마처럼 이마에 입맞춤해주는 꿈을 꾸었다. 꿈속을 표류하며 그녀의 이야기에 귀 기울였다. 방주는 살아남을 만한 자격 있는 것들을 재난의 저편으로 실어 날랐다. 40년을 뻗어 있는 황야 끝에 또 어떤 이들은 약속된 땅을 찾았다.

오후 햇살에 그림자가 엿가락처럼 늘어났고 저녁 식사 시간이 다가오면서 공원에는 사람들이 뜸해지기 시작했다. 에설은 미소를 머금고 흔들의자에 앉아서 성경을 뒤적이며 적합한 구절을 찾고 있었다.

이제 정신이 들어 말을 할 수 있게 되자 코라는 안주인에게 그만 읽어줘도 된다고 말했다.

에설의 입이 굳게 다물어졌다. 에설은 가느다란 손가락 하나를 사이에 끼우고 책을 덮었다. "우리는 모두 구세주의 은총이 필요하단다." 에설이 말했다. "이교도를 내 집에 들이고도 그분의 말씀을 전하지 않는다면 전혀 기독교인답지 않은 것이야."

"전해졌어요." 코라가 말했다.

마틴이 코라에게 주었던 성경책은 에설의 손때가 묻은 에설의 어린 시절 성경이었다. 에설은 코라가 성경을 얼마나 읽고 또 이해했는지 미심쩍어서 질문을 던졌다. 확실히 코라는 모태 신앙이 아니었고, 교육은 바랐던 것보다 너무 일찍 끝났다. 다락방에서 코라는 글자를 가지고 씨름을 했고, 어려운 구절은 두 번 세 번 곱씹으며 뚝심 있게 밀고 나갔다. 절반만 이해한 것이었는데도 코라는 그 모순에 짜증이 났다.

"어딘지 모르겠는데, 사람을 훔치다가 파는 사람은 죽음에 처해진다는 말이 있잖아요." 코라가 말했다. "그런데 뒤에서는 노예는 뭐든지 주인에게 복종해야 한다고 하더라고요—그리고 그걸 만족스러워해야 한다고요." 다른 사람을 재산으로 갖고 있는 것은 죄이기도, 혹은 하느님의 축복이기도 했다. 그런데 거기에 더해 만족스러워하기까지 해야 한다고? 노예 상인이 인쇄소로 숨어들어 가 그 구절을 쓴 게 틀림없었다.

"그 말 뜻 그대로다." 에설이 말했다. "히브리인은 히브리인을 노예로 쓸 수 없다는 뜻이야. 그러나 함족의 자손은 해당되지 않지. 그들은 검은 피부와 꼬리로 저주를 받았어. 성경이 노예제를 비난하는 부분은 니그로 노예제를 말하는 게 전혀 아니다."

"저는 피부가 검지만, 꼬리는 없어요. 제가 아는 바로는요—확인해볼 생각은 못했네요." 코라가 말했다. "노예제가 저주이긴 하네요. 그건 맞네요." 노예제는 백인들이 그 멍에를 메고 있을 때나 죄이지, 아프리카인들일 때에는 죄가 아니다. 모든 사람은 평등하게 태어난다, 우리가 누군가를 사람이 아니라고 규정하지 않는 이상.

조지아의 태양 아래서 코널리는 들판 일꾼들이 규칙을 어겼다고 매질하는 동안 성경 구절을 암송했다. "검둥이들아, 매사에 육체의 주인에게 순종하고, 주인의 환심을 사려 보이는 데에서만 그리하지 말고, 순수한 마음으로 주를 경배하듯 하라." 음절 하나하나에 마침표를 찍는 아홉 가닥 채찍의 상처, 희생양의 울부짖음. 코라는 노예제도에 관한 다른 성경 구절도 기억이 나서 그것들을 안주인에게 말해주었다. 에설은 신학적 논쟁을 벌이려고 그날 아침에 일어난 게 아니라고 대답했다.

코라는 에설이 옆에 있는 것이 좋았기 때문에 에설이 떠나자 얼굴을 찡그렸다. 코라 입장에서는 그것을 쓴 사람들이 원망스러웠다. 사람들은 늘 무언가를 어쩌다 오해하게 되는 만큼이나 의도적으로도 오해했다. 다음 날 아침 코라는 연감을 달라고 부탁했다.

그것은 작년 날씨를 담고 있어서 더 이상 소용이 없었지만, 코라는 전 세계를 담고 있는 오래된 연감들이 아주 좋았다. 연감으로 말하자면 의도한 바를 말하기 위해 사람이 필요하지 않았다. 갖가지 정보들은 실제 그렇지 않은 것으로 변형될 수 없었다. 태음표와 일기 기록 사이사이에 끼어 있는 삽화와 패러디들—성질 더러운 늙은 과부나 멍청한 깜둥이들에 대한—은 성경에 나온 도덕적 교훈만큼이나 코라에게는 혼란스러웠다. 두 가지 모두 코라의 은신처 너머에서 벌어지는 인간의 행동을 묘사하고 있었다. 코라는 훌륭한 결혼식 예절에 대해 혹은 사막에서 양 떼를 몰고 가는 것에 대해 무엇을 알았던가, 혹은 알아야 했던가? 적어도 언젠가 코라는 연감에서 배운 것을 써먹을 수 있을지도 몰랐다. 대기에 관한 송가를, 남양군도의 코코아 나무에 관한 송가를. 코라는 송가나 대기 같은 말은 전에 들어본 적이 없었지만, 책장을 넘기니 이 모든 게 마음속에 자리 잡아버렸다. 만일 코라에게 부츠가 있다면 코라는 이제 수지와 밀랍으로 부츠를 오래 신을 수 있게 하는 비결을 알고 있었다. 닭이 코를 훌쩍거린다면 콧구멍에 버터에 넣은 아위를 문질러주면 단번에 나을 것이었다.

마틴의 아버지는 보름달이 뜰 때로 계획을 세우기 위해 연감이 필요했다—이 연감들에는 도망자들을 위한 기도가 담겨 있었다. 차고 기우는 달과 하지와 동지, 첫 서리, 봄비가 있었다. 이 모든 것은 사람의 개입 없이도 진행되었다. 코라는 밀려들고 빠져나가는, 작은 개처럼 모래밭을 잽싸게 물고 달아나는 조수, 사람과 그들의 권모술수에는 무관심한 그 모습을 상상해보려고 애썼다. 그녀는 기운을 되찾았다.

혼자서는 그 말을 다 이해할 수 없었다. 코라는 에설에게 부탁했다. "저한테 좀 읽어주실 수 있나요?"

에설은 얼굴이 일그러졌다. 그러나 겨우 마음을 진정시켜서 책등이 갈라진 부분을 펼치고는 성경을 읽어줄 때와 똑같은 억양으로 글을 읽었다. "상록수 옮겨 심기. 상록수는 4월이나 5월, 6월에 옮겨 심어도 크게 문제되지 않는 것으로 보인다……."

금요일이 돌아왔을 때 코라는 몸이 훨씬 좋아졌다. 피오나는 월요일에 다시 출근하기로 되어 있었다. 그들은 아침이 되자 코라를 다락으로 돌려보내기로 했다. 마틴과 에설은 혹여나 뒷말이나 괜한 추측을 사지 않도록 이웃 한둘을 불러다 케이크를 나눠 먹으려고 했다. 마틴은 힘없는 척하는 연습을 했다. 어쩌면 금요 축제 때 누군가를 초대할지도 몰랐다. 마틴의 집 포치에서는 축제가 아주 잘 보였다.

그날 저녁 에설은 방에 불을 켜지 않고 창가에는 얼씬도 하지 않는다는 조건으로 코라를 남는 침실에서 자게 했다. 코라는 금요일의 장관을 바라볼 마음은 조금도 없었지만 침대에서 마지막으로 한 번 더 잘 수 있다니 몹시도 설레었다. 결국 마틴과 에설은 사람들을 초대하지 않기로 결정했기 때문에, 그날의 손님은 깜둥이 쇼가 시작될 때 군중에서 빠져나온 불청객들이 유일했다.

단속 담당자들은 집 안을 수색하고 싶어 했다.

공연이 멈추었고, 마을은 공원 옆에서 벌어진 소동에 웅성거렸다. 에설은 야간 기마단을 붙들고 시간을 끌려고 애썼다. 그들이 에설과 마틴을 밀쳤다. 코라는 계단으로 향했지만 선명하게 삐걱거려서 요 몇 달 코라에게 미리 경고를 준 것이 바로 그 계단이었기 때문에 그리로 갈 수 없다는 걸 알았다. 마틴의 낡은 침대 밑으로 기어 들어갔고 그들은 거기서 코라를 찾아내, 발목을 족쇄처럼 낚아채 밖으로 끌고 나왔다. 그들은 코라를 계단 쪽으로 던졌다. 코라는 어깨를 바닥 난간에 부딪쳤다. 귀가 웅웅거렸다.

코라의 시선이 처음으로 마틴와 에설의 포치에 닿았다. 코라가 흰색과 검은색의 단복을 입은 단속 담당자 네 명의 발 앞에 무릎을 꿇리면서 포치는 코라를 포획한 무대, 마을의 유흥을 위한 두 번째 연주대가 되었다. 또 다른 네 명이 마틴과 에설을 붙들고 있었다. 포치에는 소모사 타탄체크 조끼에 회색 바지 차림의 남자 한 명이 더 서 있었다. 그는 코라가 본 남자 중에 키가 제일 컸고, 탄탄한 체구에 시선을 사로잡는 눈길을 갖고 있었다. 그는 이 광경을 감상하면서 자기들끼리의 농담에 싱긋 웃었다.

온 마을 사람들이 보도와 거리를 메우고 이 새로운 오락을 놓치지 않으려 서로 떠밀었다. 빨강 머리 소녀 하나가 사람들을 밀치고 나왔다. "베네수엘라 수두! 누군가 위에 숨겨놨다고 제가 말했잖아요!"

그렇게 피오나가 마침내 거기 있었다. 코라는 자신이 그토록 잘 아는 그러나 한 번도 보지 못했던 소녀를 보려고 몸을 일으켜 세웠다.

"너는 보상을 받을 거다." 턱수염 난 야간 기마단원이 말했다. 그는 예전 수색 때 집에 들어왔던 사람이었다.

"말은 잘하네, 멍청이." 피오나가 말했다. "지난번에 다락을 확인했다고 했지만, 안 했죠? 안 그래요?" 피오나는 증인을 확보하려고 마을 사람들 쪽으로 돌아섰다. "다들 보세요— 이게 제 보상이라고요. 음식이 다 어디로 갔나 했더니." 피오나가 코라를 발로 약하게 걷어찼다. "안주인이 고기를 많이 구워도 다음 날이면 다 없어졌어요. 그 많은 걸 누가 다 먹었을까요? 언제나 천장을 올려다봤지요. 그들은 무엇을 보고 있었던 걸까요?"

아주 어리구나, 코라는 생각했다. 둥근 얼굴은 주근깨투성이였지만, 눈 속에는 무자비함이 있었다. 코라가 몇 달 동안 들었던 푸념과 욕설이 저 작은 입에서 나왔다는 게 믿기지 않았지만, 그 눈이 충분히 증거가 되었다.

"우리는 너에게 잘해줬다." 마틴이 말했다.

"지독하게도 이상해, 둘 다." 피오나가 대꾸했다. "그리고 어떤 결과가 됐든 당해도 싸지."

마을은 정의가 실현되는 것을 수없이 많이 봐왔지만, 평결 연기는 새로운 경험이었다. 그것이 군중을 불편하게 했다. 이제 그들은 관람객에 더해 배심원단이 된 것인가? 그들은 신호를 기다리며 서로 눈치를 보았다. 노인 한 명이 손나팔을 만들어서 이건 말도 안 된다고 소리쳤다. 반쯤 먹은 사과가 코라의 배를 쳤다. 연주대에서는 깜둥이 쇼 공연자들이 너절한 모자를 손에 들고 흥을 잃고 서 있었다.

재미슨이 붉은 손수건으로 이마를 닦으며 나타났다. 코라는 그 첫째 날 밤 이후로 그를 본 적은 없었지만, 금요 축제의 피날레를 장식하는 기념 연설 때마다 목소리를 들었었다. 온갖 농담과 거창한 주장, 인종과 주의 지위에 대한 호소, 그다음은 제물을 죽이라는 명령. 진행이 중단되자 그는 당혹스러웠다. 그의 목소리는 평상시의 엄포 대신 새된 소리를 질렀다. "이거 웬일입니까. 도널드 씨 아드님이 아닙니까?"

마틴이 고개를 끄덕였고 그의 물렁한 몸이 숨죽인 흐느낌 속에 떨렸다.

"아버님이 수치스러워하시겠습니다." 재미슨이 말했다.

"나는 저이가 저 위에서 무슨 짓을 하는지 몰랐어요." 에설이 말했다. 에설은 자기를 꽉 붙들고 있는 야간 기마단들을 잡아당겼다. "저이 혼자 한 거예요! 나는 아무것도 몰랐어요!"

마틴이 고개를 돌렸다. 포치에 있는 사람들로부터, 마을로부터. 그는 고개를 북쪽으로, 그가 잠시 고향으로부터 자유로웠던 버지니아 시절을 향해 돌렸다.

재미슨이 손짓을 하자 야간 기마단이 마틴과 에설을 공원으로 끌고 갔다. 재미슨이 코라를 훑어봤다. "멋진 밤이군." 그가 말했다. 그날의 예정된 희생양이 저기 어딘가에서 기다리고 있었다. "둘 다 해야 하나?"

키 큰 남자가 말했다. "하나는 내 거요. 내가 처리하겠소."

재미슨의 얼굴이 굳었다. 그는 제 지위가 무시당하는 일에는 익숙하지 않았다. 그는 이 낯선 남자의 이름을 물었다.

"리지웨이." 그 남자가 말했다. "노예 사냥꾼이오. 여기도 가고, 저기도 가고. 이 물건을 오랫동안 찾아다녔소이다. 당신네 판사가 나에 대한 것은 다 알 거요."

"그렇게 맘대로 끼어들 수 없지." 재미슨은 이곳을 가득 메운 군중들이 그를 막연한 기대감으로 주시하고 있는 것을 느꼈다. 그의 말에서 느껴지는 전에 없는 떨림 속에서 젊은 기마단원 둘이 앞으로 나와 리지웨이에게 바싹 붙어 섰다.

리지웨이는 이 광경에 아무런 신경을 쓰지 않았다. "모든 건 여기 이 지방의 관례대로 하시오―그건 나도 이해하니. 재미들 보십시오." 그는 재미라는 단어를 금주 설교자처럼 발음했다. "하지만 저건 여러분 소유가 아닙니다. 도망노예법에 따르면 나는 이 재산을 그 주인에게 돌려줄 권리가 있습니다. 그게 내 목적입니다."

코라는 훌쩍였고 머리가 아파왔다. 테런스에게 맞았을 때처럼 어찔해졌다. 이 남자가 그녀를 그에게 돌려보내려고 했다.

코라를 계단으로 던진 기마단원이 헛기침을 했다. 그는 재미슨에게 저 노예 사냥꾼이 이 집을 알려줬다고 설명했다. 그 남자는 그날 오후 테니슨 판사를 만나서 정식으로 가택수색 신청을 했다. 비록 판사가 늘 그렇듯 금요일의 위스키를 즐기고 있었기 때문에 기억을 하지 못할 수도 있었지만. 축제 중에 집을 급습하려는 사람은 아무도 없었지만, 리지웨이는 완강했다.

리지웨이가 보도 위 몇몇 구경꾼들의 발치에 담뱃진을 뱉었다. "보상은 받을 수 있을 거다." 그가 피오나에게 말했다. 그리고 활짝 웃으며 코라의 팔을 잡아 올렸다. "겁먹을 것 없다, 코라. 넌 집에 가는 거야."

열 살쯤 되었을까 싶은 흑인 소년이 군중을 뚫고 두 마리 말에게 소리치며 마차를 길에 세웠다. 검은 연미복과 높은 실크해트 차림의 소년은 언제 보아도 어리둥절할 법했다. 동조자들과 탈주자가 극적으로 잡힌 뒤에 그런 소년까지 등장하자 그날 밤이 마치 환상인가 싶었다. 방금 일어난 일이 금요일의 새로운 오락거리인가 보다. 솔직히 점점 더 빨라지는 주간 촌극과 사형이라는 단조로움을 타개하기 위한 공연인가 보다 생각한 사람이 비단 한둘이 아니었다.

포치 한 켠에서 피오나가 아이리시타운에서 온 소녀들 한 무리에게 일장 연설을 하고 있었다. "이 나라에서 성공하려는 여자는 제 이익을 챙겨야 한다니까."

리지웨이가 그 소년, 그리고 사람의 귀로 된 목걸이를 한 갈색 장발의 키 큰 백인 남자와 함께 마차에 탔다. 그의 일행이 코라의 발목에 족쇄를 채우고, 그 사슬을 마차 바닥에 있는 구멍 안으로 끼워 넣었다. 코라는 자리에 앉아 마음의 준비를 했다. 심장이 한 번 뛸 때마다 고통 속에 머리가 쿵쿵 울렸다. 끌려가면서 코라는 마틴과 에설을 보았다. 그들이 나무에 묶이고 있었다. 그들은 묶인 채로 들썩거리며 울었다. 메이어가 그들의 발아래에서 미친 듯이 원을 그리며 뛰어다녔다. 금발의 소녀 하나가 돌을 던져 에설의 얼굴에 맞혔다. 에설의 가련한 비명에 한쪽에서 크게 웃음이 터졌다. 아이 두 명이 더 이 부부에게 돌을 던졌다. 사람들이 너도 나도 땅으로 몸을 숙일 때 메이어가 낑낑거리며 뛰어올랐다. 그들은 팔을 들었다. 온 마을 사람들이 원 안으로 좁혀 들어갔고 코라는 더 이상 그들을 볼 수 없었다.

ETHEL

에설

에설은 정글 속 원주민들에게 둘러싸인 선교사의 목판화를 본 이후로 어둠의 아프리카에서 주님을 섬기는 일이, 야만에 빛을 전파하는 일이 영적인 만족을 줄 거라고 늘 생각해왔다. 그녀는 성난 파도 너머로 그녀를 데려다줄 큰 배, 천사의 날개와 같은 돛을 단 웅장한 범선을 꿈꿨다. 강을 건너고 산을 넘어 안으로 깊숙이 들어가는 위험천만한 여정. 그리고 사자와 뱀, 식인 식물, 불성실한 가이드들 같은 그녀 앞에 닥치는 위험들. 마침내 당도한 마을에서 원주민들은 그녀를 주님의 특사로, 문명화의 매개로 받아들인다. 검둥이들은 감사해하며 그녀의 이름을 연호하고 그녀를 하늘 높이 들어 올린다. 에설, 에설.

그녀는 여덟 살이었다. 아버지가 읽는 신문에는 탐험가들과 미지의 땅, 피그미족 이야기가 실려 있었다. 에설이 신문에서 본 이미지와 가장 가까이 갈 수 있었던 것은 재스민과 하는 선교사와 원주민 놀이였다. 재스민은 에설에게는 친자매와 같았다. 이 놀이는 남편과 아내 놀이로 바뀌어 에설의 집 지하 창고에서 둘이 입맞춤과 말다툼하는 연기를 할 때까지 한참이나 계속됐다. 에설이 얼굴에 검댕을 문지르는 버릇이 있기는 했지만 그들의 피부색을 생각할 때 어느 놀이에서든 누가 어느 역할을 맡을지는 조금도 의심할 필요가 없었다. 에설은 이교도들을 만났을 때 어떨지 알기 위해서 시커멓게 칠한 얼굴로 거울 앞에서 놀란 표정을 연습했다.

재스민은 엄마 펠리스와 함께 위층에 살았다. 펠리스의 엄마는 딜레이니

가족 소유의 노예였고, 어린 에드거 딜레이니는 열 살이 되었을 때 펠리스를 생일 선물로 받았다. 어른이 된 에드거는 마치 그러기 위해 태어난 사람처럼 그의 집안일을 잘 돌보는 그녀가 기적과 같은 존재라고 생각했다. 그는 검둥이로서 그녀가 가진 지혜를 늘 이야기했고, 그녀가 주방으로 사라질 때마다 손님들에게 그녀의 훌륭한 인성을 보여주는 일화들을 들려주어서, 그녀가 다시 나타날 때 손님들의 얼굴에는 애정과 시샘의 빛이 어렸다. 그는 새해 첫날이 되면 파커 대농장을 방문할 통행권을 펠리스에게 주었다. 펠리스의 언니가 거기에 세탁부로 있었다. 재스민은 여느 때와 같은 방문이 있은 지 아홉 달 만에 태어났고, 이제 딜레이니가는 노예 둘을 소유하게 되었다.

에설은 노예란 내 집에서 가족처럼 살지만 가족이 아닌 사람이라고 생각했다. 에설의 아버지는 에설의 이 흥미로운 생각을 바로잡아주기 위해 니그로의 기원에 대해 설명해주었다. 어떤 이들은 니그로가 고대에 지구를 다스린 거인족의 자투리 종자라고 주장했지만, 에드거 딜레이니는 그들이 저주받은 검은 함, 아프리카의 산꼭대기에 매달려 홍수에서 살아남은 그 함의 후손이라고 생각했다. 에설은 만일 그들이 저주를 받았다면 더더욱 기독교의 인도를 받아야 한다고 생각했다.

에설의 여덟 살 생일에 아버지는 인종 간의 자연스러운 관계가 비뚤어지지 않도록 에설에게 재스민과 노는 것을 금지했다. 에설은 그때도 친구를 쉽게 사귀지 못했다. 에설은 며칠을 흐느끼고 발을 구르며 울었다. 반면 재스민은 한층 잘 받아들였다. 재스민은 단순한 집안일을 맡아 하다가 펠리스가 심정지가 오면서 말을 못하게 되고 몸이 마비된 이후로는 엄마의 역할을 이어받았다. 펠리스는 분홍색 입을 벌리고, 두 눈이 뿌옇게 된 채로 몇 달을 병상에 있었는데, 결국 에설의 아버지가 펠리스를 내보냈다. 에설은 펠리스가 짐수레에 실릴 때 옛날 소꿉친구의 얼굴에서 어떤 동요도 보지 못했다. 그즈음 둘은 집안 문제를 제외하고는 말을 하지 않았다.

50년 된 에설의 집은 계단이 삐걱거렸다. 방에서 속삭이면 옆방과 그 옆방까지 들렸다. 저녁을 먹고 기도를 마치고 나면, 에설은 거의 매일 밤 아버지가 깜빡거리는 촛불에 의지해 뒤틀린 계단을 올라가는 소리를 들었다. 가끔 침실 문틈으로 내다보면 한 구석으로 아버지의 흰색 잠옷 자락이 사라지는 것을 흘긋 볼 수 있었다.

"어디 가시는 거예요, 아버지?" 어느 날 밤 에설이 물었다. 펠리스가 죽은 지 2년 되던 해였다. 재스민은 열네 살이었다.

"위층에 간다." 아버지가 말했고, 둘은 그 야간 방문을 표현할 말이 생기자 이상한 안도감을 경험했다. 그는 위층으로 가고 있었다—달리 계단이 어디로 이어지겠는가? 아버지는 성경에서 골육상잔에 대한 처벌로 인종이 분리된 것에 대해 한 가지 설명을 했다. 그 야행이 해결 방법을 자세하게 설명해주었다. 백인은 아래층에 살았고 흑인은 위층에 살았으며 그 분리를 잇는 것은 바로 성경적 상처를 치유하는 것이었다.

에설의 어머니는 남편이 밤마다 위층으로 올라가는 것을 안 좋게 봤지만 전략이 없지는 않았다. 가족이 재스민을 마을 건너편 구리공에게 팔았을 때 에설은 그게 어머니의 소행이라는 것을 알았다. 새로운 노예가 들어오자 아버지는 더 이상 위층으로 올라가지 않았다. 낸시는 거동이 느리고 반은 눈이 먼 할머니였다. 이제 벽을 뚫고 들려오는 것은 발소리와 비명이 아니라 쌕쌕거리는 낸시의 숨소리였다. 집은 펠리스가 없어진 이후로 그렇게 깨끗하고 정돈된 적이 없었다. 재스민은 일을 잘했지만 산만했다. 재스민의 새 집은 길 건너에 있는 흑인 마을에 있었다. 모두가 아이가 아비의 눈을 닮았다고 수군거렸다.

어느 날 점심을 먹고 에설은 이제 충분히 컸으니 아프리카 원주민 부족에게 가서 주님의 말씀을 전하려고 한다고 발표했다. 부모님은 비웃었다. 그건 버지니아 출신의 참한 젊은 여성이 할 일은 아니었다. 야만인을 돕고 싶다면 학교에서 가르치라고 아버지는 말했다. 다섯 살 아이의 뇌가 원시 정글의 깜둥이들보다 더욱 야만적이고 다루기 힘들다고 그는 말했다. 에설의 앞날은 정해져 있었다. 에설은 기분이 안 좋았던 어느 날 정식 교사로 원서를 냈다. 미개하고 시끄럽게 재잘거리는 백인 꼬마들은 그들만의 방식으로 원시적이었지만, 그게 똑같지는 않았다. 정글과 검은 숭배자 무리에 대한 에설의 생각은 계속 마음 깊은 곳에 남아 있었다.

적의가 그녀 성격의 축이었다. 또래의 젊은 여자들은 그녀로서는 해독할 수 없는 외국의 의식을 행했다. 에설은 소년들이, 나중에는 남자들이 별로 필요하지 않았다. 선박 회사에서 일하는 어느 사촌의 소개로 마틴이 나타났을 때 에설은 소문에 지쳐 있었고 행복에 대한 흥미는 잃은 지 오래였다. 헐떡거리는 오소리, 마틴은 그녀를 지치게 했다. 남편과 아내 놀이는 그녀가 생각했던 것보다 훨씬 더 재미가 없었다. 비록 아기를 밴다는 것이 또 하나의 굴욕이었지만 적어도 제인만은 기대치 못한 축복, 그녀 품 안의 조그마한 꽃다발이었다. 오랫동안 오처드가에서의 삶은 지루하게 흘러갔고 결국 그게 편안함으로 굳어졌다. 에설은 거리에서 재스민을 마주치면 특히 그 옛날 소꿉친구가 아들을 데리고 있을 때는 못 본 척했다. 아이의 얼굴은 검은색 거울이었다.

그즈음 마틴이 노스캐롤라이나로 불려 왔다. 그는 한 해 중 가장 더운 날 아버지의 장례식을 치렀고, 사람들은 에설이 슬퍼서 기절했다고 생각했지만 사실은 그저 야만적인 습도 때문이었다. 사료 가게를 맡을 사람을 구하자, 이제 다 끝났다고 마틴은 에설을 안심시켰다. 그곳은 퇴보하고 있었다. 더위가 아니라면 파리가 문제였다. 쥐가 아니라면 사람이 문제였다. 적어도 버지니아에서는 군중이 사람을 죽이면 즉흥적이라는 핑계라도 갖고 있었다. 그들은 교회처럼 매주 같은 시간에 자기 집 앞 잔디밭에서 실제로 사람을 목매달지는 않았다. 노스캐롤라이나는 짧은 막간이었고, 적어도 에설은 주방에서 검둥이를 마주치기 전까지는 그렇게 생각했다.

 그 소녀가 도착하기 전 마틴이 도와주었던 단 한 명의 노예, 조지는 먹을 것을 찾아 다락을 나온 것이었다. 인종법이 실행되고 흑인에 대한 폭력이 서서히 달아오르기 한 주 전이었다. 문간에 놓인 쪽지에는 운모 갱으로 가라고 써 있었다고 마틴은 말했다. 굶주리고 짜증이 난 조지가 그를 기다리고 있었다. 한 주 동안 다락에서 쿵쿵거리던 그 담배 농장 일꾼을 지하철도 역장은 다음 목적지로 데려다주었다. 역장은 그를 상자에 넣어서 현관으로 떠밀고 나갔다. 에설은 시퍼렇게 화가 났고 그다음에는 자포자기했다—조지는 도널드의 유언장 집행자나 다름없었고, 그렇게 마틴의 비밀스러운 유산이 드러났다. 그는 담배 줄기를 베다가 다쳐 손가락 세 개가 없었다.

 에설이 관심 있는 것은 도덕적 화두로서의 노예제도가 아니었다. 하느님이 아프리카인을 노예로 만들지 않았다면 그들이 쇠사슬에 묶여 있을 리가 없었다. 그러나 그녀는 사람이 다른 사람의 고결한 이상 때문에 죽임을 당해서는 안 된다는 점에서는 생각이 확고했다. 오래도록 말다툼을 하지 않던 에설과 마틴은 지하철도를 두고 다퉜고, 인종법의 살인적인 면면이 드러나자 다툼은 멈췄다. 코라—다락 속의 그 흰개미—를 통해 도널드는 저 옛날 에설의 농담에 대해 그녀를 벌주기 위해 무덤에서 나와 있었다. 처음 상견례 자리에서 에설은 도널드의 소박한 시골풍 양복에 대해 한마디 했다. 에설은 적절한 의복에 대한 두 가문의 다른 생각을 환기해 그 주제를 일단락 지음으로써, 자신이 그토록 오랜 시간 준비한 식사를 다 같이 즐기려던 것뿐이었다. 그러나 도널드는 절대로 그녀를 용서하지 않았다고 에설은 마틴에게 말했었고, 틀림없다고 확신했다. 그리고 이제 그들은 자기 집 현관문 바로 앞에 있는 나뭇가지에 매달리게 될 참이었다.

 마틴이 소녀를 도우러 위층으로 올라갔을 때 그것은 에설의 아버지가 위층으로 올라갔던 것과는 다른 일이었지만, 두 남자는 모두 변화되어서 내려왔다. 그들은 이기적인 목적을 위해 성경적 균열을 뛰어넘었다.

그들이 할 수 있다면, 왜 에설은 안 되는가?

모든 것이 평생 에설을 부정했다. 선교도, 도움도. 그녀가 원하는 방식으로 사랑을 주려던 것도. 소녀가 아팠을 때 에설이 그토록 오래 기다리던 순간이 마침내 찾아왔다. 결국 에설은 아프리카에 가지 않았지만 아프리카가 그녀에게로 왔다. 에설은 제 아버지가 그랬듯이 자기 집에 가족으로 사는 이방인을 대면하기 위해 위층으로 올라갔다. 소녀는 원시의 강처럼 휘어져 침상에 누워 있었다. 에설은 소녀의 불결함을 물로 씻어내 깨끗하게 했다. 에설은 깊이 잠들지 못하고 뒤척이는 소녀의 이마와 목에, 두 종류의 감정이 섞인 입맞춤을 했다. 에설은 소녀에게 거룩한 말씀을 들려주었다.

마침내, 마음대로 할 수 있는 야만인이었다.

TENNESSEE
테네시

현상금 25달러

지난 2월 6일 구독자에게서 탈출. 니그로 소녀 이름은 페기.
16세가량이며, 피부색이 연한 물라토. 보통 키에 직모, 반반한 얼굴—화상으로 목에
우둘투둘한 상처가 있음. 틀림없이 자유인 행세를 하며 통행하려고 할 것이며,
자유 통행권을 소지했을 가능성이 큼. 말할 때 아래를 내려다보며, 특별히 똑똑하지는 않음.
말이 빠르고 날카로운 목소리임.

존 다크
5월 17일 채텀 카운티

"예수여, 나를 고향으로, 그 땅으로 데려가소서……."

재스퍼는 노래를 멈추려 하지 않았다. 리지웨이가 그들의 작은 캐러밴 앞머리에서 그에게 닥치라고 소리쳤고, 마차는 보스먼이 짐칸으로 올라와 도망자의 머리를 후려갈길 수 있도록 이따금씩 멈췄다. 재스퍼는 손가락의 상처를 툭하면 입으로 빨면서 다시 흥얼거렸다. 처음에는 코라만 들을 수 있게 조용히. 그러나 곧 다시 잃어버린 가족에게, 그의 신에게, 길을 지나는 모두를 향해 노래하기 시작했다. 그는 또 벌을 받으리라.

코라는 그 영가들 중 몇 개를 구분했다. 대개는 그가 지어낸 것일 거라고 생각했다. 박자가 좀 우스웠다. 재스퍼의 목소리가 좋았다면 그런 건 별로 신경 쓰지 않았겠지만, 예수는 그 부분에 있어서는 그에게 축복을 내려주지 않았다. 혹은 외모도—그는 한쪽으로 처진 개구리 상이었고 팔은 들판 일꾼치고 이상하리만치 얇았다. 그리고 운도. 운이 그중에서도 최악이었다.

그와 코라는 그 점에서 공통점이 있었다.

그들은 노스캐롤라이나를 벗어난 지 사흘째 되던 날 재스퍼를 태웠다. 재스퍼는 이송되는 중이었다. 그는 플로리다의 어느 사탕수수 농장에서 무단이탈해 테네시로 왔고, 한 땜장이가 자기 식품 창고에서 음식을 훔치려는 재스퍼를 붙잡았다. 몇 주 뒤 보안관보가 그의 주인을 지정해주었지만, 땜장이는 거기까지 이송할 수단이 없었다. 어린 호머가 코라와 함께 마차에서 대기하고 있는 동안 리지웨이와 보스먼이 감옥 근처 술집에서 술을 마시고 있

테네시 225

었다. 마을 서기관이 이 유명한 노예 사냥꾼에게 다가와 브로커를 자처했고, 그렇게 리지웨이는 지금 그 검둥이를 짐칸의 사슬에 채워놓을 수 있었다. 리지웨이는 그를 노래하는 새로 태운 것은 아니었다.

빗방울이 머리 위에서 지붕을 이룬 나뭇잎 위로 후드득 떨어졌다. 코라는 산들바람이 상쾌했는데 곧 뭔가를 즐기고 있다는 사실이 수치스러워졌다. 비가 수그러들자 그들은 뭔가를 먹으려 마차를 세웠다. 보스먼이 재스퍼를 후려치고 씩 웃은 뒤, 마차 바닥에서 두 도망 노예의 쇠고랑을 풀어주었다. 보스먼은 코라 앞에 무릎을 꿇고 있을 때 코를 훌쩍이며 예의 그 천박한 제안을 했다. 재스퍼와 코라의 손목과 발목에는 여전히 수갑과 족쇄가 채워져 있었다. 코라는 살면서 가장 오랫동안 족쇄가 채워진 것이었다.

까마귀 떼가 머리 위에서 미끄러지듯 날았다. 세상은 시선이 닿는 곳 끝까지 시커멓게 그을리고 휩쓸려서, 평평한 들판부터 언덕과 산까지 온통 숯과 재의 바다였다. 기울어진 검은 나무들. 미처 다 자라지 못한 검은 나뭇가지들이 불길이 닿지 않은 어디 먼 곳을 가리키고 있는 듯했다. 그들은 뼈대만 남고 굴뚝이 묘비처럼 솟아오른 검게 탄 집들과 헛간을, 황폐해진 방앗간과 곡창의 벗겨진 돌벽을 수도 없이 지나쳤다. 불에 탄 울타리들이 소 떼가 어디서 풀을 뜯었는지 표시해주었다. 동물들이 살아남을 방도는 없었다.

이틀 동안 마차를 타고 지나가니 그들은 검은 더께에 뒤덮였다. 리지웨이는 대장장이의 아들이라 집에 온 기분이라고 말했다.

코라의 눈에 들어온 것은 이것이었다. 숨을 곳이 없다는 것. 이 검은 줄기들 사이에는 도피처가 하나도 없었다. 족쇄가 채워져 있지 않다 하더라도. 설사 기회가 있다 하더라도.

잿빛 외투를 입은 백인 노인 하나가 회갈색 말을 타고 속보(速步)로 지나갔다. 다른 여행자들처럼 그는 검은 길 위를 지나다가 호기심에 속도를 늦추었다. 성인 노예 둘이면 얼마든지 흔한 풍경이었다. 그러나 검은 양복 차림에 기이한 웃음을 띠고 마차를 모는 흑인 소년은 낯선 이들을 당황스럽게 했다. 붉은 더비* 모자를 쓴 백인 청년은 쪼글쪼글한 살가죽 조각으로 만들어진 목걸이를 걸고 있었다. 사람들이 이게 사람의 귀라는 것을 알아챌 때면 그는 담뱃진으로 갈색이 되고 듬성듬성 빠진 이를 쓱 드러냈다. 무리를 이끌고 있는 나이가 그보다 많은 백인은 도끼눈을 치켜떠서 대화를 아예 단념하게 만들었다. 여행자는 발가벗겨진 언덕들 사이 두 갈래로 갈라지는 길에서 굽이돌아 가던 길을 갔다.

호머는 그들에게 깔고 앉으라고 좀먹은 누비이불을 펼쳐주고 주석 접시에 그들 분량의 식량을 배급해주었다. 리지웨이는 포로들도 자신과 똑같은 양의 음식을 먹게 허락했는데, 이는 그가 이 일을 시작했을 때부터 이어진 관례였다. 불평은 줄었고 계산서는 고객에게 청구하면 되었다. 검게 탄 들판 한편에서 그들은 신나게 몰려오는 파리 떼와 함께 보스먼이 준비한 소금에 절인 돼지고기와 콩을 먹었다.

비에 불 냄새가 더 퍼져서 공기가 매캐했다. 음식을 한 입 씹을 때마다, 물을 한 모금 들이켤 때마다 연기 맛이 났다. 재스퍼가 노래를 불렀다. "일어나라, 구세주 말씀! 일어나, 그분 얼굴 보고 싶다면 일어나!"

"할렐루야!" 보스먼이 소리쳤다. "뚱땡이 아기 예수!" 그의 말이 울려 퍼졌고 그는 검은 물을 튀기며 춤을 추었다.

"먹지를 않고 있어요." 코라가 말했다. 재스퍼는 음식 앞에서 입을 꾹 다물고 팔짱을 낀 채 요 몇 번의 식사를 건너뛰고 있었다.

"그럼 먹지 않는가 보지." 리지웨이가 말했다. 그는 코라가 자기 말에 재잘거리는 데 점점 익숙해져서 이번에도 코라가 무슨 말을 하기를 기다렸다. 그

---

* 둥그스름한 형태에 챙이 좁고 위로 말려 올라간 남성용 모자.

테네시

들은 신경전을 벌이고 있었다. 코라는 그동안의 패턴을 깨고 침묵을 지켰다.

호머가 날쌔게 움직여 재스퍼의 몫을 허겁지겁 먹어치웠다. 그는 코라가 빤히 보고 있다는 것을 눈치채고는 올려다보지도 않고 씩 웃었다.

마부는 별난 악동이었다. 체스터도 열 살이었지만, 그의 노련한 몸짓들에는 나이 든 집 노예의 구슬픈 태도가 서려 있었다. 호머는 제 고급 검은 양복과 높은 실크해트를 가지고 유난을 떨어서, 천에서 보풀을 뜯어내고는 독거미라도 되는 양 노려보다가 튕겨냈다. 호머는 말을 겁줄 때 빼고는 말을 거의 하지 않았다. 인종의 동질감이나 동정심의 징후도 없었다. 코라와 재스퍼 역시 그에게는 보풀보다 더 작아서, 대개는 보이지 않는지도 몰랐다.

호머의 임무는 마차 몰기와 잡다한 유지 보수, 리지웨이가 "부기"라고 하는 것까지 망라했다. 호머는 거래 장부를 담당했고 외투 주머니에 늘 갖고 다니는 작은 수첩에 리지웨이가 하는 말을 기록했다. 노예 사냥꾼의 입에서 나오는 이런저런 말이 어떤 점에서 받아 적을 만한지 코라는 도무지 알 수 없었다. 그 소년은 누구나 하는 뻔한 말과 날씨에 관한 평범한 사실도 똑같이 열심히 기록했다.

어느 날 밤, 코라와의 대화에 발끈해 리지웨이는 호머가 자기 재산이었던 열네 시간을 제외하면 살면서 노예를 소유해본 적이 한 번도 없다고 주장했다. 왜요? 코라가 물었다. "뭣 하러?" 그가 대답했다. 리지웨이는 애틀랜타 외곽에서 말을 타고 가고 있었는데—그는 멀리 뉴욕에서부터 달려와 노예 부부를 주인에게 막 넘겨준 참이었다— 도박 빚을 갚으려고 애를 쓰고 있는 도축업자를 만났다. 그 남자의 처가에서 호머의 엄마를 결혼 선물로 주었다. 도축업자는 지난번 일진이 사나웠던 때 그 노예를 팔았다. 이제는 그 아들 차례였다. 그는 판매를 알리는 조악한 표지판을 써서 소년의 목에 걸어놓았다.

소년의 이상한 섬세함이 리지웨이의 마음을 움직였다. 그 둥글고 통통한 얼굴에 자리 잡은 빛나는 눈동자는 음산하면서도 평화로웠다. 비슷한 영혼. 리지웨이는 그를 5달러에 사서 그다음 날 해방 증서를 써주었다. 호머는 리지웨이가 그를 내쫓는 시늉을 몇 번 했는데도 그의 곁에 남았다. 도축업자는 흑인 교육에 관해서는 크게 반대하지 않아서 소년에게 자유인 신분의 흑인 꼬마들과 함께 공부를 하도록 해주었었다. 리지웨이는 심심풀이로 그의 공부를 도왔다. 호머는 내킬 때면 이탈리아 혈통인 척을 해서 질문한 사람들을 어리둥절하게 만들었다. 그의 옷차림은 시간이 지나면서 독특해진 것이나, 성격은 원래부터 그랬다.

"자유인이면 왜 가지 않아요?"

"어디로?" 리지웨이가 물었다. "자유인 증서가 있든 없든 흑인 소년에게는 미래가 없다는 것을 저 녀석은 충분히 봐서 알지. 이 나라에는 없어. 불량배 같은 녀석들이 납치해다가 눈 깜짝할 새에 경매에 붙일 테지. 나와 함께 있으면 세상을 배울 수가 있잖아. 목적의식을 찾고."

매일 밤, 호머는 무척 조심스레 책가방을 열어서 수갑 세트를 꺼냈다. 그는 자신을 운전석에 결박하고 열쇠는 주머니에 넣고서 눈을 감았다.

리지웨이는 그걸 바라보는 코라를 보았다. "저래야만 잠을 잘 수 있다는군."

호머는 매일 밤 부자 노인처럼 코를 골았다.

보스먼으로 말할 것 같으면 리지웨이와 함께 3년을 이 일을 하고 있었다. 그는 사우스캐롤라이나 출신의 뜨내기 일꾼이었는데, 항만 노동자, 수금 회사 직원, 도굴꾼 등 궁핍한 일들만 연달아 하다가 노예 사냥꾼의 길로 접어들었다. 보스먼은 머리가 좋은 쪽은 아니었지만 리지웨이의 속마음을 그 누구보다, 소름 끼칠 정도로 잘 읽어내는 재주가 있었다. 리지웨이의 무리는 보스먼이 들어와 다섯이 되었지만, 조수들이 하나둘 떨어져 나갔다. 이유는 코라야 지금으로서는 알 수 없었다.

귀 목걸이의 예전 주인은 스트롱이라는 인디언이었다. 스트롱은 자신을 사냥개라고 떠벌리고 다녔는데, 그가 확실하게 냄새로 찾아내는 것은 위스키가 유일했다. 보스먼은 레슬링 시합에서 이겨 그 목걸이를 손에 넣었고, 스트롱이 시합 규정을 두고 불평을 하자 그 홍인종을 삽으로 두들겨 팼다. 스트롱은 청력을 잃고 캐나다 무두질 공장에서 일하기 위해 무리를 떠났다는데, 그저 소문일 수도 있었다. 귀는 말라서 쪼글쪼글해졌는데도 날이 더울 때는 파리가 꼬였다. 그래도 보스먼은 그 기념품을 애지중지했고, 새로 만난 고객의 얼굴에 역겨움이 서릴 때면 너무나도 즐거웠다. 리지웨이가 가끔 보스먼에게 상기시켜주는 바에 따르면 인디언이 그 물건을 갖고 있을 때는 파리 떼에 괴롭힘을 당하지 않았다.

보스먼은 우적거리는 틈틈이 언덕을 응시했고 그답지 않게 생각에 잠긴 분위기였다. 그는 오줌을 누러 저쪽으로 갔다가 돌아오면서 말했다. "우리 아빠가 아마 여기를 거쳐 갔지요. 아빠는 그때는 여기가 숲이었다고 했는데. 돌아왔을 때는 정착민들이 다 밀어버렸지만."

"이제는 곱절로 밀렸군." 리지웨이가 대답했다. "네 말이 맞아. 이 길은 말이 다니는 길이었어. 다음에 길을 만들어야 하거든, 보스먼, 너 대신에 밀어줄 굶주린 체로키 인디언 만 명을 꼭 구해놔. 시간 아끼게."

"그 사람들은 어디로 갔어요?" 코라가 물었다. 마틴과 밤마다 만남을 가진 이후로 코라는 백인들의 이야기에 언제 끼어들어도 되는지 감각이 생겼다. 그래서 할 말을 생각할 시간을 벌 수 있었다.

리지웨이는 열렬한 관보 애독자였다. 탈주자 광고란은 직업의 특성상 필독 사항이었고—호머는 광고란 전체를 챙겨놓았다—시사 문제들은 대체로 사회와 인간이라는 동물에 대한 그의 철학을 확인시켜주었다. 그가 상대하는 고객들에는 다양한 유형이 있었기 때문에 그는 가장 기초적인 사실과 역사를 설명하는 데 익숙했다. 그는 노예 소녀가 자신들을 둘러싼 환경이 의미하는 바를 알리라고는 기대도 하지 않았다.

그들은 지금 체로키 인디언의 땅이었던 곳, 미국 대통령이 그렇지 않다고 결정하고 인디언들을 제거하라고 명령하기 전까지 홍인종 선조들의 땅이었던 곳에 앉아 있다고 그는 말해주었다. 정착민들은 땅이 필요했고, 인디언들이 그때까지 백인과의 조약은 아무런 가치가 없다는 것을 알지 못했으니 그 값을 받은 것이라고 리지웨이는 말했다. 그의 친구 몇은 그 시절 군대에 있었다. 그들은 천막 안에 있던 인디언들을, 여자와 아이들까지 다 모아들이고, 등에 질 수 있는 것은 뭐든 다 짊어지게 해서 미시시피 서쪽으로 걷게 했다. 한 체로키 인디언 현자가 나중에 표현했듯이 눈물과 죽음의 길이었다. 까닭 없이 붙은 말도 아니었고, 인디언의 말솜씨가 없는 것도 아니었다. 리지웨이도 치를 떨며 기억하는 그해의 혹독한 겨울은 말할 것도 없거니와, 질병과 영양실조로 수천 명이 죽었다. 오클라호마에 당도했을 때 거기에는 그들을 기다리는 훨씬 많은 백인들, 인디언들이 최근의 그 가치 없는 조약에서 약속받은 땅을 불법 점유하고 있는 백인들이 있었다. 천천히 배우는 족속. 그러나 오늘은 그들이 이 길에 있었다. 미주리까지 가는 길은 앞서 작고 붉은 발들이 다져놓았던 그때보다 훨씬 편안했다.

"진보지." 리지웨이가 말했다. "내 사촌은 복권을 샀는데 운 좋게 테네시 북부 인디언들의 땅이 당첨됐어. 옥수수를 키워."

코라는 황량한 풍경을 향해 고개를 들었다. "운이 좋네요." 코라가 말했다.

마을로 들어오며 리지웨이는 번갯불이 불을 일으킨 게 틀림없다고 말했다. 연기가 수백 킬로미터까지 하늘을 뒤덮어서, 해 지는 하늘이 타박상을 입은 듯 황홀한 핏빛과 보랏빛으로 물들었다. 이것이 테네시였다. 화산에서 몸을 비틀고 있는 기이한 야수들. 처음으로 코라는 지하철도를 이용하지 않고 다른 주로 건너왔다. 터널은 코라를 보호해주었다. 역장 럼블리는 각 주는 고유한 관습을 갖고 있고 저마다 다르다고 했었다. 붉은 하늘을 보며 코라는 다가온 이 영토의 규칙이 두려워졌다. 마차가 연기를 향해 달리는 동안 재스퍼는 일몰에 마음이 동해 흑인 영가를 몇 곡 불렀는데 신의 진노와 사악한 자들을 기다리는 치욕이 그 내용이었다. 보스먼은 마차 안으로 자주 들어왔다.

불이 난 곳 외곽에 있는 마을은 도망쳐 나온 사람들로 가득했다. "도망자들"이라고 코라가 소리 내 말하자 호머가 고개를 돌려 눈을 찡긋했다. 백인 가족들이 중심가에 설치된 임시 거처에 모여 있었다. 슬픔을 가누지 못하고 절망에 빠져서, 건질 수 있었던 얼마 안 되는 소지품을 발 앞에 쌓아둔 채로. 사람들이 불에 덴 상처에 누더기가 된 옷을 걸치고, 이글거리는 눈과 실성한 것 같은 표정으로 비틀거리며 거리를 다녔다. 코라는 괴롭힘을 당하고 있거나, 배가 고프거나, 아프거나, 그들을 보호해야 하는 이들의 광기에 혼란스러워하는 흑인 아기들의 비명에는 익숙했다. 그렇게 많은 백인 아기들의 비명을 듣기는 처음이었다. 그녀의 동정심은 흑인 아기들을 위한 것이었다.

잡화점에서는 텅 빈 진열장이 리지웨이와 보스먼을 맞이했다. 가게 주인은 리지웨이에게 정착민들이 몇 종류 잡목을 없애려고 불을 놓았다고 말했다. 불길은 길을 벗어나 끝을 알 수 없는 허기로 땅을 유린하다가 마침내 비에 잦아들었다. 300만 에이커라고 가게 주인은 말했다. 정부는 구제를 약속했지만 그것이 언제 도달할지는 아무도 알 수 없었다. 그 누구의 기억 속에서든 가장 큰 재난이었다.

리지웨이가 그 가게 주인의 말을 전하는 동안 코라는 원래 살던 사람들은 산불과 홍수와 토네이도에 대해 더 완벽한 목록을 갖고 있었다고 속으로 생각했다. 그러나 그들은 지식을 퍼뜨리며 여기 있지 않았다. 코라는 어떤 부족이 이 땅을 집이라고 불렀는지 알지 못했지만, 여기가 원래 인디언들의 땅이었다는 것은 알았다. 어떤 땅인들 그들의 것이 아니었으랴? 코라는 역사를 제대로 배운 적은 한 번도 없었지만, 때로는 눈이 충분한 선생이 되었다.

"사람들이 하느님의 진노를 살 짓을 했겠지요." 보스먼이 말했다.

"그저 길을 벗어난 불꽃 하나 때문이야." 리지웨이가 말했다.

그들이 점심을 다 먹고 길 위에 있는 동안 백인들은 말 옆에서 담배를 피우고 무용담을 회상했다. 리지웨이는 코라를 얼마나 오랫동안 찾아다녔던가를 이야기하면서도 코라를 테런스 랜들에게 건네주는 일에 아무런 조급함도 보이지 않았다. 코라도 그 재회를 서두르지 않았다. 코라는 불탄 들판으로 비틀거리며 발을 옮겼다. 코라는 족쇄가 채워진 채로 걷는 법을 익혔다. 이렇게 되기까지 이토록 오래 걸렸다는 것이 믿기 어려웠다. 코라는 랜들 농장 옆을 지나쳐 애처로이 행진하는, 한 사슬에 묶인 풀 죽은 노예 무리를 보고 언제나 동정했었다. 이제 코라를 보라. 교훈은 불분명했다. 어떻게 보면 코라는 오랫동안 부상은 당하지 않았다. 또 어떻게 보면 불운이 닥치는 건 그저 시간문제였다. 탈출이란 없었다. 쇠사슬 아래 살갗에 물집이 잡혔다. 백인들은 코라가 검게 탄 나무들로 걸어가도 신경 쓰지 않았다.

코라가 몇 번 달아난 차였다. 그들이 식량을 사려고 멈췄을 때 보스먼이 모퉁이를 도는 장례식 행렬에 정신이 팔린 사이 코라는 몇 미터 앞으로 갔지만 한 소년이 그녀를 넘어뜨렸다. 그들은 목에도 족쇄를 더해서, 쇠사슬이 이끼처럼 손목에까지 연결되었다. 거지, 아니면 기도하는 사마귀 같은 자세가 되었다. 코라는 남자들이 길가에서 오줌을 누러 멈췄을 때도 달아났고 그때는 조금 더 갔다. 한번은 땅거미가 질 때 시냇가에서 달아났는데 물이 있어서 움직일 수 있을 것 같았다. 코라는 미끄러운 돌 때문에 물속에 굴렀고, 리지웨이는 코라를 매질했다. 코라는 달아나기를 멈췄다.

그들은 노스캐롤라이나를 떠난 이후 며칠은 거의 말을 하지 않았다. 코라는 군중과의 대면에 그녀가 피곤했듯이 그들 역시 피곤했나 보다 생각했지만, 침묵은 전반적인 그들의 방침이었다―재스퍼가 끼어들기 전까지는. 보스먼은 무례한 제안을 낮은 목소리로 속삭였고 호머는 운전석에서 등을 돌려 코라를 불안하게 만드는 뜻 모를 웃음을 지어 보였지만, 그 노예 사냥꾼은 이들 맨 앞에서 거리를 유지했다. 이따금씩 그는 휘파람을 불었다.

코라는 그들이 남쪽이 아니라 서쪽으로 가고 있다는 것을 알아챘다. 코라는 시저가 나타나기 전까지는 해의 궤도 같은 것은 생각도 하지 못했다. 시저는 코라에게 그게 탈출에 도움이 될 수 있다고 말했었다. 그들은 어느 날 아침 한 마을 제과점 앞에 멈췄다. 코라가 마음을 단단히 먹고 리지웨이에게 계획을 물었다.

꼭 코라가 다가오기만 기다리고 있었다는 듯 그의 눈이 커졌다. 첫 대화 이후 리지웨이는 마치 코라에게도 발언권이 있는 것처럼 그들의 계획에 코라도 끼워 넣었다. "대단하네." 그가 말했다. "하지만 걱정 마라, 곧 집으로 데려다줄 테니."

코라 말이 맞다고 그는 말했다. 그들은 서쪽으로 가고 있었다. 조지아의 힌턴이라는 한 농장주가 리지웨이에게 노예 하나를 찾아달라고 의뢰했다. 문제의 검둥이는 약삭빠르고 임기응변의 재주가 있는 사내로, 미주리에 정착한 흑인 친척이 있었다. 믿을 만한 정보에 따르면 넬슨은 보복당할 걱정도 안 하고, 사냥해서 잡은 물건을 환한 대낮에 팔러 다닌다고 했다. 힌턴은 존경받는 농장주로, 주지사의 사촌이라는 부러움을 살 만한 인맥을 갖고 있었다. 그러나 애석하게도 그의 감독관 한 명이 노예 처녀와 정분이 나더니 이제 넬슨의 행동이 주인인 그를 웃음거리로 만들었다. 힌턴은 넬슨에게 작업반장이 되기 위한 훈련을 시키고 있었다. 그는 리지웨이에게 후한 현상금을 약속했고 허세를 부리며 계약서까지 썼다. 나이 든 검둥이가 손으로 입을 막고 기침을 하면서 증인으로 서 있었다.

헌턴의 조바심 때문에 사실상 미주리로 먼저 갈 수밖에 없었다. "그놈만 잡으면 너는 네 주인과 다시 만나게 될 거다. 보니까 네 주인이 상당히 성대한 환영식을 준비하고 있더구나." 리지웨이가 말했다.

리지웨이는 테런스 랜들에 대한 경멸을 숨기지 않았다. 검둥이 훈육에 관한 한 리지웨이 표현대로라면 "현란한" 상상력을 가진 남자였다. 리지웨이 무리가 그의 대저택으로 가는 길에 접어들어 교수대 세 개를 본 순간부터 그건 자명했다. 어린 소녀가 커다란 쇠꼬챙이에 갈비뼈가 걸린 채로 교수대에 매달려 있었다. 그 아래의 땅은 소녀의 피로 검었다. 다른 두 대의 교수대는 아직 임자를 기다리고 있었다.

"내가 북부에서 구류되어 있지 않았다면 분명 너희 셋이야 자취를 감추기 전에 잡을 수 있었을 텐데. 러비—이름이 그게 맞나?"

코라는 비명을 지르지 않기 위해 입을 틀어막았다. 실패했다. 리지웨이는 코라가 평정을 되찾을 때까지 10분을 기다렸다. 마을 사람들은 길바닥에 주저앉아버린 흑인 소녀를 내려다보고는 그 위를 넘어 제과점으로 들어갔다. 달콤하고 향긋한 빵 냄새가 거리를 가득 메웠다.

리지웨이는 자신이 집주인과 이야기하는 동안 보스먼과 호머는 진입로에서 기다렸다고 말했다. 그 집은 아버지가 살아 있을 때는 활기 넘치고 기분 좋은 곳이었다—그렇다, 그는 코라의 엄마를 찾으려고 전에도 그 집에 갔었고 빈손으로 다시 나타났었다. 테런스와 단 1분을 함께 있어보니 형편없는 분위기의 원인은 명백했다. 그 아들은 비열했고, 그건 주변의 모든 것을 감염시키는 종류의 비열함이었다. 소나기구름으로 잿빛 하늘은 꾸물꾸물했고, 그 집의 검둥이들은 굼뜨고 침울했다.

신문은 행복한 대농장, 그리고 노래하고 춤추고 주인님을 사랑하며 만족스러워하는 노예라는 환상을 심어주었다. 시민들은 그런 것을 좋아했고 이는 북부 주들과 반노예제도 운동에 맞선 싸움에서 정치적으로 유용했다.

리지웨이는 그 이미지가 거짓이라는 것을 알았지만—그는 노예제도라는 사업에 대해 가식적으로 꾸밀 이유가 없었다—랜들 대농장의 문제는 비단 그것이 아니었다. 그곳은 귀신 들린 곳이었다. 밖에 배배 뒤틀린 시체가 갈고리에 걸려 있는데 노예들의 그 슬픈 태도를 누가 탓하겠는가?

테런스는 리지웨이를 응접실로 안내했다. 그는 취해 있었고 굳이 옷차림을 갖추지도 않은 채, 빨간 가운 차림으로 소파에 느긋하게 누워 있었다. 불과 한 세대 만에 그렇게 타락하는 꼴을 보다니 비극이지만, 때로 돈이 한 집안에 그런 짓을 하기도 한다고 리지웨이는 말했다. 불결함을 끄집어내는 짓. 테런스는 리지웨이가 그전에, 메이블이 늪으로 사라졌을 때도 똑같이 조수 두 명을 대동하고 왔던 것을 기억했다. 그는 리지웨이가 개인적으로 찾아와서 자신의 무능을 사과한 것에 아버지가 감동을 받았다고 말했다.

"내가 계약 때문에 그 랜들 꼬마 녀석의 따귀를 양쪽에 한 대씩 갈기지 않은 게 아니야." 리지웨이가 말했다. "하지만 나는 어른이니까 너와 또 다른 문제의 녀석을 잡을 때까지 기다리기로 했지. 아주 고대하고 있어." 그는 테런스의 열의와 현상금의 액수로 볼 때 코라가 주인의 첩일 것이라고 짐작하고 있었다.

코라는 고개를 내저었다. 코라는 이제 울음을 그치고 부들부들 떨리는 손으로 주먹을 꽉 쥐고 몸을 일으켜 세웠다.

리지웨이가 말을 멈췄다. "뭐 다른 것일 수도 있고. 어쨌든, 너는 막강한 영향력을 발휘하고 있다." 리지웨이는 랜들가를 방문했던 이야기를 다시 시작했다. 테런스는 러비가 잡힌 이후 상황을 노예 사냥꾼에게 짧게 들려주었다. 바로 그날 아침 부하 코널리는 시저가 동네의 한 가게에 자주 드나들었다는 정보를 입수했다—그 남자가 검둥이 소년의 목공예품을 파는 것 같았다. 리지웨이는 이 플레처 씨라는 사람을 찾아가서 상황이 어떤지를 확인해도 좋겠다고 생각했다. 테런스는 소녀는 살아 있기를 원했지만 다른 노예는 어떤 상태로 돌아오든 상관하지 않았다. 리지웨이는 그 소년이 원래 버지니아에서 온 것을 알고 있었을까?

리지웨이는 몰랐다. 이야기는 이제 그의 고향 주에 대한 험담이 되었다. 창문들이 닫혀 있었지만 불쾌한 냄새가 방으로 흘러들어왔다.

"그게 거기서 나쁜 습관을 들인 거지." 테런스가 말했다. "거기는 물렁물렁하거든. 우리 조지아에서는 일을 어떻게 처리하는지 자네가 꼭 알려주기 바라네." 그는 법의 테두리 밖에서 이 일을 처리하기 바랐다. 둘은 백인 소년을 죽인 살인자로 추적을 당하고 있었고, 군중이 눈치채면 집으로 데리고 돌아올 수가 없었다. 현상금은 그가 재량껏 처리해야 함을 설명해주었다.

리지웨이는 작별 인사를 했다. 빈 마차의 차축 소리가 그것을 잠재울 무게가 없어 요란했다. 리지웨이는 돌아올 때는 마차가 결코 비어 있지 않으리라고 자신에게 약속했다. 또 다른 랜들, 지금 농장을 운영하고 있는 저 애송이에게는 결코 사과하지 않을 것이었다. 그는 소리가 들려 되돌아왔다. 아까 그 소녀, 러비가 낸 소리였다. 러비의 팔이 팔딱거렸다. 아직 목숨이 완전히 끊어지지 않았다. "내가 듣기로는 최소 반나절을 더 목숨이 붙어 있었다지."

플레처의 거짓말은 곧바로 들통이 났고—연약한 종교적 표본 중 하나였다—그는 지하철도 동료, 럼블리의 이름을 불었다. 럼블리에 대해서는 아무런 흔적이 없었다. 그는 코라와 시저를 주 밖으로 데려간 뒤로 다시는 돌아오지 않았다. "사우스캐롤라이나였나?" 리지웨이가 물었다. "네 어미를 북쪽으로 데려다준 사람도 그인가?"

코라는 입을 열지 않았다. 플레처의 운명, 어쩌면 그 아내의 운명도 상상하기는 어렵지 않았다. 적어도 럼블리는 살아남았다. 그리고 그들은 헛간 아래의 터널을 발견하지 못했다. 어느 날 또 다른 절실한 영혼이 그 노선을 쓸 수도 있었다. 더 나은 결과를 얻으려면 운도 따라야 하리라.

리지웨이가 고개를 끄덕였다. "상관없다. 하나하나 얘기를 따라잡을 시간은 많으니까. 미주리까지는 아주 멀거든." 법은 버지니아 남부의 어느 역장을 잡아냈다고 리지웨이는 말했다. 마틴의 아버지라는 이름을 포기한 사람이었다. 도널드는 죽었지만 리지웨이는 가능하다면 그가 어떻게 임무를 완수할 수 있었는지, 그래서 더 큰 음모가 어떻게 작동되는지 알고 싶었다. 그러다 코라를 찾으리라고는 예상하지 못했지만 그는 몹시도 기쁘지 않을 수 없었다.

보스먼은 코라를 마차에 쇠사슬로 묶었다. 코라에게 이제 그 자물쇠 소리는 익숙했다. 그 쇠사슬은 잠시 확 당겨졌다가 제자리로 떨어졌다. 재스퍼가 다음 날 그들에 합류했다. 그의 몸은 얻어맞은 개처럼 벌벌 떨고 있었다. 코라는 어디서 도망 나왔는지, 사탕수수 일은 어떤지, 어떻게 도망 나왔는지 물으면서 그와 이야기를 하려고 해보았다. 재스퍼는 영가와 기도로 답했다.

그게 나흘 전이었다. 지금 코라는 발밑에서 타버린 나무가 으스러지는 불운한 테네시의 검은 목초지에 서 있었다.

바람에 거세지고, 비가 내렸다. 휴식은 끝났다. 호머는 식사를 깨끗이 해치웠다. 리지웨이와 보스먼이 담뱃대를 툭툭 털었고, 보스먼은 코라에게 돌아오라며 휘파람을 불었다. 테네시의 언덕과 산이 코라 주위에 검은 대접의 옆면처럼 솟아올라 있었다. 이만큼 폐허를 만들 정도면 그 불길은 얼마나 지독했을까, 얼마나 맹렬했을까. 우리는 재가 든 대접 안을 기어 다니고 있구나. 가치 있는 것이 다 타버리고, 남은 것은 바람에 실려갈 검은 가루뿐.

보스먼은 바닥에 있는 고리에 코라의 족쇄를 연결하고 튼튼한지 확인했다. 고리들은 이따금씩 노예를 대량으로 잡아올 때를 대비해 마차 바닥에 다섯 개씩 두 줄로 박혀 있었다. 이 둘에게는 충분했다. 재스퍼는 크리스마스의 만찬을 막 게걸스럽게 먹어치운 사람처럼 기운차게 노래를 흥얼거리면서 가장 잘 앉는 자리를 차지하고 있었다. "구세주가 부르실 때, 그대 그 짐을 내려놓으리. 그 짐을 내려놓으리."

"보스먼." 리지웨이가 부드럽게 말했다.

"그대 영혼 들여다보시고 그대 죄인이 한 일을 아시리. 그대 영혼 들여다보시고 그대 한 일을 아시리."

보스먼이 말했다. "아."

리지웨이는 코라를 태운 이후 처음으로 짐칸 안으로 들어왔다. 그는 보스먼의 권총을 손에 들고 재스퍼의 얼굴을 쐈다. 피와 뼈가 짐칸 안을 뒤덮고 코라의 더러운 원피스에 튀었다.

리지웨이는 얼굴을 닦고 이유를 설명했다. 재스퍼의 현상금은 50달러였는데, 그를 감옥에 집어넣은 땜장이에게 15달러를 주어야 했다. 미주리, 그리고 다시 동쪽 조지아―그들이 그를 소유주에게 전달하기까지는 몇 주가 걸릴 것이었다. 예를 들어 35달러를 3주로 나누고, 거기서 보스먼의 몫까지 빼면, 평화로운 마음과 고요를 위해서 현상금을 잃는 것이야 아주 작은 대가였다.

호머가 수첩을 펴고 대장의 계산을 확인해보았다. "맞는 말씀이에요." 그가 말했다.

테네시는 가도 가도 엉망이었다. 화마가 잿더미 길에 있는 그다음 마을 두 개까지 집어삼켰다. 아침에는 얼마 안 되는 정착민의 흔적이 언덕 주변에서 나타났는데, 타버린 목재와 시커먼 석조 건물 잔해가 늘어서 있었다. 처음에는 한때 개척자의 꿈을 품었을 집의 토대들이, 그다음에는 폐허가 된 구조물들 속에 마을의 구색이 나타났다. 더 먼 데 있는 마을은 더 컸지만 파괴 면에서는 막상막하였다. 심장부는 파괴된 길들이 사방에서 합쳐지는 넓은 교차로였는데, 지금은 아무것도 없었다. 폐허가 된 가게 안에 제빵사의 오븐이 음울한 토템처럼 서 있었고, 사람의 잔해가 감방 쇠창살 뒤에 구부리고 있었다.

코라는 이 풍경에서 어떤 부분이 정착민들에게 제 미래를 심고 가꿀 만한 곳으로 비춰졌을지, 그게 비옥한 땅이었는지 물이었는지 아니면 경치였는지 알 수 없었다. 모든 것이 지워지고 없었다. 살아남은 이들이 돌아온다 해도 동쪽 심지어 서쪽으로라도 허둥지둥 뒷걸음질 치면서 어디 다른 데서 다시 시작해보겠다는 결의만 다져줄 것이었다. 여기에 부활은 없었다.

그러고 나서 그들은 화마의 손길이 닿은 곳을 벗어났다. 자작나무와 잡초들이 웃자라 불타버린 땅에서는 불가능했던 색깔로 진동했는데, 에덴동산 같기도 요새 같기도 했다. 보스먼은 분위기가 바뀌었음을 나타내려고 장난으로 재스퍼의 노래를 흉내 냈다. 검은 풍경은 그들에게 생각보다 더 크게 영향을 주고 있었다. 벌써 60센티미터까지 자란, 들판의 건강한 옥수수는 풍성한 수확을 암시했다. 이 땅을 폐허로 만든 바로 그 똑같은 힘이 앞으로 다가올 풍요를 선전하고 있었다.

리지웨이는 정오가 지난 직후 잠깐 쉬어 가자고 했다. 교차로의 표지판을 큰 소리로 읽다가 그 노예 사냥꾼은 뻣뻣하게 굳어버렸다. 길 너머 마을에서 황열병이 돌고 있다고 그가 말했다. 모든 여행자는 접근하지 말라는 경고였다. 좀 더 좁고 울퉁불퉁한 다른 길은 남서쪽으로 이어졌다.

리지웨이는 살펴보더니 표지판이 새로 세워진 것이라고 했다. 병이 아직 다 지나가지 않았을 가능성이 컸다.

"내 동생 둘이 다 황열병으로 갔어요." 보스먼이 말했다. 그는 날이 따뜻해지면 황열병이 자주 돌던 미시시피에서 어린 시절을 보냈다. 그의 두 남동생은 피부가 누렇게 뜨면서 창백해졌고, 눈과 항문에서 피가 흘러나왔으며 발작이 일어나 그 작은 몸들을 고문했다. 어떤 남자들이 두 시체를 삐거덕거리는 외바퀴 손수레에 싣고 갔다. "끔찍한 죽음이었지요." 그의 목소리에는 농담기가 싹 가셔 있었다.

리지웨이는 그 마을을 알았다. 그곳 시장은 부패한 잡놈이었고, 음식은 설사를 일으켰지만, 그들이 머물 만하다고 생각했다. 다른 길로 돌아간다면 일정이 상당히 지연될 것이었다. "열은 바다 건너 오지." 리지웨이가 말했다. 서인도제도에서부터, 저 먼 검은 대륙으로부터, 무역의 길을 따라서. "진보를 위해 인간이 치러야 하는 세금이랄까."

"그 세금 걷어 가는 수금원은 누군데요?" 보스먼이 물었다. "나는 한 번도 본 적 없구먼." 두려움이 그를 경박하고 심술궂게 만들었다. 그는 이 교차로조차 황열병의 반경에 너무 가까운 것 같아 오래 있고 싶지 않았다. 리지웨이의 명령을 기다리지도 않고—혹은 노예 사냥꾼과 비서 소년 사이에만 오간 신호에 따라—호머가 마차를 저주받은 마을 멀리 몰았다.

남서쪽으로 내려가는 길에 경고 표지판이 두 개 더 나타났다. 격리된 마을들로 이어지는 샛길들엔 앞에 놓인 위험을 알려주는 표지판이 전혀 없었다. 오랫동안 화마의 소행을 지나와서인지 눈에 보이지 않는 위협이 더욱 두렵게 느껴졌다. 어둠이 내려앉고 한참이 지나서야 그들은 다시 멈추었다. 코라가 랜들 농장에서부터 시작된 자신의 여정을 돌아보며 두꺼운 불운의 동아줄을 엮기에는 충분한 시간이었다.

노예 장부의 목록이 두툼해졌다. 처음에 이름들은 아프리카 해안에서 수십만의 적하 목록으로 수집되었다. 인간 화물. 죽은 이들의 이름은 산 사람의 이름만큼 중요했다. 질병과 자살로—그리고 회계 용도로 여타 작은 사고라고 분류된 이유들로—상실된 분량을 고용주들에게 입증해 보여야만 했다. 경매장 연단에서 그들은 매 경매에서 구입된 영혼들의 수를 기록했고, 대농장에서 감독관들은 일꾼들의 이름을 빽빽한 필기체로 일일이 기록해두었다. 이름 하나하나가 자산, 숨 쉬는 돈, 살점으로 만들어진 이윤이었다.

이 특정한 제도가 코라까지 목록을 만들게 했다. 코라의 손실 목록에서 사람들은 액수로 축소되는 게 아니라 그들의 친절함으로 배가되었다. 코라가 사랑한 사람들, 그녀를 도왔던 사람들. 호브의 여자들, 러비, 마틴과 에설, 플레처. 사라진 사람들—시저와 샘과 럼블리. 재스퍼는 그의 책임은 아니었지만, 마차와 그녀의 옷에 남은 그의 핏자국은 또한 그녀 자신의 죽음을 나타내는 것일 수도 있었다.

테네시는 저주받았다. 처음에 코라는 테네시의 참화—화재와 질병—를 정의와 연관시켰다. 백인들이 치러야 할 대가를 치른 것이었다. 코라의 민족을 노예로 만들고, 다른 인종을 학살하고, 바로 이 땅을 훔친 대가. 불길에 든 황열에든 재가 되도록, 여기서부터 한 뼘씩 파괴가 시작되어 마침내 죽은 자들의 복수가 되도록. 그러나 사람들이 꼭 제 몫의 불운을 맞닥뜨리는 거라면 코라는 이런 고초를 자초하는 무슨 짓을 했단 말인가? 또 다른 목록에서 코라는 자신을 이 마차와 족쇄들로 이끈 결정을 셈해보았다. 체스터라는 소년이 있었고, 코라가 그를 보호해준 일이 있었다. 불복종은 으레 채찍으로 처벌했다. 달아난 것은 너무나 큰 죄였기 때문에 처벌은 그녀가 짧은 여정에서 만난 모든 착한 영혼들에까지 돌아갔다.

마차의 반동에 튕겨 오르면서 코라는 축축한 땅과 빽빽한 나무들의 냄새를 맡았다. 8킬로미터 전까지만 해도 잿더미였는데 왜 이 들판은 멀쩡한가? 대농장에서 정의란 비열하고 늘 같은 것이었지만, 세상은 마구잡이였다. 세상 밖으로 나와보니 사악한 자들이 마땅히 받아야 할 벌을 피해 가고 선량한 사람들이 채찍질 나무에 대신 서 있었다. 테네시의 재앙은 정착민들의 범죄와는 무관한, 무심한 자연의 결실이었다. 체로키 인디언의 삶의 방식과도 마찬가지로 무관했다.

그저 길을 벗어난 불꽃 하나 때문이었다.

어떤 불운도 코라의 성격이나 행동 때문이 아니었다. 코라의 피부색은 검었고 이것이 세상이 검은 사람들을 대하는 방식이었다. 그 이상도, 이하도 아니었다. 모든 주가 다르다고 럼블리는 말했다. 테네시에게 성격이 있다면 그것은 제멋대로 처벌을 내리는, 세상의 어두운 면모를 닮아 있었다. 어떤 꿈을 꾸고 있고 피부색이 무엇이든, 누구도 피해 갈 수 없었다.

갈색 곱슬머리에 밀짚모자 밑으로 검은 눈동자가 부리부리한 청년이 서쪽에서부터 일말을 한 무리 몰고 왔다. 햇볕에 탄 볼이 따끔거릴 만큼 빨갰다. 그는 리지웨이의 무리를 가로막았다. 그는 막 지나온 마을에서는 무시무시한 병마가 거의 진정되었다고 말했다. 마을은 그날 아침 황열병에서 풀려났다. 리지웨이는 남자에게 그의 앞에 놓인 것을 말해주고 고맙다고 인사했다.

곧 길 위에 마차들이 다시 다니기 시작했고, 동물과 곤충조차 활기를 더했다. 이 여행자 넷에게 문명의 풍경과 소리와 냄새가 되살아났다. 마을 외곽에 이르니 농가와 판잣집에서 등불이 빛났고, 저녁을 먹으려고 가족들이 모여 앉아 있었다. 마을이 눈에 들어왔고, 코라가 노스캐롤라이나에 와서 본 이후로 가장 오래된 마을은 아니더라도 가장 큰 마을이었다. 은행 두 개와 시끌벅적한 술집들이 늘어선 기다란 중심가를 보며 코라는 기숙사 시절이 떠올랐다. 시내는 밤이 되어도 조용해질 기미가 전혀 보이지 않았다. 상점들은 열려 있고 시민들은 나무 보도 위를 걸어 다녔다.

보스먼은 여기서 묵을 수 없다고 펄쩍 뛰었다. 황열병이 그렇게 가까이서 돌았다면 다음에는 여기를 덮칠 수 있었고, 어쩌면 마을 사람들의 몸 안에서 벌써 돌아다니고 있는지도 몰랐다. 리지웨이는 짜증이 났고 제대로 된 침대가 그리웠지만 그의 말을 들어주기로 했다. 그들은 식량을 다시 채우고 길에 올랐다.

코라는 남자들이 볼일을 보는 동안 여전히 마차에 묶여 있었다. 걸어 다니는 사람들이 마차 덮개 사이로 코라의 얼굴을 보고는 고개를 돌렸다. 굳은 얼굴들이었다. 옷은 거칠고 소박했고, 동쪽 마을에서 백인들이 입었던 옷보다 덜 고급스러웠다. 정착해 안정된 이들이 아니라, 정착하러 온 사람들의 옷이었다.

호머는 재스퍼가 불렀던 다소 단조로웠던 노래를 휘파람으로 불면서 짐칸으로 들어왔다. 그 죽은 노예는 여전히 그들과 함께였다. 소년은 갈색 종이에 싸인 꾸러미를 들고 있었다. "이거 코라 거예요." 그가 말했다.

흰색 단추가 달린 짙은 파란색 원피스는 약 냄새가 나는 부드러운 면으로 되어 있었다. 코라는 마차 안에 튄 피에 닿지 않도록 옷을 받아 들었다. 바깥에서 들어오는 가로등 불빛에 마차 덮개에 묻은 핏자국이 선명하게 보였다.

"입어요, 코라." 호머가 말했다.

코라는 절그럭거리는 소리를 내며 손을 들어 보였다.

그가 코라의 손목과 발목의 사슬을 풀어주었다. 코라는 매번 이럴 때마다 탈출을 생각했고 결과는 소용없었다. 이렇게 거칠고 정신없는 시내라면 군중도 잘 몰려들 것이라고 생각했다. 조지아의 소년에 대한 소식이 여기까지 퍼졌을까? 코라는 그 사고를 전혀 생각하지 않았고 자신의 죄 목록에 포함시키지도 않았다. 그 소년은 그 소년만의 목록에 들어가 있었다―그러나 그것은 무슨 목록일까?

호머는 요람에서부터 코라의 시종을 들어온 몸종처럼 코라가 옷 입는 것을 지켜보았다.

"나는 붙잡혔어." 코라가 말했다. "너는 그와 같이 있기로 선택한 거지."

호머는 당혹스러운 얼굴이었다. 그는 수첩을 꺼내더니, 마지막 장을 펼쳐 휘갈겨 적었다. 글을 다 쓰고 코라의 족쇄를 다시 채웠다. 그가 코라에게 안 맞는 나무 신발을 주었다. 그가 코라의 족쇄를 마차 바닥의 쇠고랑에 연결하려는데, 리지웨이가 코라를 밖으로 데리고 나오라고 말했다.

보스먼은 이발과 목욕을 하고 아직 안 돌아왔다. 리지웨이가 감옥 보안관보에게서 얻은 관보와 탈주자 공고를 호머에게 건넸다. "내가 데리고 가서 저녁을 좀 먹여야겠다." 리지웨이는 그렇게 말하고 떠들썩한 거리로 코라를 데리고 갔다. 호머가 코라의 더러운 원피스를 시궁창에 버리자 갈색으로 마른 핏자국이 진흙 속으로 스며들었다.

나무 신발이 꽉 끼었다. 리지웨이는 뒤처지는 코라와 보조를 맞추기 위해 걸음을 늦추지 않고 앞서갔고 코라가 달아날까 염려치 않았다. 코라의 사슬이 소 방울이었다. 테네시의 백인들은 코라에게 전혀 관심을 두지 않았다. 한 니그로 청년이 마구간 벽에 기대서 있었는데, 코라의 존재를 알아챈 유일한 사람이었다. 잿빛 줄무늬 바지에 소가죽 조끼를 입은 겉모습으로 보아 자유인 신분이었다. 그는 코라가 랜들 농장에서 사슬에 묶여 터덜터덜 걷던 노예 무리를 바라보았듯이 코라의 움직임을 지켜보았다. 다른 사람에게 묶인 사슬을 보고 그게 자신의 것이 아님을 기뻐하는 것―언제든 얼마든 더

테네시 245

나빠질 수 있다는 사실에 비추어 보는 것은 흑인에게 허용된 큰 행운이었다. 눈이 마주친다면 양쪽 다 눈을 피하리라. 그러나 이 남자는 그러지 않았다. 그는 지나가는 사람에 시야가 가려지기 전에 고개를 끄덕였다.

코라는 사우스캐롤라이나에서 샘의 술집 안을 재빨리 훔쳐볼 뿐 그 문턱을 넘은 적은 한 번도 없었다. 사람들 속에서 코라는 이상한 풍경이었지만 리지웨이가 한 번 돌아보기만 해도 그들은 하던 일로 돌아갔다. 바에서 서빙을 하던 뚱뚱한 남자는 담배를 말다가 리지웨이의 뒤통수를 빤히 쳐다보았다.

리지웨이가 코라를 뒤쪽 벽에 기댄 기우뚱거리는 탁자로 안내했다. 마룻바닥과 벽과 천장에 밴 오래된 맥주 냄새 위로 고기 스튜 냄새가 올라왔다. 머리를 땋은 종업원은 목화 짐꾼 같은 두꺼운 팔에 어깨가 떡 벌어진 여자였다. 리지웨이가 음식을 시켰다.

"신발은 내가 고르자고 한 건 아니었다." 그가 코라에게 말했다. "하지만 옷은 잘 어울리는구나."

"깨끗해요." 코라가 말했다.

"암, 그럼. 우리 코라를 정육점 바닥처럼 보이게 만들 수는 없지."

그는 대꾸를 이끌어내려고 했다. 코라는 거절했다. 바로 옆 술집에서 피아노 연주가 시작됐다. 너구리가 건반을 짓누르며 앞뒤로 달리는 것 같은 소리였다.

"여기까지 오는 내내 너는 네 공범에 대해서는 묻지 않더군." 리지웨이가 입을 열었다. "시저 말이다. 노스캐롤라이나에는 신문이 없더냐?"

이제 공원의 금요 축제에서처럼 공연이 벌어지리라. 그는 공연의 밤을 위해 코라에게 옷을 사 입힌 것이었다. 코라는 기다렸다.

"사우스캐롤라이나로 가다니 너무나 이상하단 말이야." 리지웨이가 말했다. "이제 막 새로운 제도를 도입한 곳인데. 옛날에는 거기 범죄자들이 많았지. 근데 그 옛날이라는 게 그리 먼 과거도 아니야. 니그로의 발전이니 야만의 문명화니 아무리 떠들어대도 거기도 늘 그렇듯 굶주린 곳이거든."

종업원이 빵 꽁다리와 소고기 감자 스튜가 가득 담긴 대접을 가져왔다. 리지웨이는 코라를 바라보면서 코라에게는 들리지 않게 종업원에게 속삭였다. 종업원이 소리 내 웃었다. 코라는 그가 취했다는 것을 깨달았다.

리지웨이가 후루룩거리며 스튜를 먹었다. "교대가 끝나갈 때 공장에서 그놈을 잡았다." 그가 말했다. "그 근처에 있던 커다란 흑인 놈들, 이제는 극복했다고 생각했는데 예전의 두려움이 다시 살아났지. 처음에는 별 소동이 없었다. 그저 도망자 하나가 또 잡힌 거였지. 그런데 말이 퍼지더구나. 시저가 어린 소년을 죽여서 수배를 받고 있다고—"

"어리지 않았어요." 코라가 말했다.

리지웨이가 어깨를 으쓱 들어 보였다. "사람들이 감방으로 들이닥쳤어. 솔직히 말하면 보안관이 문을 열어줬지만 그렇게 극적이지는 않았다. 그들이 감방으로 들이닥쳐서 그놈의 몸을 갈기갈기 찢어놓았지. 사우스캐롤라이나에는 학교도 있고 금요일의 신용거래도 있고 사람들이 참 선량해."

러비의 소식에 코라는 그 앞에서 무너져 내렸다. 이번에는 아니었다. 코라는 마음의 준비를 하고 있었다—잔혹한 짓을 앞두고 있을 때면 그의 눈은 반짝거렸다. 그리고 코라는 시저가 오래전에 죽었다는 것을 알고 있었다. 그의 운명이 어떻게 되었느냐고 따져 물을 필요가 없었다. 다락방에 있던 어느 날 밤 코라 앞에 불꽃처럼, 작고 단순한 진실이 나타났다. 시저는 살아남지 못했다는 것이. 그는 새 양복을 입고, 새 신발을 신고, 웃음을 되찾아 북부에 있지 않았다. 어둠 속에 서까래 사이에 끼어 있으면서 코라는 다시 혼자가 되었다는 사실을 이해했다. 그들은 그를 찾아냈다. 리지웨이가 마틴의 집 현관문을 두드렸을 즈음 코라는 이미 애도를 마친 뒤였다.

리지웨이는 입안에서 물렁뼈를 골라냈다. "어쨌든 그 포로 덕분에 돈을 좀 만졌고, 가는 길에 다른 노예도 하나 또 주인에게 돌려줬어. 이제 좀 수지가 맞는구나."

"늙은 깜둥이처럼 랜들 농장의 돈을 긁어모으네요." 코라가 말했다.

리지웨이가 커다란 손을 불안정한 탁자에 올려놓아 탁자가 그쪽으로 기울어졌다. 스튜가 대접 가장자리로 넘쳐흘렀다. "이것 좀 고쳐야겠네."

스튜는 밀가루를 풀어 넣어서 덩어리가 많았다. 코라는 늙은 요리사 앨리스가 아니라 조수 하나가 식사를 준비했을 때 그랬던 것처럼 덩어리를 혀로 으깼다. 벽 너머에서 피아노 연주자는 빠른 곡으로 넘어갔다. 술 취한 커플이 춤을 추러 옆 건물로 달려갔다.

"재스퍼는 군중에게 죽은 게 아니에요." 코라가 말했다.

"늘 예상치 못한 비용이 있기 마련이지." 리지웨이가 말했다. "내가 그것에게 먹인 음식값을 청구하지는 않을 거다."

"계속 이유 타령이네요." 코라가 말했다. "다르게 부르면 달라지는 줄 아는지. 하지만 그런다고 사실이 되지는 않아요. 당신은 재스퍼를 무참하게 죽였어요."

"그건 좀 개인적인 문제였지." 리지웨이가 수긍했다. "그리고 내가 지금 하려는 말도 아니고. 너와 네 친구는 소년을 죽였어. 너한테도 정당한 이유가 있겠지."

"나는 도망가고 있었어요."

"내 말이 그 말이다. 살아남는 것. 그 일을 잘못했다고 생각하나?"

소년의 죽음은 코라의 탈출 중에 나타난 복병이었다. 보름달이 뜨지 않았다거나 몰래 빠져나왔다고 생각했는데 러비가 나타났던 것처럼. 그러나 코라의 마음속 덧문은 흔들렸고 코라는 병상에서 떠는 소년을, 그의 무덤가에서 우는 그의 어머니를 보았다. 코라 역시 자기도 모르게 그의 죽음을 슬퍼하고 있었다. 노예와 주인을 똑같이 구속하는 이 사업에서 다른 사람이 붙잡혔다. 코라는 소년을 혼자 뚝 떨어져 있던 머릿속 목록에서 옮겨서, 비록 이름은 모르지만 마틴과 에설 밑에 기록했다. 글자를 배우기 전에 서명했을 때처럼, X로.

그렇다 하더라도. 코라는 리지웨이에게 말했다. "아니요."

"물론 아니겠지―그건 아무것도 아니지. 저 불타버린 옥수수밭을 위해 우는 게 더 낫지. 아니면 이 스튜 안에 둥둥 떠다니는 소나. 너는 살아남기 위해 필요한 일을 한 거다." 그는 입술을 훔쳤다. "그러나 네 불평이 맞다. 우리는 할 말을 숨기려고 온갖 번드르르한 얘기를 꾸며대지. 요새 신문에 나오듯이 똑똑한 남자들은 전부 '명백한 운명설'*을 이야기한다. 새로운 생각인 것처럼. 내가 무슨 말을 하는지 넌 모르겠지, 그렇지?" 그가 물었다.

코라가 편안히 고쳐 앉았다. "그럴듯하게 꾸며대는 말이 더 늘어난 거죠."

"제 것을, 자기한테 무엇이 주어졌든 제 재산을 취한다는 뜻이야. 그리고 다른 사람들은 전부 네가 네 몫을 취할 수 있도록 자리를 내줘야 하지. 홍인종이건 아프리카인이건 자기를 포기하고 자기를 내줘야 해. 우리가 마땅히 우리 소유인 것을 가질 수 있도록. 프랑스는 영토를 제 것이라 주장하다 입을 다물었지. 영국과 스페인은 슬금슬금 빠져나가고.

우리 아버지는 위대한 정신에 대한 인디언들의 이야기를 좋아하셨어." 리지웨이가 말했다. "이렇게 세월이 지나고 보니까 나는 미국인의 정신이 더 좋은 것 같아. 구세계에서 나와 신세계로 들어오라고, 들어와 정복하고 건설하고 문명화하라고 우리를 부르는 그 정신. 그리고 필요하다면 파괴도 하라고 하지. 열등한 인종을 고양시키라고. 고양되지 않는다면 예속시키라고. 예속되지 않으면 몰살시키라고. 거룩한 지도를 받은 우리의 운명―미국이 받

---

* 미국이 북미 전역을 지배하라는 신의 명령을 받았다는 19세기 중후반의 이론.

은 명령."

"변소에 가야 될 거 같아요." 코라가 말했다.

그의 입꼬리가 내려앉았다. 그는 코라에게 앞서가라는 손짓을 했다. 뒷골목으로 통하는 계단은 토사물로 미끄러웠고 그는 코라가 넘어지지 않도록 팔꿈치를 붙잡아주었다. 그가 들어오지 못하게 변소 문을 닫은 것은 코라가 너무나 오랜만에 느껴본 순전한 기쁨이었다.

리지웨이가 단념하지 않고 말을 계속했다. "네 엄마를 볼까." 그가 말했다. "메이블. 그릇된 생각을 가진 백인들과 범죄에 공모한 흑인들이 주인에게서 빼돌렸지. 나는 지금까지 보스턴과 뉴욕, 흑인들이 자리 잡은 마을을 쥐 잡듯 뒤졌다. 시러큐스. 노샘프턴. 메이블은 랜들가와 나를 비웃으며 캐나다에 있더구나. 나에게 그것은 개인적인 타격이야. 그래서 내가 너에게 그 드레스를 사준 거다. 주인을 위한 선물로 포장된 그 여자를 내가 그려볼 수 있도록."

그는 코라만큼이나 메이블을 증오하고 있었다. 그 점, 그리고 둘 다 빈틈없이 지켜보고 있다는 사실은 그들에게 두 가지 공통점이 있다는 뜻이었다.

리지웨이가 말을 멈추었다—어느 취객이 변소를 사용하고 싶어 했다. 리지웨이는 그를 쫓아버렸다. "너는 열 달이나 도망을 다녔어." 그가 말했다. "충분한 모욕이지. 너와 네 엄마는 절멸되어야 할 종자들이야. 너를 사슬에 묶어놓고 한 주 같이 지내보니, 너는 네 그 빌어먹을 고향 집으로 가는 길에, 끝도 없이 나에게 말대꾸를 하더구나. 노예제 폐지론자들은 너 같은 부류를 앞세우길 좋아하지. 세상이 어떻게 돌아가는지 하나도 모르는 백인들에게 연설하게 하고."

그 노예 사냥꾼은 틀렸다. 북부로 갔다면 코라는 그들로서는 알 수 없는 삶 속으로 사라졌을 것이다. 메이블처럼. 엄마가 코라에게 물려준 유일한 것.

"우리는 다 우리 역할을 하는 거다." 리지웨이가 말했다. "노예와 노예 사냥꾼. 주인과 흑인 우두머리. 항구로 밀려드는 새로 도착한 사람들과 정치인과 보안관과 신문기자와 제 튼튼한 아들을 키우는 엄마들. 너나 네 엄마 같은 사람들은 네 인종에서는 최상품이지. 네 종족의 약한 종자들은 솎아내지니까. 노예선에서 죽고, 유럽 수두로 죽고, 목화밭과 쪽밭에서 일하다가 죽지. 너는 노동에서 살아남고 우리를 더 위대하게 만들어주려면 강해야 한다. 우리가 돼지를 살찌우는 건, 그게 우리를 기쁘게 해주기 때문이 아니라 우리들을 위해서 돼지들이 살아남아야만 하기 때문이지. 그러나 우리는 네가 너무 똑똑해지면 곤란하다. 네가 우리를 넘어설 만큼 그럴싸한 인물이 되어서는 곤란해."

코라는 볼일을 다 보고 밑을 닦으려 신문지 더미에서 탈주자 광고란을 집어 들었다. 그러고서 잠시 기다렸다. 가엾은 유예, 그러나 그녀가 선택할 수 있는 것이었다.

"너는 꼬마 시절에 내 이름을 들었다." 그가 말했다. "도망가는 모든 걸음, 도망을 치려는 모든 생각을 바싹 뒤쫓는, 처벌의 이름. 내가 노예 한 명을 집으로 데려올 때마다 스무 명씩 보름달의 계획을 포기하지. 나는 질서라는 개념이다. 사라지는 노예—그것 역시 하나의 개념이지. 희망이라는. 내가 하는 일을 거꾸로 돌려놓고, 바로 옆 대농장의 노예가 자기도 도망칠 수 있겠다는 생각을 하게 해주는. 우리가 그것을 내버려둔다면 우리는 우리가 받은 명령의 결함을 인정하는 셈이 돼. 그리고 나는 그러기를 거부한다."

옆 가게에서는 이제 느린 음악이 흘러나왔다. 서로를 부둥켜안은 커플들이 천천히 몸을 흔들고 비틀었다. 상대방과 느리게 춤을 추는 것, 이 모든 말들이 아니라 그것이 진짜 대화였다. 비록 다른 사람과 그렇게 춤을 춰본 적이 없고 시저가 청했을 때 거절했지만 코라는 알았다. 그녀에게 손을 내밀고 더 가까이 오라고 말했던 유일한 사람. 어쩌면 이 노예 사냥꾼의 말, 그 모든 정당화, 그리고 함의 자손들은 저주를 받았고 노예 주인들은 주님의 뜻을 행하고 있다는 말이 다 맞는지도 모른다고 코라는 생각했다. 그리고 아마 그는 누군가가 밑을 닦기를 기다리면서 변소 문간에 대고 이야기하는 한 남자에 불과한지도 몰랐다.

코라와 리지웨이가 마차로 돌아와보니 호머는 그 작은 엄지로 고삐를 문지르고 보스먼은 위스키를 병째 홀짝이고 있었다. "이 마을은 썩었수다." 보스먼이 꼬인 혀로 말했다. "냄새가 나." 호머는 마을 밖으로 마차를 몰았다. 보스먼은 실망스러움을 토로했다. 면도와 목욕은 잘해서, 깔끔해지니 얼굴이 순수해 보이기까지 했다. 그러나 그는 유곽에서 남자 행세를 하지 못하고 왔다. "마담이 돼지처럼 땀을 흘리는데 그것이건 다른 것들이건 황열병에 걸렸더라고." 리지웨이는 얼마나 멀리 가면 마차를 세우고 잠을 잘 수 있을지 보스먼이 결정하게 했다.

코라가 잠깐 잠이 든 사이 보스먼이 들어와 손으로 코라의 입을 틀어막았다. 코라는 준비가 되어 있었다.

보스먼은 손가락을 자기 입술에 갖다 댔다. 코라는 그의 다른 손에 턱을 붙들린 채로 고개를 끄덕였다. 코라는 소리 지르지 않을 것이었다. 지금 소동을 부려서 리지웨이를 깨울 수도 있었다. 보스먼은 그에게 변명을 늘어놓을 것이고 그러면 그걸로 끝날 것이었다. 그러나 코라는 이 순간을, 보스먼이 육욕을 채우려고 할 날을 며칠이고 생각해왔다. 그는 노스캐롤라이나를 출발한 이후로 가장 많이 취해 있었다. 그는 그날 밤 마차가 멈췄을 때 옷이 예쁘다고 칭찬했다. 코라는 마음을 굳게 먹었다. 그에게 족쇄를 풀어달라고 설득할 수 있다면 이렇게 새카만 밤은 달아나기에 꼭 맞았다.

호머가 심하게 코를 골았다. 보스먼은 쇠사슬들이 부딪혀 소리가 나지 않도록 조심하면서 마차 쇠고리에서 코라의 족쇄를 끌렀다. 그는 코라의 족쇄를 풀었고 수갑이 소리가 나지 않도록 단단히 붙들었다. 그가 먼저 내려가 코라가 내려오도록 도왔다. 코라는 몇 미터 앞에 있는 길로 그냥 내달리면

되었다. 충분히 깜깜했다.

리지웨이가 불같이 화를 내면서 보스먼을 땅에 내동댕이치고 발로 차기 시작했다. 보스먼이 막자 리지웨이는 그의 얼굴을 발로 찼다. 코라는 막 달리려고 했다. 거의 그러려고 했다. 그러나 순식간에 일어난 폭력, 그 폭력의 날이 코라를 결박했다. 리지웨이가 무서웠다. 호머가 등불을 들고 마차 뒤편으로 오면서 리지웨이의 얼굴이 보였는데 그는 주체할 수 없는 분노로 코라를 노려보고 있었다. 코라는 기회를 잡았지만 놓쳤고 그의 얼굴을 본 순간 다행이다 싶었다.

"어떻게 하려고 그래요, 리지웨이?" 보스먼이 훌쩍였다. 그는 마차 바퀴에 기대어 있었다. 자기 손의 피를 내려다보았다. 그의 목걸이가 끊어져 귀들이 널브러져 있으니 마치 땅이 듣고 있는 것 같았다. "미친 리지웨이, 하고 싶은 대로 하쇼. 내가 마지막 남은 놈이오. 내가 없어지면 호머만 남아서 두들겨 맞겠구만." 그가 말했다. "녀석은 좋아하겠지."

호머가 키득거렸다. 그는 코라의 족쇄를 마차에서 집어 들었다. 리지웨이가 숨을 거칠게 몰아쉬면서 주먹을 문질렀다.

"치마 예쁘네." 보스먼이 말했다. 그는 이를 하나 뽑았다.

"누구라도 움직였다간 뽑힌 이가 더 많아질 것이오." 그 남자가 말했다. 셋은 밝은 데로 걸어 나왔다.

말한 사람은 마을에서 본 젊은 니그로, 코라를 보고 고개를 끄덕였던 사람이었다. 그는 리지웨이를 감시하느라 지금은 코라 쪽을 보지 않았다. 그의 얇은 테 안경에 등불이 반사되어 마치 그 불꽃이 그의 안에서 타고 있는 것 같았다. 그의 권총이 수맥을 찾는 사람의 지팡이처럼 두 백인 사이에서 왔다 갔다 했다.

두 번째 남자는 라이플총을 들고 있었다. 키가 큰 근육질의 그 남자는 두툼한 작업복 차림이었는데 코라가 보기에는 이 일을 할 때 입는 복장 같았다. 넓적한 얼굴에, 적갈색의 긴 머리가 사자 갈기처럼 뒤로 날렸다. 남자의 자세는 그가 명령을 따르는 걸 좋아하는 사람이 아니라고 말하고 있었고, 눈 속의 오만불손함은 무력한 노예의 그것이 아니라 실제였다. 세 번째 남자는 보이나이프*를 흔들고 있었다. 그의 몸은 긴장으로 떨렸고, 동료들의 대화 사이사이로 그의 가쁜 숨소리가 들려왔다. 코라는 그의 태도를 알아보았다. 그것은 탈출의 다음 단계를 확신하지 못하는, 도망자의 자세였다. 코라는 그것을 시저에게서, 기숙사에 도착한 신참들의 몸에서 보았고, 자신도 그런 모습을 여러 번 보였다는 것을 알고 있었다. 그는 떨리는 칼을 호머 쪽으로 뻗었다.

코라는 총을 든 흑인 남자들은 한 번도 본 적이 없었다. 그 모습이 코라에게 충격이었고, 그녀의 머리로는 이해가 되지 않는 새로운 개념이었다.

"너희 꼬마들 길을 잃었구나." 리지웨이가 말했다. 그는 무기가 하나도 없었다.

"테네시가 별로 마음에 안 들어서 차라리 집으로 가려고 한다는 점에서는, 맞소이다." 리더가 말했다. "당신이야말로 길을 잃은 것 같군."

보스먼이 기침을 했고 리지웨이와 눈빛을 주고받았다. 그는 긴장해서 몸을 일으켜 앉았다. 총구 두 개가 그를 향하고 있었다.

리더가 말했다. "우리는 우리 길을 갈 거지만 숙녀분이 혹시 우리와 같이 가고 싶은 마음이 있는지 물어보고 싶었소. 우리가 더 좋은 길동무가 될 것 같은데."

"너희 꼬마들은 어디서 왔지?" 리지웨이가 말했다. 그렇게 말하는 걸 보니 그는 계략을 꾸미고 있었다.

---

* 사냥용 긴 칼.

"각지에서." 리더가 말했다. 그의 목소리에 북부의 느낌이 배어 있었다. 시저처럼 저 위쪽 억양. "하지만 서로를 알게 되어 이제 같이 일하지. 앉으시오, 리지웨이 씨." 그는 고개를 살짝 움직였다. "저 사람이 코라라고 부르는 것을 들었어요. 그쪽 이름인가요?"

코라는 고개를 끄덕였다.

"코라 맞지." 리지웨이가 말했다. "나는 알고. 저 작자는 보스먼, 애는 호머다."

자기 이름이 불리자 호머는 칼을 들고 있는 남자에게로 등불을 던졌다. 유리는 남자의 가슴팍에서 튕겨 나와 땅바닥에 떨어지고서야 깨졌다. 불길이 솟았다. 리더가 리지웨이에게 총을 쏘았지만 빗나갔다. 노예 사냥꾼이 리더에게 달려들었고 둘은 땅 위에서 뒹굴었다. 라이플총을 든 붉은 머리 남자가 더 정확했다. 보스먼은 나가떨어졌고, 그의 배에서 순식간에 검은 꽃이 피어났다.

호머는 총을 가지러 달아났지만 라이플총을 가진 자가 뒤쫓았다. 소년의 모자가 불 속으로 굴러갔다. 리지웨이와 그 적수는 괴성을 지르고 안간힘을 쓰며 땅 위에서 난투를 벌였다. 둘은 불타는 기름의 가장자리로 같이 굴러갔다. 조금 전 코라의 두려움이 되살아났다—리지웨이는 코라를 아주 잘 길들였다. 그 노예 사냥꾼이 우세해져, 리더를 땅 위에 메다꽂았다.

코라는 달릴 수 있었다. 지금은 손목에 채워진 수갑이 전부였다.

코라는 리지웨이의 등으로 뛰어올라 수갑으로 그의 목을 감고 수갑을 꽉 비틀었다. 코라의 가장 깊은 곳에서 비명이 터져 나왔다. 터널에서 울려 퍼지는 기차의 휘파람 소리처럼. 코라는 확 잡아당기며 있는 힘껏 짓눌렀다. 그 노예 사냥꾼이 몸을 던져 코라를 땅에 짓이겼다. 그가 코라를 털어버렸을 때 마을에서 본 남자는 다시 총을 들고 있었다.

도망자가 코라를 부축해 일으켜 세웠다. "아까 그 남자애는 누구야?" 그가 물었다.

호머와 라이플총 남자는 돌아오지 않았다. 리더가 리지웨이에게 총을 겨눈 채로 칼을 든 남자에게 확인하고 오라고 지시했다.

리지웨이는 두툼한 손가락으로 목의 벗겨진 살갗을 문질렀다. 그는 코라를 보지 않았고, 코라는 다시 두려워졌다.

보스먼이 훌쩍거렸다. 그리고 웅얼거렸다. "그대 영혼 들여다보시고 그대 죄인이 한 일을 아시리……." 불붙은 기름에서 나오는 빛은 일정하지 않았지만, 그들이 점점 더 커지는 피 웅덩이를 알아보는 데는 어려움이 없었다.

"저렇게 피를 흘리다 죽겠군." 리지웨이가 말했다.

"여긴 자유의 나라지." 마을에서 온 남자가 말했다.

"이건 네 재산이 아니야." 리지웨이가 말했다.

"그건 법이 하는 말이야. 백인들의 법. 다른 법도 있다." 그는 코라에게 부드러운 목소리로 말했다. "원한다면 쏠 수도 있어요." 그의 얼굴은 차분했다.

코라는 리지웨이와 보스먼이 천벌을 받기를 원했다. 그러면 호머는? 코라는 다른 나라에서 온 특사 같아 보이는 그 이상한 흑인 소년에게 자기가 진짜로 원하는 게 뭔지 알 수 없었다.

코라가 입을 열기 전에 그 남자가 말했다. "우리로서는 쇠고랑을 채우는 쪽을 더 좋아하지만 말이에요." 코라는 땅에서 그의 안경을 찾아다가 소매로 깨끗이 닦았고 셋은 기다렸다. 그의 동료들이 빈손으로 돌아왔다.

이 남자들이 리지웨이의 손목을 마차 바퀴에 쇠사슬로 묶을 때 그는 웃었다.

"아까 그 소년은 교활한 부류야." 리더가 말했다. "나는 알 수 있어. 우리는 가야 합니다." 그가 코라를 바라보았다. "우리와 같이 가겠어요?"

코라는 새 나무 신발로 리지웨이의 얼굴을 세 번 걷어찼다. 세상이 나서서 사악한 자들을 벌주지 않을 거라면, 코라는 생각했다. 누구도 그녀를 말리지 않았다. 나중에 코라는 세 번의 살인이라 세 번이었다고 말하며 자신의 말 속에서나마 잠시 다시 살려내고자 러비, 시저, 재스퍼에 대해서 말했다. 그러나 그것은 사실이 아니었다. 전부 다 그녀를 위한 것이었다.

CAESAR

시저

다들 자키의 생일로 들떠 있어서 시저는 랜들 농장에서 유일한 그의 안식처로 갈 수 있었다. 마구간 옆의 다 허물어져가는 학교 건물은 대개 비어 있었다. 밤이면 연인들이 숨어들었지만, 그는 밤에는 거기 간 적이 한 번도 없었다—그에겐 불빛이 필요했고, 촛불을 켜는 위험을 감수할 생각은 없었다. 그는 플레처가 여러 번의 만류 끝에 그에게 준 책을 읽으러 학교 건물로 갔다. 기분이 안 좋을 때 한바탕 울기 위해 갔다. 대농장에서 다른 노예들이 돌아다니는 모습을 보러 갔다. 창문에서 보면 그가 그 불운한 부족의 일원이 아니라, 그저 그들의 일을 관찰하고 있는 것 같은 기분이 들었다. 자기 집 앞으로 지나가는 사람들을 바라보는 것처럼. 학교 건물에 있으면 전혀 그곳에 있는 것 같지 않았다.

노예가 되어. 두려움 속에서. 사형을 선고받은 채.

그의 계획이 성공한다면 이것은 그가 축하하는 자키의 마지막 생일이 될 것이었다. 별일이 없는 한. 그가 알기로 그 노인은 아마 다음 달에 또 다시 생일을 선언할 것이다. 노예 숙소는 그들이 랜들 농장에서 겨우 찾아낸 그 작은 기쁨에 너무나 흥겨워했다. 가짜 생일, 수확철 보름달 아래서 열심히 일한 뒤 추는 춤. 버지니아에서 축하 잔치는 장관이었다. 시저와 가족은 집주인 할머니의 승용마차를 타고 자유인들의 농장으로 갔고, 주님의 생일과 새해 첫날에는 다른 농장에 사는 친척들을 만나러 갔다. 돼지고기와 사슴고기 스테이크, 생강 파이와 옥수수 케이크. 시저와 친구들이 숨을 몰아쉬며 쓰러질 때까지 온종일 놀이판이 벌어졌다. 버지니아의 주인들은 그런 축제 기간에는 늘 거리를 지켜주었다. 저렇게 말도 안 되게 끔찍한 위협이, 언제 닥칠지 모르는 채 양옆에서 대기하고 있는데 이 랜들 농장의 노예들이 어떻게 진심으로 즐길 수 있을까? 그들은 제 생일을 몰랐기 때문에 만들어내야 했다. 이들 절반이 제 어머니와 아버지를 몰랐다.

나는 8월 14일에 태어났다. 내 어머니의 이름은 릴리 제인이다. 아버지는 제롬이다. 두 분이 어디 있는지 나는 모른다.

학교 건물의 창문으로 보니 낡은 오두막—백색 도료는 그 안에서 자는 사람들처럼 닳고 더러워져 잿빛이 되었다—두 채 사이로 코라가 가장 아끼는 녀석과 함께 출발선에 서 있는 게 눈에 들어왔다. 체스터, 샘이 날 만큼 신이 나서 숙소를 돌아다니는 꼬마 녀석. 분명 그는 맞은 적이 한 번도 없으리라.

코라가 무슨 말을 하자 소년이 고개를 수줍게 돌렸다. 코라는 씩 웃었다—재빨리. 코라는 체스터를 보고 웃었고, 러비와 그녀의 오두막에 사는 여자들을 보고도 짧게 순식간에 웃었다. 땅 위에서 새의 그림자를 보고 고개를 들면 아무것도 없는 것처럼. 코라는 무엇이든 배급받는 것으로 근근이 살았다. 시저는 코라와 말을 해본 적이 없었는데도 코라에 대해 이만큼이나 알고 있었다. 그냥 느껴졌다. 코라는 자기 것이라 부르는 그 얼마 안 되는 것의 소중함을 알았다. 그녀의 기쁨들, 그녀의 텃밭, 그녀가 독수리처럼 걸터앉아 있는 사탕단풍나무 무더기.

그는 어느 날 밤 헛간 다락에서 마틴과 함께 옥수수 위스키를 마셨고—마틴은 술통이 어디서 났는지는 말해주지 않았다—랜들 농장의 여자들에 대한 이야기가 나왔다. 누가 제일 먼저 그들을 제 품 안에 끌어안을 것 같은지, 누가 온 숙소가 알도록 소리를 제일 크게 낼 것 같은지, 누가 절대로 말을 안 할 것 같은지. 시저는 코라에 대해 물었다.

"검둥이들은 호브 여자들하고는 놀지 않아." 마틴이 말했다. "그들은 네 물건을 잘라다가 그걸로 수프를 끓여 먹어." 그는 오래전 코라와 코라의 텃밭과 블레이크의 개집 이야기를 시저에게 들려주었고, 시저는 아주 잘한 일인걸, 속으로 생각했다. 그러고 나서 마틴은 코라가 몰래 빠져나가서 늪의 동물들하고 그 짓을 한다고 말했고, 시저는 그 일꾼이 생각보다 더 멍청한 작자라는 것을 깨달았다.

랜들 농장의 남자들 누구도 시저만큼 지각 있는 사람이 없었다. 그곳이 사람들을 망쳐놓고 있었다. 그들은 농담을 했고 작업반장의 눈길이 등 뒤에 꽂힐 때 재빠르게 목화를 땄으며 허세를 부렸지만, 자정이 넘으면 오두막에서 훌쩍였고 악몽과 끔찍한 기억으로 비명을 질렀다. 시저의 오두막에서, 옆 오두막에서, 가깝고 먼 모든 노예 마을에서. 일이 끝나고, 그날의 벌도 다 받으면, 그들의 진짜 외로움과 절망이 펼쳐지는 무대, 밤이 기다렸다.

응원과 고함—또 한 번의 시합이 끝났다. 코라는 꼭 그 소음 속에 숨어 있는 선율을 좇듯이 두 손을 허리에 얹고 고개를 갸웃 기울이고 있었다. 저 옆모습을 나무에 어떻게 담아낼까, 그 우아함과 강인함을 그대로—그는 망치지 않는다고 자신할 수 없었다. 목화를 따면서 손이 망가져서 섬세한 나무 조각을 할 수 없었다. 여자의 갸름한 볼, 뭔가 속삭이려는 입술. 하루가 끝날 때 그의 팔은 떨렸고, 근육은 욱신거렸다.

그 몹쓸 백인 할망구는 거짓말을 했다! 그는 통 제조업자를 위해 나무통을 깎으면서, 혹은 읍내 장인의 견습생으로 다시 들어가서 엄마 아빠와 작은 시골집에서 살고 있어야 했다. 물론 그의 미래는 인종 때문에 제한이 있었지만, 시저는 제 운명을 선택하는 데 자유롭다고 믿으며 자랐다. "네가 원하는 것은 무엇이든 될 수 있단다." 아버지는 말했다.

"리치먼드에도 갈 수 있어요?" 여기저기서 하는 말을 들어보면 리치먼드는 아주 멀고 정말 멋진 곳인 것 같았다.

"갈 수 있지, 원한다면."

그러나 그 늙은이는 거짓말을 했고 교차로에 서 있던 그는 이제 단 한 군데만을 향하게 되었다. 조지아에서 서서히 죽어가는 것. 그도, 그의 가족도 모두. 그의 어머니는 가냘프고 섬세해 들판 일에 맞는 사람이 아니었고, 너무 착해서 대농장의 숱한 잔혹함을 견딜 수 있는 부류가 아니었다. 그 늙은이는 그의 가족을 도저히 우연이라고 할 수 없을 정도로 철저하게 망가뜨렸다. 그 조카딸의 욕심 때문이 아니었다—그 늙은이가 그들을 내내 속였던 것이다. 늙은이가 시저를 무릎에 앉혀놓고 말을 가르쳐줄 때마다 그것은 그저 매듭을 단단히 조이는 것이었다.

시저는 플로리다의 지옥에서 사탕수수를 베고, 커다란 설탕 솥 앞에 몸을 구부린 채 몸이 타들어갈 아버지의 모습을 상상했다. 자루를 멘 어머니가 남들의 걸음을 따라가지 못할 때 아홉 가닥 채찍이 어머니의 등을 후려치는 모습도. 고집스러운 이들은 휘어지지 않으면 부러지는 법이고, 그의 가족은 북부의 친절한 백인들과 너무 오랜 시간을 보냈다. 바로 그 친절함이 그들을 빠르게 죽이고 있다는 것을 그들은 몰랐다. 남부에서는, 검둥이들을 죽이는 문제에 있어서는 전혀 인내심이 없었다.

이 대농장에서 늙고 몸이 불구가 된 남자와 여자들을 보며 그는 어머니와 아버지 앞에 놓인 운명을 보았다. 시간이 지나면 그의 것이 되리라. 밤이 되면 그는 부모님들이 분명 죽었을 것이라고 확신했다. 해가 뜨고 나면 불구가 되고 사경을 헤매고 있을 것 같았다. 어느 쪽이든 세상에 그 혼자뿐이었다.

시저는 시합이 끝나고 코라에게 다가갔다. 물론 코라는 그를 쫓아버렸다. 코라는 그를 알지 못했다. 장난일 수도 있고, 랜들가 사람들이 지루해서 놓아본 덫일 수도 있었다. 도망은 너무 엄청난 생각이었다—얼마간 그 생각 그대로를 신중히 살펴봐야 했다. 시저가 그 생각을 제 머릿속으로 들이기까지도 몇 달이 걸렸고, 그 생각을 실행에 옮기기로 결정하기까지는 플레처의 격려가 필요했다. 그 길을 함께 가면서 도와줄 누군가가 필요했다. 코라 본인도 자신이 좋다고 말할지 알지 못했지만, 시저는 알았다. 시저는 코라에게 행운의 부적으로 코라가 필요하다고 말했다—코라의 엄마가 유일하게 탈출에 성공한 사람이니까. 코라 같은 사람에게 그 말은 모욕까지는 아니더라도, 왜인지 실수인 것 같았다. 코라는 여행길에 지니고 가는 토끼 발이 아니라 기관차 그 자체였다. 코라 없이 그는 할 수 없었다.

춤판에서 벌어진 끔찍한 사건이 그것을 증명해 보였다. 저택에서 일하는 노예 한 명이 시저에게 랜들 형제가 집 안에서 술을 마시고 있다고 말해주었다. 시저는 그것을 나쁜 징조로 받아들였다. 몸종이 등불을 들고 그 뒤에 주인들을 대동하고 노예 숙소로 왔을 때 폭력은 불을 보듯 뻔했다. 체스터는 맞은 적이 한 번도 없었다. 이제 맞고 있었고, 내일이면 첫 번째 체벌을 당하리라. 더 이상 아이들의 놀이를 하지 않고, 달리기 시합도 숨바꼭질도 하지 않고, 남자 노예들의 암울한 길을 따르리라. 마을의 누구도 소년을 도우러 나서지 않았다—어떻게 그럴 수 있겠는가? 그들은 그런 광경을 희생양으로든 목격자로든 전에 수백 번 보았고, 죽을 때까지도 수백 번은 더 볼 것이었다. 그러나 코라는 나섰다. 코라가 소년을 제 몸으로 막았고 그를 대신해 주인의 매질을 받아냈다. 코라는 하나부터 열까지 벗어난 사람이었고, 길에서 너무 멀리 벗어나 벌써 오래전에 이곳에서 탈출한 사람 같았다.

그 일이 있은 후 시저는 밤에 처음으로 학교 건물을 찾았다. 그저 손에 책을 들고 있고 싶어서. 그것이, 원하던 모든 책을 가졌었고 그 책을 읽을 시간이 늘 있었던 시절의 기념품이 아직 거기 있는지 확인하려고.

보트 위에 있던 동료들은 물론이고, 바위 위로 피신했거나 배에 남아 있던 사람들이 어떻게 되었는지 나는 알 수 없지만, 모두 죽은 것으로 짐작된다. 그 책이 그를 죽음에 이르게 할 거라고 플레처는 경고했다. 시저는 《걸리버 여행기》를 포대 자루 천 두 장에 둘둘 말아서 학교 건물의 땅속에 숨겼다. 탈출을 준비할 수 있을 때까지 조금만 더 기다리라고 플레처가 말했다. 그러면 원하는 책을 얼마든지 가질 수 있어. 그러나 글을 읽지 않는다면 그는 노예였다. 책 말고 유일한 읽을거리는 쌀 포대 자루에 쓰인 글씨였다. 고통을 약속하듯 쇠에 새겨진, 사슬을 제조하는 회사의 이름.

지금 오후의 황금빛 햇살 속에서 넘겨보는 책장이 그를 지탱했다. 꾀와 결단, 꾀와 결단. 그 책 속의 백인 걸리버는 위험에서 위험으로 옮겨 다녔고, 새로운 섬에 도착할 때마다 새로운 곤경에 맞닥뜨렸고, 집으로 돌아가려면 그것들을 해결해야 했다. 그 남자의 진짜 곤란은 그가 맞닥뜨린 야만적이거나 기괴한 문명이 아니었다—그는 그가 가진 것을 계속 잊어버리고 있었다. 어디서나 백인은 그랬다. 학교 건물을 지어놓고 썩어가게 두고, 집을 만들고는 버려둔다. 만일 집으로 가는 길을 알아낸다면 시저는 다시는 여행하지 않으리라. 그러지 않으면 자신이 어디에 있는지 결코 알지 못한 채, 세상이 다 부서질 때까지 괴로운 섬들을 전전할 것만 같았다. 그녀가 같이 가지 않는다면. 코라와 함께라면 그는 집으로 가는 길을 찾을 수 있을 것 같았다.

INDIANA

인디애나

현상금 50달러

니그로 여자 서키, 26일 금요일 밤 10시경에 본인 집에서 도망
(그럴 만한 이유는 전혀 없었음). 28세가량, 피부색은 다소 밝은 편.
광대뼈가 튀어나왔고, 호리호리한 몸매.
외모가 매우 단정. 도주 당시 줄무늬 데님 원피스 차림. 서키는 전에
L. B. 피어스 씨 소유였으며, 그전에는 작고한 윌리엄 M. 헤리티지 씨 소유였음.
현재 이곳 갈리고 교회에 출석하는 신실한 신자이며(겉보기에는),
분명 그 교회 사람들 대다수에게 면식이 있을 것.

제임스 애크로이드
10월 4일

이제 코라는 참을성 없는 아이들 틈에서 수업에서 가장 뒤처지는 사람이었다. 사우스캐롤라이나와 다락방에서 이룬 진전이 코라는 뿌듯했다. 새로운 단어가 나올 때마다 기초가 흔들리고, 한 글자 한 글자 힘들게 헤쳐 나가야 했던 미지의 영토. 코라는 도널드의 연감들을 한 권 다 뗄 때마다 승리를 외쳤고, 한 번 더 읽으러 첫 장으로 돌아갔다.

조지나의 수업은 코라가 이룬 승리가 얼마나 보잘것없는지를 보여주었다. 코라는 수업을 받으러 예배당으로 들어갔던 그날 독립선언문을 알아듣지 못했다. 아이들의 발음은 산뜻하고 능숙해서, 저 옛날 랜들 대농장에서 마이클이 딱딱하게 암송한 것과는 딴판이었다. 지금 그 낱말들 속에는 음악이 살아 있고, 자기 차례가 된 아이들이 한 명 한 명 씩씩하고 자신 있게 읽을 때마다 선율이 저절로 흘러나왔다. 소년 소녀가 신도석에서 일어나, 내용을 베껴 적은 종이를 넘기면서, 미국 헌법 제정자들의 약속을 노래했다.

코라까지 학생은 스물다섯 명이었다. 가장 어린 학생들—예닐곱 살—은 낭송을 면제받았다. 어린아이들은 신도석에서 소곤거리며 소란을 피웠지만 조지나가 그들을 조용히 시켰다. 수업에도, 이곳 농장에도, 여기 일이 돌아가는 방식에도 신출내기였던 코라 역시 낭송에 참여하지 않았다. 저 옛날 핸들러 선생님의 수업에서 하워드가 왜 훌쩍거렸는지 코라는 이제 알 수 있었다. 벽을 쏠아놓는 쥐 같은, 침입자.

요리사 한 명이 벨을 울려 수업의 끝을 알렸다. 식사를 하고 나면 어린 학생들은 계속 수업을 받고, 나이가 있는 학생들은 집안일을 하러 갈 것이다. 예배당에서 나오는 길에 코라는 조지나를 멈춰 세웠다. "이 검둥이 꼬마들에게 말을 저렇게 잘하도록 선생님이 가르쳐주셨군요, 틀림없어요."

선생님은 행여 학생들이 코라의 말을 듣지는 않았는지 확인했다. "여기서는 아이들이라고 해요."

코라의 얼굴이 화끈거렸다. 코라는 그 단어가 어떤 의미인지 알 기회가 한 번도 없었다고 재빨리 덧붙였다. 그 모든 과장된 낱말들 속에 무엇이 담겨 있는지 그들은 알았을까?

조지나는 델라웨어 출신이었고, 알쏭달쏭하게 말하기 좋아하는 델라웨어 아가씨들과 다르지 않았다. 코라는 밸런타인 농장에서 델라웨어 출신을 몇 명 만났는데, 그들이 아무리 파이를 맛있게 굽는 법을 알고 있다 해도 그곳의 지역적 특성은 마음에 들지 않았다. 조지나는 아이들은 나름대로 잘하고 있다고 말했다. 오늘 이해하지 못한 것은 내일 이해할 수도 있다면서. "독립선언문은 지도 같아요. 그게 맞다는 것을 분명히 믿어도 밖으로 나가서 직접 확인해봐야지만 알 수 있거든요."

"그렇게 생각하세요?" 코라가 물었다. 그 얼굴만 봐서는 그녀가 어떤 사람인지 종잡을 수가 없었다.

첫 수업 이후로 넉 달이 지났다. 수확이 끝났다. 밸런타인 농장에 새로 사람들이 와서 코라는 이제 더는 갈팡질팡하며 다니는 풋내기가 아니었다. 코라 또래의 남자 두 명이 예배당 수업에 합류했는데, 코라보다 더 무식하고 아주 열심히 공부하는 도망자들이었다. 그들은 글자들이 마술에 걸려 통통 튀어 돌아다니기라도 하는지 책 위에 손가락을 올리고 옮겨가며 읽었다. 코라는 여기서 어떻게 지내야 하는지를 잘 알게 되었다. 어떤 요리사가 수프를 맡을 때 망쳐서 자기 음식을 스스로 준비해야 하는지를, 자신이 알던 추위보다 더 추운 인디애나의 밤에는 언제 숄을 가져가야 하는지를. 혼자 있을 수 있는 조용한 그늘이 어딘지를.

코라는 요새 교실 맨 앞자리에 앉았고, 조지나가 코라가 틀린 점을 바로 잡을 때—글씨 연습이나 산수나 말하기에서—더 이상 속상해하지 않았다. 그들은 친구였다. 조지나는 남 얘기에 열성이어서 수업 중에 농장에서 벌어지는 일들에 대한 선생님의 끊임없는 보고를 들을 수 있었다. 버지니아에서 온 그 건장한 남자는 얼굴이 짓궂게 생겼지요, 그렇게 생각하지 않아요? 퍼트리샤는 우리가 등을 돌리고 있을 때 돼지 족발을 다 먹어치웠어요. 델라웨어 여자들은 쓸데없는 말을 장황하게 하기를 좋아했는데, 그것도 하나의 특징이었다.

이 특별한 오후, 종이 울리자 코라는 몰리와 함께 교실을 빠져나갔다. 코라는 몰리 모녀와 같은 오두막을 썼다. 몰리는 아몬드색 눈동자에 말수가 적은 열 살 소녀로, 애정 표현에 몹시 조심스러웠다. 친구가 많아도 모임에서는 뒤로 물러나 있는 편을 좋아했다. 몰리의 방에는 자기 보물들—구슬, 화살촉, 뚜껑이 떨어진 로켓*—이 담긴 녹색 단지가 있었고, 몰리는 밖에서 노는 것보다는 제 보물을 오두막 바닥에 펼쳐놓고 노는 것을 더 좋아했다. 볼에 시원한 파란 석영을 대보기도 하면서.

이게 요새 코라에게 일상이 즐거운 이유였다. 코라는 몰리의 엄마가 일찍 일을 나가는 아침이면 몰리의 머리를 따주기 시작했는데, 요 며칠 수업이 끝나면 몰리는 팔을 뻗어 코라의 손을 잡았다. 둘 사이의 새로운 일. 몰리가 손에 힘을 꽉 주면서 잡아당기면 코라는 따라가는 것이 즐거웠다. 체스터 이후로 조그만 아이들에게 선택받은 적이 없었다.

오늘 점심 식사가 없는 건 밤에 성대한 토요 만찬이 있기 때문이었는데, 그 냄새에 학생들이 바비큐 화덕으로 몰려들었다. 바비큐를 담당한 남자들

---

* 사진 등을 넣어 목걸이에 다는 작은 갑.

은 어젯밤부터 돼지를 요리하면서 온 농장에 마법을 걸었다. 성대한 연회에서 잔뜩 먹는 꿈을 꾸다가 허망하게 깨어나는 거주자가 한두 명이 아니었다. 앞으로 몇 시간은 더 남아 있었다. 코라와 몰리는 배고픈 구경꾼들 틈에 끼어들었다.

생나무를 태우는 연기 위로, 장대에 돼지 두 마리가 속을 드러내고 끼워져 있었다. 지미가 바비큐 화덕의 대장이었다. 그의 아버지는 자메이카에서 자랐고 마룬족*의 불 다루는 비결을 지미에게 전수해주었다. 지미는 구워지는 고기를 손가락으로 찔러보고, 결투 상대를 평가하듯이 불가를 돌아다니면서 석탄을 집어넣었다. 이 농장에서 나이가 많은 편에 속하는 그는 노스캐롤라이나와 그곳의 대학살에서 최근에 빠져나왔는데, 고기가 입안에서 부드럽게 녹는 것을 좋아했다. 그는 이가 두 개뿐이었다.

조수 한 명이 식초와 후추를 섞은 단지를 흔들었다. 그는 불가에 앉아 있던 어린 소녀를 손짓해 부르고 아이의 손을 이끌어 돼지 안쪽에 양념을 문지르게 했다. 고기에서 떨어진 기름이 불 속으로 떨어져 튀었다. 흰 연기 기둥에 사람들이 달아났고 소녀는 소리를 질렀다. 아주 맛있는 식사가 될 것이었다.

코라와 몰리는 집에서 할 일이 있었다. 집은 걸으면 금방이었다. 농장의 다른 작업장 건물처럼, 동쪽 가장자리에 몰려 있는 오래된 통나무 오두막들도 이 집단이 얼마나 커질지 모르던 시절에 급하게 지어진 것이었다. 사람들이 각지에서 왔고, 저마다 선호하는 방식으로 숙소를 지었기 때문에 오두막은 제각각이었다. 새로 지어진 것들—이제 옥수수 수확까지 하고 나서 남자

---

* 서인도제도 산속에 사는 흑인.

들이 최근에 세운 건물—은 동일한 양식에 방이 더 넓었고, 부지 내에 좀 더 세심하게 계산해 배치되었다. 해리엇이 결혼해서 나간 이후로 코라와 몰리, 시빌만 이 오두막에 살았고, 그들이 주로 생활하는 공간 외에 잠을 자는 방이 두 개 있었다. 대체로 한 집에는 세 가족이 살았다. 여기 새로 온 신참이나 손님들이 이따금씩 코라의 방을 같이 썼지만, 대부분 남는 침대 두 개는 비어 있었다.

코라의 방. 그 모든 감옥들을 거치고 밸런타인 농장에서 받은 또 하나의 믿기지 않는 선물.

시빌과 딸 몰리는 이 집을 자랑스러워했다. 그들은 생석회로 외벽을 칠하고, 그 위에 분홍색 물감을 칠했다. 거실에는 노란 물감을 칠하고 하얀색 테두리를 둘렀더니 해가 들면 생기가 넘쳤다. 따뜻한 계절에는 들꽃으로 장식을 했고, 가을에는 붉은색과 황금색 낙엽으로 만든 화환을 걸어두어 늘 실내가 상쾌했다. 보랏빛 커튼이 창문에 걸려 있었다. 농장에 사는 목수 두 명이 이따금씩 가구를 만들어 날라다 주었다—그들은 시빌에게 다정했고 무심한 그녀의 관심을 끌어보려고 그들의 손은 내내 분주했다. 시빌은 포대자루를 물들여서 카펫으로 만들었는데, 코라는 두통이 찾아올 때면 그 위에 누워 있었다. 거실로 산들바람이 잘 들어와 두통의 공격을 줄여주었다.

포치에 가까워지자 몰리가 엄마를 불렀다. 토닉을 담당한 시빌이 그 안에 넣으려고 사르사*를 끓이고 있어서 고기 굽는 냄새를 압도했다. 코라는 첫날부터 자기 것이라고 선언했던 흔들의자로 곧장 갔다. 몰리와 시빌은 개의치 않았다. 의자는 몹시도 시끄럽게 삐그덕거렸는데, 시빌에게 구애하는 남자들 중 솜씨가 덜한 사람의 작품이었다. 시빌은 그걸 볼 때마다 열심히 만

---

* 음료나 약물의 향료로 쓰이는 생약의 일종.

든 자신을 떠올리도록 그가 일부러 그렇게 만들었다고 생각했다.

시빌이 앞치마에 손을 닦으며 뒤에서 나타났다. "지미가 저기서 고생하고 계시네." 배가 고파 고개를 내저으며 시빌이 말했다.

"못 기다리겠어." 몰리가 말했다. 꼬마는 난로 옆에 있는 소나무 상자를 열어서 퀼트 천을 꺼냈다. 얼마 전에 시작한 것을 저녁 만찬 때까지 끝내겠다며 제법 단호했다.

그들은 바느질을 시작했다. 코라는 메이블이 떠난 이후로 간단한 수선 말고는 바늘을 들어본 적이 없었다. 호브 여자들 몇 명이 가르쳐줘보려 했으나 허사였다. 수업에서 하듯이 코라는 도움을 얻으려고 두 사람을 연신 흘긋거렸다. 코라는 홍관조 모양을 만들고 있었는데 꼭 개들이 물어뜯어놓은 모양이었다. 시빌과 몰리가 격려해주었지만—그들은 이 취미를 같이 하자고 코라를 계속 졸랐다—퀼트는 망친 게 분명했다. 벼룩에 쥐어뜯긴 것 같다고 코라는 계속 우겼다. 솔기는 울고 아귀도 안 맞았다. 퀼트는 코라의 되바라진 기대를 배신했다. 코라는 이것을 장대에 달아서 그녀만의 나라를 위한 깃발로 쓰려고 했다. 그만 제쳐두고 싶었지만 시빌이 허락해주지 않았다. "이게 끝나면 다른 걸 시작해." 시빌이 말했다. "하지만 이것도 아직 안 끝냈네."

인내의 미덕에 관해서는 누구의 조언도 필요하지 않은 코라였다. 그러나 그것을 무릎에서 들어 올려 손을 놓은 곳에서부터 다시 시작했다.

시빌은 코라보다 열두 살이 많았다. 시빌의 옷은 체격이 좀 좋아 보이게 했지만, 코라는 농장을 떠나서 보내는 시간이야말로 그녀에게 좋은 작용을 하고 있다는 것을 알았다. 시빌의 새 삶은 다른 종류의 힘을 요구했다. 시빌은 전에는 굽힐 수밖에 없었지만 이제 더는 굽히지 않겠다는 사람처럼, 걸어 다니는 꼬챙이처럼 자세가 꼿꼿했다. 시빌의 주인이었던 담배 농장주는 해마다 수확량을 두고 이웃 농장주들과 경쟁을 했는데, 공포 그 자체였다고 시빌은 말했다. 농장의 실적이 신통치 않을 때 그는 악독하게 변했다. "혹독하게 일을 시켰지." 시빌이 그렇게 말할 때면 코라는 비참한 옛날이 곧바로 떠올랐다. 몰리가 슬며시 다가와 코라의 무릎에 앉아 코를 비벼댔다.

셋은 한동안 말없이 손을 놀렸다. 돼지를 돌릴 때마다 바비큐 화덕에서는 왁자하게 환호가 일었다. 코라는 정신이 다른 데 팔려서 실수한 바늘땀도 바로잡지 못했다. 시빌과 몰리가 조용하게 보여주는 사랑의 장면은 늘 코라를 감동시켰다. 아이가 말없이 도움을 청하면 엄마가 손가락으로 가리키고, 고개를 끄덕이고, 손짓 발짓으로 아이가 문제를 해결할 수 있게 도왔다. 코라는 조용한 오두막에는 익숙하지 않았고—랜들 농장에서는 1분이 멀다 하고 늘 비명이나 울부짖음, 한숨이 터져 나왔다—모녀간의 이런 종류의 장면에는 분명 더 익숙하지 않았다.

시빌은 두 살이었던 몰리를 내내 걷게 해서 같이 탈출했다. 대저택에서는 주인이 작물 수확이 시원치 않아서 재산을 얼마간 처리해 빚을 갚으려 한다는 소문이 돌았다. 시빌은 경매에 넘어갈 참이었다. 시빌은 그날 밤 떠났다—보름달이 축복하며 숲속으로 길을 인도해주었다. "몰리는 아무 소리도 내지 않았어." 시빌이 말했다. "우리가 뭘 하려는지 알았던 거야." 펜실베이니아 경계를 넘어 5킬로미터, 그들은 위험을 무릅쓰고 한 흑인 농부의 집으로 들어갔다. 농부는 그들에게 먹을 것을 주고, 어린 딸에게는 나무를 깎아 만든 장난감을 주었고, 연락책들을 통해 지하철도로 연결시켜주었다. 한동안 우스터의 모자 가게에서 일하다가 시빌과 몰리는 인디애나로 왔다. 이 농장에 대해 소문이 퍼져 있었다.

정말 많은 탈주자들이 밸런타인 농장을 거쳐 갔다—여기 누가 머물다 갔는지를 다 꿰고 있는 사람은 없었다. 시빌은 혹시 조지아에서 온 여자를 알지 않았을까? 코라가 어느 날 시빌에게 물었다. 코라는 몇 주째 그들과 함께 지내고 있었다. 두어 번은 밤새 푹 자기도 했고, 다락에서 지내며 빠졌던 살이 어느 정도 다시 붙었다. 파리 소리가 잦아들면 밤중에 질문 하나가 떠올랐다. 혹시 메이블이라는 이름을 썼을 수도 있고, 아닐 수도 있는, 조지아에서 온 여자를 알지 않았을까?

시빌은 고개를 저었다.

당연히 시빌은 그런 사람을 몰랐다. 딸을 남겨두고 가는 여자는 그 수치심을 숨기려고 다른 사람이 된다. 그러나 이 농장은 각지에 있던 이들이 모여드는, 그 자체로 정류장 같은 곳이었기 때문에 코라는 농장에 있는 모두에게 틈만 나면 물었다. 밸런타인 농장에 오래 있었던 사람들에게 물었고, 새로 온 이들을 빠짐없이 붙들고 물었고, 소문이 사실인지 농장에 확인하러 온 손님들까지 성가시게 했다. 자유인 신분의 흑인 남자와 여자들, 한 곳에 머무는 도망자들과 다른 곳으로 옮겨가는 도망자들에게. 코라는 옥수수 밭에서 일하는 그들이 노동요를 쉴 때 물었고, 읍내로 가는 승용마차 안에서 흔들리면서 물었다. 회색 눈, 오른쪽 손등에 불에 덴 상처가 있고, 메이블이라는 이름을 썼을 수도 있고 아닐 수도 있는 그런 사람을 혹시 아는지?

"캐나다에 있나 보지." 코라가 이번 차례로 결정한 린지가 대답했다. 테네시에서 막 빠져나온 린지는 날씬하고 늘 노래를 흥얼거렸는데, 그렇게 흥이 넘치는 것을 코라는 이해할 수 없었다. 코라가 본 테네시는 불과 질병, 폭력이었다. 로열이 거기 있었고 그들이 코라를 구해주었다 할지라도. "꽤 많아, 이제는 캐나다를 좋아하는 사람들이." 린지가 말했다. "지독하게 춥지만."

차가운 사람을 위한 차가운 밤들.

코라는 퀼트를 접어 방으로 들어갔다. 엄마와 딸에 대한 생각으로 머릿속이 너무 복잡해서 웅크리고 누웠다. 로열 때문에 초조해하면서 3일이 지났다. 두통이 소나기구름처럼 몰려왔다. 코라는 벽 쪽으로 고개를 돌리고 움직이지 않았다.

만찬은 농장에서 가장 큰 건물인 예배당 바깥에서 벌어졌다. 전해지는 말에 따르면 예배당은 이 농장에서 처음으로 열리는 제일 큰 모임을 앞두고 하루 만에 지어졌다고 했다. 더 이상 밸런타인 농장의 농가 안에서 사람들이 다 모일 수 없다는 것을 깨달았기 때문이었다. 평상시에는 학교로 쓰였다. 일요일에만 교회였다. 토요일 저녁에는 농장 사람들이 다 모여서 같이 식사를 하고 기분 전환하는 시간을 가졌다. 주 남부에서 법원 청사를 세우는 일을 하는 석공들이 주린 배로 돌아왔고, 침모들은 동네 백인 여자들 집에서 주말 근무를 마치고 돌아오는 길이라 근사한 드레스 차림이었다. 금주가 규칙이었지만, 토요일 밤만은 예외여서 술을 좋아하는 사람들이 모였고 그들은 다음 날 아침의 설곳거리를 만들어주었다.

돼지가 무엇보다 첫 순서로, 기다란 소나무 탁자 위에 먹기 좋게 썰려 양념이 발라져 있었다. 훈제 콜라드*와 순무, 고구마 파이, 그 밖에 주방에서 나온 이런저런 것들이 밸런타인 농장의 근사한 접시들 위에 놓였다. 거주자들은 말이 별로 없고 내성적이었지만, 지미의 바비큐가 나올 때만은 예외였다—단정한 숙녀들이 팔꿈치를 들이밀었다. 우리의 주방장은 벌써 다음에 구울 때는 어떻게 더 맛있게 할지를 생각하면서, 칭찬을 받을 때마다 고개를 숙였다. 코라는 재빠른 손놀림으로 몰리가 제일 좋아하는 바삭한 귀를 뜯어내 건넸다.

밸런타인은 자기 땅에 얼마나 많은 가족들이 사는지 더 이상 세어보지 않았다. 고정적으로 여기 묵는 사람만 100명이었고—어느 모로 봐도 엄청

---

*   케일의 일종.

난 숫자였다—이는 인근 땅을 구입해서 독자적으로 경작하는 흑인 농부들은 더하지 않은 수였다. 아이들 50명가량 중 대부분은 다섯 살 아래였다. "자유는 생식력을 높이지." 조지나가 말했다. 그도 그렇지만, 팔려 가지 않을 걸 알기 때문이기도 하지, 코라는 속으로 덧붙였다. 사우스캐롤라이나 흑인 기숙사의 여자들은 그들이 자유라고 믿었지만, 그들을 도려내는 외과 의사의 칼은 그 반대임을 증명했다.

고기가 다 없어지자 조지나와 다른 처자들이 아이들을 헛간으로 데리고 가서 게임을 하고 다 같이 노래를 불렀다. 아이들은 모임에서 이야기가 오가는 내내 잠시도 가만히 앉아 있지를 못했다. 아이들이 없어지자 토론의 쟁점이 분명하게 드러났다. 결국 그들이 계획하는 것은 젊은 세대를 위한 것이었다. 어른들은 그들을 결박한 족쇄에서 자유로워졌다 해도 빼앗긴 세월이 이미 너무 길었다. 아이들만이 그들이 꾸는 꿈의 혜택을 충분히 받을 수 있었다. 백인들이 내버려둔다면.

예배당이 꽉 찼다. 코라는 신도석의 시빌 옆에 앉았다. 오늘 밤은 좀 가라앉은 분위기가 될 것이었다. 다음 달에 옥수수 껍질 벗기기 축제가 끝나면 농장에서는 역사상 가장 중요한 모임이 열릴 예정이었다. 이곳의 거취를 정하는 문제에 대한 최근의 논쟁을 발표하는 자리였다. 밸런타인가는 벌써부터 토요일 밤의 여흥을 삼가고 있었다. 좋은 날씨 때문에—그리고 눈을 한 번도 보지 못한 이들을 겁먹게 하는, 인디애나의 다가오는 겨울 때문에—그들은 계속 바빴다. 읍내에 잠깐 나갔던 것이 원정으로 길어졌다. 대이동의 선발대가 되어 뿌리를 내리고 정착한 흑인들이 이제 아주 많아졌기 때문에 사교성 모임은 저녁까지 계속되었다.

농장 지도자들 상당수가 밖으로 나가 있었다. 밸런타인은 은행들과 회의를 하러 시카고에 가 있었고, 이제 농장의 회계를 도울 수 있을 만큼 성장한 두 아들도 그를 따라갔다. 랜더는 뉴욕의 새로운 노예제 폐지 모임과 함게 뉴잉글랜드 강연 여행을 하고 있었다. 그런 모임으로 그는 계속 바빴다. 그는 분명 이번 여행에서 알게 된 것들로 다음 달의 중대한 모임에서 펼칠 의견의 가닥을 잡게 될 것이었다.

코라는 사람들을 열심히 살폈다. 코라는 지미의 돼지고기 냄새에 로열이 때맞춰 이끌려 오기를 바랐지만, 그와 동료들은 아직도 지하철도 임무에 참여하고 있었다. 그들 무리로부터 소식은 없었다. 그 전날 밤 추적대가 흑인 사고뭉치들을 목매달았다는 섬뜩한 얘기가 농장에까지 들려왔다. 여기서 50킬로미터 남쪽으로 떨어진 데서 일어난 일이었고, 희생자들은 지하철도를 위해 일했다는 것 같지만 그 밖에 구체적인 이야기는 없었다. 코라는 처음 보는 주근깨투성이 여자―요새는 새로 온 사람들이 너무 많았다―가 큰 목소리로 그 사건에 대해 투덜거렸다. 시빌이 고개를 돌려 조용히 하라고 주의를 주고는 코라를 잠깐 끌어안아주었다. 그때 글로리아 밸런타인이 강연대로 올라왔다.

글로리아는 쪽 대농장의 세탁실에서 일할 때 존 밸런타인을 만났다. "이 두 눈이 볼 수 있는 가장 향기로운 광경"이었다고 밸런타인은 새로 도착한 사람들에게 말하고는 했는데, 그는 향기로운이라는 낱말을 뜨거운 캐러멜을 국자로 뜨듯이 길게 발음했다. 밸런타인은 당시에는 노예 상인들을 만나고 다니지 않았고, 글로리아의 주인과 사료 수송에 관해 동업을 하려던 것이었다. 그 주가 끝날 때 그는 글로리아에게 자유를 사 주었다. 한 주 뒤 그들은 결혼했다.

글로리아는 여전히 향기로웠고, 백인 여자들을 위한 예비 신부 학교를 다닌 것처럼 우아하고 차분했다. 글로리아는 남편을 대신하는 것을 좋아하지 않는다고 사양했지만, 대중 앞에서의 편안함은 그 반대를 말하고 있었다. 글로리아는 농장의 억양을 없애기 위해 열심히 노력했는데―코라는 대화가 소탈하게 흘러갈 때면 글로리아가 실수하는 것을 들었다―백인의 억양을 쓰든 흑인의 억양을 쓰든 그녀는 그 자체로 깊은 인상을 남겼다. 밸런타인의 실용적인 기질이 관대함을 압도해 설교가 엄중해질 때면 글로리아가 끼어들어 문제를 무마했다.

"모두들 즐거운 하루 보내셨나요?" 실내가 조용해지자 글로리아가 말했다. "저는 오늘 지하 창고에 온종일 있었는데 올라와보니 하느님이 오늘 저희에게 이런 선물을 주셨네요. 하늘. 그리고 돼지고기……."

그녀는 남편이 자리를 비운 것을 사과했다. 존 밸런타인은 대대적인 수확철을 이용해 대출을 재협상하고 싶어 했다. "주님은 아시지요, 머지않아 많은 일이 있을 거라는 것을요. 마음속에 작은 평화를 갖는 것도 좋겠네요." 글로리아는 신도석 앞줄, 보통은 밸런타인을 위해 비워두는 자리 바로 옆에 앉은 밍고에게 고개 숙여 인사했다. 중간 키에 다부진 체격의 밍고는 서인도제도 사람의 피부색이었는데 오늘 빨간 체크무늬 양복을 입어서 더 활기차 보였다. 그는 아멘이라고 읊조리고 예배당의 동지들에게 고개를 까딱해 보였다.

농장의 정치적인 논쟁에서 이런 표시, 밍고의 지위를 인정하는 이런 처우에 시빌이 코라를 쿡 찔렀다. 서부로 떠나는 문제를 두고 지금 토론이 자주 벌어지고 있었고, 서부에서는 아칸소강 맞은편에 흑인 마을이 속속 들어서고 있었다. 노예 주와 경계가 닿아 있지 않은 곳, 혐오스러운 노예제를 결코 지지하지 않는 곳. 밍고는 농장이 인디애나에 남아 있는 쪽을 지지했지만, 농장 거주자의 수를 크게 줄여야 한다는 입장이었다. 도망자들, 길 잃은 사람들. 코라 같은 사람들을. 저명한 손님들이 이 농장을 연이어 방문해 명성이 자자해지면서 이곳은 흑인 권리 신장의 상징이—또한 표적이 되었다. 마침내 흑인들의 반란이라는 망령, 그들을 둘러싼 성난 검은 얼굴들이 백인 정착민들이 남부를 떠나도록 들쑤셨다. 그들이 인디애나로 오면, 바로 옆에 떠오르는 흑인들의 나라가 있다. 이런 충돌은 늘 폭력으로 끝났다.

시빌은 지나치게 친절하고 늘 갖은 수를 다 쓰는 성격의 밍고를 경멸했다.

그 사람 좋음 밑에 오만함이 도사리고 있다면서. 그에게 명예로운 전설이 있긴 했다. 그는 농장 밖에서 주말 노동을 한 돈으로 아내에게, 그다음은 아이들에게, 마침내는 자신에게 자유를 사 주었다. 시빌은 이 엄청난 업적을 일축했다—그는 그의 주인하고만 싸웠으니 운이 좋았던 거라고. 그녀가 보기에 밍고는 흑인의 발전에 대한 자기만의 생각으로 농장을 들쑤셔놓을 기회주의자에 지나지 않았다. 그는 랜더와 함께 다음 달 모임에서 강연대에 올라 그들의 미래를 결정할 것이었다.

코라는 친구의 경멸에 동의하지 않았다. 밍고는 이 농장에서 탈주자 신분인 코라와 늘 거리를 유지했고, 또 코라가 살인자로 수배 중이라는 말을 듣고서는 코라를 대놓고 피했다. 그래도 그는 자기 가족을 구했고 그 과업을 완수하기 전에 죽지도 않았다—그건 엄청난 일이었다. 코라가 학교 수업을 받던 첫날 밍고의 두 딸 어맨다와 마리는 독립선언문을 침착하게 낭독했다. 두 소녀는 감탄스러웠다. 그러나 코라도 그의 말쑥한 말투는 싫었다. 그 웃음 속의 뭔가가 블레이크, 그 옛날 잘난 체하던 사내를 연상시켰다. 밍고는 개집을 놓을 자리는 필요하지 않았지만, 분명 제 영역을 넓히려고 두 눈을 굴리고 있었다.

곧 음악을 감상할 수 있을 거라고 글로리아가 사람들에게 알렸다. 오늘 밤 그들 중에 밸런타인이 "고관대작"이라고 하는 사람들—고급 옷차림에 북부 억양을 가진 사람—은 없었다. 카운티에서 손님 몇이 왔을 뿐이었다. 글로리아는 그들에게 일어나서 자기소개를 해달라고 청했다. 이제 오락 시간이었다. "훌륭한 만찬이 소화되는 동안 달콤함도 맛봐야죠." 글로리아가 말했다. "전에 한 번 밸런타인에 오셨으니 얼굴을 기억하는 분이 있을지도 모르겠네요. 예술계에서 가장 두각을 나타내고 있는 청년이랍니다."

지난 토요일에는 몬트리올 출신의 임신한 오페라 가수가 왔다. 그전 토요일에는 코네티컷에서 바이올린 연주자가 와서, 여자들 절반을 감정에 북받

처 울게 했다. 오늘 밤은 시인의 무대였다. 검은 양복에 검은 나비넥타이 차림의 럼지 브룩스는 근엄한 얼굴에 호리호리했다. 순회 설교자 같아 보였다.

그는 오하이오 대표단과 함께 석 달 전에 왔다. 밸런타인 농장의 명성이 그 정도였던가? 니그로 권리 신장이라는 대의에 헌신해온 나이 든 백인 여자가 원정대를 조직해서 온 것이었다. 유명한 보스턴 변호사의 미망인인 그녀는 다양한 모험을 위해 자금을 모았는데, 특히 흑인 문학의 출판과 보급에 관심이 있었다. 랜더의 연설을 듣고 난 뒤 그녀는 그의 자서전 출간을 기획했다. 인쇄소는 전에 셰익스피어 비극 연작을 찍어낸 곳이었다. 일라이저 랜더라는 이름이 금박으로 박힌 멋진 초판본은 며칠 만에 다 팔렸다. 럼지의 원고는 다음 달에 나온다고 글로리아가 말했다.

시인은 안주인의 손에 입을 맞추고 시를 좀 읽어도 되겠냐며 허락을 구했다. 솔직히 그에게 카리스마가 없지는 않다고 코라는 인정했다. 조지나 말로, 럼지는 우유 보존실 여자들 중 한 명과 연애하고 있었는데, 여기저기 감언을 흘리고 다니는 걸로 봐서는 틀림없이 운명의 달콤한 신비에 활짝 열린 청년일 것이라고 했다. "어떤 운명이 우리 앞에 기다리고 있을지, 그리고 어떤 사람들을 통해 기쁨을 알게 될지 누가 알까요?" 그는 처음 여기에 왔을 때 코라에게 말했다. 그때 로열이 불쑥 나타나서 코라를 시인의 달콤한 말에서 떨어뜨려놓았었다.

코라는 로열의 의도를 알아챘어야 했다. 그가 사라져서 코라의 마음이 얼마나 불편한지를 알았다면 코라는 시인을 퇴짜 놓았을 것이다.

글로리아의 허락에 시인은 목청을 가다듬었다. "전에 나 보았네, 아롱거리는 경이를." 시를 낭독하는 그의 목소리는 맞바람과 싸우듯 커졌다 잠잠해졌다 했다. "온 들판 위, 천사의 날개 타고 날며, 불타는 방패를 휘두르는……."

예배당에서는 아멘과 한숨이 터져 나왔다. 럼지는 청중의 반응, 제 공연의 효과를 보고 웃지 않으려 애썼다. 코라는 그의 시를 그다지 이해할 수 없었다. 장엄한 존재의 출현, 전언을 기다리는 구도자. 상수리 묘목과 강한 상수리나무의 대화. 벤저민 프랭클린과 그의 독창성에 바치는 헌사까지. 운율은 전혀 감동을 주지 못했다. 시는 차라리 통탄할 열정을 불러일으키는 기도에 가까웠다. 모든 것이 자기 손에 달려 있는데 신이 구해주기를 기다리는 것. 시와 기도는 사람들의 머릿속에 그들을 죽음에 이르게 하는 생각을 심어주고 무자비한 세상으로부터는 눈을 돌리게 했다.

시 낭독이 끝나자 연주자들이 공연을 준비했다. 그중에는 농장에 막 합류한 연주자들도 있었다. 시인은 춤을 추려고 둥그렇게 모인 사람들을 탈주와 해방의 환상으로 들뜨게 만들면서 분위기를 만들고 있었다. 그렇게 해서 그들이 행복하다면 그들을 과소평가하는 코라는 누구란 말인가? 그들은 시인의 인물들 속에 자신의 일부를 대입하고, 시구의 주인공들 위로 자기 얼굴을 겹쳤다. 그들은 자신을 벤저민 프랭클린 속에서 보았을까, 아니면 그의 발명품 속에서 보았을까? 노예들은 도구였으니 아마 후자일 수 있겠지만, 여기서는 누구도 노예가 아니었다. 저 먼 어딘가에서는 누군가의 소유로 계산되었을지 몰라도, 여기서는 아니었다.

이 농장 전체는 코라의 상상을 훨씬 뛰어넘었다. 밸런타인 가족은 기적을 만들어냈다. 코라는 그 증거들 속에 앉아 있었다. 아니, 코라가 그 기적의 일부였다. 코라는 사우스캐롤라이나의 거짓된 약속에 너무도 쉽게 넘어갔다. 이제는 코라의 냉소적인 부분이 날마다 축복이 펼쳐지는 여기 밸런타인 농장의 보물들을 거부했다. 코라의 손을 잡고 있는 어린 소녀가 있었기에. 마음이 가는 남자에 대한 두려움이 있었기에.

럼지는 나이를 불문하고 내면의 예술적 기질을 살려내자는 호소로 마무리했다. "우리 이 필멸의 존재들 속에서 아폴론의 불꽃을 피워 올리기 위해." 새로 온 이들 중 하나가 강연대를 무대 반대편으로 밀었다. 연주자들을 위한 신호, 그리고 코라를 위한 신호. 시빌은 이제 친구를 잘 알았기 때문에 코라에게 먼저 가라고 인사했다. 실내는 숨이 막혔지만, 바깥은 춥고 어두웠다. 코라는 춤출 공간을 마련하느라 신도석이 바닥에 끌리는 소리를 들으며 그곳을 나섰다. 길에서 코라를 지나쳐 가던 누군가가 소리쳤다. "어이, 왜 그쪽으로 가는 거야!"

집에 왔을 때 로열이 포치 기둥에 기대서 있었다. 어둠 속에서 봐도 그의 실루엣이었다. "밴조 연주가 시작되기에 같이 어울릴 줄 알았더니." 그가 말했다.

코라는 등을 켰고 그의 멍든 눈, 누렇고 시퍼런 혹을 보았다. "이런." 코라가 그의 목덜미에 얼굴을 묻으며 그를 껴안았다.

"드잡이한 게 다야." 그가 말했다. "잘 빠져나왔어." 코라가 몸서리를 치자 그가 속삭였다. "네가 걱정했다는 거 알아. 오늘 밤은 사람들과 어울릴 기분이 아니라서 여기서 기다려야지 생각했지."

포치에서 그들은 사랑에 속 태우는 목수들의 의자에 앉아서 밤 속으로 녹아들었다. 그가 몸을 움직여 둘의 어깨가 겹치도록 했다.

코라는 그가 놓친 것들, 시인과 저녁 식사 이야기를 들려주었다.

"그게 다가 아니지. 너에게 줄 걸 가져왔어." 그가 가죽 가방을 뒤졌다. "올해 판본이야. 10월 거긴 하지만 네가 좋아할 거 같아서. 내년 걸 갖다 놓은 곳에 가거든 그때는 꼭 사다 줄게."

코라는 그의 손을 잡았다. 연감에서는 낯선 비누 냄새가 났고 책장을 넘기는데 불꽃처럼 쩍쩍 갈라지는 소리가 났다. 코라는 그때까지 새 책을 가장 먼저 펼쳐본 적이 없었다.

농장에 오고 한 달 뒤 로열은 코라를 유령 터널로 데려갔다.

코라는 "정착하고, 공헌하라"라는 밸런타인의 모토가 마음에 박혀서 둘째 날부터 일을 시작했다. 요청이자, 치유법. 처음에는 세탁실에서 일했다. 세탁실 십장은 버지니아에서 밸런타인 가족을 알게 되고 2년 뒤에 그들을 따라 나선 어밀리아라는 여자였다. 어밀리아는 코라에게 "옷을 학대하지" 말라고 부드럽게 주의를 줬다. 코라는 랜들 농장에서 일을 빨리빨리 했다. 손으로 일을 하니 그 옛날 두려움 속에 일하던 습관이 나왔다. 코라와 어밀리아는 그녀가 다른 일을 하는 게 더 좋을지도 모르겠다고 결론을 내렸다. 코라는 일주일 동안 우유 보존실에서 일을 도왔고, 얼마간은 안티와 함께 부모님들이 일하러 나가고 없는 아이들을 돌봤다. 그다음에는 인디언 옥수수의 이파리가 노랗게 변하면 들판에 거름을 뿌렸다. 밭에 몸을 숙이고 있을 때 코라는 눈을 들어 감독관이 없나 살폈다. 귀신에 쫓기듯.

"피곤해 보인다." 랜더가 연설을 끝낸 8월의 어느 저녁, 로열이 코라에게 말했다. 랜더의 연설은 노예제도라는 멍에에서 벗어난 뒤 자신의 목적의식을 찾는 문제에 관한 것이었는데, 설교에 가까웠다. 자유의 여러 좌절들. 농장의 다른 사람들처럼 코라도 랜더를 존경했다. 그는 사람들에게 훌륭한 곳에서는 어떻게 행동해야 하는지를 가르쳐주러 먼 나라에서 온 이국의 왕자였다. 너무 멀어 어느 지도에도 나오지 않는 곳에서.

일라이저 랜더의 아버지는 보스턴의 부유한 백인 변호사였는데 흑인 아내와 사는 것을 숨기지 않았다. 그들은 모임에서 힐난을 받았고, 밤에는 그들의 자식이 아프리카 여신과 창백한 인간의 결합이라는 숙덕거림에 시달렸다. 반신반인(半神半人). 장황한 도입부로 시작하는 지체 높은 백인들의 연설을 들으며 자란 랜더는 어렸을 때부터 총명함을 나타냈다. 병약한 아이였던 그는 서재를 놀이터 삼아, 까치발을 들고 책장에서 꺼낸 책들을 탐독했다. 여섯 살에는 유럽의 거장들처럼 피아노를 쳤다. 그는 텅 빈 응접실에서 공연을 하고 침묵의 박수 소리에 허리 숙여 인사했다.

아버지 친구들의 인맥으로 랜더는 백인 명문 대학 최초의 흑인 학생이 되었다. "그들은 저에게 노예 통행권을 주었지요." 랜더가 말했다. "그래서 전 그걸 짓궂은 장난을 치는 데 썼습니다." 아무도 방을 같이 쓰려고 하지 않았기 때문에 랜더는 빗자루 수납장에서 지냈다. 4년 뒤 그의 동창들은 그를 졸업생 대표로 뽑았다. 그는 현대 문명 세계보다 한 수 위인 원시의 생물처럼 장애물 사이를 날쌔게 빠져나갔다. 랜더는 원하는 무엇이든 될 수 있었다. 의사, 판사. 명문가의 인사들은 그에게 수도로 가서 정치에서 두각을 나타내라고 재촉했다. 그는 자신의 인종으로 저주받지 않는 미국의 한 작은 귀퉁이로 비집고 들어갔다. 그런 데서 홀로 행복하게 사는 사람도 있는 법이었다. 랜더는 다른 이들을 위한 공간을 마련하고 싶었다. 사람들은 이따금씩 훌륭한 동행이 되었기에.

결국 그는 연설을 하기로 했다. 부모님의 응접실에 모인 보스턴의 쟁쟁한 인물들 앞에서, 그다음에는 그 쟁쟁한 인물들의 집 안에서, 흑인 예배당에서, 그리고 뉴잉글랜드 전역의 감리교 교회와 강연장에서. 때로 그는 그 건물을 지은 남자들, 그곳을 청소한 여자들을 제외하고는 그 건물에 발을 들여놓는 최초의 흑인이 되었다.

얼굴이 벌겋게 상기된 보안관들이 그를 선동죄로 체포했다. 전혀 폭동이 아니었고 평화 집회였지만 그는 폭동을 주도한 혐의로 수감되었다. 메릴랜드의 고결한 에드먼드 해리슨 재판장은 그에게 "건강한 사회구조에 위해를 가하는 극악한 통설을 유포"한다는 혐의로 체포영장을 발부했다. 그가 백인 패거리에게 구타당하자 그의 "미국 니그로 권리 선언문"을 들으러 왔던 사람들이 구해주었다. 플로리다에서 메인주까지 그의 소책자가, 나중에는 그의 자서전이 그를 본떠 만든 인형과 함께 모닥불에 던져졌다. "실제로 태우는 것보다는 인형이 낫지요." 랜더는 말했다.

그 차분한 태도 이면에서 어떤 은밀한 고통이 그를 괴롭혔을지는 누구도 알지 못했다. 그는 늘 침착하고 낯설었다. "저는 식물학자들이 혼합종이라고 부르는 부류입니다." 그는 코라가 처음으로 들은 연설에서 말했다. "서로 다른 두 혈통의 혼합. 꽃으로 치면 그런 혼합종은 눈을 즐겁게 하지요. 그런 혼합이 살과 피의 형태를 취할 때는 때로 거센 공격을 당합니다. 이 예배당 안에서 우리는 그게 무엇인지 잘 알지요―세상에 온 새로운 아름다움, 그것이 우리 주변에서 활짝 피어나고 있습니다."

랜더가 8월의 그날 밤 연설을 끝냈을 때 코라와 로열은 예배당 계단에 앉아 있었다. 다른 사람들이 줄줄이 그들 옆으로 빠져나갔다. 랜더의 말이 코라를 우울한 곳으로 데려갔다. "사람들이 나를 내쫓지 않았으면 좋겠어." 코라가 말했다.

로열이 코라의 손바닥을 펼쳐서 새로 생긴 굳은살을 엄지로 쓰다듬었다. 그 문제로 불안해할 필요 없다고 그는 말했다. 휴가를 내고 잠시 쉬면서 인디애나의 다른 곳을 구경하고 오자고 제안했다.

다음 날 그들은 흰색과 검은색 얼룩무늬 말 두 마리가 이끄는 승용마차를 타고 출발했다. 코라는 받은 급료로 새 드레스와 보닛을 샀다. 보닛이 관자놀이의 상처를 거의 다 가려주었다. 그 상처 때문에 코라는 요새 신경이 쓰였다. 코라는 낙인, 그러니까 노예 주인들이 제 재산에 불로 지져 넣었던

X 표시, T 표시, 클로버 모양에 대해 전에는 오래 생각해본 적이 없었다. 시빌의 목에는 시퍼런 말편자 모양의 징그러운 낙인이 있었다—시빌의 첫 주인은 짐수레 말을 키웠다. 코라는 자기 살에 그런 낙인이 찍히지 않은 것을 주님께 감사했다. 그러나 우리 모두는 보이지 않는 곳에, 그게 아니면 마음속에라도 낙인을 갖고 있었다—랜들의 지팡이에서 생긴 상처가 바로 그것이었다. 코라가 그의 것이라는 표시.

코라는 읍내에 여러 번 갔었고, 백인의 제과점에 들어가서 케이크를 산 적도 있었다. 로열은 마차를 반대편으로 몰았다. 하늘이 잔뜩 흐렸지만 그래도 날은 아직 따뜻했다. 그런 날이 다 지나가고 있음을 알려주는 8월의 오후. 그들은 초원 한편의 꽃사과 나무 아래에 마차를 세우고 쉬었다. 로열이 빵과 잼, 소시지를 조금 싸 왔다. 코라는 그를 자기 무릎에 눕게 했다. 코라는 그의 귓가의 부드러운 검은 곱슬머리를 쓰다듬고 싶었지만 오래전 폭력의 기억이 불현듯 떠올라 참았다.

돌아오는 길에 로열은 마차를 풀이 우거진 길로 돌렸다. 로열이 아니었다면 보지 못했을 풍경이었다. 미루나무가 길 입구를 집어삼켰다. 그는 코라에게 보여주고 싶은 게 있다고 했다. 코라는 연못이나, 아무도 모르는 조용한 장소가 아닐까 생각했다. 대신 그들은 커브를 돌아 곧 쓰러질 듯한 폐가 앞에 멈추었다. 씹다 뱉은 고기처럼 칙칙한 색. 덧문은 비뚜름하게 기울어졌고, 무성하게 자란 잡초가 지붕에서부터 휘어져 내려왔다. 온갖 풍상을 다 겪었다는 말이 딱 어울렸다—그 집은 채찍질당한 개였다. 코라는 문간에서 망설였다. 더께와 이끼를 보니, 로열이 옆에 있는데도 쓸쓸한 느낌이 들었다.

잡초가 안방 바닥에도 자라 있었다. 코라는 악취에 코를 막았다. "차라리 거름이 향기롭게 느껴지네." 코라가 말했다. 로열이 웃으면서 자기는 거름이 늘 향기롭다고 생각했다고 말했다. 그가 지하 창고로 이어지는 바닥 문을 열고 촛불을 켰다. 계단이 삐걱거렸다. 지하 창고에 사는 동물들이 침입에 발끈해서 허둥지둥 달아났다. 로열은 여섯 발자국을 세고 땅을 파기 시작했다. 두 번째 바닥 문이 나오자 그가 멈추었고, 둘은 역으로 내려갔다. 그는 계단이 잿빛 점액으로 미끄러우니 조심하라고 말했다.

본 중에 가장 안쓰럽고 슬픈 역이었다. 선로까지 조금의 공간도 없었다—선로는 계단 끝에서 시작해 어두운 터널로 곧장 이어졌다. 작은 핸드카가 무쇠 핸들을 움직여줄 사람의 손길을 기다리며 선로에 놓여 있었다. 노스캐롤라이나의 운모 갱에서처럼, 긴 나무 판과 버팀대가 벽과 천장을 지지하고 있었다.

"여긴 기관차용이 아니야." 로열이 말했다. "터널이 너무 작아, 보다시피. 다른 노선과 연결되어 있지 않아."

여기에는 오랫동안 아무도 오지 않았다. 코라는 이것이 어디로 이어지느냐고 물었다.

로열이 씩 웃었다. "내 앞 세대부터 있던 거야. 내 선임 차장이 이 구간을 인수인계할 때 보여줬어. 저 핸드카를 끌고 몇 킬로미터 나가봤는데, 엄청 무서웠지. 벽들이 에워싸면서 점점 좁혀오더라고." 코라는 이걸 누가 지었냐고 묻는 바보 같은 질문은 하지 않았다. 럼블리에서 로열까지 모든 지하철도 사람들은 형태만 달랐지 "누가 만들었다고 생각해? 모든 걸 만드는 게 누구지?"라고 되물었다. 언젠가 로열이 말해주게 만들어야지, 코라는 생각했다.

알려진 바로 이 유령 터널은 한 번도 사용된 적이 없다고 로열은 말했다. 언제 생긴 것인지, 혹은 위에 누가 살았는지 아무도 몰랐다. 어떤 기관사들은 미국의 황무지를 탐험하고 지도를 만들었던 루이스나 클라크 같은 옛날 측량사들이 이 집을 지은 것이라고 했다. "대서양에서 태평양까지, 저 거대한 나이아가라 폭포에서 리오그란데강까지, 이 나라 전체를 본 사람이 여기 인디애나 숲속에 둥지를 틀 것 같아?" 로열이 말했다. 어느 늙은 역장은 독립전쟁 육군 소장의 집이었다고 말했다. 유혈 참사를 너무 많이 목격해서, 이 신생 국가가 자리를 잡도록 도운 다음에 은둔해버렸다는 것이다.

은둔자 이야기가 좀 더 그럴듯했지만, 로열은 육군 소장 부분은 지어낸 것 같다고 생각했다. 여기 사람이 살았다는 신호가, 하다못해 오래된 이쑤시개나 벽에 박힌 못 하나 없다는 걸 코라는 눈치챘을까?

한 가지 생각이 코라를 그림자처럼 덮쳐왔다. 이 역이 노선의 시작이 아니라 종착역이라면. 작업이 이 집 밑에서 시작된 것이 아니라, 검은 구멍의 반대편에서 시작된 거라면. 세상에는 뛰어나올 곳만 있지, 뛰어들 곳은 존재하지 않는 것처럼.

저 위 지하 창고에서 생물들이 벽을 긁어대며 활동을 시작했다.

몹시도 눅눅하고 작은 구멍. 이 지점에서 시작되는 어떤 여행이든 불행하게 끝날 것만 같았다. 코라가 마지막으로 출발한 지하철도 역은 불빛이 환하고 편안했으며, 그녀를 밸런타인 농장이라는 풍요 속으로 데려다주었다. 테네시에서, 리지웨이와의 위험천만한 만남에서 멀어지기를 기다리던 때였다. 그날 밤의 일들에 코라는 아직도 가슴이 쿵쾅거렸다.

노예 사냥꾼과 그의 마차에서 멀어지자 코라를 구해준 이들은 이름을 말해주었다. 로열이 시내에서 코라를 알아본 사람이었다. 파트너는 녹빛 곱슬머리 때문에 붙은 이름, 레드. 코라처럼 도망자로, 백인에게 보이나이프를 휘두르는 게 익숙하지 않았던 겁 많은 사람은 저스틴.

코라가 그들과 같이 가기로 동의하자―당연한 것을 그토록 정중하게 제안하는 사람은 본 적이 없었다―세 남자는 서둘러 격투의 흔적을 정리했다. 어둠 속 어딘가에 호머가 있다는 게 느껴졌기에 그들은 더욱 서둘렀다. 레드가 라이플총을 들고 계속 주시하는 동안 로열과 저스틴이 보스먼을 먼저, 그다음에는 리지웨이를 마차에 쇠사슬로 묶었다. 그동안 리지웨이는 피

묻은 입으로 코라를 보고 비웃을 뿐, 아무 말이 없었다.

"저거요." 코라가 가리켰고, 레드는 이 억류자들의 사슬을 그들이 전에 재스퍼에게 사용했던 쇠고리에 묶었다.

그들은 리지웨이의 마차를 길에서 보이지 않도록 초원 가장자리까지 몰고 갔다. 레드는 마차 짐칸에 있던 쇠사슬을 전부 꺼내 리지웨이를 다섯 번 묶었다. 그는 열쇠를 풀밭으로 던졌다. 말은 풀어버렸다. 호머 쪽에서는 아무런 기척이 없었다. 어쩌면 소년은 불빛이 닿지 않는 곳에 몰래 숨어 있는지도 몰랐다. 이렇게까지 해놓았으니 훨씬 앞서갈 시간은 충분했다. 그들이 떠날 때 보스먼은 원통한 듯 신음했고, 코라는 그것을 마지막 숨소리로 받아들였다.

코라를 구해준 이들의 수레는 리지웨이가 마차를 세웠던 길에서 조금 내려오니 있었다. 코라와 저스틴은 짐칸에서 두꺼운 담요 속에 몸을 묻었고 그들은 기세 좋게 출발했다. 가도 가도 엉망인 테네시 도로의 상태와 어둠을 생각하면 위험한 속도로. 로열과 레드는 그 격투에 얼마나 놀랐던지 몇 킬로미터를 갈 동안 승객들의 눈을 가리는 것도 잊어버렸다. 로열은 부끄러워했다. "이건 역의 안전을 위해서입니다, 숙녀분."

그 세 번째 지하철도 여행은 마구간 밑에서 시작되었다. 불가능할 정도로 깊이 내려가면 어떤 역이 나올까 이제는 기대가 됐다. 이 땅의 소유주는 볼 일이 있어 나갔다고 로열은 승객들의 눈에서 헝겊을 풀어주면서 말했다. 이 사업에서 그 소유주의 역할을 숨기기 위한 전략이었다. 코라는 그 사람의 이름도, 출발하는 마을의 이름도 몰랐다. 그는 그저 지하를 좋아하는 또 한 사람―그리고 수입산 흰색 타일 애호가였다. 역의 벽면이 온통 흰색 타일로 덮여 있었다.

"여기는 내려올 때마다 새로운 게 있네." 로열이 말했다. 그들 넷은 흰색 식탁보가 덮인 식탁 앞에, 암적색 덮개가 덮인 묵직한 의자에 앉아 기차를 기다렸다. 싱싱한 꽃이 꽃병에 꽂혀 있고 농장을 그린 그림들이 벽에 걸려 있었다. 물이 가득 담긴 크리스털병, 과일 한 바구니, 커다란 호밀 흑빵 한 덩어리가 그들 몫으로 놓여 있었다.

"여기는 부잣집이네요." 저스틴이 말했다.

"그는 분위기 있는 걸 좋아해요." 로열이 대답했다.

레드는 그가 흰색 타일을 좋아하며, 타일을 덧붙이기 전에는 그 아래 송판이 있었다고 설명했다. "이걸 어떻게 혼자서 다 하는지 모르겠단 말이야." 그가 덧붙였다.

집주인은 이런 도움이 비밀에 부쳐지기를 바란다고 로열이 말했다.

"그 남자를 죽였어요." 저스틴이 말했다. 그는 취해 있었다. 그들은 찬장에서 와인이 담긴 술통을 발견했는데, 그 도망자가 술을 무턱대고 마셨다.

"그게 그의 자업자득인지 아닌지 저 소녀에게 물어봐." 레드가 말했다.

로열이 덜덜 떨리는 레드의 팔뚝을 붙잡았다. 그의 친구는 전에 사람의 목숨을 빼앗아본 적이 없었다. 그 사고로 그들은 교수형을 당하고도 남았지만, 그들의 목이 매달리기 전에 험악한 복수가 벌어질 것만 같았다. 로열은 코라가 나중에 조지아에서 살인죄로 수배를 받았다고 털어놓았을 때 충격을 받았다. 그는 평정을 되찾고 말했다. "그렇다면 그 더러운 거리에서 내가 코라를 발견한 순간부터 우리의 갈 길은 이미 정해져 있었네요."

로열은 코라가 처음으로 만나본 자유인이었다. 사우스캐롤라이나에는 이른바 기회를 위해 정착한 자유인이 많았지만, 그들은 다 과거에 누군가의 재산이었다. 로열은 태어나 처음 숨을 쉰 순간부터 자유 속에 있었다.

그는 코네티컷에서 자랐다. 아버지는 이발사였고 어머니는 산파였다. 그들은 뉴욕 출신으로 역시 자유롭게 태어난 이들이었다. 로열은 부모님의 말씀에 따라 일을 할 수 있을 만한 나이가 되자 곧바로 인쇄소에서 수습을 했다. 정직한 거래의 존엄성을 믿었던 그의 부모님은 자식 세대가 부모 세대보다 더 큰 성취를 이루면서 미래로 뻗어나갈 것이라고 상상했다. 북부에서 노예제도가 폐지되었다면 언젠가는 이 끔찍한 제도가 모든 곳에서 무너질 것이었다. 흑인의 이야기는 이 나라에서 수모를 겪으며 시작되었는지 모르지만, 승리와 번영은 언젠가 그들 몫이 될 것이었다.

그의 부모님은 자신들의 추억담이 아들에게 얼마나 큰 영향을 미치는지 알았더라면, 그들이 태어난 도시에 대한 이야기를 더 삼갔을지도 모른다. 로열은 열여덟 살이 되자마자 맨해튼을 향해 떠났고, 페리의 난간에서 바라본 그 위풍당당한 도시의 첫 풍경이 그의 운명을 결정했다. 그는 파이브포인츠에 있는 흑인 하숙집에서 다른 남자 셋과 같은 방을 쓰면서 이발사 간판을 걸고 일했는데, 그러다가 그 유명한 유진 휠러를 만나게 된다. 그 백인은 노예제 반대 집회에서 로열과 대화를 나눴다. 남다른 인상을 받은 휠러는 그를 다음 날 자기 사무실로 오라고 초대했다. 로열은 신문에서 그의 업적에 대해 읽은 적이 있었다―변호사, 노예제 폐지 운동가, 노예 상인들과 그 더러운 일을 하는 사람들의 골칫거리. 로열은 시 교도소를 다니면서 그 변호사가 변호할 수 있는 도망자들을 찾았고, 수수께끼 같은 인물들 사이에서 심부름을 하고, 노예제 반대 단체들에서 받은 자금을 재정착한 탈주자들에게 나눠주었다. 정식으로 지하철도에 들어오면서 그는 한동안 연락책으로 일하고 있었다.

"나는 피스톤에 기름칠을 하는 역할이에요." 그는 말했다. 로열은 도망자들과 출발역 차장들에게 알려주는 암호로 된 메시지를 신문 광고란에 실었다. 선장과 순경들에게 뇌물을 쥐여주었고, 덜덜 떨고 있는 임산부들을 물이 새는 소형 보트에 태워 강 건너편으로 데려다주었고, 판사의 석방 명령을 인상을 잔뜩 쓴 보안관보에게 전달해주었다. 대체로 그는 백인 동행 한 명과 함께 다녔지만, 그 예리한 기지와 당당한 태도 때문에 그의 피부색은 전혀 장애가 되지 않았다. "자유로운 흑인은 노예와는 걷는 게 달라요." 그는 말했다. "백인들은 자기도 모르게 그걸 곧바로 알아보지요. 뼛속에 새겨진 거라서." 순경들은 그를 절대로 구류하지 않았고 납치범들은 늘 거리를 유지했다.

레드와의 인연은 인디애나로 파견되었을 때 시작되었다. 레드는 노스캐롤라이나 출신이었는데, 단속 담당자들이 아내와 아이를 목매단 이후 탈출을 했다. 그는 아내와 아이에게 작별 인사를 하려고 시신을 찾아 자유의 길을 몇 킬로미터를 걸었다. 실패였다―그 시체들의 길은 어느 방향으로 가도 끝없이 이어졌다. 북부로 오는 데 성공하자 그는 지하철도와 어울리기 시작했고 지하철도의 대의에 상서롭지 못한 지략으로 헌신했다. 코라가 조지아에서 우발적으로 소년을 죽인 이야기를 듣고 그는 씩 웃으면서 말했다. "잘했네."

저스틴을 태우는 임무는 처음부터 특이했다. 테네시는 로열의 파견 장소가 아니었지만, 지하철도의 지역 대표가 화재 이후로 연락이 두절되었다. 열차를 취소하는 것은 재앙이 될 터였다. 마땅한 사람이 없어서 로열의 상관들은 어쩔 수 없이 흑인 요원 둘을 불모지가 된 테네시 깊숙이 보냈다.

총은 레드의 아이디어였다. 로열은 전에 총을 들어본 적이 없었다.

"손에는 딱 맞지만, 대포만큼 무거워요." 로열이 말했다.

"겁에 질려 보였어요." 코라가 말했다.

"떨고 있었어요, 속으로지만." 그가 코라에게 말했다.

저스틴의 주인은 그를 벽돌 공사 작업장으로 자주 내보냈는데, 마음씨 착한 어느 고용주가 저스틴을 지하철도에 연결해주었다. 한 가지 조건이 있었다―저스틴이 고용주의 땅에 돌벽을 다 세우기 전까지는 출발하지 않기로 한 것이다. 그는 저스틴이 돌벽을 완성하는 방법을 정확하게 알려주고 간다면 벽돌 서너 장 정도의 빈칸을 남겨두는 것은 받아들이기로 약속했다.

약속된 날, 저스틴은 마지막으로 일터로 출발했다. 그가 사라진 것은 밤이 될 때까지는 알려지지 않을 것이었다. 고용주는 저스틴이 그날 아침에 작업장에 나타나지 않았다고 주장하기로 했다. 오전 10시, 그는 로열이 모는 수레의 짐칸에 있었다. 그들이 시내에서 코라를 마주쳤을 때 계획은 바뀌었다.

기차가 테네시 역으로 들어왔다. 검댕으로 뒤덮였는데도 검은색 페인트 칠에 빛이 반사되는, 그때까지 본 것 중 가장 훌륭한 기관차였다. 기관사는 쩌렁쩌렁 울리는 목소리에 쾌활한 성격으로, 아무런 격식 없이 객차의 문을 열어주었다. 코라는 지하철도 기관사들에게 전염되는 터널 조증(躁症) 같은 것이 있는 것은 아닐까 생각했다.

곧 무너질 것 같았던 유개화차, 그다음은 그녀를 노스캐롤라이나로 데려다준 무개화차, 그다음으로 제대로 된 객차―연감에서 읽었던 것처럼 시설을 다 갖추고 안락한 것―에 오르려니 코라는 기쁨을 주체할 수 없었다. 서른 명은 앉고도 남을 호화롭고 보드라운 좌석이 있었고 황동 손잡이에 촛불 불빛이 닿아 은은하게 빛났다. 새로 칠한 광택제 냄새에 코라는 마법 같은 여행의 첫 승객이 된 기분이었다. 코라는 몇 달 만에 처음으로 쇠사슬에서 그리고 다락방의 우울함에서 풀려나, 좌석 세 개를 차지하고 잠을 잤다.

이 무쇠로 된 말은 코라가 깨어났을 때도 여전히 터널 속을 울리며 달리고 있었다. 럼블리의 말이 다시 생각났다. 이 나라가 어떤 덴지 알고 싶다면, 기차를 타봐야 한다. 기차가 내달릴 때 바깥을 보면, 미국의 진짜 얼굴을 알게 될 거야. 그때 그 말은 농담이었다. 코라의 여정에서 창밖은 어둠뿐이었고, 그럴 수밖에 없었다.

저스틴이 앞자리에서 입을 열었다. 형과, 한 번도 얼굴을 보지 못한 조카 셋이 저 위 캐나다에 살고 있다고 했다. 그는 농장에 며칠 있다가 북쪽으로 갈 생각이었다.

로열은 그에게 지하철도는 본인 마음대로 이용할 수 있다고 말했다. 코라는 몸을 일으켜 앉았고 로열은 방금 한 말을 다시 한번 했다. 코라는 인디애나에서 연결되는 다음 역으로 계속 갈 수도 있었고 아니면 밸런타인 농장에 머물 수도 있었다.

로열은 백인들이 존 밸런타인을 그들의 일원으로 받아준다고 말했다. 그의 피부색은 매우 밝은 편이었다. 흑인이라면 누구든지 그의 에티오피아 혈통을 즉시 알아보았다. 그 코와 입술, 곱슬이 아닌 머리칼에도 불구하고. 그의 어머니는 침모였고, 아버지는 2, 3개월마다 돌아다녀야 하는 백인 행상이었다. 아버지는 죽으면서 자신의 땅을 아들에게 물려주었고, 그것이 집 밖에서 아들을 처음으로 인정한 순간이었다.

밸런타인은 감자 농사로 시작했다. 농사를 짓기 위해 자유인 여섯 명을 고용했다. 그는 사실이 아닌 것을 주장하는 법이 없었지만, 그렇다고 제멋대로 추측하는 사람들을 바로잡지도 않았다. 밸런타인이 글로리아를 샀을 때 다들 그러려니 했다. 여자를 곁에 두는 한 가지 방법은 그 여자를 속박하는 것이고, 특히 존 밸런타인처럼 연애 관계에 서툰 사람이라면 더욱 그랬다. 존과 글로리아, 주 다른 한쪽의 판사만이 그녀가 자유임을 알았다. 그는 책을 좋아했고 아내에게 글을 가르쳤다. 그들은 아들 둘을 키웠다. 이웃들은 그가 두 아들을 자유인으로 키우는 걸 보고, 그가 과하기는 하지만 통이 크다고 생각했다.

큰아들이 다섯 살이었을 무렵, 밸런타인의 마부 한 명이 함부로 백인을 쳐다봤다는 이유로 목이 매달리고 불태워졌다. 마부의 친구들은 그날 그가 읍내에 가지 않았다고 주장했다. 밸런타인과 친하게 지내던 은행 직원 하나가 귀띔해주길, 소문에 따르면 어떤 여자가 애인의 질투심을 일으키려다 벌어진 일이라고 했다. 몇 년 더 지나면서 밸런타인은 인종적 폭력이 더욱더 사악하게 표출되고 있는 것을 목격했다. 근 시일 내에, 그리고 남부에서는 그 폭력이 약해지지도 사라지지도 않을 것이었다. 그와 아내는 가정을 이루고 살기에는 버지니아가 적합하지 않다는 결론을 내렸다. 그들은 농장을 팔고 이사했다. 인디애나는 땅값이 쌌다. 거기에도 백인들이 있었지만, 그렇게 가까이 있지는 않았다.

밸런타인은 인디언 옥수수의 성질을 공부했다. 세 번 연속으로 풍작이었다. 버지니아에 사는 친척을 보러 갔을 때 그는 새 정착지의 장점들을 널리 알렸다. 그는 옛날 친구들을 일꾼으로 고용했다. 심지어 기반을 잡을 때까지 그의 땅에 살 수 있게 해주었다. 그렇게 그의 땅이 늘어났다.

모두 그가 초대한 손님들이었다. 코라가 아는 지금 농장의 모습은 앞이 안 보이도록 눈이 쏟아졌던 어느 겨울밤에 탄생했다. 문간에 있던 여자는 얼어 죽기 직전의 끔찍한 모습이었다. 마거릿은 델라웨어 출신의 도망자였다. 밸런타인 농장에 오기까지 그녀의 여정은 험난했다—주인에게서 탈출한 이후로 상대하기 힘든 인물들을 만나 방황했다. 사냥꾼, 행상 약장수. 출장 치과의사와 함께 이 마을 저 마을을 전전했지만 그는 결국 폭력적으로 변했다. 마거릿은 폭풍에 발이 묶인 신세가 되었다. 구해달라고 하느님에게 기도했고, 도주하면서 보인 자신의 사악함과 도덕적 결점이 다신 없을 거라고 약속했다. 밸런타인이라는 빛이 어둠 속에서 비쳐왔다.

글로리아는 방문객을 최선을 다해 돌보았다. 의사가 조랑말을 타고 왕진을 왔다. 마거릿의 오한은 좀처럼 잦아들지 않았다. 그녀는 며칠 뒤 숨을 거두었다.

그 이후 동부로 출장을 갔을 때 밸런타인은 노예제 반대 집회 광고를 보고 그 자리에서 얼어붙었다. 눈 속의 그 여자는 추방당한 민족의 특사라는 생각이 들었다. 그는 그들을 섬기는 일에 모든 것을 쏟아부었다.

그해 가을 밸런타인 농장은 지하철도의 최신 사무실이 되어, 도망자들과 차장들로 발 디딜 틈이 없었다. 일부 도망자들은 머물렀다. 농장에 보탬이 된다면 그들은 원하는 만큼 머무를 수 있었다. 그들은 옥수수를 심었다. 전에 대농장의 벽돌공이었던 사람이, 전에 대농장에서 대장장이였던 이들을 위해 풀이 웃자란 땅에 대장간을 세웠다. 대장간은 놀라운 속도로 못을 뱉어냈다. 남자들은 나무를 켜서 오두막을 세웠다. 유명한 노예제 폐지론자들이 시카고로 가는 길에 하루 들르러 왔다가 일주일 동안 머물렀다. 전문가들, 연설가들, 예술가들이 흑인 문제에 대한 토요 야간 토론에 참석하기 시작했다. 한 자유인 여성의 여동생이 델라웨어에서 어려운 처지에 있었는데, 그 여동생이 새 출발을 위해 서쪽으로 왔다. 밸런타인과 그 농장에 사는 부모들은 그녀에게 아이들을 가르치게 하고 돈을 주었고, 아이들은 계속 늘어났다.

밸런타인은 하얀 얼굴로 카운티에서 의석을 얻을 수 있었고, 검은 얼굴의 친구들을 위해 땅을 샀다고 로열은 설명했다. 서쪽으로 온 전직 들판 일꾼들, 그의 농장에서 안식처를 찾은 도망자들을 위해. 인생의 목적을 찾았다. 밸런타인 부부가 도착했을 때 인디애나의 그 지역에는 사람이 살지 않았다. 그칠 줄 모르는 미국의 갈증에 마을이 속속 들어서는 동안 흑인들의 농장은 산이나 개울처럼 자연스러운 풍경으로 그 자리에 있었다. 백인들의 가게 절반이 이 농장 사람들의 이용에 의존했다. 밸런타인 농장의 거주자들은 광장과 일요일 장터를 가득 메우고 물건을 팔았다. "그곳은 치유의 장소예요." 로열이 북부로 올라가는 기차에서 코라에게 말했다. "자기를 점검하며 다음 여정을 준비할 수 있는 곳."

그 전날 밤 테네시에서, 리지웨이는 코라와 엄마를 미국의 계획의 결함이라고 했다. 그 두 여자가 결함이라면 이 집단은 무엇이란 말인가?

로열은 주간 회의를 지배하는 철학적 논쟁에 대해서는 말하지 않았다. 흑인의 발전 단계에 대해 자신의 계획을 갖고 있는 밍고, 우아하지만 이해하기 힘든 주장으로 전혀 쉬운 답을 주지는 않는 랜더. 차장은 또한 니그로들의 전초 기지에 대해 백인 정착민들의 분노가 커져가고 있다는 매우 실질적인 문제도 피했다. 분열은 머잖아 불거질 것이었다.

그들이 이 불가능의 바다 위 조그만 배에 실려 지하 통로를 돌진하는 동안, 로열의 홍보가 그 목적을 달성했다. 코라는 특등 객차의 쿠션을 탁 치면서 그 농장이 바로 그녀가 찾던 곳이라고 말했다.

저스틴은 이틀을 농장에 머물며 배를 가득 채우고 북쪽 형네 집으로 갔다. 그는 나중에 잘 도착했고 건축회사에서 새 일자리를 얻었다며 편지를 보냈다. 그의 조카들이 서로 다른 색 잉크로 삐뚤빼뚤 천진하게 제 이름을 써 보냈다. 풍요로운 밸런타인 농장을 눈앞에 두고 코라가 떠날 이유는 없었다. 코라는 이 농장의 삶에 기여했다. 이것은 코라가 잘 알고 있는 노동이었다. 코라는 씨를 심고 수확하는 근본적인 리듬을, 바뀌는 계절의 교훈과 명령을 이해하고 있었다. 코라가 상상하는 도시 생활의 그림은 불투명했다—뉴욕이나 보스턴 같은 곳에 대해 코라가 무엇을 알겠는가? 코라는 땅을 만지면서 자랐다.

여기 온 지 한 달, 유령 터널의 입구에서 코라는 여전히 제 결정을 확신했다. 로열과 함께 농장으로 막 돌아가려는데, 어두컴컴하고 깊숙한 터널에서 돌풍이 밀려왔다. 오래되고 어두운 무엇인가가 그들을 향해 움직인 것처럼. 코라는 로열의 팔을 잡았다.

"왜 나를 여기 데려온 거야?"

"우리는 여기 아래에서 하는 일에 대해서는 말하지 않는 게 원칙이야." 로열이 말했다. "그리고 우리 승객들도 지하철도가 어떻게 운영되는지에 대해 말하면 안 돼—그러면 수많은 좋은 사람들이 위험해지니까. 원한다면 말할 수 있겠지만 그들은 원하지 않아."

사실이었다. 자신의 탈출에 대해 말할 때 코라는 터널은 생략하고 전체적 윤곽에 대해서만 말했다. 그건 사적인 것, 자신에 대한 비밀이어서 누구와 공유하게 되지 않았다. 나쁜 비밀이 아니라, 자기 자신의 일부처럼 분리될 수 없는 내밀함. 그건 공유하면 사라져버릴 것이었다.

"넌 누구보다 지하철도를 많이 봤기 때문에 너에게 보여준 거야." 로열이 말을 이었다. "네가 이걸 봤으면 했어—너와 얼마나 잘 어울리는지. 혹은 아닌지."

"나는 그냥 승객일 뿐이야."

"바로 그래서야." 그가 안경을 셔츠 단으로 닦았다. "지하철도는 그걸 작동시키는 사람들보다 더 커—그만큼 너의 것이기도 해. 작은 지선들에 큰 본선들. 최신형 기관차도, 노후한 엔진도 있고, 저런 핸드카도 있어. 저게 우리가 아는 곳, 또 모르는 곳, 어디로든 가. 우리는 바로 여기, 우리 밑에서 달리고 있는 터널에 와 있고, 이게 어디로 이어질지는 아무도 몰라. 우리가 지하철도를 계속 달리게 하지만 우리 중 누구도 알아내지 못한다면, 어쩌면 네가 할 수 있을지도 몰라."

코라는 왜 그것이 거기 있는지, 혹은 무슨 의미인지 자기는 모르겠다고 말했다. 코라가 아는 것은 더 이상은 달리고 싶지 않다는 것뿐이었다.

12월 인디애나의 추위가 사람들을 움츠러들게 했지만, 두 가지 사건으로 코라는 날씨를 잊었다. 하나는 농장에 샘이 나타난 것이었다. 그가 코라의 오두막 문을 두드렸을 때 코라는 그가 그만하라고 애원할 때까지 그를 꽉 껴안았다. 그들은 울었다. 시빌은 그들이 마음을 가라앉히는 동안 뿌리 차를 달였다.

거친 턱수염에 새치가 희끗희끗 섞이고 배는 더 나왔지만, 그는 그 옛날 코라와 시저를 받아줬던 여전히 수다스러운 친구였다. 리지웨이가 시내로 왔던 그날 밤, 샘은 이전의 인생과 결별했다. 리지웨이는 샘이 소식을 전하기 전에 공장에서 시저를 붙잡았다. 둘의 친구가 감옥에서 맞은 이야기를 들려주면서 샘의 목소리는 떨렸다. 시저는 동지들에 대해 줄곧 입을 열지 않았지만, 한 남자가 시저가 샘과 이야기하는 것을 여러 번 보았다고 말했다. 샘이 한참 일할 시간에 술집을 뛰쳐나왔다는 사실—그리고 어려서부터 샘을 알고 지낸 동네 사람 몇이 그의 자만한 천성을 싫어했다는 사실—은 그의 집을 잿더미로 만들기에 충분했다.

"우리 할아버지의 집이었지. 내 집이었고. 내 전부였지." 패거리가 시저를 감옥에서 빼내 죽도록 폭행했을 즈음 샘은 벌써 북쪽으로 열심히 가는 중이었다. 그는 행상에게 돈을 주고 마차를 얻어 탄 뒤 다음 날 델라웨어로 향하는 배에 올랐다.

한 달 뒤, 비밀 요원들이 어둠을 틈타 그의 집 밑에 있는 터널의 입구를 막았다. 지하철도의 정책이었다. 럼블리의 역도 비슷하게 처리됐다. "그들은 위험한 것은 좋아하지 않으니까." 그는 말했다. 그들이 그에게 기념품으로 불에 뒤틀린 구리 컵을 갖다 주었다. 샘은 알아보지 못하는 물건이었지만 어쨌든 간직했다.

"나는 역장이었잖아. 그들은 내게 다른 일거리를 줬지." 샘은 도망자들을 보스턴과 뉴욕으로 데려왔고, 탈출 노선을 고안하기 위해 잠복해서 최신 자료를 조사했고, 탈주자 한 명의 생명을 살릴 최종 계획을 책임졌다. 그는 "제임스 올니"라는 노예 사냥꾼 행세까지 하면서, 노예를 주인에게 데려다준다는 구실로 감옥의 동정을 살피고 다녔다. 어리석은 순경과 보안관보들. 인종적 편견이 사람이 가진 능력을 부패시킨다고 그는 말했다. 그가 노예 사냥꾼의 목소리와 거들먹거리는 걸음걸이를 흉내 내자 코라와 시빌은 무척 재밌어했다.

그는 밸런타인 농장에 가장 최근 승객을 데려왔는데, 뉴저지에 숨어 있던 가족 세 명이었다. 그들은 그곳의 흑인 사회에 잘 스며들었지만 어느 노예 사냥꾼이 낌새를 알아채는 바람에 떠나야 했다고 했다. 이것이 샘의 마지막 지하철도 임무였다. 그는 서쪽으로 가고 있었다. "내가 만난 개척자들은 전부 위스키를 좋아하더라고. 그들은 캘리포니아에서 바텐더가 필요할 거야."

친구가 행복해하고 살이 붙은 모습을 보니 코라는 힘이 났다. 코라를 도와준 너무 많은 사람들이 끔찍한 운명을 맞이했다. 코라는 그를 죽게 만들지 않았다.

그다음으로 샘은 코라의 대농장 소식을 전해주었는데, 인디애나의 추위를 누그러뜨린 두 번째 사건이었다.

테런스 랜들이 죽었다.

들리는 말에 따르면, 코라와 그 탈출에 대한 노예 주인의 집착은 시간이 갈수록 더욱 심해졌다. 그는 대농장 일을 등한시했다. 농장에서 그의 하루 하루란 대저택에서 난잡한 파티를 열고 노예들을 코라 대신 희생양으로 삼아 끔찍한 유흥의 도구로 쓰는 것이었다. 테런스는 코라의 현상 수배 광고를 계속 내서, 코라의 인상착의와 그녀가 저지른 범죄에 대한 자세한 설명을 아주 먼 주의 신문 광고란에까지 크게 실었다. 그는 사례금을 전보다 훨씬 높게 올렸고—샘도 그 광고를 직접 보고 경악했다—지나가는 노예 사냥꾼을 전부 불러들여 코라의 악행을 상세히 늘어놓았다. 그리고 처음엔 아버지의 일을 그르치고, 지금은 자신의 일을 그르친다며 리지웨이를 무능하다고 모욕했다.

테런스는 뉴올리언스의 어느 크리올인 사창가에서 죽었다. 몇 달에 걸친 방탕한 생활로 약해져 있던 심장이 결국 멈췄다.

"아니면 그의 심장도 그의 사악함에 신물이 났거나." 코라가 말했다. 샘이 소식을 다 전달했을 때 코라는 리지웨이에 대해 물었다.

샘은 말도 말라는 듯이 손을 내저었다. "그는 이제 아주 놀림감이 됐어. 이미 노예 사냥꾼 인생은 끝났었지."— 여기서 그는 말을 멈추었다—"테네시 사건 전부터도."

코라가 고개를 끄덕였다. 레드의 살인은 언급되지 않았다. 상황을 전부 알게 되자 지하철도는 레드를 내보냈다. 레드는 신경 쓰지 않았다. 그는 노예제도의 속박을 깨뜨릴 새로운 방법을 생각하고 있었고 총을 포기할 수 없다고 했다. "그는 일단 일을 벌였으면 돌아보는 사람이 아니야." 로열이 말했다. 그는 친구가 멀리 떠나는 게 슬펐지만, 테네시 사건이 있기 전부터도 둘의 방법은 일치되지 않았다. 로열은 코라의 살인 행위는 자기방어의 문제였다고 이해했지만, 레드의 적나라한 피에 대한 목마름은 또 다른 문제였다.

리지웨이의 폭력성과 기이한 집착 때문에 남자들은 선뜻 그와 같이 다니며 일하려고 하지 않았다. 보스먼의 죽음 그리고 검둥이 무법자들에게 당했다는 굴욕으로 평판이 땅에 떨어지면서 그는 제 집단에서 따돌림을 받았다. 물론 테네시의 보안관들은 여전히 살인자들을 추적했지만, 리지웨이를 그 사냥에 끼워주지 않았다. 그는 여름 이후로 소식이 끊겼다.

"그 소년은요, 호머?"

샘은 그 이상한 소년에 대해서도 들었다. 결국 리지웨이를 숲에서 도와준 것은 그였다. 호머의 이상한 행동은 리지웨이의 지위에는 아무런 도움이 되지 않았다—그 둘의 조합은 볼썽사나운 추측을 부추겼다. 어쨌든 모욕에도 둘의 유대는 깨어지지 않아서 그 둘은 함께 사라졌다. "축축한 굴속으로." 샘이 말했다. "그런 쓸모없는 쓰레기들에게 딱 걸맞게."

샘은 농장에 3일 더 있으면서 조지나의 관심을 사려고도 해봤지만 헛일이었다. 그는 옥수수 껍질 벗기기 축제까지 함께 즐기고 갔다.

시합은 첫 보름달이 뜨는 밤에 열렸다. 아이들은 하루 종일 붉은색 나뭇잎 경계선 안에 두 개의 거대한 옥수수 산을 쌓았다. 밍고는 한 팀의 대장이었다—2년 연속이었고 시빌은 마뜩잖게 생각했다. 밍고는 선수를 농장의 여러 집단에서 골고루 뽑기는커녕 자기 측근으로만 골라 팀을 짰다. 밸런타인의 큰아들 올리버가 새로 온 이들과 오래 일한 일꾼들을 섞어서 반대편 팀을 꾸렸다. "그리고 우리의 특별 손님도 물론 있습니다." 올리버가 마침내 샘을 손짓해 불렀다.

작은 소년이 호각을 불자 선수들이 미친 듯이 껍질을 벗기기 시작했다. 올해의 상은 밸런타인이 시카고에서 사 온 커다란 은거울이었다. 파란 리본이 묶인 거울이 옥수수 더미 사이에 세워져, 호박 등의 깜빡거리는 주황색 불빛을 반사했다. 대장들은 남자들에게 큰 소리로 명령을 내렸고 청중들은 손뼉을 치며 폭소를 터뜨렸다. 바이올린 연주자가 빠르고 우스꽝스러운 노래로 배경음악을 깔아주었다. 더 어린 아이들은 옥수수 더미 주변을 뛰어다니며 가끔 겉껍질이 땅바닥에 닿기도 전에 옥수수를 낚아채 달아났다.

"옥수수 잡아!"

"거기 좀 서둘러야겠어!"

코라가 한편에서 구경했고, 로열의 한 손이 그녀의 허리를 감싸고 있었다. 코라는 그 전날 그가 입을 맞추도록 놔두었고, 로열은 그것을 내심 코라가 마침내 그를 한 걸음 다가오게 허락했다는 뜻으로 받아들였다. 코라는 그를 기다리게 만들 것이었다. 그는 더 기다릴 것이었다. 그러나 샘에게서 테런스가 죽었다는 소식을 듣자, 비록 끔찍한 장면이 상상되기는 했지만 코라는 마음이 풀어졌다. 코라는 이전 주인이 침대 시트에 뒤엉켜서 보라색 혀를 쑥 빼물고 있는 것을 상상했다. 도움을 청했지만 아무도 오지 않았다. 그는 관 속에서 녹아 피범벅 곤죽이 되고, 요한묵시록에 나오는 지옥에서 고통을 당할 것이다. 코라는 성경에서 적어도 그 부분은 믿었다. 그것은 노예 대농장을 암호로 묘사한 것이었다.

"랜들 대농장에서는 이렇게 하지 않았는데." 코라가 말했다. "수확을 보름달에 한 건 맞지만, 늘 피가 있었어."

"넌 이제 랜들 대농장에 있지 않아." 로열이 말했다. "넌 자유야."

코라는 좋은 기분을 잃지 않은 채 속삭였다. "어떻게 그런데? 땅은 재산이야. 연장도 재산이고. 누군가가 랜들 대농장을 경매에 넘길 거야, 노예도 역시. 사람이 죽으면 늘 거래가 생겨나잖아. 나는 아직 재산이야, 인디애나에 있어도."

"그는 죽었어. 굳이 너를 잡아 오려고 할 사촌은 없어, 그처럼은 안 해." 그가 말했다. "넌 자유야."

로열은 주제를 바꾸기 위해 또 코라에게 몸이 좋게 느낄 수 있는 것도 존재한다는 것을 상기시켜주려고 사람들의 노래에 합류했다. 씨뿌리기부터 수확과 탈곡까지, 하나로 단합된 곳. 그러나 그 노래는 코라가 목화밭에서부터 알던 노동요여서, 랜들 농장의 잔혹함을 상기시켰고 코라는 가슴이 내려앉았다. 코널리는 그 노래를 매질이 끝난 뒤 밭으로 돌아가 목화를 따라는 신호로 사용했다.

어떻게 그렇게 끔찍한 짓이 기쁨의 도구가 될 수 있었을까? 밸런타인 농장에서는 모든 게 반대였다. 일은 고통스러울 필요가 없었고, 오히려 사람들을 하나로 묶어줄 수 있었다. 체스터같이 밝은 아이는 몰리와 친구들이 그렇듯이 더욱 밝게 잘 자랄 수 있었다. 엄마는 딸을 사랑과 다정함으로 키웠다. 시저 같은 아름다운 영혼은 여기서라면 원하는 무엇이든 될 수 있었고, 이곳의 다른 이들도 모두 그렇게 될 수 있었다. 땅을 가질 수 있고, 학교 선생님이 될 수 있고, 흑인의 인권을 위해 싸울 수도 있었다. 심지어 시인이 될 수도 있었다. 조지아의 비참함 속에서 코라는 자유를 상상했지만, 이런 모습일 줄은 몰랐다. 이제 자유란 아름답고 귀한 무엇인가를 위해 함께 노력하는 것이었다.

밍고가 이겼다. 그의 팀 남자들이 그를 어깨에 태워서 목이 터져라 환호하면서 껍질이 벗겨진 옥수수 더미를 돌았다. 지미는 백인이 이렇게 열심히 일하는 건 생전 처음 본다고 말했고 샘은 활짝 웃었다. 조지나는 그래도 꿈쩍도 하지 않았다.

샘이 떠나는 날 코라는 그를 꽉 껴안고 그의 구레나룻 난 볼에 입을 맞췄다. 그는 어디가 됐든 자리를 잡으면 편지를 보내겠다고 했다.

낮이 짧고 밤이 긴 계절이었다. 코라는 계절이 이렇게 변하면서 도서관을 자주 들락거렸다. 구슬릴 수 있을 때면 몰리도 데려갔다. 나란히 앉아서 코라는 역사책이나 소설을 읽고, 몰리는 동화책 책장을 넘겼다. 마부 한 명이 어느 날 들어가려고 하는 그들을 막아 세웠다. "주인님이 총을 든 검둥이보다 더 위험한 게 딱 하나 있다고 말씀하셨지." 그가 말했다. "책을 든 검둥이. 그러다가 분명 커다란 검은 화약고가 된다고 했어!"

어떤 거주자들이 고마운 마음에 밸런타인 가족의 집에 서재를 추가로 지어주겠다고 했을 때 글로리아는 그 공간을 별채로 만들자고 제안했다. "그렇게 하면 책을 보고 싶은 사람은 누구든 편하게 볼 수 있잖아요." 밸런타인 가족에게도 사적인 공간이 더 생겼다. 그들은 마음이 넓었지만, 한계는 있었다.

그들은 훈제실 바로 옆에 도서관을 지었다. 코라가 밸런타인의 책을 들고 커다란 의자에 앉아 있을 때면 맛있는 훈제 냄새가 났다. 로열은 이것이 시카고 근방에서 가장 방대한 니그로 도서관일 거라고 했다. 코라는 그 말이 진짜인지 알지 못했지만, 독서할 때 부족함을 느끼지 않는 것은 분명했다. 농사와 다양한 작물 농작법에 대한 연구 논문뿐 아니라 역사책도 아주 많았다. 로마제국의 야심과 무어인의 승리, 유럽 왕가들 사이의 반목. 커다란 책들 속에는 코라가 한 번도 들어보지 못한 땅들의 지도가, 정복되지 않은 세상의 윤곽선이 들어 있었다.

그리고 흑인들의 다양한 문학작품. 아프리카의 제국들과 피라미드를 세운 이집트 노예들의 기적에 대한 이야기. 이 농장의 목수들은 진정한 장인이었다—이 많은 책들이, 그 안에 담긴 수많은 경이들이 책장에서 떨어지지 않도록 하는 책임을 맡았으니. 니그로 시인들의 시구가 담긴 작은 책자들, 흑인 연설가들의 자서전. 필리스 휘틀리와 주피터 해먼.* 연감을 편찬한 벤저민 배네커**라는 사람도 있었는데—연감이라니! 코라는 연감을 전부 다 읽어치웠다—그는 독립선언문을 쓴 토머스 제퍼슨의 측근이었다. 코라는 노예로 태어났지만 글을 배운 노예들의 이야기를 읽었다. 납치되고, 집과 가족에게서 떨어지게 된 아프리카인들이 속박된 비참한 생활을 하다 가까스로 탈출한 이야기를 읽었다. 코라는 그들의 이야기가 곧 자신의 이야기임을

---

* 둘 다 18세기 말 미국에서 활동한 흑인 노예이자 시인.
** 18세기 말 미국에서 활동한 흑인 연감 편찬자 겸 박물학자.

알아챘다. 그것은 코라가 아는 모든 흑인들의 이야기요, 앞으로 태어날 검은 사람들의 이야기이자, 그들 승리의 토대였다.

사람들은 비좁은 방에서 종이 위에 그 모든 것을 적어 내려갔다. 어떤 이들은 심지어 그녀처럼 피부색이 검었다. 도서관 문을 열 때마다 코라는 아찔했다. 그걸 전부 읽으려고 한다면 마음먹고 시작해야만 했다.

밸런타인이 어느 날 오후 코라에게 다가왔다. 코라는 글로리아와 가깝게 지냈고, 코라의 파란만장한 여정 때문에 글로리아는 코라를 "여자 모험가"라고 불렀지만, 그 남편과는 인사 외에 말해본 적이 없었다. 코라는 말로 표현할 수 없는 너무나 큰 빚을 지고 있었기 때문에, 그냥 그를 피해 다녔다.

그는 코라가 읽고 있던 책, 7대양의 골칫거리가 되는 무어인 소년에 관한 소설의 표지를 보았다. 말이 어렵지 않아 코라는 빨리 읽어 내려가고 있었다. "나도 그 책은 안 읽어봤구나." 밸런타인이 말했다. "여기 자주 온다고 들었다. 조지아에서 왔다는 친구인가?"

코라가 고개를 끄덕였다.

"거기는 가본 적이 없어—너무 암울한 이야기만 들려와서, 까딱하다간 성질을 참지 못하고 아내를 과부로 만들까 봐."

그의 웃음에 코라도 대답 대신 웃었다. 그는 인디언 옥수수를 돌보느라 여름에는 농장에 있었다. 들판 노동자들은 쪽과 담배—목화는 물론—는 알았지만 옥수수는 엄두를 내지 못했다. 그는 친절하고 인내심 있게 그들을 가르쳤다. 계절이 바뀌면 그는 농장에 거의 없었다. 몸이 안 좋으신가 봐, 사람들은 말했다. 그는 대부분 농장 장부를 정리하면서 본채에서 보냈다.

그는 지도가 있는 책장으로 갔다. 둘이 같은 공간에 있으니 코라는 그 몇 달간의 침묵을 깰 수밖에 없었다. 코라는 모임 준비가 잘되어가는지 물었다.

"아, 그거." 밸런타인이 말했다. "열릴 것 같니?"

"그래야지요." 코라가 말했다.

랜더의 연설 일정 때문에 모임은 두 번 연기되었다. 밸런타인과 친구들이—나중에는 방문한 학자와 저명한 노예제 폐지 운동가들도—흑인 문제를 두고 자정 넘어서까지 토론을 하면서 밸런타인의 식탁에서는 농장과 관련된 토론 문화가 시작됐다. 직업학교, 흑인 의대가 필요하다든지. 의회에서 목소리를 내기 위해, 의회 입성이 어렵다면 진보적 성향의 백인들과 강력하게 연합해야 한다든지. 노예제가 정신적 능력에 남긴 손상을 회복하는 방법들에 대해서도—너무나 많은 자유인들이 그들이 참고 견뎌온 공포에 여전히 사로잡혀 있었다.

저녁 식사의 대화는 의례가 되어서, 집 밖으로까지 확대돼 예배당으로 옮겨 왔고, 그러자 글로리아는 더 이상 음식과 음료를 내놓지 않고 각자 음식을 가져오게 했다. 흑인의 진보가 좀 더 점진적이어야 한다고 생각하는 사람들은 좀 더 시급하게 생각하는 이들과 가시 돋은 말을 주고받았다. 랜더가 오자—그들이 본 중에 가장 품위 있고 달변가인 흑인—토론은 더욱 논리적인 성격을 띠게 됐다. 나라의 방향이 한 가지 주제였고, 다른 하나는 이 농장의 미래였다.

"밍고는 틀림없이 잊지 못할 자리가 될 것이라고 하더군." 밸런타인이 말했다. "수사학의 장관일 거라나. 요새 나는 장관이 좀 일찍 마쳤으면 좋겠어. 적당한 시간에 잠자리에 들 수 있도록 말이야." 밸런타인은 밍고의 간청에 지쳐서 토론 준비 조직을 밍고에게 넘겼다.

밍고는 이 농장에 오래 살았고, 랜더의 호소력과 겨루는 문제에서는 여기 토박이라는 점에서 유리했다. 그는 뛰어난 연설가는 아니었지만, 노예였던 사람으로서 농장의 대다수를 대변했다.

밍고는 모임이 지연되는 틈을 타 백인 마을들과의 관계 개선에 힘썼다. 랜더 쪽의 몇 명을 포섭하기도 했다—랜더가 마음속에 품은 생각이 정확히 무엇인지는 분명하지가 않았다. 랜더는 직언가였지만 그의 말은 이해하기 쉽지 않았다.

"그들이 우리가 떠나야 한다고 결정하면 어떡해요?" 코라는 그 말을 꺼내는 게 그렇게나 어렵다니 스스로도 깜짝 놀랐다.

"그들이라니? 너도 그중 하나란다." 밸런타인은 몰리가 즐겨 앉는 의자를 가져와 앉았다. 가까이서 보니, 그토록 많은 영혼들의 짐을 대신 짊어진 대가가 선명했다. 이 남자는 피로함 자체였다. "우리 소관 밖의 일인지도 모르지." 그가 말했다. "우리가 여기에 세운 것을…… 그것을 우리가 갖기를 원하지 않는 백인들이 너무나 많구나. 꼭 우리가 지하철도를 돕고 있다고 의심하지 않는다 하더라도. 여기를 봐. 글을 배운다고 해서 노예를 죽이는 그들이, 도서관은 어떻게 생각하겠니? 우리는 지금 생각들이 가득 찬 방 안에 있다. 흑인 남자에게는 과분한 것이지. 혹은 여자들에게도."

코라는 밸런타인 농장의 불가능한 보물들을 만끽하느라 그것이 얼마나 불가능한 것이었는지 잊고 있었다. 흑인 이익단체가 운영하는 이곳과 인근 농장들은 너무 커졌고, 너무 번창했다. 신생 주 안의 검은 지대. 밸런타인의 니그로 유산은 이미 오래전에 알려졌다. 어떤 백인들은 검둥이들과 동등하게 취급되는 것 같아 속은 기분이 들었다—그리고 저 건방진 검둥이가 성공해 그들을 수치스럽게 만들었다고 생각했다.

코라는 지난주에 길을 가다 마차에 치일 뻔했던 일에 대해 말했다. 마부는 지나가면서 혐오스러운 욕설을 퍼부었다. 코라만 그렇게 당한 것이 아니었다. 근처 마을에 새로 이사 온 사람들, 난동꾼과 빈곤층 백인들은 농장 거주자들이 먹을 것을 사러 나가면 싸움을 걸어왔다. 젊은 여자들을 희롱했다. 지난주에는 사료 가게에 '백인 전용'이라는 간판이 내걸렸다—남부의 악몽이 여기까지 마수를 뻗쳤다.

밸런타인은 말했다. "우리는 미국 시민으로서 여기 있을 법적인 권리가 있다." 그러나 도망노예법 역시 법적인 사실이었다. 그들이 지하철도를 돕는 게 상황을 복잡하게 만들었다. 노예 사냥꾼들은 얼굴을 자주 내비치지는 않았지만, 듣고 있지 않은 것은 아니었다. 지난봄 노예 사냥꾼 두 명이 영장을 들고 나타나서 농장의 집들을 샅샅이 수색했다. 그들의 사냥감은 사라진 지 오래였지만, 노예 순찰은 그 자체로 거주자들의 삶이 얼마나 불안정한 것인지를 보여주었다. 요리사 한 명은 그들이 오두막을 수색하는 동안 물통에다 오줌을 눠야 했다.

"인디애나는 노예 주였어." 밸런타인이 말을 이었다. "그 악이 땅속에 스며들어 있지. 그것이 배어 나와 더 강해지고 있다고 말하는 사람들도 있단다. 어쩌면 이곳은 아닌지도 모르겠어. 글로리아와 나는 버지니아를 나온 뒤에 계속 움직여야 했는지도 모르겠구나."

"요새 읍내에 나가면 그게 느껴져요." 코라는 말했다. "제가 아는 그 눈빛들이 보여요." 코라가 알아본 것은 비단 테런스와 코널리와 리지웨이, 그 야만적인 시선만이 아니었다. 코라는 그런 얼굴을 노스캐롤라이나의 공원에서 낮에, 그리고 밤에 잔인한 쇼를 위해 모인 사람들 속에서 보았다. 모두 같은 물질로 된, 끝없는 목화밭 같던 백인의 둥근 얼굴들.

코라의 풀 죽은 얼굴을 보면서 밸런타인이 말했다. "우리가 여기에 세운 것이 나는 자랑스럽지만, 우린 여기서 다시 시작한 거였다. 또 그렇게 할 수 있어. 이제는 나를 도울 든든한 아들도 둘 있고, 땅값도 후하게 받을 거야. 글로리아는 언제나 오클라호마를 보고 싶어 했지. 그 이유는 모르겠다만. 아내를 행복하게 해주고 싶구나."

"우리가 여기 있는다면요." 코라가 말했다. "밍고는 저 같은 사람들은 허락해주지 않겠지요. 도망자들요. 아무 데도 갈 데 없는 사람들을요."

"대화는 좋은 것이야." 밸런타인이 말했다. "공기를 맑게 해서 봐야 할 것을 더 선명히 보게 해주지. 이 농장의 분위기가 무엇인지 보게 될 게다. 이 농장은 내 것이지만, 모두의 것이기도 하지. 네 것이기도 하고. 나는 사람들의 결정에 따를 것이다."

코라는 토론이 그를 지치게 만든다는 걸 알아보았다. "이런 걸 왜 하세요." 코라가 물었다. "저희 모두를 위해서요?"

"똑똑한 녀석일 거라고 생각했는데." 밸런타인이 말했다. "모르겠니? 백인은 그렇게 해주지 않을 거다. 우리 스스로 해야 해."

이 농부는 찾는 책이 있음 직했으나, 빈손으로 나갔다. 바람이 열린 문틈으로 비집고 들어왔고 코라는 숄을 바짝 끌어 올렸다. 계속 책을 읽는다면 저녁 시간까지 한 권은 더 읽을 수 있을지 몰랐다.

밸런타인 농장에서의 마지막 모임은 차갑지만 상쾌한 12월 어느 밤에 있었다. 그 후로 오랫동안, 살아남은 사람들은 그날 밤에 일어난 일과 그 이유를 각자의 관점에서 이야기했다. 시빌은 죽는 날까지 밍고가 내부 고발자였다고 주장했다. 시빌은 나중에 할머니가 되어 미시간의 어느 호숫가에 살았는데, 손자와 손녀들은 시빌의 익숙한 레퍼토리를 들어야 했다. 시빌이 보기에는, 밍고가 밸런타인 농장이 도망자들을 숨겨주고 있다고 순경에게 말하고 그들이 매복에 성공할 수 있도록 내부 정보를 흘렸다. 극적인 습격은 지하철도와의 관계를, 도움이 필요한 니그로들의 그 끝없는 물결을 끊어버릴 것이고, 그러면 농장의 수명이 보장될 것이었다. 그가 그런 폭력을 예상했겠냐는 물음에 시빌은 입을 굳게 다물고 더 이상 말하지 않았다.

또 다른 생존자—대장장이 톰—는 법이 랜더를 몇 달 동안 쫓아다녔다고 말했다. 랜더는 겨냥된 표적이었다. 랜더의 연설은 열정에 불을 지폈고, 저항을 선동했다. 그는 너무 거만해서 자유롭게 다니도록 둘 수가 없었다. 톰은 글을 전혀 배우지 못했지만 그 대단한 연설가가 직접 서명해준 책, 《호소문》을 자랑하고는 했다.

조앤 왓슨은 밸런타인 농장에서 태어났다. 그날 밤 조앤은 여섯 살이었다. 습격이 있은 뒤, 조앤은 도토리로 버티며 3일 동안 숲을 헤매다가 지나가는 마차에 발견되었다. 나이가 들고 나서 조앤은 자신을 피할 수 없는 일에 적응해온, 미국 역사의 산증인이라고 설명했다. 조앤은 백인 마을들이 그들

한가운데에 있는 흑인 근거지를 없애려고 합심한 것이었다고 했다. 그게 유럽의 종족들이라고 조앤은 말했다. 통제할 수 없다면 멸망시켜버리는 것이.

앞으로 닥칠 일을 농장의 누구도 알지 못했고 사람들 사이에서는 아무런 신호도 없었다. 토요일이 느긋하고 고요하게 흘러갔다. 코라는 그날 하루를 거의 방에서 로열이 준 최신판 연감을 보면서 보냈다. 로열은 시카고에서 그 책을 사 왔다. 그는 코라가 깨어 있다는 것을 알았기 때문에, 연감을 주려고 밤 12시쯤 그녀의 방문을 두드렸다. 늦은 시간이라 그녀는 시빌과 몰리를 깨우고 싶지 않았다. 코라는 처음으로 그를 자기 방으로 들였다.

그녀는 내년도 연감을 보고 주저앉고 말았다. 기도서만큼 두꺼웠다. 코라는 로열에게 노스캐롤라이나의 다락방 시절에 대해 이야기한 적이 있었지만, 표지에 적힌 그 연도는—미래에서 만들어진 그 물건은—그녀 스스로 마법에 걸리게 했다. 그녀는 목화를 따고 자루를 운반했던 랜들 대농장의 어린 시절을 이야기해주었다. 아프리카에서 납치되어 자기 것이라고 할 수 있는 유일한 작은 땅뙈기에 밭을 일구었던 할머니 아자리 이야기도. 어느 날 그녀를 변덕스러운 세상의 손에 내던지고 농장을 탈출해버린 엄마 메이블 이야기도 했다. 블레이크와 개집과 손도끼를 들고 그와 대적한 이야기도. 그들이 그녀를 훈제실 뒤로 끌고 갔던 밤을 이야기하며 코라가 미안하다고 했을 때, 로열은 그녀의 말을 막았다. 그 온갖 상처에 사과를 받아야 하는 사람은 그녀라고 그는 말했다. 그는 그녀의 적들, 그녀를 괴롭힌 주인과 감독관들은 벌을 받을 것이라고, 이 세상이 아니라면 다음 세상에서 받을 것이라고, 정의는 느리고 눈에 보이지 않을지 몰라도 결국엔 언제나 참된 판결을 내리기 때문이라고 말했다. 그는 떨며 흐느끼는 그녀 위로 몸을 포갰고 둘은 그렇게 밸런타인 농장의 어느 오두막 작은 방에서 잠들었다.

코라는 정의에 대해 그가 한 말을 믿지 않았지만, 그가 그렇게 말해주니 좋았다.

다음 날 아침에 깨어났을 때는 기분이 한결 나았고, 어쩌면 아주 조금일지 모르지만, 그 말을 믿는다고 인정해야 했다.

시빌은 코라가 또 두통으로 몸져누웠다고 생각해 점심때쯤 먹을 것을 갖고 왔다. 그녀는 로열과 밤을 같이 보냈다면서 코라를 놀렸다. 그가 "두 손에 신발을 들고 먹다 남은 것을 훔쳐 달아나는 개처럼 여기서 살금살금 빠져나갈" 때 그녀는 모임에 입고 갈 드레스를 손질하고 있었다. 코라는 그저 웃었다.

"어젯밤에 네 남자만 온 게 아니야." 시빌이 말했다. 랜더가 돌아왔다.

시빌이 장난기가 발동한 이유였다. 랜더는 시빌에게 깊은 감동을 주어서, 랜더가 농장에 왔다 가면 그 뒤로 며칠을 생기발랄했다. 그의 아름다운 말들. 그가 드디어 밸런타인 농장으로 돌아온 것이다. 결과가 어떨지는 모르지만 모임이 열릴 것이다. 시빌은 집을 버리고 서부로 가고 싶지 않았는데, 다들 랜더도 그런 생각일 것이라고 짐작했다. 그녀는 이주 얘기가 시작되었을 때부터 단호하게 여기 있고 싶다는 쪽이었다. 그러나 도움이 필요한 사람들에게 더 이상 안식처를 제공하지 않겠다는 밍고의 입장에는 찬성하지 않았다. "이런 곳은 어디에도 없어. 그는 그걸 망치려고 해."

"밸런타인이 그렇게 두지 않을 거예요." 코라가 말했지만, 서재에서 나눈 대화로 보면 그는 마음속으로는 벌써 짐을 싼 것 같았다.

"이제 알게 되겠지." 시빌이 말했다. "아예 내가 연단에 나가서 연설을 해야 할까 봐. 사람들이 듣고 싶어 하는 말을 하게."

그날 밤 로열과 코라는 맨 앞자리 밍고와 그의 가족 옆에, 밍고가 노예제로부터 구한 그 아내와 아이들 바로 옆에 앉았다. 그의 아내 앤절라는 언제나처럼 말이 없었다. 그녀가 말하는 것을 들으려면 그녀가 남편에게 개인적으로 조언을 할 때 오두막 창가에 숨어 있어야 했다. 밍고의 딸들은 길게 땋은 머리를 하얀 리본으로 묶고 하늘색 드레스를 입고 있었다. 사람들이 예배당을 가득 메우는 동안 랜더는 밍고의 막내딸과 수수께끼 놀이를 했다. 막내의 이름은 어맨다였다. 어맨다는 천으로 만든 꽃다발을 들고 있었는데, 랜더가 그걸로 농담을 하자 둘이 소리 내 웃었다. 코라는 막간의 짧은 쉬는 시간, 그런 순간의 랜더를 보면 몰리가 생각났다. 그렇게 다정하게 이야기를 나누어도 그녀는 그가 텅 빈 방에서 피아노 공연을 열며 집에 혼자 있는 것을 더 좋아하리라는 생각이 들었다.

그의 손가락은 길고 섬세했다. 목화 꼬투리를 한 번도 따보지 않은 혹은 땅을 한 번도 파보지 않은 혹은 아홉 가닥 채찍을 한 번도 맞아보지 않은 저 사람이, 그런 것들로 점철된 인생을 살아온 사람들을 대변하고 있다니, 얼마나 신기한가. 그는 혼혈임을 드러내는 환한 피부에 몸집은 왜소했다. 그녀는 그가 달려가거나 서두르는 걸 한 번도 본 적이 없었다. 그 남자는 연못 수면에서 은은한 물결에 몸을 내맡긴 나뭇잎처럼, 아름답고 평온하게 움직였다. 그러다 그가 입을 열면 그를 여기까지 이끌어온 힘이 결코 잔잔하지만은 않았다는 것을 알게 되었다.

오늘 밤 백인 손님은 한 명도 없었다. 이 농장에서 살고 또 일하는 사람들만, 그리고 이웃 흑인 농장들의 가족들이 참석했다. 이렇게 한 공간에 모인 것을 보면서 코라는 그들이 얼마나 큰지를 처음으로 생각했다. 눈이 마주치니 눈을 찡긋거린 조그만 장난꾸러기 소년처럼, 전에 한 번도 보지 못한 사람들도 있었다. 낯선 사람이지만 가족이고, 사촌이기는 하지만 소개받은 적 없는 사람들. 그녀는 아프리카에서 혹은 쇠사슬 속에서 태어난 이들, 그 굴레에서 벗어났거나 탈출한 남자와 여자에게 둘러싸여 있었다. 낙인이 찍히고, 얻어맞고, 강간당하고. 이제 그들은 여기 있었다. 그들은 자유였고 검었고 각자 자기 운명의 조종사였다. 그 사실에 그녀는 전율했다.

밸런타인이 강연대를 붙잡고 몸을 기댔다. "저는 여러분들과 똑같이 자라지는 않았습니다." 그가 말했다. "저희 어머니는 제 안전을 염려한 적은 없었습니다. 밤중에 저를 납치해 가서 남부에 팔려고 한 상인도 없었습니다. 백인들은 제 피부색을 보았고, 얼마든지 저를 그대로 받아주었습니다. 저는 제가 잘못하는 것이 하나도 없다고 스스로에게 말했지만, 평생을 무지 속에 살았습니다. 여러분이 여기 오고 우리가 되어 같이 살기 전까지는 말입니다."

그는 자기 아이들이 편견과 그 악독한 짝패인 폭력에 짓밟히지 않도록 버지니아를 떠났다고 말했다. 그러나 하느님이 많은 것을 주셨으니 두 아이를 구하는 것만으로는 충분하지 않았다. "한 여자가 그 혹독한 겨울을 뚫고 우리에게 왔습니다―병들고 절망에 빠져 있었습니다. 우리는 그녀를 구할 수 없었습니다." 밸런타인의 목소리가 갈라졌다. "저는 제 의무를 등한시했습니다. 우리 가족 누구라도 속박의 고문을 견뎌내고 있는 한 저는 이름만 자유인이었습니다. 저는 제가 잘못을 바로잡을 수 있도록 도와주고 있는 여기 여러분 모두에게 감사를 표하고 싶습니다. 우리와 몇 년을 있었든 단 몇 시간을 있었든 여러분은 제 인생을 구원했습니다."

그가 휘청거렸다. 글로리아가 올라와서 그를 부축했다. "지금 우리 가족 중에서 여기 나와 할 말이 있는 사람이 있습니다." 밸런타인이 헛기침을 했다. "제 말을 경청하셨듯이 그의 말을 귀 기울여 들어주시기 바랍니다. 황량한 곳으로 새로운 길을 개척해가는 문제에 대해서는 여러 가지 생각이 충분히 있을 수 있습니다. 밤이 어둡고 발밑이 음험할 때는 말입니다."

이 농장의 가장이 강연대에서 물러나고 밍고가 그 자리를 이어받았다. 밍고의 딸들이 잘하고 오라면서 그의 손등에 입을 맞췄다.

밍고는 자신의 여정으로 이야기를 시작했다. 주님께 간절히 인도를 청했던 밤들, 가족들에게 자유를 안겨주기까지의 긴 시간들. "제 정직한 노동으로, 한 명씩, 여러분이 여러분 자신을 구원했듯이." 그는 손마디로 눈을 문질렀다.

그러고는 방향을 바꾸었다. "우리는 불가능한 것을 이뤄냈습니다. 그러나 모두가 우리와 같은 것은 아닙니다. 우리 모두가 그렇게 해내지는 못할 것입니다. 어떤 이들은 너무 멀리 갔지요. 노예제도가 그들의 정신을 왜곡시켜서, 작은 악마가 그들의 마음을 불결한 생각들로 가득 채웠습니다. 그들은 위스키와 그 거짓 안락에 빠졌습니다. 그 가망 없음과 그 끝없는 악마들에게. 여러분은 대농장에서, 읍내와 도시의 거리에서 이런 길 잃은 영혼들을 보았습니다—자기 자신을 존경하지 않고, 또 할 수도 없는 사람들을요. 여러분은 여기서도 그런 사람들을 보고 있습니다. 이곳이 주는 선물은 다 받으면서 여기서 속하지는 않습니다. 그들은 늘 밤이 되면 사라집니다. 마음속 깊은 곳에서 그들은 이런 걸 받을 가치가 없다는 걸 아니까요. 그들에게 때는 너무 늦었습니다."

예배당 뒤편에서 그의 친구들 몇이 아멘을 외쳤다. 우리가 직시해야 할 현실이 있다고 밍고는 설명했다. 백인들은 하룻밤 사이에 바뀌지 않을 것이다. 우리 농장의 꿈은 값지고 진실한 것이지만, 점차적인 접근법이 필요하다. "우리는 모두를 구할 수는 없으며, 그럴 수 있는 척 연기한다면 우리 모두에게 파멸을 불러올 것입니다. 백인들이—여기서 불과 몇 킬로미터 거리에 있지요—우리의 오만함을 영원히 참아줄 것 같습니까? 우리는 그들의 약점을 보란 듯이 드러내고 있습니다. 숨어 있는 도망자들. 총을 들고 드나드는 지하철도 요원들. 살인죄로 수배된 사람들. 범죄자들." 코라는 밍고의 눈길이 자신에게 향했을 때 주먹을 꽉 쥐었다.

밸런타인 농장은 미래를 향해 영광스러운 발돋움을 해왔다고 그는 말했다. 백인 후원자들이 아이들을 위해 교과서를 지원해주었다—모든 학교를 후원해달라고 부탁해보는 건 어떨까? 한두 군데가 아니라 몇십 군데에 더? 그는 니그로의 번영과 지성을 입증해 보임으로써, 완전한 권리를 가진 생산적인 일원으로 미국 사회로 진입할 것이라고 말했다. 왜 그것을 위태롭게 하는가? 우리는 천천히 할 필요가 있다. 우리 이웃들과 화해하고, 무엇보다도 그들의 분노를 살 일은 멈춰야 한다. "우리는 여기서 실로 엄청난 것을 이뤄냈습니다." 그가 연설을 마무리했다. "그러나 그것은 소중히 다루고, 보호하며, 잘 돌봐야 합니다. 그렇지 않으면 된서리를 맞은 장미처럼 시들고 말 것입니다."

박수가 쏟아지는 동안 랜더가 밍고의 딸에게 뭐라고 속삭였고 둘은 다시 키득거렸다. 그녀는 헝겊 꽃다발에서 꽃을 한 송이 뽑아서 그의 녹색 양복 맨 위 단춧구멍에 끼워 넣었다. 랜더는 향기를 맡고 황홀해하는 시늉을 했다.

"시작한다." 랜더가 밍고와 악수하고 강연대로 가는데 로열이 말했다. 로열은 그날 하루를 그와 함께 산책하고 이야기하면서 보냈다. 랜더가 그날 밤에 무슨 말을 할지 말해주지는 않았지만, 로열은 낙관하는 눈치였다. 전에 이주 문제가 나왔을 때 로열은 서부보다는 캐나다가 더 좋다고 코라에게 말했었다. "거기 사람들은 자유인 니그로를 어떻게 대해야 하는지 알아." 그럼 지하철도 일은? 언젠가는 정착을 해야지, 로열은 말했다. 지하철도 일로 뛰어다니면서 가족을 꾸릴 수는 없잖아. 코라는 그가 그런 말을 시작할 때면 화제를 돌렸다.

지금 그녀는—그리고 모두는—보스턴에서 온 이 남자가 어떤 생각을 하고 있는지를 직접 보게 될 것이었다.

"밍고 형제님이 좋은 지적을 해주셨습니다." 랜더가 말했다. "우리는 모두를 구할 수는 없습니다. 그러나 그렇다고 해서 시도해볼 수 없는 것은 아닙니다. 때로는 쓸모 있는 착각이 쓸모 없는 진실보다 낫습니다. 이 사나운 추위 속에서는 무엇도 자라날 수 없을 테지만, 우리는 그래도 꽃을 가질 수 있습니다.

한 가지 착각이 있습니다. 우리가 노예제를 벗어날 수 있다는 착각입니다. 우리는 그럴 수 없습니다. 그 상처는 영원히 지워지지 않을 것입니다. 어머니가 팔려 가고, 아버지가 매를 맞고, 여동생이 우두머리나 주인에게 능욕을 당하는 것을 보면서 여러분은 쇠사슬 없이, 멍에 없이, 새로운 가족과 함께 오늘 여기 앉아 있으리라고 생각이나 하셨습니까? 여러분이 아는 모든 것이 자유는 속임수라고 말했습니다―하지만 여러분은 여기 있습니다. 여전히 우리는 달립니다. 저 밝은 보름달 빛을 따라 안식처를 향해서.

밸런타인 농장은 착각입니다. 누가 니그로가 안식처를 가져도 된다고 말했습니까? 누가 그런 권리가 여러분에게 있다고 말해주었습니까? 여러분이 겪은 고통스러운 삶 한순간 한순간이 그 반대를 주장했습니다. 역사를 아무리 살펴봐도, 그런 것은 존재할 수 없습니다. 이곳 역시 틀림없이 착각이어야 합니다. 그러나 여러분은 여기 있습니다.

그리고 미국 역시, 그 무엇보다도 대단한 착각입니다. 백인종은 믿습니다―진심을 다해 믿지요―이 땅을 취하는 게 그들의 권리라고 말입니다. 인디언들을 죽이고. 전쟁을 일으키고. 형제들을 노예로 삼고. 이 세상에 일말의 정의라도 있다면 이 나라는 존재해서는 안 됩니다. 살인과 절도, 잔혹함을 토대로 만들어진 나라니까요. 그러나 여기 존재합니다.

점차적으로 진전해야 한다는, 도움을 필요로 하는 이들에게 문을 닫아야 한다는 밍고의 요청에 저는 답하려고 합니다. 이곳이 노예제도의 통탄할 영향력에 너무 가까이 있다고, 그래서 서쪽으로 옮겨 가야만 한다고 생각하는 분들에게 저는 답하려고 합니다. 저는 여러분에게 드릴 답변이 없습니다. 우리가 어떻게 해야 하는지 저는 알지 못합니다. 우리라는 말. 어떻게 보면 우리의 공통점은 단 한 가지, 피부색뿐입니다. 우리 조상들은 아프리카 대륙 곳곳에서 왔습니다. 상당히 크지요. 밸런타인 형제님의 저 훌륭한 서재에 세계 지도가 있으니, 여러분이 직접 보실 수 있을 겁니다. 우리 조상들은 살아온 방식이 다르고, 관습이 다르고, 백 가지 다른 언어를 썼습니다. 그리고 그 다양한 종족이 노예선에 갇혀 미국으로 왔습니다. 북부로, 남부로. 그들의 아들과 딸들은 담뱃잎을 따고, 목화를 기르고, 거대한 토지에서 또 아주 작은 소농에서 일을 했습니다. 우리는 장인이고 산파이고 설교자이고 행상입니다. 검은 손들이 백악관을, 우리 나라 정부의 터전을 지었습니다. 우리라는 말. 우리는 하나가 아니라 매우 다양한 사람들입니다. 이렇게 거대하고 아름다운 인종을 어떻게 한 사람이 대변할 수 있을까요—하나가 아닌 여러 인종, 자기 자신과 아이들을 위해 100만 개의 열망과 희망과 꿈을 갖고 있는 이 사람들을요?

우리는 미국에 있는 아프리카 사람들입니다. 세계 역사에서 새로운 무엇, 전례가 없는 것이 될 것입니다.

색깔만으로 충분합니다. 그것이 우리를 오늘 밤, 이 토론으로 불러 모았고, 또 미래로 데리고 갈 것입니다. 제가 진실로 아는 것은, 우리는 하나의 백인 가족 옆에 사는 하나의 흑인 가족으로서, 하나가 되어 흥하고 또 쇠하리라는 것입니다. 우리는 숲을 통과해 가는 길은 알지 못할지 모르지만, 넘어졌을 때 서로를 일으켜줄 수는 있으며, 그렇게 함께 같은 곳에 도달할 것입니다."

밸런타인 농장에 살았던 사람들이 그 순간을 회상할 때, 처음 만난 사람들이나 제 손자 손녀에게 그들이 거기서 어떻게 살았고 그곳이 어떤 최후를 맞이했는지 이야기해줄 때, 그들의 목소리는 오랜 세월이 흐른 뒤에도 여전히 떨렸다. 필라델피아에서, 샌프란시스코에서, 그들이 마침내 정착한, 소를 기르는 마을과 목장들에서 그들은 그날 죽은 이들을 애도했다. 보이지 않는 힘에 의해 순식간에 예배당 안의 공기가 불편해졌다고, 그들은 가족들에게 말했다. 자유롭게 태어났건 쇠사슬에 묶여 태어났건 그 순간 그들은 하나였다. 북극성만 바라보며 달리기로 결심했던 그 순간. 어쩌면 그들은 새로운 질서의 직전에, 무질서를 이성으로 끌어안기 직전에, 그들이 지녀야 할 모든 역사의 교훈을 미래로 넘겨주어야 하는 바로 그 순간 앞에 있었는지도 모른다. 혹은 어쩌면, 늘 그렇듯이 시간이 그 일에 실제로는 없었던 무게감을 더했고, 모든 것은 랜더의 말대로인지도 몰랐다. 그들이 착각했던 것인지도.

그러나 그것은 사실이었다.

총알이 랜더의 가슴에 박혔다. 그는 강연대를 붙든 채 쓰러졌다. 로열이 가장 먼저 일어섰다. 그가 쓰러진 남자에게로 달려갈 때 총알 세 발이 그의 등에 박혔다. 그는 무도병 환자처럼 몸을 떨다가 쓰러졌다. 그 뒤 라이플총 소리와 비명과 유리창 깨지는 소리가 일제히 터져 나왔고, 예배당이 아비규환이 되었다.

밖에 있던 백인들은 이 대학살에 환호하며 기뻐했다. 사람들은 신도석에 끼이고, 그 위로 기어오르고, 서로를 타고 넘으며 허둥지둥 출구로 몰려갔다. 주요 출입구로 빠져나갈 수 없게 되자 창턱으로 기어올랐다. 더 많은 총알이 빗발쳤다. 밸런타인가의 두 아들이 아버지를 문 쪽으로 부축했다. 무대 왼편에서 글로리아가 랜더 위로 몸을 숙이고 있었다. 그녀는 할 수 있는 게 아무것도 없다는 걸 깨닫고 가족들을 따라 나갔다.

코라는 로열의 머리를, 소풍날 오후처럼 제 무릎에 뉘었다. 손가락으로 그의 곱슬머리를 쓰다듬으면서 그를 부둥켜안고 울었다. 로열은 피가 뿜어져 나오는 입술 사이로 웃었다. 그는 두려워하지 말라고, 터널이 다시 그녀를 구해줄 거라고 말했다. "숲속의 그 집으로 가. 그게 어디로 가는지 말해줘." 그의 몸이 축 늘어졌다.

두 남자가 그녀를 붙잡아 로열의 몸에서 떼어놓았다. 여기는 안전하지 않아, 그들이 말했다. 그중 한 명은 사람들이 예배당을 빠져나가게 도우려고 다시 들어온 올리버 밸런타인이었다. 그가 고함쳤다. 코라는 그들이 건물 밖으로 끌고 나와 계단에 내려놓고서야 그들에게서 풀려났다. 농장은 아수라장이었다. 백인 추적대가 남자와 여자들을 어둠 속으로 끌고 갔고 그들의 흉측한 얼굴엔 기쁨이 넘쳤다. 머스킷총이 시빌에게 가구를 만들어준 목수 한 명을 쓰러뜨렸다—그는 품 안에 아기를 안고 있었고 같이 땅으로 고꾸라졌다. 어디로 뛰어가야 할지 아무도 알지 못했고 그 소란 속에서 어떤 믿을 만한 목소리도 들려오지 않았다. 모두 늘 그랬듯이, 혼자였다.

밍고의 딸 어맨다가 가족들을 다 잃어버리고, 쓰러져 떨고 있었다. 땅 위에 덩그러니. 그녀의 꽃다발은 꽃잎을 다 떨궜다. 그녀는 앙상한 줄기, 지난 주 대장장이가 오직 그녀를 위해 모루 위에서 만든 철선을 손에 쥐고 있었다. 너무 꽉 쥐어 철선이 손바닥을 파고들었다. 땅 위의 더 많은 피. 어른이 되어 유럽에서 일어난 제1차세계대전에 대해 읽었을 때 그녀는 그날 밤 일을 떠올렸다. 이제 그녀는 전국 곳곳을 떠돌다 롱아일랜드의 작은 집에서, 그녀를 몹시 아껴주는 시네콕 인디언 선원과 살고 있었다. 그녀는 아버지가 흑인 교육 기관을 세운 루이지애나와 버지니아에서도 한동안 살고, 캘리포니아에서도 살았다. 밸런타인가가 자리 잡은 오클라호마에서도 잠깐. 그녀는 유럽의 그 전쟁이 끔찍하고 폭력적이라고 선원에게 말했지만, 그 이름에는 이의를 달았다. 대전은 백인과 흑인 사이에는 늘 있었다. 언제나 있을 것이었다.

코라는 몰리를 찾아다녔다. 그녀는 아무도 알아볼 수 없었다. 사람들의 얼굴이 두려움으로 변형되어 있었기 때문에. 불의 열기가 코라를 덮쳤다. 밸런타인의 집이 불길에 휩싸여 있었다. 기름병이 2층에서 터졌고 존과 글로리아의 침실을 집어삼켰다. 도서관의 창문들이 산산조각 났고 코라는 책장 위 책들이 불타는 것을 보았다. 그 안으로 막 두 계단 올라갔을 때 리지웨이가 그녀를 붙잡았다. 그들은 뒤엉켜 싸웠고 그의 두꺼운 팔이 그녀를 휘감았다. 그녀는 나무에 매달린 사람처럼 허공에 대고 헛발질을 했다.

호머가 그의 곁에 있었다—신도석에서 봤던, 그녀에게 윙크했던 소년이 바로 그였다. 멜빵바지에 흰 셔츠를 입고 있어서, 다른 세상에 사는 순진한 아이같이 보였다. 그를 보고 코라는 농장 전체에서 울려 퍼지는 절규에 제 목소리를 더했다.

"터널이 있습니다, 대장님." 호머가 말했다. "그가 말하는 것을 들었어요."

MABEL

메이블

그녀가 딸에게 제일 처음으로 또 마지막으로 한 것은 사과였다. 주먹만 한 코라가 배 속에서 자고 있었을 때 메이블은 그녀가 태어날 세상에 대해 미안하다고 말했다. 10년 뒤, 오두막 옆자리에서 코라가 잠들어 있었을 때 메이블은 두고 가서 미안하다고 말했다. 코라는 두 번 다 듣지 못했다.

첫 번째 공터에서 메이블은 북극성을 찾아 방향을 다시 잡았다. 그녀는 기운을 냈고 검은 늪을 관통하는 탈출을 다시 시작했다. 뒤를 돌아보면 두고 온 이들의 얼굴이 보였기 때문에 눈은 줄곧 앞만 향했다.

그녀는 모지스의 얼굴이 보였다. 그녀는 어렸을 때의 모지스를 기억했다. 천에 싸여 움직거리던 그 허약한 아기가 일할 수 있는 나이까지, 쓰레기를 버리고 목화밭에 물을 나를 수 있는 꼬마가 될 때까지 살 것이라고는 아무도 기대하지 않았다. 랜들 농장의 아이들 대부분이 걸음마를 떼기 전에 죽었던 그 시절에는. 그의 엄마는 습포제와 뿌리 달인 약, 마녀의 요법을 썼고, 밤마다 오두막에서 노래를 불러주었다. 자장가와 노동요와, 배곯지 말렴, 열을 이겨내렴, 내일 아침까지 숨 쉬렴, 엄마의 바람을 담은 노래들을. 그는 그해 태어난 대부분의 남자아이들보다 오래 살았다. 대농장의 모든 노예가 통과해야 하는 첫 관문과 병에서 그를 살린 것이 그의 엄마 케이트라는 걸 모두가 알았다.

메이블은 팔이 마비되어 일을 잘할 수 없게 된 케이트를 랜들 어르신이 팔아버렸을 때를 기억했다. 감자 한 알을 훔치고 모지스가 당한 첫 채찍질과, 게으름을 피운다며 두 번째로 당한 채찍질, 코널리가 아이의 상처를 고춧가루 물로 씻어 아이가 울부짖었던 때를. 그런 것은 모지스를 비열하게 만들지 않았다. 그를 과묵하고 강하며 빠른, 그의 무리에서 누구보다도 빠르게 목화를 따는 청년으로 만들었다. 그는 비열하지 않았다, 코널리가 그를 작업반장으로, 제 동족을 감시하는 주인의 눈과 귀로 만들기 전까지. 그때 모지스는 괴물이 되었다. 다른 노예들을 벌벌 떨게 만드는 밭의 검은 공포, 모지스가 되었다.

그가 그녀를 학교 건물로 오라고 했을 때 그녀는 그의 얼굴을 할퀴고 침을 뱉었고 그는 그저 웃으면서 당신이 싫다면 다른 장난감을 찾으면 된다고 말했다―당신 딸 코라가 지금 몇 살인가? 코라는 여덟 살이었다. 메이블은 그 이후로 그에게 저항하지 않았다. 그는 빨랐고 첫날 이후로는 난폭하지 않았다. 여자와 동물이란, 한 번만 부러뜨리면 되지, 그는 말했다. 어디로 못 가거든.

산 자와 죽은 자의 그 모든 얼굴들. 입에 피 묻은 거품을 물고 목화 속에서 움찔거리던 아자리. 줄에 매달려 흔들리던 폴리, 노예 숙소에서 그녀와 같은 달 아기를 낳았던 사랑스러운 폴리. 코널리는 그들을 마당에서 목화밭으로 같은 날 내보냈다. 언제나 같이 움직였지만 코라는 살았고 폴리의 아기는 그렇지 못했다―이 둘은 2주 간격으로 아이를 낳았는데, 한 아기는 산파가 끄집어낼 때 힘차게 울었고 다른 아기는 아무 소리도 내지 않았다. 사산되어 돌덩이 같던 아기. 폴리가 밧줄을 엮어 헛간에서 목을 매달았을 때 자키는 말했다. 너희 둘은 뭐든 같이했지. 이제 메이블이 제 손으로 목을 맬 차례라는 듯.

코라의 얼굴이 보이기 시작하자 그녀는 고개를 돌렸다. 달렸다.

사람들이 좋게 출발해도 세상이 그들을 비열하게 만든다. 세상은 시작부터 비열하고 날마다 더 비열해진다. 죽음만을 꿈꿀 때까지 당신을 부려먹는

다. 평생 이 땅에서 단 1킬로미터도 나가본 적 없었지만, 메이블은 랜들 농장에서 죽지는 않을 것이었다. 어느 밤 숨 막힐 듯 더운 오두막에서 나는 살아남을 것이다. 그녀는 결심했고—그다음 날 밤 메이블은 훔친 신발을 신고 달빛을 밟으며, 늪에 있었다. 그녀는 온종일 탈출만 생각했고, 어떤 다른 생각도 끼어들거나 그녀를 말리도록 두지 않았다. 늪 안에는 점점이 땅덩어리가 있었다—그것을 따라가면 자유의 대륙으로 이어지리라. 그녀는 기르던 채소, 부싯돌과 불쏘시개, 마체테를 챙겼다. 그것 말고는 전부 남겨두었다. 딸까지도.

자기가 태어난 오두막에서, 또 메이블이 태어난 오두막에서 자고 있는 코라. 아직 최악을 겪지 않은, 여자가 져야 하는 짐의 크기와 무게를 아직 모르는, 아이. 코라의 아버지가 살아 있었다면 메이블이 지금 늪 속에서 첨벙거리며 여기 있었을까? 그레이슨이 노스캐롤라이나의 술 취한 쪽 농부에게서 남부로 팔려 왔을 때 메이블은 열네 살이었다. 키가 크고 새카만, 눈웃음이 고운 상냥한 사람. 가장 힘든 노동을 하고 나서도 씩씩하게 걷던 그. 사람들은 그에게 손댈 수 없었다.

그녀는 첫날 그를 점찍었고 결정했다. 저 사람이야. 그가 씩 웃어 보였을 때 그것은 그녀를 비추는 달빛, 하늘에서 그녀를 축복하는 무엇이었다. 춤출 때면 그는 그녀를 번쩍 안아 올려 빙글빙글 돌았다. 돈을 모아서 우리 둘 다에게 자유를 사 줄 거야, 그는 그들이 누웠던 곳의 건초를 머리칼에 묻힌 채 말했다. 랜들 어르신이 뭐라고 할지 모르지만, 그는 설득할 것이다. 열심히 일하고, 대농장에서 최고의 일꾼이 되어— 자유를 사서 속박을 벗어던지고 그녀도 데리고 나가리라. 그녀가 물었다. 약속할 수 있어? 그럴 수 있을지 반신반의하면서. 그녀가 아이를 가졌다는 걸 알기 전에, 황열병으로 죽은 다정한 그레이슨. 그의 이름은 그녀의 입술에 두 번 다시 오르지 않았다.

메이블은 사이프러스 뿌리에 걸려 물속으로 넘어졌다. 휘청거리며 갈대를 헤치고 앞에 있는 땅까지 가서 그 위에 납작 누웠다. 얼마나 오래 달렸는지 알 수 없었다. 숨을 몰아쉬며 나가떨어졌다.

그녀는 자루에서 순무를 꺼냈다. 어리고 부드러운 그것을 한 입 베어 물었다. 늪의 물맛이 나는데도, 아자리의 텃밭에서 키운 것 중 가장 달콤한 작물. 엄마는 그 땅을, 적어도 보살필 조그만 땅뙈기를 유산으로 물려주었다. 자식에게는 쓸모 있는 것을 물려줘야 한다. 아자리의 좋은 점을 메이블은 전혀 물려받지 못했다. 그 오기도, 인내심도. 그러나 반 평 남짓한 땅뙈기와 거기서 올라오는 원기 왕성한 것들이 있었다. 엄마는 그것을 온 힘으로 지켜 냈다. 조지아 전체에서 가장 값진 땅.

그녀는 드러누워 순무를 하나 더 먹었다. 그녀가 첨벙거리고 씩씩거리지 않는데, 늪에서 소리가 들렸다. 쟁기발개구리와 거북이와 스스르 미끄러져 나아가는 동물들, 검은 곤충들의 재잘거림. 위로—습지 나무들의 이파리와 가지 사이로 보이는—하늘이 눈앞에 펼쳐져 있었고, 마음이 편안해지자 어둠 속에서 새로운 별 무리가 움직였다. 순찰대도, 작업반장도, 상대의 절망이 전해지는 고통의 울부짖음도 없었다. 노예선 짐칸처럼 그녀를 밤바다로 실어 나르는 오두막 벽도. 캐나다 두루미와 휘파람새, 물을 튀기는 수달들. 축축한 땅을 침대로 삼으니 숨은 점점 느려졌고 그녀를 늪과 갈라놓았던 것이 사라졌다. 그녀는 자유였다.

이 순간.

그녀는 돌아가야 했다. 딸이 기다리고 있었다. 이 정도면 이제 충분할 것이다. 절망감이 그녀를 이기고 악마처럼 속삭였다. 이 순간을 비밀로, 그녀만의 보물로 하리라. 나중에 코라에게 설명할 말을 찾게 된다면 코라도 농장 너머에 뭔가가, 자신이 아는 걸 전부 넘어서는 뭔가가 있음을 이해하리라. 포기하지 않는다면 언젠가 코라도 그걸 가질 수 있다는 것도.

세상은 비열해도 사람까지 그럴 필요는 없다. 그러기로 선택하지 않는 한.

메이블은 자루를 집어 들고 주위를 가늠해보았다. 이 속도를 유지할 수 있다면 동트기 전에 대농장에서 누가 일찍 일어나기 전에 돌아갈 수 있으리라. 탈출은 파격적인 생각이었지만, 아주 작은 한 조각 맛본 것만으로도 그녀 평생 최고의 모험이었다.

메이블은 순무를 하나 더 꺼내 베어 물었다. 정말 달콤했다.

돌아가는 길, 얼마 되지 않아 뱀이 그녀를 발견했다. 그녀는 빽빽한 갈대숲을 천천히 헤치며 가다가 뱀의 휴식을 방해했다. 독사는 그녀를 두 번, 종아리와 허벅지 깊숙한 곳을 물었다. 소리는 없지만 고통은 있었다. 메이블은 믿고 싶지 않았다. 물뱀이었다, 그래야 했다. 성미는 고약해도 독은 없는. 입에서 박하 맛이 나고 다리가 저려왔을 때, 그녀는 알았다. 그녀는 그렇게 1킬로미터를 더 갔다. 그 와중에 자루를 떨어뜨렸고 검은 물속에서 방향을 잃었다. 더 멀리 갈 수도 있었지만—랜들 땅에서의 노동은 그녀를 강인하게, 다른 건 몰라도 몸만은 강인하게 만들었다—그녀는 보드라운 이끼 둔덕 위로 쓰러졌고 편안했다. 여기야, 그녀가 말했고, 늪이 그녀를 삼켰다.

THE NORTH

북부

탈주자

법적 주인이나 실질적인 주인이 아닌 자에게서
15개월 전 탈주한 노예 소녀, 이름은 **코라**.
중간 키에 진갈색 피부. 관자놀이에 다쳐서 생긴 별 모양 흉터 있음.
당찬 성격이며 잘 속임. **베시**라고 부르면 대답할 수 있음.
인디애나의 존 밸런타인 농장의 도망자들 사이에서 마지막으로 목격.
더 이상 도망 다니지 않음.
현상금 주인은 아직 없음.
누구의 소유가 아니었음.

12월 23일

그 마지막 지하철도 여정에서 코라의 출발지는 폐가 밑의 아주 작은 역이었다. 유령역.

붙잡힌 뒤 코라는 그들을 그곳으로 이끌었다. 피에 굶주린 백인 추적대는 그들이 떠날 때까지도 밸런타인 농장을 휘젓고 다니며 난동을 부렸다. 총성과 비명이 저 멀리, 농장 더 깊숙한 곳에서 터져 나왔다. 새로 지은 오두막과 방앗간. 어쩌면 저 멀리 리빙스턴까지, 인근 농장들도 아수라장이 되었다. 백인들은 흑인 정착민들을 통째로 궤멸시킬 작정이었다.

코라는 리지웨이에게 저항하고 발길질을 하면서 마차로 끌려갔다. 불에 타는 도서관과 농가로 농장은 훤했다. 얼굴을 흠씬 두들겨 맞고서야 호머는 코라를 땅에 내려주었고 그들은 코라를 마차 안으로 데리고 들어가 그 옛날 마차 바닥 고리에 코라의 손목을 다시 채웠다. 말을 보고 있던 백인 청년 한 명이 환호성을 지르고 그들이 끝나고 나면 자기도 한 번 하게 해달라고 했다. 리지웨이가 그의 얼굴을 갈겼다.

코라는 그 노예 사냥꾼이 그녀의 눈에 권총을 갖다 댔을 때 숲속 집의 위치를 불었다. 코라는 두통이 다시 심해져서 자리에 누웠다. 그녀의 생각도 촛불처럼 눌러서 끌 수는 없을까? 로열과 랜더가 죽었다. 다른 이들도 쓰러졌다.

"보안관보 한 놈이 저 옛날 제대로 된 인디언 소탕이 떠오른다고 하더군." 리지웨이가 말했다. "비터 크리크와 블루폴스. 그걸 기억하기에는 너무 어

북부 335

린 것 같던데. 그 아비라면 몰라도." 그는 마차 짐칸, 코라의 맞은편 의자에 앉아 있었는데, 이제 그의 장비는 마차 한 대와 그것을 끄는 비썩 마른 말 두 마리가 전부였다. 마차 캔버스 천의 구멍들과 길게 찢어진 틈새로 보이는 밖에서는 불길이 춤을 추었다.

리지웨이는 기침을 했다. 그는 테네시 이후로 약해져 있었다. 헝클어진 머리칼은 완전히 세어버렸고, 얼굴빛은 누랬다. 말투도 달라져서 전처럼 위압적이지 않았다. 틀니가 지난번 만남에서 코라가 부러뜨린 이를 대신하고 있었다. "보스먼은 전염병자들 묘지에 묻었어." 그가 말했다. "알면 펄쩍 뛰었겠지만, 뭐 발언권이 있나. 바닥에서 피 흘리고 있던 자—그때 숨어 있다 우리를 덮쳤던 그 건방진 자식이지, 맞지? 그 안경을 보니 알겠더군."

왜 그녀는 로열을 그렇게 오랫동안 밀어냈을까? 그녀는 그들에게 시간이 충분히 있을 거라고 생각했다. 있을 수도 있었던 것 또 하나가, 스티븐스의 수술용 칼이 그렇게 했던 것처럼 뿌리부터 잘려 나갔다. 그녀는 세상이 앞으로는 다를 것이라는 농장의 설득에 넘어갔다. 비록 말하지는 않았지만 그녀가 자신을 사랑했다는 것을 그는 틀림없이 알았을 것이다. 그래야만 했다.

부엉이들이 울었다. 잠시 후 리지웨이는 길을 잘 살피라고 코라에게 말했다. 호머가 말을 늦추었다. 그녀는 두 번이나 길을 잘못 들었고, 갈림길은 그들이 너무 많이 왔다는 뜻이었다. 리지웨이는 코라의 뺨을 후려갈기고 똑똑히 들으라며 말했다. "테네시 이후로 기반을 찾기까지 시간이 좀 걸렸다. 너와 네 친구들이 나를 혼쭐을 냈지. 그러나 그걸로 끝났다. 너는 집으로 가는 거다, 코라. 마침내. 내가 저 유명한 지하철도를 시찰하는 바로 그 순간." 그는 다시 그녀의 뺨을 갈겼다. 다음번에 그녀는 마차를 돌려야 하는 미루나무를 발견했다.

호머가 등불을 켰고 그들은 음산한 폐가 안으로 들어갔다. 그는 의상을 갈아입어 다시 검은 양복에 높은 실크해트 차림이었다. "지하 창고 밑." 코라가 말했다. 리지웨이는 경계했다. 그는 바닥에 난 문을 잡아당겼고, 검은 도망자 무리가 덫을 놓고 기다리고 있기라도 한 듯 뒷걸음질 쳤다. 노예 사냥꾼은 그녀에게 촛불을 쥐여주고 먼저 내려가라고 했다.

"사람들은 이게 비유적인 표현이라고 생각하지." 그가 말했다. "지하철도. 나는 그 이상이라는 걸 늘 알고 있었다. 언제나 우리 밑에 있었던 비밀. 오늘 밤이 지나면 우리가 전부 밝혀낼 것이다. 모든 노선을, 남김없이."

지하 창고에 사는 동물들이 오늘 밤은 조용했다. 호머는 창고를 구석구석 살폈다. 소년은 삽을 가지고 오더니 코라에게 주었다.

그녀는 수갑을 들어 보였다. 리지웨이가 고개를 끄덕였다. "그러지 않으면 오늘 밤새 여기 있어야 할 테니." 호머가 수갑을 풀었다. 그 백인은 들떠 있었다. 예전의 권위가 목소리에 다시 뱄다. 노스캐롤라이나에서 마틴은 아버지가 갱에 묻어놓은 보물을 발견해낼 것이라 생각했지만 대신 터널을 발견했다. 이 노예 사냥꾼에게 터널은 온 세상의 모든 금이었다.

"네 주인은 죽었다." 코라가 땅을 파는데 리지웨이가 말했다. "나는 그 소식을 듣고도 놀라지 않았지—타락한 망종이었어. 랜들 농장의 지금 주인이 네 현상금을 줄지 어떨지는 모르겠지만, 그런 건 아무 상관 없다." 그는 자기가 말하고도 놀랐다. "쉽지는 않았겠지만, 진작 알아봤어야 했어. 네가 뼛속 깊이 네 엄마의 딸이라는 걸."

삽이 바닥에 난 문을 쳤다. 그녀는 네모난 문 위의 흙을 쓱쓱 쓸어냈다. 코라는 그의 말도, 호머의 기분 나쁜 히죽거림도 더 이상 듣고 있지 않았다. 그녀와 로열과 레드가 지난번에 이 노예 사냥꾼에게 충격을 주었는지 몰라도, 처음에 그에게 타격을 준 것은 메이블이었다. 코라의 가족에 대한 그의 광기는 코라의 엄마로부터 내려오는 것이었다. 엄마가 아니었다면 그 노예 사냥꾼은 코라를 붙잡는 데 그렇게 집착하지 않았을 것이다. 탈출한 사람. 그 값을 다 치르면서, 코라는 그래서 그 여자가 자랑스러운지 아니면 더욱 원망스러워지는지 알 수 없었다.

이번에는 호머가 바닥에 난 문을 들어 올렸다. 곰팡내가 훅 끼쳐왔다.

"이건가?" 리지웨이가 물었다.

"네, 대장님." 호머가 말했다.

리지웨이가 코라에게 권총으로 신호를 보냈다.

그는 지하철도를 보는 첫 번째 백인은 아닐 테지만, 첫 번째 적이 될 것이었다. 그 모든 일을 겪고, 그녀의 탈출을 가능하게 해준 사람들을 배신하는 수치. 코라는 첫 번째 계단에서 망설였다. 랜들 농장에서, 밸런타인 농장에서, 코라는 춤추는 무리에 한 번도 끼지 않았다. 다른 사람이 그렇게 무절제하게, 그렇게 가까이 오는 게 무서워서 빙글빙글 돌아가는 몸들로부터 움츠러들었다. 그 긴 세월, 남자들은 그녀에게 두려움을 심어주었다. 오늘 밤 코라는 자신에게 말했다. 오늘 밤 나는 느린 춤을 추듯이 그를 꽉 껴안으리라. 이 외로운 세상에 그와 나 둘뿐인 것처럼, 노래가 끝날 때까지 하나가 되어. 그녀는 노예 사냥꾼이 세 번째 계단으로 내려올 때까지 기다렸다. 그리고 뒤를 돌아 쇠사슬처럼 두 팔로 그를 꽉 죄었다. 촛불이 떨어졌다. 그는 코라의 무게에 중심을 잡기 위해 벽으로 팔을 뻗으려 했지만, 그녀는 연인처럼 그를 꽉 끌어안았고 둘은 돌계단을 굴러 어둠 속으로 떨어졌다.

그들은 맞붙어 싸우면서 험하게 떨어졌다. 뒤엉킨 가운데 코라의 머리가 돌바닥에 부딪혔다. 한쪽 다리가 찢어졌고, 팔은 맨 아래칸 계단에서 몸에 눌려 꺾였다. 제대로 떨어진 건 리지웨이였다. 제 주인이 떨어지는 소리에 호머가 외마디 비명을 질렀다. 호머는 천천히 내려왔고, 흔들리는 등불이 역을 어둠에서 끄집어냈다. 코라는 리지웨이에게서 빠져나와서 왼쪽 다리의 고통을 참으며 핸드카를 향해 기어갔다. 노예 사냥꾼은 아무 소리도 내지 않았다. 그녀는 무기가 될 만한 것을 찾았지만 마땅한 게 없었다.

호머가 제 대장 곁에 쭈그리고 앉았다. 그의 손은 리지웨이의 뒤통수에서 번지는 피로 범벅이 되었다. 그 남자의 허벅지 뼈가 바지 밖으로 튀어나왔고, 다른 쪽 다리는 끔찍한 모양으로 구부러져 있었다. 호머가 얼굴을 갖다 대자 리지웨이가 신음했다.

"거기 있나, 조수?"

"예, 대장님."

"좋아." 리지웨이는 몸을 일으키다 고통으로 울부짖었다. 그는 역의 어둠을 둘러보았지만 아무것도 분간할 수 없었다. 그의 시선은 코라를 관심도 두지 않고 건너뛰었다. "여기가 어디지?"

"추적 중인데요." 호머가 말했다.

"추적할 검둥이들은 늘 있지. 수첩 가지고 있나?"

"예, 대장님."

"받아 적어라."

호머는 책가방에서 수첩을 꺼내서 새 페이지를 펼쳤다.

"명령은…… 아니, 아니. 그게 아니야. 미국의 명령은 장려한 것…… 봉화…… 빛나는 봉화." 그는 기침을 하며 온몸을 떨었다. "필요성과 미덕에서 태어나, 망치와…… 모루 사이에서…… 거기 있나, 호머?"

"예, 대장님."

"다시……."

코라는 핸드카의 손잡이 위로 몸을 기울였다. 손잡이는 아무리 무게를 실어도 움직이지 않았다. 발치의 나무판에 작은 쇠 버클이 있었다. 그것을 젖히자 손잡이가 날카로운 소리를 냈다. 다시 손잡이에 힘을 싣자, 핸드카가 앞으로 움직였다. 코라는 리지웨이와 호머를 돌아보았다. 노예 사냥꾼이 연설문을 읊조렸고 흑인 소년이 그의 말을 받아 적고 있었다. 코라는 손잡이를 누르고 눌러 빛으로부터 멀어지기 시작했다. 아무도 만들지 않은, 어디로 이어지는지 모를 터널 속으로.

그녀는 펌프질에 박자를 찾았고, 그렇게 온몸을 실어 나아가고 있었다. 북으로. 그녀는 터널을 통과하고 있는 것일까, 아니면 파고들어 가는 것일까? 코라가 손잡이를 아래로 내릴 때마다 벽 쪽으로 트는 바람에 핸드카가 흔들리면서 선로에서 불꽃이 튀었다. 그녀는 로열에게서 지하철도를 만든 남자와 여자들에 대해 듣지 못했다. 그녀 같은 노예를 옮겨주기 위해 수백 톤의 돌과 흙을 퍼 올리고, 땅속 깊은 곳에서 비지땀을 흘린 사람들. 도망자들을 집에 들이고, 먹이고, 마차 뒤에 실어 북쪽으로 옮겨주고, 그들을 위해 죽었던 그 모든 영혼들과 함께 서 있었던 사람들. 역장과 차장과 동조자들. 이 어마어마한 것을 완성해낸 당신들은 누구인가—이것을 만들면서 당신들 또한 저 맞은편까지 그 안을 통과해 들어갔을 것이다. 한쪽 끝에는 지하로 들어가기 전의 당신이 있고, 맞은편 끝에서는 빛을 향해 발을 내딛는 새 사람이 있었다. 위의 세계는 이 밑의 기적, 당신들이 땀과 피로 만든 이 기적에 비하면 분명 너무나도 평범하리라. 당신들이 가슴속에 간직하고 있는 비밀스러운 승리.

그녀는 가짜 안식처와 끝없는 사슬을, 밸런타인 농장의 학살을 남겨두고 앞으로, 앞으로 갔다. 터널에는 어둠뿐이었고, 저 앞 어딘가에 출구가 있을 것이다. 혹은 운명이 그렇게 결정한다면, 막다른 골목—텅 빈 무자비한 벽뿐이리라. 마지막 씁쓸한 농담. 마침내 녹초가 되었을 때 코라는 핸드카 위에서 웅크리고 잠들었다. 가장 깊은 밤하늘에 안긴 것처럼 어둠 속에 홀로 떠서.

깨어났을 때 코라는 나머지 길은 걸어서 가기로 했다—두 손은 텅 비어 있었다. 침목에 걸려 넘어지고, 절뚝거리며 걸었다. 코라는 터널 벽을, 솟아오른 부분과 움푹 팬 부분을 손으로 쓸며 지나갔다. 코라의 손가락은 계곡과 강과 산꼭대기에서, 낡은 나라 아래 숨어 있는 새로운 나라의 윤곽선 위에서 춤췄다. 기차가 내달릴 때 바깥을 보면, 미국의 진짜 얼굴을 알게 될 거야.

그 심장부를 관통해 가면서 코라는 볼 수는 없었지만 느낄 수 있었다. 혹시 자다가 방향을 바꾸지는 않았겠지 겁이 났다. 코라는 더 깊이 들어가고 있는 것일까 아니면 왔던 곳으로 돌아가고 있는 것일까? 그녀는 그녀를 이끌어준 그 노예의 선택을 믿었다—어디든, 지금 빠져나온 곳만 아니라면 어디로든. 그것이 그녀를 이렇게도 멀리까지 오게 했다. 그녀는 종점을 찾거나 아니면 선로에서 죽을 것이었다.

그 후로 두 번 더 잠이 들었는데, 로열과 오두막에 같이 있는 꿈을 꾸었다. 그녀는 예전의 삶에 대해 그에게 말했고, 그는 그녀를 안아주었고, 그런 다음 그녀를 돌려 마주 보게 했다. 그는 그녀의 원피스를 위로 벗기고 자기 바지와 셔츠를 벗었다. 코라가 그에게 입 맞추고 그를 어루만졌다. 그가 그녀의 다리를 벌렸을 때 그녀는 젖어 있었고 그는, 누구도 그런 적 없고 앞으로도 그럴 수 없을 만큼 달콤하고 부드럽게 그녀의 이름을 부르며 그 안으로 들어갔다. 꿈에서 깰 때마다 코라는 텅 빈 터널에 있었고 그를 생각하며 다 울고 났을 때 일어나 걸었다.

터널의 입구가 어둠 속에서 아주 작은 구멍으로 시작되었다. 성큼성큼 걸어가자 구멍은 원이 되었고, 그다음에는 덤불과 넝쿨에 숨겨진 동굴의 입구가 되었다. 코라는 검은딸기나무를 젖히고 신선한 공기 속으로 들어갔다.

따뜻했다. 아직 그 인색한 겨울 햇빛이었지만 인디애나보다 따뜻했고, 해가 거의 머리 위에 있었다. 비좁은 틈에서 갑자기 소나무와 전나무 관목들의 숲이 펼쳐졌다. 그녀는 미시간이나 일리노이나 캐나다가 어떻게 생겼는지 알지 못했다. 어쩌면 더는 미국에 있지 않고 그 너머로 온 것인지도 몰랐다. 코라는 개울을 발견하고는 무릎을 꿇고 개울물을 마셨다. 시원하고 깨끗한 물. 팔과 얼굴의 검댕과 때도 씻어냈다. "산에서 오는 거야." 코라는 어느 먼지 쌓인 연감에서 보았던 글이 생각나 말했다. "눈이 녹아서." 허기에 머리가 어지러웠다. 해가 어느 길이 북쪽인지 말해주었다.

점점 어두워지고 있을 때 오솔길이 나왔는데, 쓸데없이 움푹 팬 바큇자국만 있었다. 바위 위에서 한참을 앉아 있고 나자 마차 소리가 들렸다. 긴 여정을 위해 소지품과 물건을 잔뜩 싣고 끈으로 단단히 묶고 가는 마차 세 대였다. 그들은 서쪽으로 가고 있었다.

첫 번째 운전자는 희끗희끗한 구레나룻에 얼굴은 암벽처럼 무표정한, 밀짚모자를 쓴 키 큰 백인 남자였다. 격자무늬 담요를 덮고 분홍색 얼굴과 목만 내민 그의 아내가 옆에 앉아 있었다. 그들은 코라를 무감각하게 대하고 그냥 지나갔다. 코라는 그들에게 인사하지 않았다. 아일랜드 특유의 붉은 머리칼의 청년이 두 번째 마차를 몰고 왔다. 그의 파란 눈이 그녀를 눈여겨보았다. 그는 멈추었다.

"모습 한번 대단하네요." 재잘거리는 새처럼 높은 목소리였다. "필요한 거 있어요?"

코라가 고개를 저었다.

"필요한 거 있냐고요?"

코라는 다시 고개를 젓고 추워서 팔을 문질렀다.

세 번째는 좀 더 나이가 있는 니그로 남자의 마차였다. 체격이 좋고 머리가 희끗희끗하고, 일한 흔적을 보여주는 두툼한 농부의 외투 차림이었다. 눈빛은 착해, 그녀는 생각했다. 왜 그런지 모르겠지만 친숙했다. 그의 담뱃대에서 나오는 연기가 감자 냄새 같아 코라의 배에서 소리가 났다.

"배가 고프니?" 그 남자가 물었다. 남부 사람의 목소리였다.

"아주 많이요." 코라가 말했다.

"올라와서 뭣 좀 들거라."

코라는 운전석으로 올라갔다. 그가 바구니를 열어주었다. 그녀는 빵을 뜯어서 허겁지겁 먹었다.

"많이 있단다." 그가 말했다. 그의 목에 있는 말편자 낙인에 코라의 눈길이 머물자 그는 옷깃을 세웠다. "앞차를 따라잡을까?"

"좋아요." 코라가 말했다.

그가 고함을 치자 말들이 내달렸다.

"어디로 가세요?" 코라가 말했다.

"세인트루이스. 거기서 캘리포니아까지 간다. 나랑, 다른 사람들이랑 미주리에서 만날 거다." 코라가 말이 없자 그가 입을 열었다. "남부에서 왔니?"

"조지아에 있었어요. 도망 나왔어요." 그녀는 이름이 코라라고 말했다. 그리고 발치에 있는 담요를 펴서 몸을 감쌌다.

"나는 올리라고 한다." 그가 말했다. 꺾어지는 길에서 앞서간 마차 두 대가 시야에 들어왔다.

턱에 닿는 담요는 빳빳하고 거칠었지만 상관없었다. 그가 어디서 탈출했을까, 얼마나 험난했을까, 얼마나 멀리 오니 그것이 다 잊혔을까 그녀는 궁금했다.

감사의 말

　니콜 아라기, 빌 토머스, 로즈 쿠토, 마이클 골드스미스, 듀발 오스틴, 앨리슨 리치에게 (아직) 이 책을 갖고 있어주어서 고맙다. 한저 출판사의 아나 뢰브, 크리스티나 크네히트, 피에로 살라베에게 고마움을 전한다. 또 1930년대 노예 출신들의 실화를 수집한 연방작가프로젝트(Federal Writers' Project)의 자금을 대준 프랭클린 D. 루스벨트에 감사한다. 프레더릭 더글러스와 해리엇 제이컵슨에게는 당연히. 네이선 허긴스, 스티븐 제이 굴드, 에드워드 E. 뱁티스트, 에릭 포너, 퍼거스 보더위치, 제임스 H. 존스의 저작들에 무척 큰 도움을 받았다. 조사이어 놋의 "혼혈" 이론들, 《부활주의자의 일기》도. 도망 노예 광고들은 그린즈버러 노스캐롤라이나대학교의 디지털 도서관에서 참고했다. 이 책의 첫 100쪽은 뮤지션 미스피츠의 초기 노래들('웨어 이글스 데어(빠른 버전)', '호러 비즈니스', '하이브리드 모먼츠')과 블랭크매스('데드 포맷')에게서 영감을 받았다. 내가 쓴 모든 책에 데이비드 보위가 있고, 마지막 장을 쓸 때 나는 언제나 '퍼플 레인'과 '데이드림 네이션'을 틀었다. 보위와 프린스와 소닉유스에게 매우 감사하다. 마지막으로 줄리와 매디, 베킷이 보내주는 큰 사랑과 지지에 고마움을 전한다.

옮긴이의 말

콜슨 화이트헤드는 많은 국내 독자들에게는 익숙하지 않은 이름일지도 모르겠다. 이 책은 그의 여섯 번째 장편소설이지만, 국내에 소개되는 작품으로는 처음이다. 그간 장르를 넘나들며 개성 있는 작품들을 선보여온 저자가 미국의 역사적인 흑인 노예 해방 조직인 '지하철도(Underground Railroad)'에 대해 써야겠다고 생각한 것은 2000년 봄이었다고 한다. 어렸을 때 지하철도에 대해 듣고 땅속에 있는 진짜 철도일 것이라고 상상해왔다가 나중에 그게 비유였음을 알고는 약간 화까지 났다는 그는 "'지하철도'가 실제 기차였다면 어땠을까?"라는 물음으로부터 이 소설을 구상했다. 책이 2016년에 출간되었으니 그의 구상이 세상에서 빛을 보기까지 17년이라는 시간이 걸린 셈이다.

이 책에서 실제로 땅속에 있는 철도로 그려지는 '지하철도'는 사실은 진짜 철도가 아니다. 미국에서 노예제도가 폐지되기 이전인 1800년대, 남부의 노예들이 북부의 자유 주나 캐나다로 탈출할 수 있도록 도왔던 점조직을 말한다. 노예제 폐지에 뜻을 같이하는 수많은 백인과 흑인들이 비밀리에 도망 노예들에게 먹을 것과 은신처를 마련해주고, 북부로 올라갈 수 있는 길을 알려주었다. 그들은 스스로를 '역장', '기관사'로 칭했고, 도망 노예들을 '승객', 그들을 숨겨주는 이들의 집을 '역'으로 부르는 등 실제 철도 용어를 은어로 쓰면서 10만 명이 넘는 노예들을 자유로 이끌었다.

저자가 이 지하철도 조직을 비유가 아닌 실제로 그려낸 이 소설에서, 의지의 노예 소녀 코라는 자유를 찾아 지하철도에 오른다. 그리고 새로운 주에 당도할 때마다 악몽이 아닌지 의구심이 들 정도로 참혹한 새로운 참상을 맞닥뜨린다. 인간으로 취급받지 못했던 19세기 미국 남부 노예들의 비참한 삶과, 인종 우월주의에 근거한 인간의 광기, 그런 긴박함 속에서도 자기 양심에 따르고자 했던 평범한 사람들인 '지하철도' 요원들의 분투가 코라의 탈출 여정을 통해 실감나게 그려진다.

저자는 역사적 정확성을 위해 해리엇 제이컵스, 토니 모리슨의 작품 같은 흑인 노예 문학의 고전들을 탐독함은 물론, 17, 18세기 미국의 역사 연대기까지 거슬러 올라가면서 사실적 고증에 힘썼다. 솔로몬 노섭의 자전적 소설을 바탕으로 한 동명의 영화 〈노예 12년〉은 자료 조사 차원에서 보기 시작했지만 끝내 끝까지 보지 못했을 정도라고 하니, 그에게 역사적 사실 하나하나가 얼마나 생생한 현실로 느껴졌을지 짐작할 만하다. 저자의 그런 노력만큼 읽는 이에게도 이 소설에서 묘사된 장면들이 더욱 무겁게 다가오는 게 사실이다.

1860년대 미국에서 노예제도가 공식 폐지된 이후로 150년이 더 지난 지금, 또 그 사이에 《톰 아저씨의 오두막》, 《노예 12년》 등 노예제의 실상을 고발하고 인간성의 의미를 재고하게 하는 굵직한 작품들이 여럿 나온 시점에서 노예제를 주제로 한 소설이라니 새삼스러울지도 모르겠다. 문제는 이것이 이제 지나간 과거의 일이라면 좋으련만, 현재에도 못지않은 공명을 일으킨다는 점이다. 2016년에 출간된 이 책이 미국에서는 물론 유럽 전역에서 그토록 격렬한 반응을 이끌어냈다는 사실 역시 때로 시대를 역행하는 것 같은 우리 시대의 현주소를 반증하는 게 아닐까 싶다. 자유를 찾아 떠난 여정을 끝까지 포기하지 않는 코라, 그녀의 순수하고 솔직한 눈으로 그려지는 이 이야기가 오늘을 돌아보게 하는 기회가 된다면 좋겠다.

2017년 9월
황근하

언더그라운드 레일로드

1판 1쇄 발행 2017년 9월 1일
1판 8쇄 발행 2025년 3월 4일

지은이 · 콜슨 화이트헤드
옮긴이 · 황근하
펴낸이 · 주연선

책임편집 · 이경란
디자인 · 이지선
마케팅 · 장병수 최수현 김다은 이한솔
관리 · 김두만 유효정 박초희

(주)은행나무
04035 서울특별시 마포구 양화로11길 54
전화 · 02)3143-0651~3 | 팩스 · 02)3143-0654
신고번호 · 제 1997-000168호(1997. 12. 12)
www.ehbook.co.kr
ehbook@ehbook.co.kr

ISBN 979-11-961658-3-3 03840

• 이 책의 판권은 지은이와 은행나무에 있습니다. 이 책 내용의 일부 또는 전부를 재사용하려면 반드시 양측의 서면 동의를 받아야 합니다.

• 잘못된 책은 구입처에서 바꿔드립니다.